鲁迅著作分类全编

乙编二卷

希望

散文诗歌集

鲁 迅 著

陈漱渝 王锡荣 肖振鸣 编

SPM 南方出版传媒·广东人民出版社

·广州·

图书在版编目（CIP）数据

希望 / 鲁迅著；陈漱渝，王锡荣，肖振鸣编 . — 广州：广东人民出版社，2019.7

（鲁迅著作分类全编）

ISBN 978-7-218-13382-9

Ⅰ . ①希… Ⅱ . ①鲁… ②陈… ③王… ④肖… Ⅲ . ①鲁迅散文－散文集 Ⅳ . ① I210.4

中国版本图书馆 CIP 数据核字（2019）第 042854 号

XIWANG

希望

鲁迅 著　　陈漱渝 王锡荣 肖振鸣　编

出 版 人：肖风华

特邀策划：房向东
责任编辑：严耀峰　马妮璐
责任技编：周　杰　易志华
装帧设计：周伟伟

出版发行：广东人民出版社
地　　址：广东省广州市海珠区新港西路 204 号 2 号楼（邮政编码：510300）
电　　话：（020）85716809（总编室）
传　　真：（020）85716872
网　　址：http://www.gdpph.com
印　　刷：山东临沂新华印刷物流集团有限责任公司
开　　本：787mm×1092mm　1/16
印　　张：31　　**字　　数**：372 千
版　　次：2019 年 7 月第 1 版　2019 年 7 月第 1 次印刷
定　　价：62.00 元

如发现印装质量问题，影响阅读，请与出版社（020 - 85716808）联系调换。
售书热线：（020）85716826

目　录

野草

朝花夕拾

附录

诗歌全编

附：两地书

野 草

题辞

当我沉默着的时候，我觉得充实；我将开口，同时感到空虚。

过去的生命已经死亡。我对于这死亡有大欢喜，因为我借此知道它曾经存活。死亡的生命已经朽腐。我对于这朽腐有大欢喜，因为我借此知道它还非空虚。

生命的泥委弃在地面上，不生乔木，只生野草，这是我的罪过。

野草，根本不深，花叶不美，然而吸取露，吸取水，吸取陈死人的血和肉，各各夺取它的生存。当生存时，还是将遭践踏，将遭删刈，直至于死亡而朽腐。

但我坦然，欣然。我将大笑，我将歌唱。

我自爱我的野草，但我憎恶这以野草作装饰的地面。

地火在地下运行，奔突；熔岩一旦喷出，将烧尽一切野草，以及乔木，于是并且无可朽腐。

但我坦然，欣然。我将大笑，我将歌唱。

天地有如此静穆，我不能大笑而且歌唱。天地即不如此静穆，我或者也将不能。我以这一丛野草，在明与暗，生与死，过去与未来之际，献于友与仇，人与兽，爱者与不爱者之前作证。

为我自己，为友与仇，人与兽，爱者与不爱者，我希望这野草的死亡与朽腐，火速到来。要不然，我先就未曾生存，这实在比死亡与朽腐更其不幸。

去罢，野草，连着我的题辞！

一九二七年四月二十六日，鲁迅记于广州之白云楼上。

题注：

本篇最初发表于北京《语丝》第一三八期（1927年7月2日）。

1927年9月鲁迅在《怎么写》中记道："记得还是去年躲在厦门岛上的时候，因为太讨人厌了，终于得到'敬鬼神而远之'式的待遇，被供在图书馆楼上的一间屋子里。白天还有馆员，钉书匠，阅书的学生，夜九时后，一切星散，一所很大的洋楼里，除我以外，没有别人。我沉静下去了。寂静浓到如酒，令人微醺。望后窗外骨立的乱山中许多白点，是丛冢；一粒深黄色火，是南普陀寺的琉璃灯。前面则海天微茫，黑絮一般的夜色简直似乎要扑到心坎里。我靠了石栏远眺，听得自己的心音，四远还仿佛有无量悲哀，苦恼，零落，死灭，都杂入这寂静中，使它变成药酒，加色，加味，加香。这时，我曾经想要写，但是不能写，无从写。这也就是我所谓'当我沉默着的时候，我觉得充实，我将开口，同时感到空虚'。""莫非这就是一点'世界苦恼'么？我有时想。然而大约又不是的，这不过是淡淡的哀愁，中间还带些愉快。我想接近它，但我愈想，它却愈渺茫了，几乎就要发见仅只我独自倚着石栏，此外一无所有。必须待到我忘了努力，才又感到淡淡的哀愁。"又鲁迅在《〈自选集〉自序》中说："后来《新青年》的团体散掉了，有的高升，有的退隐，有的前进，我又经验了一回同一战阵中的伙伴还是会这么变化，并且落得一个'作家'的头衔，依然在沙漠中走来走去，不过已经逃不出在散漫的刊物上做文字，叫作随便谈谈。有了小感触，就写些短文，夸大点说，就是散文诗，以后印成一本，谓之《野草》。"

《野草》于 1927 年 7 月由北新书局初版。

1927 年 1 月鲁迅作《海上通信》中说："至于《野草》，此后做不做很难说，大约是不见得再做了，省得人来谬托知己，舐皮论骨，什么是'入于心'的。"1931 年鲁迅在《〈野草〉英文译本序》里说：《野草》中"这二十多篇小品，如每篇末尾注，是一九二四至二六年在北京所作，陆续发表于期刊《语丝》上的。大抵仅仅是随时的小感想。因为那时难于直说，所以有时措辞就很含糊了"。又，1934 年 10 月 9 日他在致萧军、萧红信中谈到："我的那一本《野草》，技术并不算坏，但心情太颓唐了，因为那是我碰了许多钉子之后写出来的。我希望你脱离这种颓唐心情的影响。"

1931 年 5 月本集第七版时本篇被国民政府书报检查机关抽去，鲁迅在 1935 年 11 月 23 日致邱遇信中说："《野草》的题词，系书店删去，是无意的漏落，他们常是这么模模胡胡的——，还是因为触了当局的讳忌，有意删掉的，我可不知道。"1936 年 2 月 19 日致夏传经等信中更详细地提到："蒙惠函谨悉。《竖琴》的前记，是被官办的检查处删去的，去年上海有这么一个机关，专司秘密压迫言论，出版之书，无不遭其暗中残杀，直到杜重远的《新生》事件，被日本所指摘，这才暗暗撤消。《野草》的序文，想亦如此，我曾向书店说过几次，终于不补。"

秋夜

在我的后园，可以看见墙外有两株树，一株是枣树，还有一株也是枣树。

这上面的夜的天空，奇怪而高，我生平没有见过这样的奇怪而高的天空。他仿佛要离开人间而去，使人们仰面不再看见。然而现在却非常之蓝，闪闪地眏着几十个星星的眼，冷眼。他的口角上现出微笑，似乎自以为大有深意，而将繁霜洒在我的园里的野花草上。

我不知道那些花草真叫什么名字，人们叫他们什么名字。我记得有一种开过极细小的粉红花，现在还开着，但是更极细小了，她在冷的夜气中，瑟缩地做梦，梦见春的到来，梦见秋的到来，梦见瘦的诗人将眼泪擦在她最末的花瓣上，告诉她秋虽然来，冬虽然来，而此后接着还是春，胡蝶乱飞，蜜蜂都唱起春词来了。她于是一笑，虽然颜色冻得红惨惨地，仍然瑟缩着。

枣树，他们简直落尽了叶子。先前，还有一两个孩子来打他们别人打剩的枣子，现在是一个也不剩了，连叶子也落尽了。他知道小粉红花的梦，秋后要有春；他也知道落叶的梦，春后还是秋。他简直落尽叶子，单剩干子，然而脱了当初满树是果实和叶子时候的弧形，欠伸得很舒服。但是，有几枝还低亚着，护定他从打枣的竿梢所得的皮伤，而最直最长的几枝，却已默默地铁似的直刺着奇怪而高的天空，使天空闪闪地鬼睒眼；直刺着天空中圆满的月亮，使月亮窘得发白。

鬼睒眼的天空越加非常之蓝，不安了，仿佛想离去人间，避开枣树，只将月亮剩下。然而月亮也暗暗地躲到东边去了。而一无所有的干子，却仍然默默地铁似的直刺着奇怪而高的天空，一意要制他的死命，不管他各式各样地睒着许多蛊惑的眼睛。

哇的一声，夜游的恶鸟飞过了。

我忽而听到夜半的笑声，吃吃地，似乎不愿意惊动睡着的人，然而四围的空中都应和着笑。夜半，没有别的人，我即刻听出这声音就在我嘴里，我也即刻被这笑声所驱逐，回进自己的房。灯火的带子也即刻被我旋高了。

后窗的玻璃上丁丁地响，还有许多小飞虫乱撞。不多久，几个进来了，许是从窗纸的破孔进来的。他们一进来，又在玻璃的灯罩上撞得丁丁地响。一个从上面撞进去了，他于是遇到火，而且我以为这火是真的。两三个却休息在灯的纸罩上喘气。那罩是昨晚新换的罩，雪白的纸，折出波浪纹的叠痕，一角还画出一枝猩红色的栀子。

猩红的栀子开花时，枣树又要做小粉红花的梦，青葱地弯成弧形了……。我又听到夜半的笑声；我赶紧砍断我的心绪，看那老在白纸罩上的小青虫，头大尾小，向日葵子似的，只有半粒小麦那么大，遍身的颜色苍翠得可爱，可怜。

我打一个呵欠，点起一支纸烟，喷出烟来，对着灯默默地敬奠这些苍翠精致的英雄们。

一九二四年九月十五日。

题注：

本篇最初发表于北京《语丝》第三期（1924 年 12 月 1 日）。

鲁迅在 1932 年所作的《〈自选集〉自序》中回忆他当时的心境：《新青年》团体散掉后，"依然在沙漠中走来走去……有了小感触，就写些短文，夸大点说，就是散文诗"。李何林在《鲁迅〈野草〉注解》中认为，鲁迅在《厦门通信（二）》中所言"小草也有点萎黄。这些现象，我先前总以为是所谓'严霜'之故，于是有时候对于那'廪秋'不免口出怨言，加以攻击"是指本篇。1926 年 11 月，高长虹在《狂飙》第 5 期上发文谈及本篇：当看见"《秋夜》的时候，我既惊异而又幻想。惊异者，以鲁迅向来没有过这样的文字也。幻想者，此入于心的历史，无人证实，置之不谈"。鲁迅在 1927 年 1 月 16 日致李小峰信（即《海上通信》）中说："至于《野草》，此后做不做很难说，大约是不见得再做了，省得人来谬托知己，舐皮论骨，什么是'入于心'的。"

影的告别

人睡到不知道时候的时候，就会有影来告别，说出那些话——

有我所不乐意的在天堂里，我不愿去；有我所不乐意的在地狱里，我不愿去；有我所不乐意的在你们将来的黄金世界里，我不愿去。

然而你就是我所不乐意的。

朋友，我不想跟随你了，我不愿住。

我不愿意！

呜呼呜呼，我不愿意，我不如彷徨于无地。

我不过一个影，要别你而沉没在黑暗里了。然而黑暗又会吞并我，然而光明又会使我消失。

然而我不愿彷徨于明暗之间，我不如在黑暗里沉没。

然而我终于彷徨于明暗之间，我不知道是黄昏还是黎明。我姑且举灰黑的手装作喝干一杯酒，我将在不知道时候的时候独自远行。

呜呼呜呼，倘若黄昏，黑夜自然会来沉没我，否则我要被白天消失，如果现是黎明。

朋友，时候近了。

我将向黑暗里彷徨于无地。

你还想我的赠品。我能献你甚么呢？无已，则仍是黑暗和虚空而已。但是，我愿意只是黑暗，或者会消失于你的白天；我愿意只是虚空，决不占你的心地。

我愿意这样，朋友——

我独自远行，不但没有你，并且再没有别的影在黑暗里。只有我被黑暗沉没，那世界全属于我自己。

一九二四年九月二十四日。

题注：

本篇最初发表在北京《语丝》第四期（1924年12月8日）。

作本篇当日，鲁迅在致李秉中信中写道："我这里的客并不多，我喜欢寂寞，又憎恶寂寞，所以有青年肯来访问我，很使我喜欢。……其实我何尝坦白？我已经能够细嚼黄连而不皱眉了。……我不大愿意使人失望，所以对于爱人和仇人，都愿意有以骗之，亦即所以慰之，然而仍然各处都弄不好。……我自己总觉得我的灵魂里有毒气和鬼气，我极憎恶他，想除去他，而不能。我虽然竭力遮蔽着，总还恐怕传染给别人，我之所以对于和我往来较多的人有时不免觉得悲哀者以此。"又，鲁迅在《两地书·二四》中写道："但我的反抗，却不过是与黑暗捣乱。"《两地书·四》中有"我的作品，太黑暗了，因为我常觉得惟'黑暗与虚无'乃是'实有'，却偏要向这些作绝望的抗战，所以很多着偏激的声音。其实这或者是年龄和经历的关系，也许未必一定的确的，因为我终于不能证实：惟黑暗与虚无乃是实有"等。

求乞者

我顺着剥落的高墙走路，踏着松的灰土。另外有几个人，各自走路。微风起来，露在墙头的高树的枝条带着还未干枯的叶子在我头上摇动。

微风起来，四面都是灰土。

一个孩子向我求乞，也穿着夹衣，也不见得悲戚，而拦着磕头，追着哀呼。

我厌恶他的声调，态度。我憎恶他并不悲哀，近于儿戏；我烦腻他这追着哀呼。

我走路。另外有几个人各自走路。微风起来，四面都是灰土。

一个孩子向我求乞，也穿着夹衣，也不见得悲戚，但是哑子，摊开手，装着手势。

我就憎恶他这手势。而且，他或者并不哑，这不过是一种求乞的法子。

我不布施，我无布施心，我但居布施者之上，给与烦腻，疑心，憎恶。

我顺着倒败的泥墙走路，断砖叠在墙缺口，墙里面没有什么。微风起来，送秋寒穿透我的夹衣；四面都是灰土。

我想着我将用什么方法求乞：发声，用怎样声调？装哑，用怎样手势？……

另外有几个人各自走路。

我将得不到布施，得不到布施心；我将得到自居于布施之上者的烦腻，疑心，憎恶。

我将用无所为和沉默求乞……

我至少将得到虚无。

微风起来，四面都是灰土。另外有几个人各自走路。

灰土，灰土，……

……………………

灰土……

一九二四年九月二十四日。

题注：

本篇最初发表于北京《语丝》第四期（1924 年 12 月 8 日）。

本篇与《影的告别》作于同日。这天鲁迅在致李秉中信中说："我很憎恶我自己，因为有若干人，或则愿我有钱，有名，有势，或则愿我陨灭，死亡，而我偏偏无钱无势，又不灭不亡。对于各方面，都无以报答盛意，年纪已经如此，恐将遂以如此终。"一年后鲁迅在《我的"籍"和"系"》一文中写道："我所憎恶的太多了，应该自己也得到憎恶，这才还有点像活在人间；如果收得的乃是相反的布施，于我倒是一个冷嘲，使我对于自己也要大加侮蔑；如果收得的是吞吞吐吐的不知道算什么，则使我感到将要呕哕似的恶心。"

鲁迅在这年 4 月购得厨川白村的《苦闷的象征》一书，并于 9 月 22 日开始翻译此书。在作本篇两天后鲁迅在《译〈苦闷的象征〉后三日序》中介绍该书的主旨时说："生命力受压抑而生的苦闷懊恼乃是文艺的根柢，而其表现乃是广义的象征主义。……因为这于我有翻译的必要，我便于前天开手了。"可参阅。

我的失恋

——拟古的新打油诗

我的所爱在山腰；
想去寻她山太高，
低头无法泪沾袍。
爱人赠我百蝶巾；
回她什么：猫头鹰。
从此翻脸不理我，
不知何故兮使我心惊。

我的所爱在闹市；
想去寻她人拥挤，
仰头无法泪沾耳。
爱人赠我双燕图；
回她什么：冰糖壶卢。
从此翻脸不理我，
不知何故兮使我胡涂。

我的所爱在河滨；

想去寻她河水深，

歪头无法泪沾襟。

爱人赠我金表索；

回她什么：发汗药。

从此翻脸不理我，

不知何故兮使我神经衰弱。

我的所爱在豪家；

想去寻她兮没有汽车，

摇头无法泪如麻。

爱人赠我玫瑰花；

回她什么：赤练蛇。

从此翻脸不理我，

不知何故兮——由她去罢。

一九二四年十月三日。

题注：

本篇最初发表于北京《语丝》第四期（1924 年 12 月 8 日）。

所谓"拟古"，疑指东汉张衡所作《四愁诗》，此诗共分四节，每节均以"我所思兮在××"开头，以"何为怀忧心××"结尾，因称之。"百蝶巾"，"蝶"与"耋"（即 80 岁）谐音，古时以"百蝶"图案象征白头偕老；猫头鹰，古人视为不祥之物。

1929 年鲁迅在《我和"语丝"的始终》一文中谈及本篇时说：

"那稿子不过是三段打油诗，题作《我的失恋》，是看见当时'阿呀阿唷，我要死了'之类的失恋诗盛行，故意做一首用'由她去罢'收场的东西，开开玩笑的。这诗后来又添了一段，登在《语丝》上，再后来就收在《野草》中。"两年后，鲁迅又在《〈野草〉英文译本序》里说作本篇是"因为讽刺当时盛行的失恋诗"。又，鲁迅在《两地书·三四》中谈到《莽原》的稿件问题，说："我所要多登的是议论，而寄来的偏多小说，诗。先前是虚伪的'花呀''爱呀'的诗，现在是虚伪的'死呀''血呀'的诗。呜呼，头痛极了！"

复仇

　　人的皮肤之厚，大概不到半分，鲜红的热血，就循着那后面，在比密密层层地爬在墙壁上的槐蚕更其密的血管里奔流，散出温热。于是各以这温热互相蛊惑，煽动，牵引，拚命地希求偎倚，接吻，拥抱，以得生命的沉酣的大欢喜。

　　但倘若用一柄尖锐的利刃，只一击，穿透这桃红色的菲薄的皮肤，将见那鲜红的热血激箭似的以所有温热直接灌溉杀戮者；其次，则给以冰冷的呼吸，示以淡白的嘴唇，使之人性茫然，得到生命的飞扬的极致的大欢喜；而其自身，则永远沉浸于生命的飞扬的极致的大欢喜中。

　　这样，所以，有他们俩裸着全身，捏着利刃，对立于广漠的旷野之上。

　　他们俩将要拥抱，将要杀戮……

　　路人们从四面奔来，密密层层地，如槐蚕爬上墙壁，如蚂蚁要扛鲞头。衣服都漂亮，手倒空的。然而从四面奔来，而且拚命地伸长脖子，要赏鉴这拥抱或杀戮。他们已经豫觉着事后的自己的舌上的汗或血的鲜味。

　　然而他们俩对立着，在广漠的旷野之上，裸着全身，捏着利刃，然而也不拥抱，也不杀戮，而且也不见有拥抱或杀戮之意。

　　他们俩这样地至于永久，圆活的身体，已将干枯，然而毫不见有拥抱或杀戮之意。

路人们于是乎无聊；觉得有无聊钻进他们的毛孔，觉得有无聊从他们自己的心中由毛孔钻出，爬满旷野，又钻进别人的毛孔中。他们于是觉得喉舌干燥，脖子也乏了；终至于面面相觑，慢慢走散；甚而至于觉得干枯到失了生趣。

于是只剩下广漠的旷野，而他们俩在其间裸着全身，捏着利刃，干枯地立着；以死人似的眼光，赏鉴这路人们的干枯，无血的大戮，而永远沉浸于生命的飞扬的极致的大欢喜中。

一九二四年十二月二十日。

题注：

本篇最初发表在北京《语丝》第七期（1924 年 12 月 29 日）。

1923 年 12 月鲁迅在题为《娜拉走后怎样》的演讲中说："群众，——尤其是中国的，——永远是戏剧的看客。牺牲上场，如果显得慷慨，他们就看了悲壮剧；如果显得觳觫，他们就看了滑稽剧。北京的羊肉铺前常又几个人张着嘴看剥羊，仿佛颇愉快，人的牺牲能给与他们的益处，也不过如此。"1931 年他在《〈野草〉英文译本序》中谈本篇的创作意图是"因为憎恶社会上旁观者之多"。1934 年 5 月 16 日，在致郑振铎信中说："我在《野草》中，曾记一男一女，持刀对立旷野中，无聊人竞随而往，以为必有事件，慰其无聊。而二人从此毫无动作，以致无聊人仍然无聊，至于老死，题曰《复仇》，亦是此意。但此亦不过愤激之谈，该二人或相爱，或相杀，还是照所欲而行的为是。因为天下究竟非文氓之天下也。"又，1925 年 6 月 13 日鲁迅在致许广平信中曾说："人到无聊，便比什么都可怕，因为这是从自己发生的，不大有药可救。"在作本篇后三个月，鲁迅又作《示众》一篇收于《彷徨》中，可参阅。

复仇（其二）

因为他自以为神之子，以色列的王，所以去钉十字架。

兵丁们给他穿上紫袍，戴上荆冠，庆贺他；又拿一根苇子打他的头，吐他，屈膝拜他；戏弄完了，就给他脱了紫袍，仍穿他自己的衣服。

看哪，他们打他的头，吐他，拜他……

他不肯喝那用没药调和的酒，要分明地玩味以色列人怎样对付他们的神之子，而且较永久地悲悯他们的前途，然而仇恨他们的现在。

四面都是敌意，可悲悯的，可诅咒的。

丁丁地响，钉尖从掌心穿透，他们要钉杀他们的神之子了，可悯的人们，使他痛得柔和。丁丁地响，钉尖从脚背穿透，钉碎了一块骨，痛楚也透到心髓中，然而他们自己钉杀着他们的神之子了，可诅咒的人们呵，这使他痛得舒服。

十字架竖起来了；他悬在虚空中。

他没有喝那用没药调和的酒，要分明地玩味以色列人怎样对付他们的神之子，而且较永久地悲悯他们的前途，然而仇恨他们的现在。

路人都辱骂他，祭司长和文士也戏弄他，和他同钉的两个强盗也讥诮他。

看哪，和他同钉的……

四面都是敌意，可悲悯的，可诅咒的。

他在手足的痛楚中，玩味着可悯的人们的钉杀神之子的悲哀和可诅咒的人们要钉杀神之子，而神之子就要被钉杀了的欢喜。突然间，碎骨的痛楚透到心髓了，他即沉酣于大欢喜和大悲悯中。

他腹部波动了，悲悯和诅咒的痛楚的波。

遍地都黑暗了。

"以罗伊，以罗伊，拉马撒巴各大尼？！"（翻出来，就是：我的上帝，为甚么离弃我？！）他大声喊叫，气就断了。

上帝离弃了他，他终于还是一个"人之子"；然而以色列人连"人之子"都钉杀了。

钉杀了"人之子"的人们的身上，比钉杀了"神之子"的尤其血腥，血污。

一九二四年十二月二十日。

题注：

本篇最初发表于北京《语丝》第七期（1924年12月29日）。

本篇中的"他"是指耶稣，与本篇相关的事例可参见《新约全书》中《马可福音》《约翰福音》和《马太福音》的有关章节。早在1907年，鲁迅撰《文化偏至论》就谈及此事："由是观之，彼之讴歌众数，奉若神明者，盖仅见光明一端，他未遍知，因加赞颂，使反而观诸黑暗，当立悟其不然矣。一梭格拉第也，而众希腊人鸩之，一耶稣基督也，而众犹太人磔之，后世论者，孰不云缪，顾其时则从众志耳。"1919 年鲁迅在《随感录·六十五·暴君的臣民》中写道："暴君治下的臣民，大抵比暴君的暴政，时常还不能餍足暴君治下的臣民的欲望。"1922 年鲁迅在《即小见大》文中谈及当时北京大学学生反对收讲义费的风潮时说："现在讲义费已经取消，学生是得胜了，然而并没有听得有谁为那做了这次的牺牲者祝福。……反有牺牲在祭坛前沥血之后，所留给大家的，实在只有'散胙'这一件事了。"又，1927 年鲁迅在《黄花节的杂感》中写道："久受压制的人们，被压制时只能忍苦，幸而解放了便只知道作乐，悲壮剧是不能久留在记忆里的。"

希望

我的心分外地寂寞。

然而我的心很平安：没有爱憎，没有哀乐，也没有颜色和声音。

我大概老了。我的头发已经苍白，不是很明白的事么？我的手颤抖着，不是很明白的事么？那么，我的魂灵的手一定也颤抖着，头发也一定苍白了。

然而这是许多年前的事了。

这以前，我的心也曾充满过血腥的歌声：血和铁，火焰和毒，恢复和报仇。而忽而这些都空虚了，但有时故意地填以没奈何的自欺的希望。希望，希望，用这希望的盾，抗拒那空虚中的暗夜的袭来，虽然盾后面也依然是空虚中的暗夜。然而就是如此，陆续地耗尽了我的青春。

我早先岂不知我的青春已经逝去了？但以为身外的青春固在：星，月光，僵坠的胡蝶，暗中的花，猫头鹰的不祥之言，杜鹃的啼血，笑的渺茫，爱的翔舞。虽然是悲凉飘渺的青春罢，然而究竟是青春。

然而现在何以如此寂寞？难道连身外的青春都也逝去，世上的青年也多衰老了么？

我只得由我来肉薄这空虚中的暗夜了。我放下了希望之盾，我听到 Petöfi Sándor（1823—1849）的《希望》之歌：

> 希望是甚么？是娼妓：
> 她对谁都蛊惑，将一切都献给；
> 待你牺牲了极多的宝贝——
> 你的青春——她就弃掉你。

这伟大的抒情诗人，匈牙利的爱国者，为了祖国而死在可萨克兵的矛尖上，已经七十五年了。悲哉死也，然而更可悲的是他的诗至今没有死。

但是，可惨的人生！桀骜英勇如 Petöfi，也终于对了暗夜止步，回顾着茫茫的东方了。他说：

> 绝望之为虚妄，正与希望相同。

倘使我还得偷生在不明不暗的这"虚妄"中，我就还要寻求那逝去的悲凉漂渺的青春，但不妨在我的身外。因为身外的青春倘一消灭，我身中的迟暮也即凋零了。

然而现在没有星和月光，没有僵坠的胡蝶以至笑的渺茫，爱的翔舞。然而青年们都很平安。

我只得由我来肉薄这空虚中的暗夜了，纵使寻不到身外的青春，也总得自己来一掷我身中的迟暮。但暗夜又在那里呢？现在没有星，没有月光以至笑的渺茫和爱的翔舞；青年们都很平安，而我的面前又竟至于并且没有真的暗夜。

绝望之为虚妄，正与希望相同！

一九二五年一月一日。

题注：

本篇最初发表于北京《语丝》第十期（1925 年 1 月 19 日）。

1922 年鲁迅在《呐喊·自序》中回忆钱玄同劝他为《新青年》撰稿的事写道："说到希望，却是不能抹杀的，因为希望是在于将来，决不能以我之必无的证明，来折服了他之所谓可有。"关于本篇的创作，1931 年鲁迅在《〈野草〉英文译本序》中说是"因为惊异于青年之消沉"。1919 年鲁迅在《随感录·四十一》中说："愿中国青年都摆脱冷气，只是向上走，不必听自暴自弃者流的话。能做事的做事，能发声的发声。有一分热，发一分光，就令萤火一般，也可以在黑暗里发一点光，不必等候炬火。"又，1925 年 3 月 8 日他在致许广平信中写道："我常觉得惟'黑暗与虚无'乃是'实有'，却偏要向这些作绝望的抗战，所以很多着偏激的声音。其实这或者是年龄和经历的关系，也许未必一定的确的，因为我终于不能证实：惟黑暗与虚无乃是实有。"1931 年鲁迅在《〈自选集〉自序》中回忆在北京的经历时写道："不过我却又怀疑于自己的失望，因为我所见过的人们，事件，是有限的很的，这想头，就给了我提笔的力量。'绝望之为虚妄，正与希望相同'。"

雪

　　暖国的雨，向来没有变过冰冷的坚硬的灿烂的雪花。博识的人们觉得他单调，他自己也以为不幸否耶？江南的雪，可是滋润美艳之至了；那是还在隐约着的青春的消息，是极壮健的处子的皮肤。雪野中有血红的宝珠山茶，白中隐青的单瓣梅花，深黄的磬口的蜡梅花；雪下面还有冷绿的杂草。胡蝶确乎没有；蜜蜂是否来采山茶花和梅花的蜜，我可记不真切了。但我的眼前仿佛看见冬花开在雪野中，有许多蜜蜂们忙碌地飞着，也听得他们嗡嗡地闹着。

　　孩子们呵着冻得通红，像紫芽姜一般的小手，七八个一齐来塑雪罗汉。因为不成功，谁的父亲也来帮忙了。罗汉就塑得比孩子们高得多，虽然不过是上小下大的一堆，终于分不清是壶卢还是罗汉；然而很洁白，很明艳，以自身的滋润相粘结，整个地闪闪地生光。孩子们用龙眼核给他做眼珠，又从谁的母亲的脂粉奁中偷得胭脂来涂在嘴唇上。这回确是一个大阿罗汉了。他也就目光灼灼地嘴唇通红地坐在雪地里。

　　第二天还有几个孩子来访问他；对了他拍手，点头，嬉笑。但他终于独自坐着了。晴天又来消释他的皮肤，寒夜又使他结一层冰，化作不透明的水晶模样；连续的晴天又使他成为不知道算什么，而嘴上的胭脂也褪尽了。

但是，朔方的雪花在纷飞之后，却永远如粉，如沙，他们决不粘连，撒在屋上，地上，枯草上，就是这样。屋上的雪是早已就有消化了的，因为屋里居人的火的温热。别的，在晴天之下，旋风忽来，便蓬勃地奋飞，在日光中灿灿地生光，如包藏火焰的大雾，旋转而且升腾，弥漫太空，使太空旋转而且升腾地闪烁。

在无边的旷野上，在凛冽的天宇下，闪闪地旋转升腾着的是雨的精魂……

是的，那是孤独的雪，是死掉的雨，是雨的精魂。

一九二五年一月十八日。

题注：

本篇最初发表于北京《语丝》第十一期（1925 年 1 月 26 日）。

在作本篇的半个多月前，鲁迅曾在日记里如此记载了他对北京的雪的感受："晴，大风吹雪盈空际。"在他 1924 年所作的小说《在酒楼上》中有关于雪的描写："几株老梅竟斗雪开着满树的繁花，仿佛毫不以深冬为意；倒塌的亭子边还有一株山茶树，从暗绿的密叶里显出十几朵红花来，赫赫的在雪中明得如火，愤怒而且傲慢，如蔑视游人的甘心于远行。我这时又忽地想到这里积雪的滋润，着物不去，晶莹有光，不比朔雪的粉一般干，大风一吹，便飞得满空如烟雾。"

风筝

北京的冬季，地上还有积雪，灰黑色的秃树枝丫叉于晴朗的天空中，而远处有一二风筝浮动，在我是一种惊异和悲哀。

故乡的风筝时节，是春二月，倘听到沙沙的风轮声，仰头便能看见一个淡墨色的蟹风筝或嫩蓝色的蜈蚣风筝。还有寂寞的瓦片风筝，没有风轮，又放得很低，伶仃地显出憔悴可怜模样。但此时地上的杨柳已经发芽，早的山桃也多吐蕾，和孩子们的天上的点缀相照应，打成一片春日的温和。我现在在那里呢？四面都还是严冬的肃杀，而久经诀别的故乡的久经逝去的春天，却就在这天空中荡漾了。

但我是向来不爱放风筝的，不但不爱，并且嫌恶他，因为我以为这是没出息孩子所做的玩艺。和我相反的是我的小兄弟，他那时大概十岁内外罢，多病，瘦得不堪，然而最喜欢风筝，自己买不起，我又不许放，他只得张着小嘴，呆看着空中出神，有时至于小半日。远处的蟹风筝突然落下来了，他惊呼；两个瓦片风筝的缠绕解开了，他高兴得跳跃。他的这些，在我看来都是笑柄，可鄙的。

有一天，我忽然想起，似乎多日不看见他了，但记得曾见他在后园拾枯竹。我恍然大悟似的，便跑向少有人去的一间堆积杂物的小屋去，推开门，果然就在尘封的什物堆中发见了他。他向着大方凳，坐在小凳上；便很惊惶地站起来，失了色瑟缩着。大方凳旁靠着一个胡蝶风筝的竹骨，还没有糊上纸，凳上是一对做眼睛用的小风轮，正用红纸条装饰着，将要完工了。我在破获秘密的满足中，又很愤怒他的瞒了我的眼睛，这样苦心孤诣地来偷做没出息孩子的玩艺。我即刻伸手折断了胡蝶的一支翅骨，又将风轮掷在地下，踏扁了。论长幼，论力气，他是都敌不过我的，我当然得到完全的胜利，于是傲然走出，留他绝望地站在小屋里。后来他怎样，我不知道，也没有留心。

然而我的惩罚终于轮到了，在我们离别很久之后，我已经是中年。我不幸偶而看了一本外国的讲论儿童的书，才知道游戏是儿童最正当的行为，玩具是儿童的天使。于是二十年来毫不忆及的儿时对于精神的虐杀的这一幕，忽地在眼前展开，而我的心也仿佛同时变了铅块，很重很重的堕下去了。

但心又不竟堕下去而至于断绝，他只是很重很重地堕着，堕着。

我也知道补过的方法的：送他风筝，赞成他放，劝他放，我和他一同放。我们嚷着，跑着，笑着。——然而他其时已经和我一样，早已有了胡子了。

我也知道还有一个补过的方法的：去讨他的宽恕，等他说，“我可是毫不怪你呵。”那么，我的心一定就轻松了，这确是一个可行的方法。有一回，我们会面的时候，是脸上都已添刻了许多“生”的辛苦的条纹，而我的心很沉重。我们渐渐谈起儿时的旧事来，我便叙述到这一节，自说少年时代的胡涂。“我可是毫不怪你呵。”我想，他要说了，我即刻便受了宽恕，我的心从此也宽松了罢。

“有过这样的事么？”他惊异地笑着说，就像旁听着别人的故事一样。他什么也不记得了。

全然忘却，毫无怨恨，又有什么宽恕之可言呢？无怨的恕，说谎罢了。

我还能希求什么呢？我的心只得沉重着。

现在，故乡的春天又在这异地的空中了，既给我久经逝去的儿时的回忆，而一并也带着无可把握的悲哀。我倒不如躲到肃杀的严冬中去罢，——但是，四面又明明是严冬，正给我非常的寒威和冷气。

一九二五年一月二十四日。

题注：

本篇最初发表于北京《语丝》第十二期（1925 年 2 月 2 日）。

1913 年在教育部工作的鲁迅曾先后翻译了日本心理学家上野阳一的《艺术玩赏之教育》和《儿童之好奇心》等论文。1919 年鲁迅在《国民公报》上发表了一组题为《自言自语》的散文诗，其中第七节《我的兄弟》与本篇有渊源关系："我是不喜欢放风筝的，我的一个小兄弟是喜欢放风筝的。……/ 一天午后，我走到一间从来不用的屋子里，看见我的兄弟，正躲在里面糊风筝，有几支竹丝，是自己削的，几张皮纸，是自己买的，有四个风轮，已经糊好了。/ 我是不喜欢放风筝的，也最讨厌他放风筝，我便生气，踏碎了风轮，拆竹丝，将纸也撕了。……/ 我后来悟到我的错处。我的兄弟却将我这错处全忘了，他总是很要好的叫我'哥哥'。"

好的故事

灯火渐渐地缩小了，在预告石油的已经不多；石油又不是老牌，早熏得灯罩很昏暗。鞭爆的繁响在四近，烟草的烟雾在身边：是昏沉的夜。

我闭了眼睛，向后一仰，靠在椅背上；捏着《初学记》的手搁在膝髁上。

我在蒙胧中，看见一个好的故事。

这故事很美丽，幽雅，有趣。许多美的人和美的事，错综起来像一天云锦，而且万颗奔星似的飞动着，同时又展开去，以至于无穷。

我仿佛记得曾坐小船经过山阴道，两岸边的乌桕，新禾，野花，鸡，狗，丛树和枯树，茅屋，塔，伽蓝，农夫和村妇，村女，晒着的衣裳，和尚，蓑笠，天，云，竹，……都倒影在澄碧的小河中，随着每一打桨，各各夹带了闪烁的日光，并水里的萍藻游鱼，一同荡漾。诸影诸物，无不解散，而且摇动，扩大，互相融和；刚一融和，却又退缩，复近于原形。边缘都参差如夏云头，镶着日光，发出水银色焰。凡是我所经过的河，都是如此。

现在我所见的故事也如此。水中的青天的底子，一切事物统在上面交错，织成一篇，永是生动，永是展开，我看不见这一篇的结束。

河边枯柳树下的几株瘦削的一丈红，该是村女种的罢。大红花和斑红花，都在水里面浮动，忽而碎散，拉长了，如缕缕的胭脂水，然而没有晕。茅屋，狗，塔，村女，云，……也都浮动着。大红花一朵朵全被拉长了，这时是泼剌的红锦带织入狗中，狗织入白云中，白云织入村女中……。在一瞬间，他们又将退缩了。但斑红花影也已碎散，伸长，就要织进塔，村女，狗，茅屋，云里去。

现在我所见的故事清楚起来了，美丽，幽雅，有趣，而且分明。青天上面，有无数美的人和美的事，我一一看见，一一知道。

我就要凝视他们……。

我正要凝视他们时，骤然一惊，睁开眼，云锦也已皱蹙，凌乱，仿佛有谁掷一块大石下河水中，水波陡然起立，将整篇的影子撕成片片了。我无意识地赶忙捏住几乎坠地的《初学记》，眼前还剩着几点虹霓色的碎影。

我真爱这一篇好的故事，趁碎影还在，我要追回他，完成他，留下他。我抛了书，欠身伸手去取笔，——何尝有一丝碎影，只见昏暗的灯光，我不在小船里了。

但我总记得见过这一篇好的故事，在昏沉的夜……。

一九二五年二月二十四日。

题注：

本篇最初发表于北京《语丝》第十三期（1925 年 2 月）。

本篇据鲁迅日记应作于 1 月 28 日："夜译白村氏《出了象牙之塔》二篇。作《野草》一篇。"此日是农历正月初五，为旧俗"迎财神"的日子。

1918年鲁迅曾在《新青年》第四卷第五号上发表新诗《梦》："很多的梦，趁黄昏起哄。/ 前梦才挤却大前梦时，后梦又赶走了前梦。……/ 暗里不知，深热头痛。/ 你来你来！明白的梦。"在《语丝》第十四期上有一条关于本篇的更正，据考证为鲁迅所订："《好的故事》正误：十二行（此行数为《语丝》刊载本篇时的行数——笔者）'乌'下脱'柏'字；十五行'桨'误'浆'；廿六行'缕'上脱'如'字；末行'的'下脱'夜'字。"

过客

时：

　　或一日的黄昏。

地：

　　或一处。

人：

　　老翁——约七十岁，白须发，黑长袍。

　　女孩——约十岁，紫发，乌眼珠，白地黑方格长衫。

　　过客——约三四十岁，状态困顿倔强，眼光阴沉，黑须，乱发，黑色短衣裤皆破碎，赤足著破鞋，胁下挂一口袋，支着等身的竹杖。

　　东，是几株杂树和瓦砾；西，是荒凉破败的丛葬；其间有一条似路非路的痕迹。一间小土屋向这痕迹开着一扇门；门侧有一段枯树根。

　　（女孩正要将坐在树根上的老翁搀起。）

翁——孩子。喂，孩子！怎么不动了呢？

孩——（向东望着，）有谁走来了，看一看罢。

翁——不用看他。扶我进去罢。太阳要下去了。

孩——我，——看一看。

翁——唉，你这孩子！天天看见天，看见土，看见风，还不够好看么？什么也决不比这些好看。你偏是要看谁。太阳下去时候出现的东西，不会给你什么好处的。……还是进去罢。

孩——可是，已经近来了。阿阿，是一个乞丐。

翁——乞丐？不见得罢。

（过客从东面的杂树间跄踉走出，暂时踌躇之后，慢慢地走近老翁去。）

客——老丈，你晚上好？

翁——阿，好！托福。你好？

客——老丈，我实在冒昧，我想在你那里讨一杯水喝。我走得渴极了。这地方又没有一个池塘，一个水洼。

翁——唔，可以可以。你请坐罢。（向女孩）孩子，你拿水来，杯子要洗干净。

（女孩默默地走进土屋去。）

翁——客官，你请坐。你是怎么称呼的。

客——称呼？——我不知道。从我还能记得的时候起，我就只一个人。我不知道我本来叫什么。我一路走，有时人们也随便称呼我，各式各样地，我也记不清楚了，况且相同的称呼也没有听到过第二回。

翁——阿阿。那么，你是从那里来的呢？

客——（略略迟疑，）我不知道。从我还能记得的时候起，我就在这么走。

翁——对了。那么，我可以问你到那里去么？

客——自然可以。——但是，我不知道。从我还能记得的时候起，我就在这么走，要走到一个地方去，这地方就在前面。我单记得走了许多路，现在来到这里了。我接着就要走向那边去，（西指，）前面！

（女孩小心地捧出一个木杯来，递去。）

客——（接杯，）多谢，姑娘。（将水两口喝尽，还杯，）多谢，姑娘。这真是少有的好意。我真不知道应该怎样感激！

翁——不要这么感激。这于你是没有好处的。

客——是的，这于我没有好处。可是我现在很恢复了些力气了。我就要前去。老丈，你大约是久住在这里的，你可知道前面是怎么一个所在么？

翁——前面？前面，是坟。

客——（诧异地，）坟？

孩——不，不，不的。那里有许多许多野百合，野蔷薇，我常常去玩，去看他们的。

客——（西顾，仿佛微笑，）不错。那些地方有许多许多野百合，野蔷薇，我也常常去玩过，去看过的。但是，那是坟。（向老翁，）老丈，走完了那坟地之后呢？

翁——走完之后？那我可不知道。我没有走过。

客——不知道？！

孩——我也不知道。

翁——我单知道南边；北边；东边，你的来路。那是我最熟悉的地方，也许倒是于你们最好的地方。你莫怪我多嘴，据我看来，你已经这么劳顿了，还不如回转去，因为你前去也料不定可能走完。

客——料不定可能走完？……（沉思，忽然惊起，）那不行！我只得走。回到那里去，就没一处没有名目，没一处没有地主，没一处没有驱逐和牢笼，没一处没有皮面的笑容，没一处没有眶外的眼泪。我憎恶他们，我不回转去！

翁——那也不然。你也会遇见心底的眼泪，为你的悲哀。

客——不。我不愿看见他们心底的眼泪，不要他们为我的悲哀！

翁——那么，你，（摇头，）你只得走了。

客——是的，我只得走了。况且还有声音常在前面催促我，叫唤我，使我息不下。可恨的是我的脚早经走破了，有许多伤，流了许多血。（举起一足给老人看，）因此，我的血不够了；我要喝些血。但血在那里呢？可是我也不愿意喝无论谁的血。我只得喝些水，来补充我的血。一路上总有水，我倒也并不感到什么不足。只是我的力气太稀薄了，血里面太多了水的缘故罢。今天连一个小水洼也遇不到，也就是少走了路的缘故罢。

翁——那也未必。太阳下去了，我想，还不如休息一会的好罢，像我似的。

客——但是，那前面的声音叫我走。

翁——我知道。

客——你知道？你知道那声音么？

翁——是的。他似乎曾经也叫过我。

客——那也就是现在叫我的声音么？

翁——那我可不知道。他也就是叫过几声，我不理他，他也就不叫了，我也就记不清楚了。

客——唉唉，不理他……。（沉思，忽然吃惊，倾听着，）不行！我还是走的好。我息不下。可恨我的脚早经走破了。（准备走路。）

孩——给你！（递给一片布，）裹上你的伤去。

客——多谢，(接取，)姑娘。这真是……。这真是极少有的好意。这能使我可以走更多的路。(就断砖坐下，要将布缠在踝上，)但是，不行！（竭力站起，）姑娘，还了你罢，还是裹不下。况且这太多的好意，我没法感激。

翁——你不要这么感激，这于你没有什么好处。

客——是的，这于我没有什么好处。但在我，这布施是最上的东西了。你看，我全身上可有这样的。

翁——你不要当真就是。

客——是的。但是我不能。我怕我会这样：倘使我得到了谁的布施，我就要像兀鹰看见死尸一样，在四近徘徊，祝愿她的灭亡，给我亲自看见；或者咒诅她以外的一切全都灭亡，连我自己，因为我就应该得到咒诅。但是我还没有这样的力量；即使有这力量，我也不愿意她有这样的境遇，因为她们大概总不愿意有这样的境遇。我想，这最稳当。(向女孩，)姑娘，你这布片太好，可是太小一点了，还了你罢。

孩——（惊惧，退后，）我不要了！你带走！

客——（似笑，）哦哦，……因为我拿过了？

孩——（点头，指口袋，）你装在那里，去玩玩。

客——（颓唐地退后，）但这背在身上，怎么走呢？……

翁——你息不下，也就背不动。——休息一会，就没有什么了。

客——对咧，休息……。（默想，但忽然惊醒，倾听。）不，我不能！我还是走好。

翁——你总不愿意休息么？

客——我愿意休息。

翁——那么，你就休息一会罢。

客——但是，我不能……。

翁——你总还是觉得走好么？

客——是的。还是走好。

翁——那么，你也还是走好罢。

客——（将腰一伸，）好，我告别了。我很感谢你们。（向着女孩，）姑娘，这还你，请你收回去。

（女孩惊惧，敛手，要躲进土屋里去。）

翁——你带去罢。要是太重了，可以随时抛在坟地里面的。

孩——（走向前，）阿阿，那不行！

客——阿阿，那不行的。

翁——那么，你挂在野百合野蔷薇上就是了。

孩——（拍手，）哈哈！好！

客——哦哦……。

（极暂时中，沉默。）

翁——那么，再见了。祝你平安。（站起，向女孩，）孩子，扶我进去罢。你看，太阳早已下去了。（转身向门。）

客——多谢你们。祝你们平安。（徘徊，沉思，忽然吃惊，）然而我不能！我只得走。我还是走好罢……。（即刻昂了头，奋然向西走去。）

（女孩扶老人走进土屋，随即阖了门。过客向野地里跄踉地闯进去，夜色跟在他后面。）

一九二五年三月二日

题注：

本篇最初发表于北京《语丝》第十七期（1925年3月9日）。

这年4月，鲁迅在致赵其文信中两次提及本篇，在4月11日的信中说："《过客》的意思不过如来信所说那样，即是虽然明知前路是坟而偏要走，就是反抗绝望，因为我以为绝望而反抗者难，比因希望而战斗者更勇猛，更悲壮。但这种反抗，每每易蹉跌在'爱'——感激也在内——里，所以那过客得了小女孩的一片破布的布施也几乎不能前进了。"同年5月，鲁迅在《北京通信》一文中说："因为我自己也正站在歧路上，——或者，说得较有希望些：站在十字路口。""我自己，是什么也不怕的，生命是我自己的东西，所以我不妨大步走去，向着我自以为可以走去的路；即使前面是深渊，荆棘，狭谷，火坑，都由我自己负责。"4月30日，鲁迅在致许广平信中又提及本篇："又如来信说，凡有死的同我有关的，同时我就憎恨所有与我无关的……而我正相反，同我有关的活着，我倒不放心，死了，我就安心，这意思也在《过客》中说过，都与小鬼的不同。"

死火

我梦见自己在冰山间奔驰。

这是高大的冰山，上接冰天；天上冻云弥漫，片片如鱼鳞模样。山麓有冰树林，枝叶都如松杉。一切冰冷，一切青白。

但我忽然坠在冰谷中。

上下四旁无不冰冷，青白。而一切青白冰上，却有红影无数，纠结如珊瑚网。我俯看脚下，有火焰在。

这是死火。有炎炎的形，但毫不摇动，全体冰结，像珊瑚枝；尖端还有凝固的黑烟，疑这才从火宅中出，所以枯焦。这样，映在冰的四壁，而且互相反映，化为无量数影，使这冰谷，成红珊瑚色。

哈哈！

当我幼小的时候，本就爱看快舰激起的浪花，洪炉喷出的烈焰：不但爱看，还想看清。可惜他们都息息变幻，永无定形，虽然凝视又凝视，总不留下怎样一定的迹象。

死的火焰，现在先得到了你了！

我拾起死火，正要细看，那冷气已使我的指头焦灼；但是，我还熬着，将他塞入衣袋中间。冰谷四面，顿时完全青白。我一面思索着走出冰谷的法子。

我的身上喷出一缕黑烟，上升如铁线蛇。冰谷四面，又登时满有红焰流动，如大火聚，将我包围。我低头一看，死火已经燃烧，烧穿了我的衣袋，流在冰地上了。

"唉，朋友！你用了你的温热，将我惊醒了。"他说。

我连忙和他招呼，问他名姓。

"我原先被人遗弃在这冰谷中，"他答非所问地说，"遗弃我的早已灭亡，消尽了。我也被冰冻得要死。倘你不给我温热，使我重行烧起，我不久就须灭亡。"

"你的醒来，使我欢喜。我正想着走出冰谷的方法；我愿意携带你去，使你永不冰结，永得燃烧。"

"唉唉！那么，我将烧完！"

"你的烧完，使我惋惜。我便将你留下，仍在这里罢。"

"唉唉！那么，我将冻灭了！"

"那么，怎么办呢？"

"但你自己，又怎么办呢？"他反而问。

"我说过了：我要出这冰谷……。"

"那我倒不如烧完！"

他忽而跃起，如红彗星，并我都出冰谷口外。有大石车突然驰来，我终于碾死在车轮底下，但我还看见那车就坠入冰谷中。

"哈哈！你们是再也遇不着死火了！"我得意地笑着说，仿佛就愿意这样似的。

一九二五年四月二十三日。

题注：

本篇最初发表于北京《语丝》第二十五期（1925年5月4日）。

早在1919年鲁迅曾作过与本篇意境相似的散文诗《自言自语·火的冰》："流动的火，是熔化的珊瑚么？／中间有些绿白，像珊瑚的心，深身通红，像珊瑚的肉，外层带些黑，是珊瑚焦了。／好是好呵，可惜拿了要烫手。／遇着说不出的冷，火便结了冰了。……火，火的冰，人们没奈何他，他自己也苦么？／唉，火的冰。／唉，唉，火的冰的人！"鲁迅在作本篇前曾致许广平信说：中国"无论如何，总要改革才好……但改革最快的还是火与剑"（1925年4月8日）。又，1935年12月鲁迅所作的旧体诗《亥年残秋偶作》中"梦坠空云齿发寒"句与本篇有相似之意境，可参阅。

"火宅"，为佛教用语，此处指"死火"来自苦恼的人间；"火聚"，也为佛教用语，猛火聚集的地方。

狗的驳诘

我梦见自己在隘巷中行走，衣履破碎，像乞食者。

一条狗在背后叫起来了。

我傲慢地回顾，叱咤说：

"呔！住口！你这势利的狗！"

"嘻嘻！"他笑了，还接着说，"不敢，愧不如人呢。"

"什么！？"我气愤了，觉得这是一个极端的侮辱。

"我惭愧：我终于还不知道分别铜和银；还不知道分别布和绸；还不知道分别官和民；还不知道分别主和奴；还不知道……"

我逃走了。

"且慢！我们再谈谈……"他在后面大声挽留。

我一径逃走，尽力地走，直到逃出梦境，躺在自己的床上。

一九二五年四月二十三日。

题注：

本篇最初发表于北京《语丝》第二十五期（1925 年 5 月 4 日）。

本年 2 月《语丝》第十五期上曾刊载波特莱尔的散文诗，文中叙述了一条狗因对主人为它买的香水退避三舍，而遭到主人严厉斥责的故事。4 月 4 日，鲁迅在《夏三虫》中写道："古今君子，每以禽兽斥人，殊不知便是昆虫，值得师法的地方也多着哪。"也可参阅《论"费厄泼赖"应该缓行》。

失掉的好地狱

　　我梦见自己躺在床上，在荒寒的野外，地狱的旁边。一切鬼魂们的叫唤无不低微，然有秩序，与火焰的怒吼，油的沸腾，钢叉的震颤相和鸣，造成醉心的大乐，布告三界：地下太平。

　　有一伟大的男子站在我面前，美丽，慈悲，遍身有大光辉，然而我知道他是魔鬼。

　　"一切都已完结，一切都已完结！可怜的鬼魂们将那好的地狱失掉了！"他悲愤地说，于是坐下，讲给我一个他所知道的故事——

　　"天地作蜂蜜色的时候，就是魔鬼战胜天神，掌握了主宰一切的大威权的时候。他收得天国，收得人间，也收得地狱。他于是亲临地狱，坐在中央，遍身发大光辉，照见一切鬼众。

　　"地狱原已废弛得很久了：剑树消却光芒；沸油的边际早不腾涌；大火聚有时不过冒些青烟，远处还萌生曼陀罗花，花极细小，惨白可怜。——那是不足为奇的，因为地上曾经大被焚烧，自然失了他的肥沃。

　　"鬼魂们在冷油温火里醒来，从魔鬼的光辉中看见地狱小花，惨白可怜，被大蛊惑，倏忽间记起人世，默想至不知几多年，遂同时向着人间，发一声反狱的绝叫。

　　"人类便应声而起，仗义执言，与魔鬼战斗。战声遍满三界，远过雷霆。终于运大谋略，布大网罗，使魔鬼并且不得不从地狱出走。

最后的胜利，是地狱门上也竖了人类的旌旗！

"当鬼魂们一齐欢呼时，人类的整饬地狱使者已临地狱，坐在中央，用了人类的威严，叱咤一切鬼众。

"当鬼魂们又发一声反狱的绝叫时，即已成为人类的叛徒，得到永劫沉沦的罚，迁入剑树林的中央。

"人类于是完全掌握了主宰地狱的大威权，那威棱且在魔鬼以上。人类于是整顿废弛，先给牛首阿旁以最高的俸草；而且，添薪加火，磨砺刀山，使地狱全体改观，一洗先前颓废的气象。

"曼陀罗花立即焦枯了。油一样沸；刀一样铦；火一样热；鬼众一样呻吟，一样宛转，至于都不暇记起失掉的好地狱。

"这是人类的成功，是鬼魂的不幸……。

"朋友，你猜疑我了。是的，你是人！我且去寻野兽和恶鬼……。"

一九二五年六月十六日。

题注：

本篇最初发表于北京《语丝》第三十二期（1925 年 6 月 22 日）。

鲁迅在作本篇前两个月曾作《杂语》一篇，其开首就说："称为神的和称为魔的战斗了，并非争夺天国，而在要得地狱的统治权。所以无论谁胜，地狱至今也还是照样的地狱。"1931 年 11 月鲁迅在《〈野草〉英文译本序》中回忆当时的感受时说："这也可以说，大半是废弛的地狱边沿的惨白色的小花，当然不会美丽。但这地狱也必须失掉。这是由几个有雄辩和辣手，而那时还未得志的英雄们的脸色和语气所告诉我的。我于是作《失掉的好地狱》。"

又，鲁迅为研究中国小说，曾辑录南朝齐王琰所作《冥祥记》，其中多记地狱阴森可怖之状，后收入《古小说钩沉》，可参阅。

墓碣文

　　我梦见自己正和墓碣对立，读着上面的刻辞。那墓碣似是沙石所制，剥落很多，又有苔藓丛生，仅存有限的文句——

　　　　……于浩歌狂热之际中寒；于天上看见深渊。于一切眼中看见无所有；于无所希望中得救。……
　　　　……有一游魂，化为长蛇，口有毒牙。不以啮人，自啮其身，终以殒颠。……
　　　　……离开！……

　　我绕到碣后，才见孤坟，上无草木，且已颓坏。便从大阙口中，窥见死尸，胸腹俱破，中无心肝。而脸上却绝不显哀乐之状，但蒙蒙如烟然。

　　我在疑惧中不及回身，然而已看见墓碣阴面的残存的文句——

　　　　……抉心自食，欲知本味。创痛酷烈，本味何能知？……
　　　　……痛定之后，徐徐食之。然其心已陈旧，本味又何由知？……

　　……答我。否则，离开！……

我就要离开。而死尸已在坟中坐起，口唇不动，然而说——
"待我成尘时，你将见我的微笑！"
我疾走，不敢反顾，生怕看见他的追随。

一九二五年六月十七日。

题注：

本篇最初发表于北京《语丝》第三十二期（1925年6月22日）。

1925年5月5日鲁迅在《杂感》中说："仰慕往古的，回往古去罢！想出世的，快出世罢！想上天的，快上天罢！灵魂要离开肉体的，赶快离开罢！现在的地上，应该是执着现在，执着地上的人们居住的。但厌恶现世的人们还住着。这都是现世的仇仇，他们一日存在，现世即一日不能得救。""这在豫告'真的愤怒'将要到来。那时候，仰慕往古的就要回往古去了，想出世的要出世去了，想上天的要上天了，灵魂要离开肉体的就要离开了！……"本年底，鲁迅在《热风·题记》中写道："但如果凡我所写，的确都是冷的呢？则它的生命原来就是没有，更谈不到中国的病症究竟如何。……对于周围的感受和反应，又大概是所谓'如鱼饮水冷暖自知'的；我却觉得周围的空气太寒冽了。"1926年鲁迅在《写在〈坟〉后面》中又说："然而我至今终于不明白我一向是在做什么。……所知道的是即使是筑台，也无非要将自己从那上面跌下来或者显示老死；倘是掘坑，那就当然不过是埋掉自己。""我的确时时解剖别人，然而更多的是更无情面地解剖我自己，发表一点，酷爱温暖的人物已经觉得冷酷了，如果全露出我的血肉来，末路正不知要到怎样。"

颓败线的颤动

我梦见自己在做梦。自身不知所在,眼前却有一间在深夜中紧闭的小屋的内部,但也看见屋上瓦松的茂密的森林。

板桌上的灯罩是新拭的,照得屋子里分外明亮。在光明中,在破榻上,在初不相识的披毛的强悍的肉块底下,有瘦弱渺小的身躯,为饥饿,苦痛,惊异,羞辱,欢欣而颤动。弛缓,然而尚且丰腴的皮肤光润了;青白的两颊泛出轻红,如铅上涂了胭脂水。

灯火也因惊惧而缩小了,东方已经发白。

然而空中还弥漫地摇动着饥饿,苦痛,惊异,羞辱,欢欣的波涛……。

"妈!"约略两岁的女孩被门的开阖声惊醒,在草席围着的屋角的地上叫起来了。

"还早哩,再睡一会罢!"她惊惶地说。

"妈!我饿,肚子疼。我们今天能有什么吃的?"

"我们今天有吃的了。等一会有卖烧饼的来,妈就买给你。"她欣慰地更加紧捏着掌中的小银片,低微的声音悲凉地发抖,走近屋角去一看她的女儿,移开草席,抱起来放在破榻上。

"还早哩,再睡一会罢。"她说着,同时抬起眼睛,无可告诉地一看破旧的屋顶以上的天空。

空中突然另起了一个很大的波涛，和先前的相撞击，回旋而成旋涡，将一切并我尽行淹没，口鼻都不能呼吸。

我呻吟着醒来，窗外满是如银的月色，离天明还很辽远似的。

我自身不知所在，眼前却有一间在深夜中紧闭的小屋的内部，我自己知道是在续着残梦。可是梦的年代隔了许多年了。屋的内外已经这样整齐；里面是青年的夫妻，一群小孩子，都怨恨鄙夷地对着一个垂老的女人。

"我们没有脸见人，就只因为你，"男人气忿地说。"你还以为养大了她，其实正是害苦了她，倒不如小时候饿死的好！"

"使我委屈一世的就是你！"女的说。

"还要带累了我！"男的说。

"还要带累他们哩！"女的说，指着孩子们。

最小的一个正玩着一片干芦叶，这时便向空中一挥，仿佛一柄钢刀，大声说道：

"杀！"

那垂老的女人口角正在痉挛，登时一怔，接着便都平静，不多一会，她冷静地，骨立的石像似的站起来了。她开开板门，迈步在深夜中走出，遗弃了背后一切的冷骂和毒笑。

她在深夜中尽走，一直走到无边的荒野；四面都是荒野，头上只有高天，并无一个虫鸟飞过。她赤身露体地，石像似的站在荒野的中央，于一刹那间照见过往的一切：饥饿，苦痛，惊异，羞辱，欢欣，于是发抖；害苦，委屈，带累，于是痉挛；杀，于是平静。……又于一刹那间将一切并合：眷念与决绝，爱抚与复仇，养育与歼除，祝福与咒诅……。她于是举两手尽量向天，口唇间漏出神与兽的，非人间所有，所以无词的言语。

当她说出无词的言语时，她那伟大如石像，然而已经荒废的，颓败的身躯的全面都颤动了。这颤动点点如鱼鳞，每一鳞都起伏如沸水在烈火上；空中也即刻一同振颤，仿佛暴风雨中的荒海的波涛。

她于是抬起眼睛向着天空，并无词的言语也沉默尽绝，惟有颤动，辐射若太阳光，使空中的波涛立刻回旋，如遭飓风，汹涌奔腾于无边的荒野。

我梦魇了，自己却知道是因为将手搁在胸脯上了的缘故；我梦中还用尽平生之力，要将这十分沉重的手移开。

一九二五年六月二十九日。

题注：

本篇最初发表于北京《语丝》第三十五期（1925 年 7 月 13 日）。

1925 年 6 月 13 日鲁迅在致许广平信中谈及当时一些人和事时说："我总是'罪孽深重，祸延'自己，每每终于发现纯粹的利用，连'互'字也安不上，被用之后，只剩下耗了气力的自己一个。有时候，他还要反而骂你，还要谢他的洪恩。"1926 年 11 月 7 日他在致许广平信中又说："在这几年中，我很遇见了些文学青年，由于经验的结果，觉他们之于我，大抵是可以使役时自然是竭力使役，可以诘责时便竭力诘责，可以攻击时自然是竭力攻击……"一个多月后，鲁迅再次写道："我先前何尝不出于自愿，在生活的路上，将血一滴一滴地滴过去，以饲别人，虽自觉渐渐瘦弱，也以为快活。而现在呢，人们笑我瘦弱了，连饮过我的血的人，也来嘲笑我的瘦弱了。"（1926 年 12 月 16 日致许广平信）又，《语丝》第十四期曾刊有署名李淑良的题为《弃妇》的新诗，其最后一段为："衰老的裙裾发生哀吟，／徜徉在邱墓之侧，／永无热泪，／点滴在草地／为世界之装饰。"

立论

　　我梦见自己正在小学校的讲堂上预备作文，向老师请教立论的方法。

　　"难！"老师从眼镜圈外斜射出眼光来，看着我，说。"我告诉你一件事——

　　"一家人家生了一个男孩子，合家高兴透顶了。满月的时候，抱出来给客人看，——大概自然是想得一点好兆头。

　　"一个说：'这孩子将来要发财的。'他于是得到一番感谢。

　　"一个说：'这孩子将来要做官的。'他于是收回几句恭维。

　　"一个说：'这孩子将来是要死的。'他于是得到一顿大家合力的痛打。

　　"说要死的必然，说富贵的许谎。但说谎的得好报，说必然的遭打。你……"

　　"我愿意既不谎人，也不遭打。那么，老师，我得怎么说呢？"

　　"那么，你得说：'啊呀！这孩子呵！您瞧！多么……。阿唷！哈哈！Hehe！he，hehehehe！'"

一九二五年七月八日。

题注：

本篇最初发表于北京《语丝》第三十五期（1925年7月13日）。

1924年鲁迅曾作《说胡须》一文，在谈及自己的一段回乡的经历后说："凡对于真话为笑话的，以笑话为真话的，以笑话为笑话的，只有一个方法：就是不说话。于是我从此不说话。然而，倘使现在，我大约还要说：'嗡，嗡，……今天天气多么好呀？……那边的村子叫什么名字？……'因为我实在比先前似乎油滑得多了，——好了。"在作本篇后，鲁迅在《论睁了眼看》中指出了中国人的国民劣根性："中国人的不敢正视各方面，用瞒和骗，造出奇妙的逃路来，而自以为正路。在这路上，就证明着国民性的怯弱，懒惰，而又巧滑。一天一天的满足着，即一天一天的坠落着，但却又觉得日见其光荣。"1933年，鲁迅在《作文秘诀》中写道："那么，作文真就怎么无秘诀么？却也并不。我曾经讲过几句作古文的秘诀，是要通篇都有来历，而非古人的成文；也就是通篇是自己做的，而又全非自己所做，个人其实并没有说什么；也就是'事出有因'，而又'查无实据'。到这样，便'庶几乎免于大过矣'了。简而言之，实不过要做得'今天天气，哈哈哈……'而已。"

死后

我梦见自己死在道路上。

这是那里，我怎么到这里来，怎么死的，这些事我全不明白。总之，待到我自己知道已经死掉的时候，就已经死在那里了。

听到几声喜鹊叫，接着是一阵乌老鸦。空气很清爽，——虽然也带些土气息，——大约正当黎明时候罢。我想睁开眼睛来，它却全然不动，简直不像是我的眼睛；于是想抬手，也一样。

恐怖的利镞忽然穿透我的心了。在我生存时，曾经玩笑地设想：假使一个人的死亡，只是运动神经的废灭，而知觉还在，那就比全死了更可怕。谁知道我的预想竟的中了，我自己就在证实这预想。

听到脚步声，走路的罢。一辆独轮车从我的头边推过，大约是重载的，轧轧地叫得人心烦，还有些牙齿龌。很觉得满眼绯红，一定是太阳上来了。那么，我的脸是朝东的。但那都没有什么关系。切切嚓嚓的人声，看热闹的。他们踹起黄土来，飞进我的鼻孔，使我想打喷嚏了，但终于没有打，仅有想打的心。

陆陆续续地又是脚步声，都到近旁就停下，还有更多的低语声：看的人多起来了。我忽然很想听听他们的议论。但同时想，我生存时说的什么批评不值一笑的话，大概是违心之论罢：才死，就露了破绽了。然而还是听；然而毕竟得不到结论，归纳起来不过是这样——

"死了？……"

"嗡。——这……"

"哼！……"

"啧……唉！……"

我十分高兴，因为始终没有听到一个熟识的声音。否则，或者害得他们伤心；或则要使他们快意；或则要使他们加添些饭后闲谈的资料，多破费宝贵的工夫；这都使我很抱歉。现在谁也看不见，就是谁也不受影响。好了，总算对得起人了！

但是，大约是一个蚂蚁，在我的脊梁上爬着，痒痒的。我一点也不能动，已经没有除去它的能力了；倘在平时，只将身子一扭，就能使他退避。而且，大腿上又爬着一个哩！你们是做什么的？虫豸！？

事情可更坏了：嗡的一声，就有一个青蝇停在我的颧骨上，走了几步，又一飞，开口便舐我的鼻尖。我懊恼地想：足下，我不是什么伟人，你无须到我身上来寻做论的材料……。但是不能说出来。他却从鼻尖跑下，又用冷舌头来舐我的嘴唇了，不知道可是表示亲爱。还有几个则聚在眉毛上，跨一步，我的毛根就一摇。实在使我烦厌得不堪，——不堪之至。

忽然，一阵风，一片东西从上面盖下来，他们就一同飞开了，临走时还说——

"惜哉！……"

我愤怒得几乎昏厥过去。

木材摔在地上的钝重的声音同着地面的震动，使我突然清醒，前额上感着芦席的条纹。但那芦席就被掀去了，又立刻感到了日光的灼热。还听得有人说——

"怎么要死在这里？……"

这声音离我很近，他正弯着腰罢。但人应该死在那里呢？我先前以为人在地上虽没有任意生存的权利，却总有任意死掉的权利的。现在才知道并不然，也很难适合人们的公意。可惜我久没了纸笔；即有也不能写，而且即使写了也没有地方发表了。只好就这样地抛开。

有人来抬我，也不知道是谁。听到刀鞘声，还有巡警在这里罢，在我所不应该"死在这里"的这里。我被翻了几个转身，便觉得向上一举，又往下一沉；又听到盖了盖，钉着钉。但是，奇怪，只钉了两个。难道这里的棺材钉，是只钉两个的么？

我想：这回是六面碰壁，外加钉子。真是完全失败，呜呼哀哉了！……

"气闷！……"我又想。

然而我其实却比先前已经宁静得多，虽然知不清埋了没有。在手背上触到草席的条纹，觉得这尸衾倒也不恶。只不知道是谁给我化钱的，可惜！但是，可恶，收敛的小子们！我背后的小衫的一角皱起来了，他们并不给我拉平，现在抵得我很难受。你们以为死人无知，做事就这样地草率么？哈哈！

我的身体似乎比活的时候要重得多，所以压着衣皱便格外不舒服。但我想，不久就可以习惯的；或者就要腐烂，不至于再有什么大麻烦。此刻还不如静静地静着想。

"您好？您死了么？"

是一个颇熟的声音。睁眼看时，却是勃古斋旧书铺的跑外的小伙计。不见约有二十多年了，倒还是那一副老样子。我又看看六面的壁，委实太毛糙，简直毫没有加过一点修刮，锯绒还是毛毵毵的。

"那不碍事，那不要紧。"他说，一面打开深蓝色布的包裹来。"这是明板《公羊传》，嘉靖黑口本，给您送来了。您留下罢。这是……。"

"你！"我诧异地看定他的眼睛，说，"你莫非真正胡涂了？你看我这模样，还要看什么明板？……"

"那可以看，那不碍事。"

我即刻闭上眼睛，因为对他很烦厌。停了一会，没有声息，他大约走了。但是似乎一个马蚁又在脖子上爬起来，终于爬到脸上，只绕着眼眶转圈子。

万不料人的思想，是死掉之后也还会变化的。忽而，有一种力将我的心的平安冲破；同时，许多梦也都做在眼前了。几个朋友祝我安乐，几个仇敌祝我灭亡。我却总是既不安乐，也不灭亡地不上不下地生活下来，都不能副任何一面的期望。现在又影一般死掉了，连仇敌也不使知道，不肯赠给他们一点惠而不费的欢欣。……

我觉得在快意中要哭出来。这大概是我死后第一次的哭。

然而终于也没有眼泪流下；只看见眼前仿佛有火花一闪，我于是坐了起来。

一九二五年七月十二日。

题注：

本篇最初发表于北京《语丝》第三十六期（1925 年 7 月 20 日）。

1925 年 3 月 11 日，鲁迅在回许广平的第一封信中谈及自己面对死亡威胁的办法：“如果遇见老虎，我就爬上树去，等它饿得走去了再下来，倘它竟不走，我就自己饿死在树上，而且先用带子缚住，连死尸也决不给它吃。但倘若没有树呢？那么，没有法子，只好请它吃，但也不妨也咬它一口。”在写这封信十天后，鲁迅在《战士和苍蝇》中写道：“战士战死了的时候，苍蝇们所首先发见的是他的缺点和伤痕，嘬着，营营地叫着，以为得意，以为比死了的战士更英雄。但是战士已经战死了，不再来挥去他们。于是乎苍蝇们即更其营营地叫，自以为倒是不朽的声音，因为它们的完全，远在战士之上。”同年 5 月他在《杂感》中又谈及人将被杀时的情状与感受，可参阅。

这样的战士

要有这样的一种战士——

已不是蒙昧如非洲土人而背着雪亮的毛瑟枪的；也并不疲惫如中国绿营兵而却佩着盒子炮。他毫无乞灵于牛皮和废铁的甲胄；他只有自己，但拿着蛮人所用的，脱手一掷的投枪。

他走进无物之阵，所遇见的都对他一式点头。他知道这点头就是敌人的武器，是杀人不见血的武器，许多战士都在此灭亡，正如炮弹一般，使猛士无所用其力。

那些头上有各种旗帜，绣出各样好名称：慈善家，学者，文士，长者，青年，雅人，君子……。头下有各样外套，绣出各式好花样：学问，道德，国粹，民意，逻辑，公义，东方文明……。

但他举起了投枪。

他们同声立了誓讲说，他们的心都在胸膛的中央，和别的偏心的人类两样。他们都在胸前放着护心镜，就为自己也深信心在胸膛中央的事作证。

但他举起了投枪。

他微笑，左侧一掷，却正中了他们的心窝。

一切都颓然倒地；——然而只有一件外套，其中无物。无物之物已经脱走，得了胜利，因为他这时成了戕害慈善家等类的罪人。

但他举起了投枪。

他在无物之阵中大踏步走，再见一式的点头，各种的旗帜，各样的外套……。

但他举起了投枪。

他终于在无物之阵中老衰，寿终。他终于不是战士，但无物之物则是胜者。

在这样的境地里，谁也不闻战叫：太平。

太平……。

但他举起了投枪！

一九二五年十二月十四日。

题注：

本篇最初发表于北京《语丝》第五十八期（1925 年 12 月 21 日）。

1931 年他在《〈野草〉英文译本序》中说本篇"是有感于文人学士们帮助军阀而作"。在写本篇后，又写了《论"费厄泼赖"应该缓行》，1926 年写《我还不能"带住"》也有相关话题，可参阅。

聪明人和傻子和奴才

奴才总不过是寻人诉苦。也只能这样，只要这样。有一日，他遇到一个聪明人。

"先生！"他悲哀地说，眼泪联成一线，就从眼角上直流下来。"你知道的。我所过的简直不是人的生活。吃的是一天未必有一餐，这一餐又不过是高粱皮，连猪狗都不要吃的，尚且只有一小碗……。"

"这实在令人同情。"聪明人也惨然说。

"可不是么！"他高兴了。"可是做工是昼夜无休息的：清早担水晚烧饭，上午跑街夜磨面，晴洗衣裳雨张伞，冬烧汽炉夏打扇。半夜要煨银耳，侍候主人耍钱；头钱从来没分，有时还挨皮鞭……。"

"唉唉……。"聪明人叹息着，眼圈有些发红，似乎要下泪。

"先生！我这样是敷衍不下去的。我总得另外想法子。可是什么法子呢？……"

"我想，你总会好起来……。"

"是么？但愿如此。可是我对先生诉了冤苦，又得了你的同情和慰安，已经舒坦得不少了。可见天理没有灭绝……。"

但是，不几日，他又不平起来了，仍然寻人去诉苦。

"先生！"他流着眼泪说，"你知道的。我住的简直比猪窝还不如。主人并不将我当人；他对他的叭儿狗还要好到几万倍……。"

"混帐！"那人大叫起来，使他吃惊了。那人是一个傻子。

"先生，我住的只是一间破小屋，又湿，又阴，满是臭虫，睡下去就咬得真可以。秽气冲着鼻子，四面又没有一个窗……。"

"你不会要你的主人开一个窗的么？"

"这怎么行？……"

"那么，你带我去看去！"

傻子跟奴才到他屋外，动手就砸那泥墙。

"先生！你干什么？"他大惊地说。

"我给你打开一个窗洞来。"

"这不行！主人要骂的！"

"管他呢！"他仍然砸。

"人来呀！强盗在毁咱们的屋子了！快来呀！迟一点可要打出窟窿来了！……"他哭嚷着，在地上团团地打滚。

一群奴才都出来了，将傻子赶走。

听到了喊声，慢慢地最后出来的是主人。

"有强盗要来毁咱们的屋子，我首先叫喊起来，大家一同把他赶走了。"他恭敬而得胜地说。

"你不错。"主人这样夸奖他。

这一天就来了许多慰问的人，聪明人也在内。

"先生。这回因为我有功，主人夸奖了我了。你先前说我总会好起来，实在是有先见之明……。"他大有希望似的高兴地说。

"可不是么……。"聪明人也代为高兴似的回答他。

一九二五年十二月二十六日。

题注：

本篇最初发表于北京《语丝》第六十期（1926年1月4日）。

鲁迅在本年所译厨川白村的《出了象牙之塔》一书中有"呆子"一节，文谓："所谓呆子者，其真解，就是踢开利害的打算，专凭不伪不饰的自己的本心而动的人；是决不能姑且妥协，姑且敷衍，就算完事的人。是本质底地，彻底底地，第一义底地来思索事物，而能将这实现于自己的生活的人。是在炎炎地烧着烈火似的内部生命的火焰里，常常加添新柴，而不怠于自我的充实的人。""世界总专靠着那样的大的呆子的呆力量而被改造。人类在现今进到这地步者，就因为有那样的许多呆子之大者拼了命给做事的缘故。"又，鲁迅作本篇时，正是《语丝》同人与《现代评论》论争时期。在《语丝》第五十九期上，林语堂在《论骂人之难》一文中谈到："有人说《语丝》社尽是土匪，《猛进》社尽是傻子，（这是由旭生口里传来的，惟愚意以为未尝不可调转过来，其实都不相干，或者大家以土匪资格而兼傻子，利益均沾，也可以。）这也是极可相贺的事体，可喜我们不曾沦入学者团。"1926年鲁迅在《写在〈坟〉后面》里说："世界却正由愚人造成，聪明人决不能支持世界，尤其是中国的聪明人。"

腊叶

灯下看《雁门集》，忽然翻出一片压干的枫叶来。

这使我记起去年的深秋。繁霜夜降，木叶多半凋零，庭前的一株小小的枫树也变成红色了。我曾绕树徘徊，细看叶片的颜色，当他青葱的时候是从没有这么注意的。他也并非全树通红，最多的是浅绛，有几片则在绯红地上，还带着几团浓绿。一片独有一点蛀孔，镶着乌黑的花边，在红，黄和绿的斑驳中，明眸似的向人凝视。我自念：这是病叶呵！便将他摘了下来，夹在刚才买到的《雁门集》里。大概是愿使这将坠的被蚀而斑斓的颜色，暂得保存，不即与群叶一同飘散罢。

但今夜他却黄蜡似的躺在我眼前，那眸子也不复似去年一般灼灼。假使再过几年，旧时的颜色在我记忆中消去，怕连我也不知道他何以夹在书里面的原因了。将坠的病叶的斑斓，似乎也只能在极短时中相对，更何况是葱郁的呢。看看窗外，很能耐寒的树木也早经秃尽了；枫树更何消说得。当深秋时，想来也许有和这去年的模样相似的病叶的罢，但可惜我今年竟没有赏玩秋树的余闲。

一九二五年十二月二十六日。

题注：

本篇最初发表在北京《语丝》第六十期（1926年1月4日）。

1931年，鲁迅在《〈野草〉英文译本序》中说本篇"是为爱我者的想要保存我而作的"。1941年许广平在《因校对〈三十年集〉而引起的话旧》一文中谈及本篇说："持久而广大的战斗，鲁迅先生拿一枝笔横扫千军之后，也难免不筋疲力尽，甚至病起来了。过度的紧张，会使眠食俱废。……后来据他自己承认，在《野草》中的那篇《腊叶》，那假设被摘下来夹在《雁门集》里的斑驳的枫叶，就是自况的。"1942年孙伏园在《鲁迅先生二三事》一书中回忆："不过《腊叶》写成以后，先生曾给我看原稿；仿佛作为闲谈似的，我曾发过一次傻问：何以这篇题材取了'腊叶'。先生给我的答案，当初使我如获至宝，但一直没有向人说过，至今印象还是深刻，觉得说说也无妨了。'许公很鼓励我，希望我努力工作，不要松懈，不要怠忽；但又很爱护我，希望我多加保养，不要过劳，不要发狠。这是不能两全的，这里有着矛盾。《腊叶》的感兴就从这儿得来，《雁门集》等等却无关宏旨的。'这便是先生当时谈话的大意。"

淡淡的血痕中

——记念几个死者和生者和未生者

目前的造物主，还是一个怯弱者。

他暗暗地使天变地异，却不敢毁灭一个这地球；暗暗地使生物衰亡，却不敢长存一切尸体；暗暗地使人类流血，却不敢使血色永远鲜浓；暗暗地使人类受苦，却不敢使人类永远记得。

他专为他的同类——人类中的怯弱者——设想，用废墟荒坟来衬托华屋，用时光来冲淡苦痛和血痕；日日斟出一杯微甘的苦酒，不太少，不太多，以能微醉为度，递给人间，使饮者可以哭，可以歌，也如醒，也如醉，若有知，若无知，也欲死，也欲生。他必须使一切也欲生；他还没有灭尽人类的勇气。

几片废墟和几个荒坟散在地上，映以淡淡的血痕，人们都在其间咀嚼着人我的渺茫的悲苦。但是不肯吐弃，以为究竟胜于空虚，各各自称为"天之僇民"，以作咀嚼着人我的渺茫的悲苦的辩解，而且悚息着静待新的悲苦的到来。新的，这就使他们恐惧，而又渴欲相遇。

这都是造物主的良民。他就需要这样。

叛逆的猛士出于人间；他屹立着，洞见一切已改和现有的废墟和荒坟，记得一切深广和久远的苦痛，正视一切重叠淤积的凝血，深知一切已死，方生，将生和未生。他看透了造化的把戏；他将要起来使人类苏生，或者使人类灭尽，这些造物主的良民们。

造物主，怯弱者，羞惭了，于是伏藏。天地在猛士的眼中于是变色。

一九二六年四月八日。

题注：

本篇最初发表在北京《语丝》第七十五期（1926 年 4 月 19 日）。

1931 年鲁迅在《〈野草〉英文译本序》中写道："段祺瑞政府枪击徒手民众后，作《淡淡的血痕中》，其时我已避居别处。"1926 年 3 月 18 日北洋军阀段祺瑞政府制造了三一八惨案。当天鲁迅在知悉惨案消息后，写了《无花的蔷薇之二》并在文末写下了"民国以来最黑暗的一天"。同年 3 月 26 日《京报》报道，段祺瑞政府通缉令开列的通缉名单中有鲁迅。29 日鲁迅在友人的敦促下避居山本医院，4 月 1 日鲁迅写《记念刘和珍君》，可参阅。

一觉

　　飞机负了掷下炸弹的使命，像学校的上课似的，每日上午在北京城上飞行。每听见机件搏击空气的声音，我常觉到一种轻微的紧张，宛然目睹了"死"的袭来，但同时也深切地感到"生"的存在。

　　隐约听到一二爆发声以后，飞机嗡嗡地叫着，冉冉地飞去了。也许有人死伤了罢，然而天下却似乎更显得太平。窗外的白杨的嫩叶，在日光下发乌金光；榆叶梅也比昨日开得更烂漫。收拾了散乱满床的日报，拂去昨夜聚在书桌上的苍白的微尘，我的四方的小书斋，今日也依然是所谓"窗明几净"。

　　因为或一种原因，我开手编校那历来积压在我这里的青年作者的文稿了；我要全都给一个清理。我照作品的年月看下去，这些不肯涂脂抹粉的青年们的魂灵便依次屹立在我眼前。他们是绰约的，是纯真的，——阿，然而他们苦恼了，呻吟了，愤怒，而且终于粗暴了，我的可爱的青年们！

　　魂灵被风沙打击得粗暴，因为这是人的魂灵，我爱这样的魂灵；我愿意在无形无色的鲜血淋漓的粗暴上接吻。漂渺的名园中，奇花盛开着，红颜的静女正在超然无事地逍遥，鹤唳一声，白云郁然而起……。这自然使人神往的罢，然而我总记得我活在人间。

我忽然记起一件事：两三年前，我在北京大学的教员预备室里，看见进来了一个并不熟识的青年，默默地给我一包书，便出去了，打开看时，是一本《浅草》。就在这默默中，使我懂得了许多话。阿，这赠品是多么丰饶呵！可惜那《浅草》不再出版了，似乎只成了《沉钟》的前身。那《沉钟》就在这风沙澒洞中，深深地在人海的底里寂寞地鸣动。

野蓟经了几乎致命的摧折，还要开一朵小花，我记得托尔斯泰曾受了很大的感动，因此写出一篇小说来。但是，草木在旱干的沙漠中间，拚命伸长他的根，吸取深地中的水泉，来造成碧绿的林莽，自然是为了自己的"生"的，然而使疲劳枯渴的旅人，一见就怡然觉得遇到了暂时息肩之所，这是如何的可以感激，而且可以悲哀的事！？

《沉钟》的《无题》——代启事——说："有人说：我们的社会是一片沙漠。——如果当真是一片沙漠，这虽然荒漠一点也还静肃；虽然寂寞一点也还会使你感觉苍茫。何至于像这样的混沌，这样的阴沉，而且这样的离奇变幻！"

是的，青年的魂灵屹立在我眼前，他们已经粗暴了，或者将要粗暴了，然而我爱这些流血和隐痛的魂灵，因为他使我觉得是在人间，是在人间活着。

在编校中夕阳居然西下，灯火给我接续的光。各样的青春在眼前一一驰去了，身外但有昏黄环绕。我疲劳着，捏着纸烟，在无名的思想中静静地合了眼睛，看见很长的梦。忽而惊觉，身外也还是环绕着昏黄；烟篆在不动的空气中上升，如几片小小夏云，徐徐幻出难以指名的形象。

一九二六年四月十日。

题注：

本篇最初发表于北京《语丝》第七十五期（1926年4月19日）。

1931年鲁迅在《〈野草〉英文译本序》中说："奉天派和直隶派军阀战争的时候，作《一觉》，此后我就不能住在北京了。"1926年4月，奉系军阀张作霖进占北京，与还未完全撤离的冯玉祥的国民军发生军事冲突，奉军飞机曾多次飞临北京轰炸，北京形势趋于紧张。鲁迅在刚结束避难后又于4月15日至23日先后避居山本医院和德国医院。4月26日，奉系军阀杀害进步报人邵飘萍，为防止意外，是日起鲁迅避居法国医院。1927年鲁迅在《朝花夕拾·小引》中写道："前几天我离开中山大学的时候，便想起四个月以前的离开厦门大学；听到飞机在头上鸣叫，竟记得了一年前在北京城上日日旋绕的飞机。我那时还做了一篇短文，叫做《一觉》。现在是，连这'一觉'也没有了。"又，1944年曾与鲁迅同时避居德国医院的许寿裳在致林辰信中说："《一觉》中所谓'四方的小书斋'，'白杨'及'榆叶梅'，都是'老虎尾巴'（即鲁迅在北京的寓所）窗外的景色，并非说临时避难的处所。"（见林辰《对于许寿裳先生的感谢与悼念》）

朝花夕拾

小引

我常想在纷扰中寻出一点闲静来，然而委实不容易。目前是这么离奇，心里是这么芜杂。一个人做到只剩了回忆的时候，生涯大概总要算是无聊了罢，但有时竟会连回忆也没有。中国的做文章有轨范，世事也仍然是螺旋。前几天我离开中山大学的时候，便想起四个月以前的离开厦门大学；听到飞机在头上鸣叫，竟记得了一年前在北京城上日日旋绕的飞机。我那时还做了一篇短文，叫做《一觉》。现在是，连这"一觉"也没有了。

广州的天气热得真早，夕阳从西窗射入，逼得人只能勉强穿一件单衣。书桌上的一盆"水横枝"，是我先前没有见过的：就是一段树，只要浸在水中，枝叶便青葱得可爱。看看绿叶，编编旧稿，总算也在做一点事。做着这等事，真是虽生之日，犹死之年，很可以驱除炎热的。

前天，已将《野草》编定了；这回便轮到陆续载在《莽原》上的《旧事重提》，我还替他改了一个名称：《朝花夕拾》。带露折花，色香自然要好得多，但是我不能够。便是现在心目中的离奇和芜杂，我也还不能使他即刻幻化，转成离奇和芜杂的文章。或者，他日仰看流云时，会在我的眼前一闪烁罢。

我有一时，曾经屡次忆起儿时在故乡所吃的蔬果：菱角，罗汉豆，茭白，香瓜。凡这些，都是极其鲜美可口的；都曾是使我思乡的蛊惑。后来，我在久别之后尝到了，也不过如此；惟独在记忆上，还有旧来的意味留存。他们也许要哄骗我一生，使我时时反顾。

这十篇就是从记忆中抄出来的，与实际容或有些不同，然而我现在只记得是这样。文体大概很杂乱，因为是或作或辍，经了九个月之多。环境也不一：前两篇写于北京寓所的东壁下；中三篇是流离中所作，地方是医院和木匠房；后五篇却在厦门大学的图书馆的楼上，已经是被学者们挤出集团之后了。

一九二七年五月一日，鲁迅于广州白云楼记。

题注：

本篇最初发表于北京《莽原》第二卷第十期（1927 年 5 月 25 日）。

1932 年鲁迅在《〈自选集〉自序》中回忆说："'路漫漫其修远兮，吾将上下而求索'。不料这大口竟夸得无影无踪。逃出北京，躲进厦门，只在大楼上写了几则《故事新编》和十篇《朝花夕拾》。……后者则是回忆的记事罢了。"1935 年在《故事新编·序言》中又提及此事："直到一九二六年的秋天，一个人住在厦门的石屋里，对着大海，翻着古书，四近无生人气，心里空空洞洞。而北京未名社，却不绝来信，催促杂志的文章。这是我不愿意想到目前；于是回忆在心里出土了，写了十篇《朝花夕拾》……"

本集收入鲁迅 1926 年至 1927 年所作回忆性文章十篇，这些文章初发表在《莽原》半月刊，总题为《旧事重提》，结集出版时改现名，1928 年 9 月由北京未名社出版。

狗·猫·鼠

从去年起，仿佛听得有人说我是仇猫的。那根据自然是在我的那一篇《兔和猫》；这是自画招供，当然无话可说，——但倒也毫不介意。一到今年，我可很有点担心了。我是常不免于弄弄笔墨的，写了下来，印了出去，对于有些人似乎总是搔着痒处的时候少，碰着痛处的时候多。万一不谨，甚而至于得罪了名人或名教授，或者更甚而至于得罪了"负有指导青年责任的前辈"之流，可就危险已极。为什么呢？因为这些大脚色是"不好惹"的。怎地"不好惹"呢？就是怕要浑身发热之后，做一封信登在报纸上，广告道："看哪！狗不是仇猫的么？鲁迅先生却自己承认是仇猫的，而他还说要打'落水狗'！"这"逻辑"的奥义，即在用我的话，来证明我倒是狗，于是而凡有言说，全都根本推翻，即使我说二二得四，三三见九，也没有一字不错。这些既然都错，则绅士口头的二二得七，三三见千等等，自然就不错了。

我于是就间或留心着查考它们成仇的"动机"。这也并非敢妄学现下的学者以动机来褒贬作品的那些时髦，不过想给自己预先洗刷洗刷。据我想，这在动物心理学家，是用不着费什么力气的，可惜我没有这学问。后来，在覃哈特博士（Dr. O. Dähnhardt）的《自然史底国民童话》里，总算发见了那原因了。据说，是这么一回事：动物们因为要商议要事，开了一个会议，鸟，鱼，兽都齐集了，单是缺了象。大会议定，派伙计去迎接它，拈到了当这差使的阄的就是狗。"我怎么找到那象呢？我没有见过它，也和它不认识。"它问。"那容易，"大众说，"它是驼背的。"狗去了，遇见一匹猫，立刻弓起脊梁来，它便招待，同行，将弓着脊梁的猫介绍给大家道："象在这里！"但是大家都嗤笑它了。从此以后，狗和猫便成了仇家。

日耳曼人走出森林虽然还不很久，学术文艺却已经很可观，便是书籍的装潢，玩具的工致，也无不令人心爱。独有这一篇童话却实在不漂亮；结怨也结得没有理。猫的弓起脊梁，并不是希图冒充，故意摆架子的，其咎却在狗的自己没眼力。然而原因也总可以算作一个原因。我的仇猫，是和这大大两样的。

其实人禽之辨，本不必这样严。在动物界，虽然并不如古人所幻想的那样舒适自由，可是噜苏做作的事总比人间少。它们适性任情，对就对，错就错，不说一句分辩话。虫蛆也许是不干净的，但它们并没有自鸣清高；鸷禽猛兽以较弱的动物为饵，不妨说是凶残的罢，但它们从来就没有竖过"公理""正义"的旗子，使牺牲者直到被吃的时候为止，还是一味佩服赞叹它们。人呢，能直立了，自然是一大进步；能说话了，自然又是一大进步；能写字作文了，自然又是一大进步。然而也就堕落，因为那时也开始了说空话。说空话尚无不可，甚至于连自己也不知道说着违心之论，则对于只能嗥叫的动物，实在免不得"颜厚有忸怩"。假使真有一位一视同仁的造物主，高高在上，那么，对于人类的这些小聪明，也许倒以为多事，正如我们在万生园里，看见猴子翻筋斗，母象请安，虽然往往破颜一笑，但同时也觉得不舒服，甚至于感到悲哀，以为这些多余的聪明，倒不如没有的好罢。然而，既经为人，便也只好"党同伐异"，学着人们的说话，随俗来谈一谈，——辩一辩了。

现在说起我仇猫的原因来，自己觉得是理由充足，而且光明正大的。一，它的性情就和别的猛兽不同，凡捕食雀鼠，总不肯一口咬死，定要尽情玩弄，放走，又捉住，捉住，又放走，直待自己玩厌了，这才吃下去，颇与人们的幸灾乐祸，慢慢地折磨弱者的坏脾气相同。二，它不是和狮虎同族的么？可是有这么一副媚态！但这也许是限于天分之故罢，假使它的身材比现在大十倍，那就真不知道它所取的是怎么一种态度。然而，这些口实，仿佛又是现在提起笔来的时候添出来的，虽然也像是当时涌上心来的理由。要说得可靠一点，或者倒不如说不过因为它们配合时候的嗥叫，手续竟有这么繁重，闹得别人心烦，尤其是夜间要看书，睡觉的时候。当这些时候，我便要用长竹竿去攻击它们。狗们在大道上配合时，常有闲汉拿了木棍痛打；我曾见大勃吕该尔（P. Bruegel d. Ä）的一张铜版画 Allegorie der Wollust 上，也画着这回事，可见这样的举动，是中外古今一致的。自从那执拗的奥国学者弗罗特（S. Freud）提倡了精神分析说——Psychoanalysis，听说章士钊先生是译作"心解"的，虽然简古，可是实在难解得很——以来，我们的名人名教授也颇有隐隐约约，检来应用的了，这些事便不免又要归宿到性欲上去。打狗的事我不管，至于我的打猫，却只因为它们嚷嚷，此外并无恶意，我自信我的嫉妒心还没有这么博大，当现下"动辄获咎"之秋，这是不可不预先声明的。例如人们当配合之前，也很有些手续，新的是写情书，少则一束，多则一捆；旧的是什么"问名""纳采"，磕头作揖，去年海昌蒋氏在北京举行婚礼，拜来拜去，就十足拜了三天，还印有一本红面子的

《婚礼节文》,《序论》里大发议论道:"平心论之,既名为礼,当必繁重。专图简易,何用礼为?……然则世之有志于礼者,可以兴矣!不可退居于礼所不下之庶人矣!"然而我毫不生气,这是因为无须我到场;因此也可见我的仇猫,理由实在简简单单,只为了它们在我的耳朵边尽嚷的缘故。人们的各种礼式,局外人可以不见不闻,我就满不管,但如果当我正要看书或睡觉的时候,有人来勒令朗诵情书,奉陪作揖,那是为自卫起见,还要用长竹竿来抵御的。还有,平素不大交往的人,忽而寄给我一个红帖子,上面印着"为舍妹出阁","小儿完姻","敬请观礼"或"阖第光临"这些含有"阴险的暗示"的句子,使我不化钱便总觉得有些过意不去的,我也不十分高兴。

但是,这都是近时的话。再一回忆,我的仇猫却远在能够说出这些理由之前,也许是还在十岁上下的时候了。至今还分明记得,那原因是极其简单的:只因为它吃老鼠,——吃了我饲养着的可爱的小小的隐鼠。

听说西洋是不很喜欢黑猫的,不知道可确;但 Edgar Allan Poe 的小说里的黑猫,却实在有点骇人。日本的猫善于成精,传说中的"猫婆",那食人的惨酷确是更可怕。中国古时候虽然曾有"猫鬼",近来却很少听到猫的兴妖作怪,似乎古法已经失传,老实起来了。只是我在童年,总觉得它有点妖气,没有什么好感。那是一个我的幼时的夏夜,我躺在一株大桂树下的小板桌上乘凉,祖母摇着芭蕉扇坐在桌旁,给我猜谜,讲故事。忽然,桂树上沙沙地有趾爪的爬搔声,一对闪闪的眼睛在暗中随声而下,使我吃惊,也将祖母讲着的话打断,另讲猫的故事了——

"你知道么?猫是老虎的先生。"她说。"小孩子怎么会知道呢,猫是老虎的师父。老虎本来是什么也不会的,就投到猫的门下来。猫就教给它扑的方法，捉的方法，吃的方法，像自己的捉老鼠一样。这些教完了；老虎想，本领都学到了，谁也比不过它了，只有老师的猫还比自己强，要是杀掉猫，自己便是最强的脚色了。它打定主意，就上前去扑猫。猫是早知道它的来意的，一跳，便上了树，老虎却只能眼睁睁地在树下蹲着。它还没有将一切本领传授完，还没有教给它上树。"

这是侥幸的，我想，幸而老虎很性急，否则从桂树上就会爬下一匹老虎来。然而究竟很怕人，我要进屋子里睡觉去了。夜色更加黯然；桂叶瑟瑟地作响，微风也吹动了，想来草席定已微凉，躺着也不至于烦得翻来复去了。

几百年的老屋中的豆油灯的微光下，是老鼠跳梁的世界，飘忽地走着，吱吱地叫着，那态度往往比"名人名教授"还轩昂。猫是饲养着的，然而吃饭不管事。祖母她们虽然常恨鼠子们啮破了箱柜，偷吃了东西，我却以为这也算不得什么大罪，也和我不相干，况且这类坏事大概是大个子的老鼠做的，决不能诬陷到我所爱的小鼠身上去。这类小鼠大抵在地上走动，只有拇指那么大，也不很畏惧人，我们那里叫它"隐鼠"，与专住在屋上的伟大者是两种。我的床前就帖着两张花纸，一是"八戒招赘"，满纸长嘴大耳，我以为不甚雅观；别的一张"老鼠成亲"却可爱，自新郎新妇以至傧相，宾客，执事，没有一个不是尖腮细腿，像煞读书人的，但穿的都是红衫绿裤。我想，能举办这样大仪式的，一定只有我所喜欢的那些隐鼠。现在是粗俗了，在路上遇见人类的迎娶仪仗，也不过当作性交的广告看，不甚留心；但那时的想看"老鼠成亲"的仪式，却极其神往，即使像海昌蒋氏似的连拜三夜，怕也未必会看得心烦。正月十四的夜，是我不肯轻易便睡，等候它们的仪仗从床下出来的夜。然而仍然只看见几个光着身子的隐鼠在地面游行，不像正在办着喜事。直到我熬不住了，快快睡去，一睁眼却已经天明，到了灯节了。也许鼠族的婚仪，不但不分请帖，来收罗贺礼，虽是真的"观礼"，也绝对不欢迎的罢，我想，这是它们向来的习惯，无法抗议的。

老鼠的大敌其实并不是猫。春后，你听到它"咋！咋咋咋咋！"地叫着，大家称为"老鼠数铜钱"的，便知道它的可怕的屠伯已经光降了。这声音是表现绝望的惊恐的，虽然遇见猫，还不至于这样叫。猫自然也可怕，但老鼠只要窜进一个小洞去，它也就奈何不得，逃命的机会还很多。独有那可怕的屠伯——蛇，身体是细长的，圆径和鼠子差不多，凡鼠子能到的地方，它也能到，追逐的时间也格外长，而且万难幸免，当"数钱"的时候，大概是已经没有第二步办法的了。

有一回，我就听得一间空屋里有着这种"数钱"的声音，推门进去，一条蛇伏在横梁上，看地上，躺着一匹隐鼠，口角流血，但两胁还是一起一落的。取来给躺在一个纸盒子里，大半天，竟醒过来了，渐渐地能够饮食，行走，到第二日，似乎就复了原，但是不逃走。放在地上，也时时跑到人面前来，而且缘腿而上，一直爬到膝髁。给放在饭桌上，便检吃些菜渣，舐舐碗沿；放在我的书桌上，则从容地游行，看见砚台便舐吃了研着的墨汁。这使我非常惊喜了。我听父亲说过的，中国有一种墨猴，只有拇指一般大，全身的毛是漆黑而且发亮的。它睡在笔筒里，一听到磨墨，便跳出来，等着，等到人写完字，套上笔，就舐尽了砚上的余墨，仍旧跳进笔筒里去了。我就极愿意有这样的一个墨猴，可是得不到；问那里有，那里买的呢，谁也不知道。"慰情聊胜无"，这隐鼠总可以算是我的墨猴了罢，虽然它舐吃墨汁，并不一定肯等到我写完字。

现在已经记不分明，这样地大约有一两月；有一天，我忽然感到寂寞了,真所谓"若有所失"。我的隐鼠,是常在眼前游行的,或桌上,或地上。而这一日却大半天没有见,大家吃午饭了,也不见它走出来,平时,是一定出现的。我再等着,再等它一半天,然而仍然没有见。

长妈妈,一个一向带领着我的女工,也许是以为我等得太苦了罢,轻轻地来告诉我一句话。这即刻使我愤怒而且悲哀,决心和猫们为敌。她说:隐鼠是昨天晚上被猫吃去了!

当我失掉了所爱的,心中有着空虚时,我要充填以报仇的恶念!

我的报仇,就从家里饲养着的一匹花猫起手,逐渐推广,至于凡所遇见的诸猫。最先不过是追赶,袭击;后来却愈加巧妙了,能飞石击中它们的头,或诱入空屋里面,打得它垂头丧气。这作战继续得颇长久,此后似乎猫都不来近我了。但对于它们纵使怎样战胜,大约也算不得一个英雄;况且中国毕生和猫打仗的人也未必多,所以一切韬略,战绩,还是全都省略了罢。

但许多天之后,也许是已经经过了大半年,我竟偶然得到一个意外的消息:那隐鼠其实并非被猫所害,倒是它缘着长妈妈的腿要爬上去,被她一脚踏死了。

这确是先前所没有料想到的。现在我已经记不清当时是怎样一个感想,但和猫的感情却终于没有融和;到了北京,还因为它伤害了兔的儿女们,便旧隙夹新嫌,使出更辣的辣手。"仇猫"的话柄,也从此传扬开来。然而在现在,这些早已是过去的事了,我已经改变态度,对猫颇为客气,倘其万不得已,则赶走而已,决不打伤它们,更何况杀害。这是我近几年的进步。经验既多,一旦大悟,知道猫的偷鱼肉,拖小鸡,深夜大叫,人们自然十之九是憎恶的,而这憎恶是在猫身上。假如我出而为人们驱除这憎恶,打伤或杀害了它,它便立刻变为可怜，那憎恶倒移在我身上了。所以，目下的办法，是凡遇猫们捣乱，至于有人讨厌时，我便站出去，在门口大声叱曰："嘘！滚！"小小平静，即回书房，这样，就长保着御侮保家的资格。其实这方法，中国的官兵就常在实做的，他们总不肯扫清土匪或扑灭敌人，因为这么一来，就要不被重视，甚至于因失其用处而被裁汰。我想，如果能将这方法推广应用，我大概也总可望成为所谓"指导青年"的"前辈"的罢，但现下也还未决心实践，正在研究而且推敲。

一九二六年二月二十一日。

题注：

　　本篇最初发表于北京《莽原》第一卷第五期（1926 年 3 月 10 日），副题《旧事重提之一》。

　　1922 年鲁迅曾作短篇小说《兔和猫》收入《呐喊》中；1925 年 12 月鲁迅发表《论"费厄泼赖"应该缓行》一文，指出要痛打"落水狗"。1925 年北京女子师范大学因反对对学生进行封建管制的校长杨荫榆而发生风潮，鲁迅等进步人士给予积极支持。陈西滢则随着章士钊对女学生进行诬蔑。1926 年 1 月，徐志摩在《晨报副刊》发表文章恭维陈的行为，20 日岂明（周作人）在该刊发表《闲话的闲话之闲话》再次揭露了陈的劣行；30 日徐、陈分别发文为自己辩护并反诘鲁迅。徐在文章中说："说实话，他（指陈西滢）也不是好惹的。"陈则在文中说："鲁迅先生的文章也是对了他的大镜子写的，没有一句骂人的话不能应用在他自己的身上。"鲁迅于 2 月 1 日作《不是信》给予还击。本篇开首"名人或名教授""负有指导青年责任的前辈"和"不好惹"等语均出于当时徐、陈的文章。

阿长与《山海经》

　　长妈妈，已经说过，是一个一向带领着我的女工，说得阔气一点，就是我的保姆。我的母亲和许多别的人都这样称呼她，似乎略带些客气的意思。只有祖母叫她阿长。我平时叫她"阿妈"，连"长"字也不带；但到憎恶她的时候，——例如知道了谋死我那隐鼠的却是她的时候，就叫她阿长。

　　我们那里没有姓长的；她生得黄胖而矮，"长"也不是形容词。又不是她的名字，记得她自己说过，她的名字是叫作什么姑娘的。什么姑娘，我现在已经忘却了，总之不是长姑娘；也终于不知道她姓什么。记得她曾告诉过我这个名称的来历：先前的先前，我家有一个女工，身材生得很高大，这就是真阿长。后来她回去了，我那什么姑娘才来补她的缺，然而大家因为叫惯了，没有再改口，于是她从此也就成为长妈妈了。

　　虽然背地里说人长短不是好事情，但倘使要我说句真心话，我可只得说：我实在不大佩服她。最讨厌的是常喜欢切切察察，向人们低声絮说些什么事，还竖起第二个手指，在空中上下摇动，或者点着对手或自己的鼻尖。我的家里一有些小风波，不知怎的我总疑心和这

"切切察察"有些关系。又不许我走动，拔一株草，翻一块石头，就说我顽皮，要告诉我的母亲去了。一到夏天，睡觉时她又伸开两脚两手，在床中间摆成一个"大"字，挤得我没有余地翻身，久睡在一角的席子上，又已经烤得那么热。推她呢，不动；叫她呢，也不闻。

"长妈妈生得那么胖，一定很怕热罢？晚上的睡相，怕不见得很好罢？……"

母亲听到我多回诉苦之后，曾经这样地问过她。我也知道这意思是要她多给我一些空席。她不开口。但到夜里，我热得醒来的时候，却仍然看见满床摆着一个"大"字，一条臂膊还搁在我的颈子上。我想，这实在是无法可想了。

但是她懂得许多规矩；这些规矩，也大概是我所不耐烦的。一年中最高兴的时节，自然要数除夕了。辞岁之后，从长辈得到压岁钱，红纸包着，放在枕边，只要过一宵，便可以随意使用。睡在枕上，看着红包，想到明天买来的小鼓，刀枪，泥人，糖菩萨……。然而她进来，又将一个福橘放在床头了。

"哥儿，你牢牢记住！"她极其郑重地说。"明天是正月初一，清早一睁开眼睛，第一句话就得对我说：'阿妈，恭喜恭喜！'记得么？你要记着，这是一年的运气的事情。不许说别的话！说过之后，还得吃一点福橘。"她又拿起那橘子来在我的眼前摇了两摇，"那么，一年到头，顺顺流流……。"

梦里也记得元旦的，第二天醒得特别早，一醒，就要坐起来。她却立刻伸出臂膊，一把将我按住。我惊异地看她时，只见她惶急地看着我。

她又有所要求似的，摇着我的肩。我忽而记得了——

"阿妈，恭喜……。"

"恭喜恭喜！大家恭喜！真聪明！恭喜恭喜！"她于是十分喜欢似的，笑将起来，同时将一点冰冷的东西，塞在我的嘴里。我大吃一惊之后，也就忽而记得，这就是所谓福橘，元旦辟头的磨难，总算已经受完，可以下床玩耍去了。

她教给我的道理还很多，例如说人死了，不该说死掉，必须说"老掉了"；死了人，生了孩子的屋子里，不应该走进去；饭粒落在地上，必须拣起来，最好是吃下去；晒裤子用的竹竿底下，是万不可钻过去的……。此外，现在大抵忘却了，只有元旦的古怪仪式记得最清楚。总之：都是些烦琐之至，至今想起来还觉得非常麻烦的事情。

然而我有一时也对她发生过空前的敬意。她常常对我讲"长毛"。她之所谓"长毛"者，不但洪秀全军，似乎连后来一切土匪强盗都在内，但除却革命党，因为那时还没有。她说得长毛非常可怕，他们的话就听不懂。她说先前长毛进城的时候，我家全都逃到海边去了，只留一个门房和年老的煮饭老妈子看家。后来长毛果然进门来了，那老妈子便叫他们"大王"，——据说对长毛就应该这样叫，——诉说自己的饥饿。长毛笑道："那么，这东西就给你吃了罢！"将一个圆圆的东西掷了过来，还带着一条小辫子，正是那门房的头。煮饭老妈子从此就骇破了胆，后来一提起，还是立刻面如土色，自己轻轻地拍着胸脯道："阿呀，骇死我了，骇死我了……。"

我那时似乎倒并不怕，因为我觉得这些事和我毫不相干的，我不是一个门房。但她大概也即觉到了，说道："像你似的小孩子，长毛也要掳的，掳去做小长毛。还有好看的姑娘，也要掳。"

"那么，你是不要紧的。"我以为她一定最安全了，既不做门房，又不是小孩子，也生得不好看，况且颈子上还有许多灸疮疤。

"那里的话？！"她严肃地说。"我们就没有用处么？我们也要被掳去。城外有兵来攻的时候，长毛就叫我们脱下裤子，一排一排地站在城墙上，外面的大炮就放不出来；再要放，就炸了！"

这实在是出于我意想之外的，不能不惊异。我一向只以为她满肚子是麻烦的礼节罢了，却不料她还有这样伟大的神力。从此对于她就有了特别的敬意，似乎实在深不可测；夜间的伸开手脚，占领全床，那当然是情有可原的了，倒应该我退让。

这种敬意，虽然也逐渐淡薄起来，但完全消失，大概是在知道她谋害了我的隐鼠之后。那时就极严重地诘问，而且当面叫她阿长。我想我又不真做小长毛，不去攻城，也不放炮，更不怕炮炸，我惧惮她什么呢！

但当我哀悼隐鼠，给它复仇的时候，一面又在渴慕着绘图的《山海经》了。这渴慕是从一个远房的叔祖惹起来的。他是一个胖胖的，和蔼的老人，爱种一点花木，如珠兰，茉莉之类，还有极其少见的，据说从北边带回去的马缨花。他的太太却正相反，什么也莫名其妙，曾将晒衣服的竹竿搁在珠兰的枝条上，枝折了，还要愤愤地咒骂道："死尸！"这老人是个寂寞者，因为无人可谈，就很爱和孩子们往来，有时简直称我们为"小友"。在我们聚族而居的宅子里，只有他书多，而且特别。制艺和试帖诗，自然也是有的；但我却只在他的书斋里，看见过陆玑的《毛诗草木鸟兽虫鱼疏》，还有许多名目很生的书籍。我那时最爱看的是《花镜》，上面有许多图。他说给我听，曾经有过一部绘图的《山海经》，画着人面的兽，九头的蛇，三脚的鸟，生着翅膀的人，没有头而以两乳当作眼睛的怪物，……可惜现在不知道放在那里了。

我很愿意看看这样的图画，但不好意思力逼他去寻找，他是很疏懒的。问别人呢，谁也不肯真实地回答我。压岁钱还有几百文，买罢，又没有好机会。有书买的大街离我家远得很，我一年中只能在正月间去玩一趟，那时候，两家书店都紧紧地关着门。

玩的时候倒是没有什么的，但一坐下，我就记得绘图的《山海经》。

大概是太过于念念不忘了，连阿长也来问《山海经》是怎么一回事。这是我向来没有和她说过的，我知道她并非学者，说了也无益；但既然来问，也就都对她说了。

过了十多天，或者一个月罢，我还很记得，是她告假回家以后的四五天，她穿着新的蓝布衫回来了，一见面，就将一包书递给我，高兴地说道：

"哥儿，有画儿的'三哼经'，我给你买来了！"

我似乎遇着了一个霹雳，全体都震悚起来；赶紧去接过来，打开纸包，是四本小小的书，略略一翻，人面的兽，九头的蛇，……果然都在内。

这又使我发生新的敬意了，别人不肯做，或不能做的事，她却能够做成功。她确有伟大的神力。谋害隐鼠的怨恨，从此完全消灭了。

这四本书，乃是我最初得到，最为心爱的宝书。

书的模样，到现在还在眼前。可是从还在眼前的模样来说，却是一部刻印都十分粗拙的本子。纸张很黄；图像也很坏，甚至于几乎全用直线凑合，连动物的眼睛也都是长方形的。但那是我最为心爱的宝书，看起来，确是人面的兽；九头的蛇；一脚的牛；袋子似的帝江；没有头而"以乳为目，以脐为口"，还要"执干戚而舞"的刑天。

此后我就更其搜集绘图的书，于是有了石印的《尔雅音图》和《毛诗品物图考》，又有了《点石斋丛画》和《诗画舫》。《山海经》也另买了一部石印的，每卷都有图赞，绿色的画，字是红的，比那木刻的精致得多了。这一部直到前年还在，是缩印的郝懿行疏。木刻的却已经记不清是什么时候失掉了。

我的保姆，长妈妈即阿长，辞了这人世，大概也有了三十年了罢。我终于不知道她的姓名，她的经历；仅知道有一个过继的儿子，她大约是青年守寡的孤孀。

仁厚黑暗的地母呵，愿在你怀里永安她的魂灵！

三月十日。

题注：

本篇最初发表于北京《莽原》第一卷第六期（1926年3月25日），副题《旧事重提之二》。

这年2月17日，鲁迅作《谈皇帝》一文，其中谈及"愚君政策"时引述了"往昔的我家"的"一个老仆妇"的话，疑即指本篇所记"长妈妈"。据周作人《鲁迅的故家》中记："长妈妈只是许多旧式女人中的一个，做了一辈子的老妈子，（乡下叫作'做妈妈'）……长妈妈夫家姓余，过继的儿子名五九，是做裁缝的，家住（绍兴）东浦大门楼。""那木刻小本的《山海经》，如本文所说，'这四本书，乃是我最初得到，最为心爱的宝书'，这完全是对的，但这时期应该很早，大概在十岁内外才对。"

《二十四孝图》

我总要上下四方寻求，得到一种最黑，最黑，最黑的咒文，先来诅咒一切反对白话，妨害白话者。即使人死了真有灵魂，因这最恶的心，应该堕入地狱，也将决不改悔，总要先来诅咒一切反对白话，妨害白话者。

自从所谓"文学革命"以来，供给孩子的书籍，和欧，美，日本的一比较，虽然很可怜，但总算有图有说，只要能读下去，就可以懂得的了。可是一班别有心肠的人们，便竭力来阻遏它，要使孩子的世界中，没有一丝乐趣。北京现在常用"马虎子"这一句话来恐吓孩子们。或者说，那就是《开河记》上所载的，给隋炀帝开河，蒸死小儿的麻叔谋；正确地写起来，须是"麻胡子"。那么，这麻叔谋乃是胡人了。但无论他是甚么人，他的吃小孩究竟也还有限，不过尽他的一生。妨害白话者的流毒却甚于洪水猛兽，非常广大，也非常长久，能使全中国化成一个麻胡，凡有孩子都死在他肚子里。

只要对于白话来加以谋害者，都应该灭亡！

这些话，绅士们自然难免要掩住耳朵的，因为就是所谓"跳到半天空，骂得体无完肤，——还不肯罢休。"而且文士们一定也要骂，以为大悖于"文格"，亦即大损于"人格"。岂不是"言者心声也"么？"文"和"人"当然是相关的，虽然人间世本来千奇百怪，教授们中也有"不尊敬"作者的人格而不能"不说他的小说好"的特别种族。但这些我都不管，因为我幸而还没有爬上"象牙之塔"去，正无须怎样小心。倘若无意中竟已撞上了，那就即刻跌下来罢。然而在跌下来的中途，当还未到地之前，还要说一遍：

只要对于白话来加以谋害者，都应该灭亡！

每看见小学生欢天喜地地看着一本粗拙的《儿童世界》之类，另想到别国的儿童用书的精美，自然要觉得中国儿童的可怜。但回忆起我和我的同窗小友的童年，却不能不以为他幸福，给我们的永逝的韶光一个悲哀的吊唁。我们那时有什么可看呢，只要略有图画的本子，就要被塾师，就是当时的"引导青年的前辈"禁止，呵斥，甚而至于打手心。我的小同学因为专读"人之初性本善"读得要枯燥而死了，只好偷偷地翻开第一叶，看那题着"文星高照"四个字的恶鬼一般的魁星像，来满足他幼稚的爱美的天性。昨天看这个，今天也看这个，然而他们的眼睛里还闪出苏醒和欢喜的光辉来。

在书塾以外，禁令可比较的宽了，但这是说自己的事，各人大概不一样。我能在大众面前，冠冕堂皇地阅看的，是《文昌帝君阴骘文图说》和《玉历钞传》，都画着冥冥之中赏善罚恶的故事，雷公电母站在云中，牛头马面布满地下，不但"跳到半天空"是触犯天条的，即使半语不合，一念偶差，也都得受相当的报应。这所报的也并非"睚眦之怨"，因为那地方是鬼神为君，"公理"作宰，请酒下跪，全都无功，简直是无法可想。在中国的天地间，不但做人，便是做鬼，也艰难极了。然而究竟很有比阳间更好的处所：无所谓"绅士"，也没有"流言"。

阴间，倘要稳妥，是颂扬不得的。尤其是常常好弄笔墨的人，在现在的中国，流言的治下，而又大谈"言行一致"的时候。前车可鉴，听说阿尔志跋绥夫曾答一个少女的质问说，"惟有在人生的事实这本身中寻出欢喜者，可以活下去。倘若在那里什么也不见，他们其实倒不如死。"于是乎有一个叫作密哈罗夫的，寄信嘲骂他道，"……所以我完全诚实地劝你自杀来祸福你自己的生命，因为这第一是合于逻辑，第二是你的言语和行为不至于背驰。"

其实这论法就是谋杀，他就这样地在他的人生中寻出欢喜来。阿尔志跋绥夫只发了一大通牢骚，没有自杀。密哈罗夫先生后来不知道怎样，这一个欢喜失掉了，或者另外又寻到了"什么"了罢。诚然，"这些时候，勇敢，是安稳的；情热，是毫无危险的。"

然而，对于阴间，我终于已经颂扬过了，无法追改；虽有"言行不符"之嫌，但确没有受过阎王或小鬼的半文津贴，则差可以自解。总而言之，还是仍然写下去罢：

我所看的那些阴间的图画，都是家藏的老书，并非我所专有。我所收得的最先的画图本子，是一位长辈的赠品：《二十四孝图》。这虽然不过薄薄的一本书，但是下图上说，鬼少人多，又为我一人所独有，使我高兴极了。那里面的故事，似乎是谁都知道的；便是不识字的人，例如阿长，也只要一看图画便能够滔滔地讲出这一段的事迹。但是，我于高兴之余，接着就是扫兴，因为我请人讲完了二十四个故事之后，才知道"孝"有如此之难，对于先前痴心妄想，想做孝子的计划，完全绝望了。

"人之初，性本善"么？这并非现在要加研究的问题。但我还依稀记得，我幼小时候实未尝蓄意忤逆，对于父母，倒是极愿意孝顺的。不过年幼无知，只用了私见来解释"孝顺"的做法，以为无非是

"听话"，"从命"，以及长大之后，给年老的父母好好地吃饭罢了。自从得了这一本孝子的教科书以后，才知道并不然，而且还要难到几十几百倍。其中自然也有可以勉力仿效的，如"子路负米"，"黄香扇枕"之类。"陆绩怀橘"也并不难，只要有阔人请我吃饭。"鲁迅先生作宾客而怀橘乎？"我便跪答云，"吾母性之所爱，欲归以遗母。"阔人大佩服，于是孝子就做定了，也非常省事。"哭竹生笋"就可疑，怕我的精诚未必会这样感动天地。但是哭不出笋来，还不过抛脸而已，一到"卧冰求鲤"，可就有性命之虞了。我乡的天气是温和的，严冬中，水面也只结一层薄冰，即使孩子的重量怎样小，躺上去，也一定哗喇一声，冰破落水，鲤鱼还不及游过来。自然，必须不顾性命，这才孝感神明，会有出乎意料之外的奇迹，但那时我还小，实在不明白这些。

其中最使我不解，甚至于发生反感的，是"老莱娱亲"和"郭巨埋儿"两件事。

我至今还记得，一个躺在父母跟前的老头子，一个抱在母亲手上的小孩子，是怎样地使我发生不同的感想呵。他们一手都拿着"摇咕咚"。这玩意儿确是可爱的，北京称为小鼓，盖即鼗也，朱熹曰，"鼗，小鼓，两旁有耳；持其柄而摇之，则两耳还自击，"咕咚咕咚地响起来。然而这东西是不该拿在老莱子手里的，他应该扶一枝拐杖。现在这模样，简直是装佯，侮辱了孩子。我没有再看第二回，一到这一叶，便急速地翻过去了。

那时的《二十四孝图》，早已不知去向了，目下所有的只是一本日本小田海僊所画的本子，叙老莱子事云，"行年七十，言不称老，常著五色斑斓之衣，为婴儿戏于亲侧。又常取水上堂，诈跌仆地，作婴儿啼，以娱亲意。"大约旧本也差不多，而招我反感的便是"诈跌"。无论忤逆，无论孝顺，小孩子多不愿意"诈"作，听故事也不喜欢是谣言，这是凡有稍稍留心儿童心理的都知道的。

然而在较古的书上一查，却还不至于如此虚伪。师觉授《孝子传》云，"老莱子……常著斑斓之衣，为亲取饮，上堂脚跌，恐伤父母之心，僵仆为婴儿啼。"（《太平御览》四百十三引）较之今说，似稍近于人情。不知怎地，后之君子却一定要改得他"诈"起来，心里才能舒服。邓伯道弃子救侄，想来也不过"弃"而已矣，昏妄人也必须说他将儿子捆在树上，使他追不上来才肯歇手。正如将"肉麻当作有趣"一般，以不情为伦纪，诬蔑了古人，教坏了后人。老莱子即是一例，道学先生以为他白璧无瑕时，他却已在孩子的心中死掉了。

至于玩着"摇咕咚"的郭巨的儿子，却实在值得同情。他被抱在他母亲的臂膊上，高高兴兴地笑着；他的父亲却正在掘窟窿，要将他埋掉了。说明云，"汉郭巨家贫，有子三岁，母尝减食与之。巨谓妻曰：贫乏不能供母，子又分母之食。盍埋此子？"但是刘向《孝子传》所说，却又有些不同：巨家是富的，他都给了两弟；孩子是才生的，并没有到三岁。结末又大略相像了，"及掘坑二尺，得黄金一釜，上云：天赐郭巨，官不得取，民不得夺！"

我最初实在替这孩子捏一把汗，待到掘出黄金一釜，这才觉得轻松。然而我已经不但自己不敢再想做孝子，并且怕我父亲去做孝子了。家景正在坏下去，常听到父母愁柴米；祖母又老了，倘使我的父亲竟学了郭巨，那么，该埋的不正是我么？如果一丝不走样，也掘出一釜黄金来，那自然是如天之福，但是，那时我虽然年纪小，似乎也明白天下未必有这样的巧事。

现在想起来，实在很觉得傻气。这是因为已经知道了这些老玩意，本来谁也不实行。整饬伦纪的文电是常有的，却很少见绅士赤条条地躺在冰上面，将军跳下汽车去负米。何况现在早长大了，看过几部古书，买过几本新书，什么《太平御览》咧，《古孝子传》咧，《人口问题》咧，《节制生育》咧，《二十世纪是儿童的世界》咧，可以抵抗被埋的理由多得很。不过彼一时，此一时，彼时我委实有点害怕：掘好深坑，不见黄金，连"摇咕咚"一同埋下去，盖上土，踏得实实的，又有什么法子可想呢。我想，事情虽然未必实现，但我从此总怕听到我的父母愁穷，怕看见我的白发的祖母，总觉得她是和我不两立，至少，也是一个和我的生命有些妨碍的人。后来这印象日见其淡了，但总有一些留遗，一直到她去世——这大概是送给《二十四孝图》的儒者所万料不到的罢。

五月十日。

题注：

　　本篇最初发表于北京《莽原》第一卷第十期（1926 年 5 月 25 日），副题《旧事重提之三》。

　　其时北洋军阀政府以"讨赤""整顿学风"等名义对新文学及其传播进行压制；同时一些文人与之相呼应，撰文为旧道德张目，如 1925 年 9 月章士钊在《甲寅》上重刊了他攻击新文化运动的《评新文化运动》一文，1926 年 1 月 20 日《晨报副刊》发表署名耀明的《论三字经》一文中说"二千以前的人伦思想，怎见得不可在今日小学里教"等等。本篇中"跳到半天空，骂得体无完肤，——还不肯罢休""不说他的小说好"等句为陈西滢《致志摩》中讥讽鲁迅的话。

五猖会

孩子们所盼望的，过年过节之外，大概要数迎神赛会的时候了。但我家的所在很偏僻，待到赛会的行列经过时，一定已在下午，仪仗之类，也减而又减，所剩的极其寥寥。往往伸着颈子等候多时，却只见十几个人抬着一个金脸或蓝脸红脸的神像匆匆地跑过去。于是，完了。

我常存着这样的一个希望：这一次所见的赛会，比前一次繁盛些。可是结果总是一个"差不多"；也总是只留下一个纪念品，就是当神像还未抬过之前，化一文钱买下的，用一点烂泥，一点颜色纸，一枝竹签和两三枝鸡毛所做的，吹起来会发出一种刺耳的声音的哨子，叫作"吹都都"，吡吡地吹它两三天。

现在看看《陶庵梦忆》，觉得那时的赛会，真是豪奢极了，虽然明人的文章，怕难免有些夸大。因为祷雨而迎龙王，现在也还有的，但办法却已经很简单，不过是十多人盘旋着一条龙，以及村童们扮些海鬼。那时却还要扮故事，而且实在奇拔得可观。他记扮《水浒传》中人物云："……于是分头四出，寻黑矮汉，寻梢长大汉，寻头陀，寻胖大和尚，寻茁壮妇人，寻妖长妇人，寻青面，寻歪头，寻赤须，寻美髯，寻黑大汉，寻赤脸长须。大索城中；无，则之郭，之村，之山僻，之邻府州县。用重价聘之，得三十六人，梁山泊好汉，个个呵活，臻臻至至，人马称娜而行。……"这样的白描的活古人，谁能不动一看的雅兴呢？可惜这种盛举，早已和明社一同消灭了。

赛会虽然不像现在上海的旗袍，北京的谈国事，为当局所禁止，然而妇孺们是不许看的，读书人即所谓士子，也大抵不肯赶去看。只有游手好闲的闲人，这才跑到庙前或衙门前去看热闹；我关于赛会的知识，多半是从他们的叙述上得来的，并非考据家所贵重的"眼学"。然而记得有一回，也亲见过较盛的赛会。开首是一个孩子骑马先来，称为"塘报"；过了许久，"高照"到了，长竹竿揭起一条很长的旗，一个汗流浃背的胖大汉用两手托着；他高兴的时候，就肯将竿头放在头顶或牙齿上，甚而至于鼻尖。其次是所谓"高跷"，"抬阁"，"马头"了；还有扮犯人的，红衣枷锁，内中也有孩子。我那时觉得这些都是有光荣的事业，与闻其事的即全是大有运气的人，——大概羡慕他们的出风头罢。我想，我为什么不生一场重病，使我的母亲也好到庙里去许下一个"扮犯人"的心愿的呢？……然而我到现在终于没有和赛会发生关系过。

要到东关看五猖会去了。这是我儿时所罕逢的一件盛事。因为那会是全县中最盛的会，东关又是离我家很远的地方，出城还有六十多里水路，在那里有两座特别的庙。一是梅姑庙，就是《聊斋志异》所记，室女守节，死后成神，却篡取别人的丈夫的；现在神座上确塑着一对少年男女，眉开眼笑，殊与"礼教"有妨。其一便是五猖庙了，名目就奇特。据有考据癖的人说：这就是五通神。然而也并无确据。神像是五个男人，也不见有什么猖獗之状；后面列坐着五位太太，却并不"分坐"，远不及北京戏园里界限之谨严。其实呢，这也是殊与

"礼教"有妨的，——但他们既然是五猖，便也无法可想，而且自然也就"又作别论"了。

因为东关离城远，大清早大家就起来。昨夜预定好的三道明瓦窗的大船，已经泊在河埠头，船椅，饭菜，茶炊，点心盒子，都在陆续搬下去了。我笑着跳着，催他们要搬得快。忽然，工人的脸色很谨肃了，我知道有些蹊跷，四面一看，父亲就站在我背后。

"去拿你的书来。"他慢慢地说。

这所谓"书"，是指我开蒙时候所读的《鉴略》，因为我再没有第二本了。我们那里上学的岁数是多拣单数的，所以这使我记住我其时是七岁。

我忐忑着，拿了书来了。他使我同坐在堂中央的桌子前，教我一句一句地读下去。我担着心，一句一句地读下去。

两句一行，大约读了二三十行罢，他说：

"给我读熟。背不出，就不准去看会。"

他说完，便站起来，走进房里去了。

我似乎从头上浇了一盆冷水。但是，有什么法子呢？自然是读着，读着，强记着，——而且要背出来。

　　粤自盘古，生于太荒，
　　首出御世，肇开混茫。

就是这样的书，我现在只记得前四句，别的都忘却了；那时所强记的二三十行，自然也一齐忘却在里面了。记得那时听人说，读《鉴略》比读《千字文》，《百家姓》有用得多，因为可以知道从古到今的大概。知道从古到今的大概，那当然是很好的，然而我一字也不懂。

"粤自盘古"就是"粤自盘古",读下去,记住它,"粤自盘古"呵!"生于太荒"呵!……

应用的物件已经搬完,家中由忙乱转成静肃了。朝阳照着西墙,天气很清朗。母亲,工人,长妈妈即阿长,都无法营救,只默默地静候着我读熟,而且背出来。在百静中,我似乎头里要伸出许多铁钳,将什么"生于太荒"之流夹住;也听到自己急急诵读的声音发着抖,仿佛深秋的蟋蟀,在夜中鸣叫似的。

他们都等候着;太阳也升得更高了。

我忽然似乎已经很有把握,便即站了起来,拿书走进父亲的书房,一气背将下去,梦似的就背完了。

"不错。去罢。"父亲点着头,说。

大家同时活动起来,脸上都露出笑容,向河埠走去。工人将我高高地抱起,仿佛在祝贺我的成功一般,快步走在最前头。

我却并没有他们那么高兴。开船以后,水路中的风景,盒子里的点心,以及到了东关的五猖会的热闹,对于我似乎都没有什么大意思。

直到现在,别的完全忘却,不留一点痕迹了,只有背诵《鉴略》这一段,却还分明如昨日事。

我至今一想起,还诧异我的父亲何以要在那时候叫我来背书。

五月二十五日。

题注:

本篇最初发表于北京《莽原》第一卷第十一期(1926年6月10日),副题《旧事重提之四》。

周作人《鲁迅小说里的人物》中说"五猖会究竟是怎么一回事，我全不知道，只知道东关地方有五猖庙，一年要有一回迎会，非常热闹"；"鲁迅在乡下常看社戏，小时候到东关看过五猖会，记在《朝华夕拾》里，他对于民间这种娱乐很有兴趣"。又云："本文那么说乃是为得背诵《鉴略》的方便，因为那'粤自盘古生于太荒'很是好玩，十岁时便至少读的是《论语》了。……背书这一节是事实，但即此未可断定伯宜公教读的严格，他平常对于功课监督得并不紧，这一回只是例外，虽然他的意思未能明了。"

　　"上海的旗袍"指当时上海当局认为妇女穿了旗袍就与男子没有多大区别（当时男子通行穿长袍），是伤风败俗的，因此禁止妇女穿旗袍；"北京戏园里界限"，当时北洋军阀政府为维护"礼教""风化"，禁止男女坐在一起看戏，戏园里男女观众必须分坐。

无常

迎神赛会这一天出巡的神，如果是掌握生杀之权的，——不，这生杀之权四个字不大妥，凡是神，在中国仿佛都有些随意杀人的权柄似的，倒不如说是职掌人民的生死大事的罢，就如城隍和东岳大帝之类，那么，他的卤簿中间就另有一群特别的脚色：鬼卒，鬼王，还有活无常。

这些鬼物们，大概都是由粗人和乡下人扮演的。鬼卒和鬼王是红红绿绿的衣裳，赤着脚；蓝脸，上面又画些鱼鳞，也许是龙鳞或别的什么鳞罢，我不大清楚。鬼卒拿着钢叉，叉环振得琅琅地响，鬼王拿的是一块小小的虎头牌。据传说，鬼王是只用一只脚走路的；但他究竟是乡下人，虽然脸上已经画上些鱼鳞或者别的什么鳞，却仍然只得用了两只脚走路。所以看客对于他们不很敬畏，也不大留心，除了念佛老妪和她的孙子们为面面圆到起见，也照例给他们一个"不胜屏营待命之至"的仪节。

至于我们——我相信：我和许多人——所最愿意看的，却在活无常。他不但活泼而诙谐，单是那浑身雪白这一点，在红红绿绿中就有"鹤立鸡群"之概。只要望见一顶白纸的高帽子和他手里的破芭蕉扇的影子，大家就都有些紧张，而且高兴起来了。

人民之于鬼物，惟独与他最为稔熟，也最为亲密，平时也常常可以遇见他。譬如城隍庙或东岳庙中，大殿后面就有一间暗室，叫作"阴司间"，在才可辨色的昏暗中，塑着各种鬼：吊死鬼，跌死鬼，虎伤鬼，科场鬼，……而一进门口所看见的长而白的东西就是他。我虽然也曾瞻仰过一回这"阴司间"，但那时胆子小，没有看明白。听说他一手还拿着铁索，因为他是勾摄生魂的使者。相传樊江东岳庙的"阴司间"的构造，本来是极其特别的：门口是一块活板，人一进门，踏着活板的这一端，塑在那一端的他便扑过来，铁索正套在你脖子上。后来吓死了一个人，钉实了，所以在我幼小的时候，这就已不能动。

　　倘使要看个分明，那么，《玉历钞传》上就画着他的像，不过《玉历钞传》也有繁简不同的本子的，倘是繁本，就一定有。身上穿的是斩衰凶服，腰间束的是草绳，脚穿草鞋，项挂纸锭；手上是破芭蕉扇，铁索，算盘；肩膀是耸起的，头发却披下来；眉眼的外梢都向下，像一个"八"字。头上一顶长方帽，下大顶小，按比例一算，该有二尺来高罢；在正面，就是遗老遗少们所戴瓜皮小帽的缀一粒珠子或一块宝石的地方，直写着四个字道："一见有喜"。有一种本子上，却写的是"你也来了"。这四个字，是有时也见于包公殿的扁额上的，至于他的帽上是何人所写，他自己还是阎罗王，我可还没有研究出。

　　《玉历钞传》上还有一种和活无常相对的鬼物，装束也相仿，叫作"死有分"。这在迎神时候也有的，但名称却讹作死无常了，黑脸，黑衣，谁也不爱看。在"阴司间"里也有的，胸口靠着墙壁，阴森森地站着；那才真真是"碰壁"。凡有进去烧香的人们，必须摩一摩他的脊梁，据说可以摆脱了晦气；我小时也曾摩过这脊梁来，然而晦气似乎终于没有脱，——也许那时不摩，现在的晦气还要重罢，这一节也还是没有研究出。

我也没有研究过小乘佛教的经典，但据耳食之谈，则在印度的佛经里，焰摩天是有的，牛首阿旁也有的，都在地狱里做主任。至于勾摄生魂的使者的这无常先生，却似乎于古无征，耳所习闻的只有什么"人生无常"之类的话。大概这意思传到中国之后，人们便将他具象化了。这实在是我们中国人的创作。

然而人们一见他，为什么就都有些紧张，而且高兴起来呢？

凡有一处地方，如果出了文士学者或名流，他将笔头一扭，就很容易变成"模范县"。我的故乡，在汉末虽曾经虞仲翔先生揄扬过，但是那究竟太早了，后来到底免不了产生所谓"绍兴师爷"，不过也并非男女老小全是"绍兴师爷"，别的"下等人"也不少。这些"下等人"，要他们发什么"我们现在走的是一条狭窄险阻的小路，左面是一个广漠无际的泥潭，右面也是一片广漠无际的浮砂，前面是遥遥茫茫荫在薄雾的里面的目的地"那样热昏似的妙语，是办不到的，可是在无意中，看得往这"荫在薄雾的里面的目的地"的道路很明白：求婚，结婚，养孩子，死亡。但这自然是专就我的故乡而言，若是"模范县"里的人民，那当然又作别论。他们——敝同乡"下等人"——的许多，活着，苦着，被流言，被反噬，因了积久的经验，知道阳间维持"公理"的只有一个会，而且这会的本身就是"遥遥茫茫"，于是乎势不得不发生对于阴间的神往。人是大抵自以为衔些冤抑的；活的"正人君子"们只能骗鸟，若问愚民，他就可以不假思索地回答你：公正的裁判是在阴间！

想到生的乐趣，生固然可以留恋；但想到生的苦趣，无常也不一定是恶客。无论贵贱，无论贫富，其时都是"一双空手见阎王"，有冤的得伸，有罪的就得罚。然而虽说是"下等人"，也何尝没有反省？自己做了一世人，又怎么样呢？未曾"跳到半天空"么？没有

"放冷箭"么？无常的手里就拿着大算盘，你摆尽臭架子也无益。对付别人要滴水不漏的公理，对自己总还不如虽在阴司里也还能够寻到一点私情。然而那又究竟是阴间，阎罗天子，牛首阿旁，还有中国人自己想出来的马面，都是并不兼差，真正主持公理的脚色，虽然他们并没有在报上发表过什么大文章。当还未做鬼之前，有时先不欺心的人们，遥想着将来，就又不能不想在整块的公理中，来寻一点情面的末屑，这时候，我们的活无常先生便见得可亲爱了，利中取大，害中取小，我们的古哲墨翟先生谓之"小取"云。

在庙里泥塑的，在书上墨印的模样上，是看不出他那可爱来的。最好是去看戏。但看普通的戏也不行，必须看"大戏"或者"目连戏"。目连戏的热闹，张岱在《陶庵梦忆》上也曾夸张过，说是要连演两三天。在我幼小时候可已经不然了，也如大戏一样，始于黄昏，到次日的天明便完结。这都是敬神禳灾的演剧，全本里一定有一个恶人，次日的将近天明便是这恶人的收场的时候，"恶贯满盈"，阎王出票来勾摄了，于是乎这活的活无常便在戏台上出现。

我还记得自己坐在这一种戏台下的船上的情形，看客的心情和普通是两样的。平常愈夜深愈懒散，这时却愈起劲。他所戴的纸糊的高帽子，本来是挂在台角上的，这时预先拿进去了；一种特别乐器，也准备使劲地吹。这乐器好像喇叭，细而长，可有七八尺，大约是鬼物所爱听的罢，和鬼无关的时候就不用；吹起来，Nhatu, nhatu, nhatututuu 地响，所以我们叫它"目连嗐头"。

在许多人期待着恶人的没落的凝望中，他出来了，服饰比画上还简单，不拿铁索，也不带算盘，就是雪白的一条莽汉，粉面朱唇，眉黑如漆，蹙着，不知道是在笑还是在哭。但他一出台就须打一百零八个嚏，同时也放一百零八个屁，这才自述他的履历。可惜我记不清楚了，其中有一段大概是这样：

"…………

大王出了牌票，叫我去拿隔壁的癞子。

问了起来呢，原来是我堂房的阿侄。

生的是什么病？伤寒，还带痢疾。

看的是什么郎中？下方桥的陈念义 la 儿子。

开的是怎样的药方？附子，肉桂，外加牛膝。

第一煎吃下去，冷汗发出；

第二煎吃下去，两脚笔直。

我道 nga 阿嫂哭得悲伤，暂放他还阳半刻。

大王道我是得钱买放，就将我捆打四十！"

这叙述里的"子"字都读作入声。陈念义是越中的名医，俞仲华曾将他写入《荡寇志》里，拟为神仙；可是一到他的令郎，似乎便不大高明了。la者"的"也；"儿"读若"倪"，倒是古音罢；nga者，"我的"或"我们的"之意也。

他口里的阎罗天子仿佛也不大高明，竟会误解他的人格，——不，鬼格。但连"还阳半刻"都知道，究竟还不失其"聪明正直之谓神"。不过这惩罚，却给了我们的活无常以不可磨灭的冤苦的印象，一提起，就使他更加蹙紧双眉，捏定破芭蕉扇，脸向着地，鸭子浮水似的跳舞起来。

Nhatu，nhatu，nhatu-nhatu-nhatututuu！目连嗐头也冤苦不堪似的吹着。

他因此决定了：

“难是弗放者个！

　　那怕你，铜墙铁壁！

　　那怕你，皇亲国戚！

　　…………”

　　“难”者，“今”也；“者个”者，“的了”之意，词之决也。“虽有忮心，不怨飘瓦”，他现在毫不留情了，然而这是受了阎罗老子的督责之故，不得已也。一切鬼众中，就是他有点人情；我们不变鬼则已，如果要变鬼，自然就只有他可以比较的相亲近。

　　我至今还确凿记得，在故乡时候，和“下等人”一同，常常这样高兴地正视过这鬼而人，理而情，可怖而可爱的无常；而且欣赏他脸上的哭或笑，口头的硬语与谐谈……。

　　迎神时候的无常，可和演剧上的又有些不同了。他只有动作，没有言语，跟定了一个捧着一盘饭菜的小丑似的脚色走，他要去吃；他却不给他。另外还加添了两名脚色，就是“正人君子”之所谓“老婆儿女”。凡“下等人”，都有一种通病：常喜欢以己之所欲，施之于人。虽是对于鬼，也不肯给他孤寂，凡有鬼神，大概总要给他们一对一对地配起来。无常也不在例外。所以，一个是漂亮的女人，只是很有些村妇样，大家都称她无常嫂；这样看来，无常是和我们平辈的，无怪他不摆教授先生的架子。一个是小孩子，小高帽，小白衣；虽然小，两肩却已经耸起了，眉目的外梢也向下。这分明是无常少爷了，大家却叫他阿领，对于他似乎都不很表敬意；猜起来，仿佛是无常嫂的前夫之子似的。但不知何以相貌又和无常有这么像？吁！鬼神之事，难言之矣，只得姑且置之弗论。至于无常何以没有亲儿女，到今年可很容易解释了：鬼神能前知，他怕儿女一多，爱说闲话的就要旁敲侧击地锻成他拿卢布，所以不但研究，还早已实行了"节育"了。

这捧着饭菜的一幕，就是"送无常"。因为他是勾魂使者，所以民间凡有一个人死掉之后，就得用酒饭恭送他。至于不给他吃，那是赛会时候的开玩笑，实际上并不然。但是，和无常开玩笑，是大家都有此意的，因为他爽直，爱发议论，有人情，——要寻真实的朋友，倒还是他妥当。

有人说，他是生人走阴，就是原是人，梦中却入冥去当差的，所以很有些人情。我还记得住在离我家不远的小屋子里的一个男人，便自称是"走无常"，门外常常燃着香烛。但我看他脸上的鬼气反而多。莫非入冥做了鬼，倒会增加人气的么？吁！鬼神之事，难言之矣，这也只得姑且置之弗论了。

六月二十三日。

题注：

本篇最初发表于北京《莽原》第一卷第十三期（1926年7月10日），副题《旧事重提之五》。

1936年9月鲁迅在《女吊》中说："我以为绍兴有两种特色的鬼，一种是表现对于死的无可奈何，而且随随便便的'无常'，我已经在《朝华夕拾》里得了绍介给全国读者的光荣了。"1934年，鲁迅在《门外文谈》中谈及"《朝花夕拾》所引《目连救母》里的无常鬼的自传"，可参阅。"模范县"指无锡。陈西滢系无锡人，他曾在1925年8月《现代评论》第三十七期《闲话》中说："无锡是中国的模范县。""跳到半天空""放冷箭"以及"我们现在走的是一条狭窄险阻的小路"等句系出自陈西滢《致志摩》一文。

从百草园到三味书屋

我家的后面有一个很大的园，相传叫作百草园。现在是早已并屋子一起卖给朱文公的子孙了，连那最末次的相见也已经隔了七八年，其中似乎确凿只有一些野草；但那时却是我的乐园。

不必说碧绿的菜畦，光滑的石井栏，高大的皂荚树，紫红的桑椹；也不必说鸣蝉在树叶里长吟，肥胖的黄蜂伏在菜花上，轻捷的叫天子（云雀）忽然从草间直窜向云霄里去了。单是周围的短短的泥墙根一带，就有无限趣味。油蛉在这里低唱，蟋蟀们在这里弹琴。翻开断砖来，有时会遇见蜈蚣；还有斑蝥，倘若用手指按住它的脊梁，便会拍的一声，从后窍喷出一阵烟雾。何首乌藤和木莲藤缠络着，木莲有莲房一般的果实，何首乌有拥肿的根。有人说，何首乌根是有像人形的，吃了便可以成仙，我于是常常拔它起来，牵连不断地拔起来，也曾因此弄坏了泥墙，却从来没有见过有一块根像人样。如果不怕刺，还可以摘到覆盆子，像小珊瑚珠攒成的小球，又酸又甜，色味都比桑椹要好得远。

长的草里是不去的，因为相传这园里有一条很大的赤练蛇。

长妈妈曾经讲给我一个故事听：先前，有一个读书人住在古庙里用功，晚间，在院子里纳凉的时候，突然听到有人在叫他。答应着，四面看时，却见一个美女的脸露在墙头上，向他一笑，隐去了。他很高兴；但竟给那走来夜谈的老和尚识破了机关。说他脸上有些妖气，一定遇见"美女蛇"了；这是人首蛇身的怪物，能唤人名，倘一答应，夜间便要来吃这人的肉的。他自然吓得要死，而那老和尚却道无妨，给他一个小盒子，说只要放在枕边，便可高枕而卧。他虽然照样办，却总是睡不着，——当然睡不着的。到半夜，果然来了，沙沙沙！门外像是风雨声。他正抖作一团时，却听得豁的一声，一道金光从枕边飞出，外面便什么声音也没有了，那金光也就飞回来，敛在盒子里。后来呢？后来，老和尚说，这是飞蜈蚣，它能吸蛇的脑髓，美女蛇就被它治死了。

结末的教训是：所以倘有陌生的声音叫你的名字，你万不可答应他。

这故事很使我觉得做人之险，夏夜乘凉，往往有些担心，不敢去看墙上，而且极想得到一盒老和尚那样的飞蜈蚣。走到百草园的草丛旁边时，也常常这样想。但直到现在，总还是没有得到，但也没有遇见过赤练蛇和美女蛇。叫我名字的陌生声音自然是常有的，然而都不是美女蛇。

冬天的百草园比较的无味；雪一下，可就两样了。拍雪人（将自己的全形印在雪上）和塑雪罗汉需要人们鉴赏，这是荒园，人迹罕至，所以不相宜，只好来捕鸟。薄薄的雪，是不行的；总须积雪盖了地面一两天，鸟雀们久已无处觅食的时候才好。扫开一块雪，露出地面，用一枝短棒支起一面大的竹筛来，下面撒些秕谷，棒上系一条长绳，人远远地牵着，看鸟雀下来啄食，走到竹筛底下的时候，将绳子一拉，便罩住了。但所得的是麻雀居多，也有白颊的"张飞鸟"，性子很躁，养不过夜的。

这是闰土的父亲所传授的方法，我却不大能用。明明见它们进去了，拉了绳，跑去一看，却什么都没有，费了半天力，捉住的不过三四只。闰土的父亲是小半天便能捕获几十只，装在叉袋里叫着撞着的。我曾经问他得失的缘由，他只静静地笑道：你太性急，来不及等它走到中间去。

我不知道为什么家里的人要将我送进书塾里去了，而且还是全城中称为最严厉的书塾。也许是因为拔何首乌毁了泥墙罢，也许是因为将砖头抛到间壁的梁家去了罢，也许是因为站在石井栏上跳了下来罢，……都无从知道。总而言之：我将不能常到百草园了。Ade，我的蟋蟀们！ Ade，我的覆盆子们和木莲们！……

出门向东，不上半里，走过一道石桥，便是我的先生的家了。从一扇黑油的竹门进去，第三间是书房。中间挂着一块扁道：三味书屋；扁下面是一幅画，画着一只很肥大的梅花鹿伏在古树下。没有孔子牌位，我们便对着那扁和鹿行礼。第一次算是拜孔子，第二次算是拜先生。

第二次行礼时，先生便和蔼地在一旁答礼。他是一个高而瘦的老人，须发都花白了，还戴着大眼镜。我对他很恭敬，因为我早听到，他是本城中极方正，质朴，博学的人。

不知从那里听来的，东方朔也很渊博，他认识一种虫，名曰"怪哉"，冤气所化，用酒一浇，就消释了。我很想详细地知道这故事，但阿长是不知道的，因为她毕竟不渊博。现在得到机会了，可以问先生。

"先生，'怪哉'这虫，是怎么一回事？……"我上了生书，将要退下来的时候，赶忙问。

"不知道！"他似乎很不高兴，脸上还有怒色了。

我才知道做学生是不应该问这些事的，只要读书，因为他是渊博的宿儒，决不至于不知道，所谓不知道者，乃是不愿意说。年纪比我大的人，往往如此，我遇见过好几回了。

我就只读书，正午习字，晚上对课。先生最初这几天对我很严厉，后来却好起来了，不过给我读的书渐渐加多，对课也渐渐地加上字去，从三言到五言，终于到七言。

三味书屋后面也有一个园，虽然小，但在那里也可以爬上花坛去折蜡梅花，在地上或桂花树上寻蝉蜕。最好的工作是捉了苍蝇喂蚂蚁，静悄悄地没有声音。然而同窗们到园里的太多，太久，可就不行了，先生在书房里便大叫起来：

"人都到那里去了？！"

人们便一个一个陆续走回去；一同回去，也不行的。他有一条戒尺，但是不常用，也有罚跪的规则，但也不常用，普通总不过瞪几眼，大声道：

"读书！"

于是大家放开喉咙读一阵书，真是人声鼎沸。有念"仁远乎哉我欲仁斯仁至矣"的，有念"笑人齿缺曰狗窦大开"的，有念"上九潜龙勿用"的，有念"厥土下上上错厥贡苞茅橘柚"的……。先生自己也念书。后来，我们的声音便低下去，静下去了，只有他还大声朗读着：

"铁如意，指挥倜傥，一座皆惊呢～～；金叵罗，颠倒淋漓噫，千杯未醉嗬～～……。"

我疑心这是极好的文章，因为读到这里，他总是微笑起来，而且将头仰起，摇着，向后面拗过去，拗过去。

先生读书入神的时候，于我们是很相宜的。有几个便用纸糊的盔甲套在指甲上做戏。我是画画儿，用一种叫作"荆川纸"的，蒙在小说的绣像上一个个描下来，像习字时候的影写一样。读的书多起来，画的画也多起来；书没有读成，画的成绩却不少了，最成片段的是《荡寇志》和《西游记》的绣像，都有一大本。后来，因为要钱用，卖给一个有钱的同窗了。他的父亲是开锡箔店的；听说现在自己已经做了店主，而且快要升到绅士的地位了。这东西早已没有了罢。

九月十八日。

题注：

　　本篇最初发表于北京《莽原》第一卷第十九期（1926 年 10 月 10 日），副题《旧事重提之六》。

　　周作人《鲁迅小说里的人物》中回忆："癸巳上半年，鲁迅往三味书屋读书，他去那里是这年为始，还是从前一年就已去了呢，这已记不清楚了。自百草园至三味书屋真正才一箭之路，出门向东走去不过三百步吧，走过南北跨河的北桥，再往东一拐，一个朝北的黑油竹门，里边便是三味书屋了。书屋不在百草园之内，所以不必细写，只须一说那读书的两间房屋就行。我去读书是从乙未年起的，所记情状自然只能以那时为准，但可能前两年也是大概差不多的。书房朝西两间，南边的较小，西北角一个圆洞门相通，里面靠东一部分有地板，上有小匾曰'谈馀小憩'，小寿先生洙邻名鹏飞在此设帐，教授两个小学生，即是我和寿禄年，外边即靠北的一大间是老寿先生镜吾名怀鉴的书房，背后挂一张梅花鹿的画，上有匾曰'三味书屋'。""关于三味书屋名称的意义，曾经请教过寿洙邻先生，据说古人有言，'书有三味'，经如米饭，史如肴馔，子如调味之料，他只记得大意如此，原名以及人名已忘记了。"书屋的塾师为寿镜吾（1849-1930），在考中秀才后一直以教书为生。又，文中谈及闰土事，可参见鲁迅的小说《故乡》。

父亲的病

　　大约十多年前罢，S城中曾经盛传过一个名医的故事：

　　他出诊原来是一元四角，特拔十元，深夜加倍，出城又加倍。有一夜，一家城外人家的闺女生急病，来请他了，因为他其时已经阔得不耐烦，便非一百元不去。他们只得都依他。待去时，却只是草草地一看，说道"不要紧的"，开一张方，拿了一百元就走。那病家似乎很有钱，第二天又来请了。他一到门，只见主人笑面承迎，道，"昨晚服了先生的药，好得多了，所以再请你来复诊一回。"仍旧引到房里，老妈子便将病人的手拉出帐外来。他一按，冷冰冰的，也没有脉，于是点点头道，"唔，这病我明白了。"从从容容走到桌前，取了药方纸，提笔写道：

　　"凭票付英洋壹百元正。"下面是署名，画押。

　　"先生，这病看来很不轻了，用药怕还得重一点罢。"主人在背后说。

　　"可以，"他说。于是另开了一张方：

　　"凭票付英洋贰百元正。"下面仍是署名，画押。

　　这样，主人就收了药方，很客气地送他出来了。

我曾经和这名医周旋过两整年，因为他隔日一回，来诊我的父亲的病。那时虽然已经很有名，但还不至于阔得这样不耐烦；可是诊金却已经是一元四角。现在的都市上，诊金一次十元并不算奇，可是那时是一元四角已是巨款，很不容易张罗的了；又何况是隔日一次。他大概的确有些特别，据舆论说，用药就与众不同。我不知道药品，所觉得的，就是"药引"的难得，新方一换，就得忙一大场。先买药，再寻药引。"生姜"两片，竹叶十片去尖，他是不用的了。起码是芦根，须到河边去掘；一到经霜三年的甘蔗，便至少也得搜寻两三天。可是说也奇怪，大约后来总没有购求不到的。

据舆论说，神妙就在这地方。先前有一个病人，百药无效；待到遇见了什么叶天士先生，只在旧方上加了一味药引：梧桐叶。只一服，便霍然而愈了。"医者，意也。"其时是秋天，而梧桐先知秋气。其先百药不投，今以秋气动之，以气感气，所以……。我虽然并不了然，但也十分佩服，知道凡有灵药，一定是很不容易得到的，求仙的人，甚至于还要拚了性命，跑进深山里去采呢。

这样有两年，渐渐地熟识，几乎是朋友了。父亲的水肿是逐日利害，将要不能起床；我对于经霜三年的甘蔗之流也逐渐失了信仰，采办药引似乎再没有先前一般踊跃了。正在这时候，他有一天来诊，问过病状，便极其诚恳地说：

"我所有的学问，都用尽了。这里还有一位陈莲河先生，本领比我高。我荐他来看一看，我可以写一封信。可是，病是不要紧的，不过经他的手，可以格外好得快……。"

这一天似乎大家都有些不欢，仍然由我恭敬地送他上轿。进来时，看见父亲的脸色很异样，和大家谈论，大意是说自己的病大概没有希望的了；他因为看了两年，毫无效验，脸又太熟了，未免有些难以为情，所以等到危急时候，便荐一个生手自代，和自己完全脱了干系。但另外有什么法子呢？本城的名医，除他之外，实在也只有一个陈莲河了。明天就请陈莲河。

陈莲河的诊金也是一元四角。但前回的名医的脸是圆而胖的，他却长而胖了：这一点颇不同。还有用药也不同，前回的名医是一个人还可以办的，这一回却是一个人有些办不妥帖了，因为他一张药方上，总兼有一种特别的丸散和一种奇特的药引。

芦根和经霜三年的甘蔗，他就从来没有用过。最平常的是"蟋蟀一对"，旁注小字道："要原配，即本在一窠中者。"似乎昆虫也要贞节，续弦或再醮，连做药资格也丧失了。但这差使在我并不为难，走进百草园，十对也容易得，将它们用线一缚，活活地掷入沸汤中完事。然而还有"平地木十株"呢，这可谁也不知道是什么东西了，问药店，问乡下人，问卖草药的，问老年人，问读书人，问木匠，都只是摇摇头，临末才记起了那远房的叔祖，爱种一点花木的老人，跑去一问，他果然知道，是生在山中树下的一种小树，能结红子如小珊瑚珠的，普通都称为"老弗大"。

"踏破铁鞋无觅处，得来全不费工夫。"药引寻到了，然而还有一种特别的丸药：败鼓皮丸。这"败鼓皮丸"就是用打破的旧鼓皮做成；水肿一名鼓胀，一用打破的鼓皮自然就可以克伏他。清朝的刚毅因为憎恨"洋鬼子"，预备打他们，练了些兵称作"虎神营"，取虎能食羊，神能伏鬼的意思，也就是这道理。可惜这一种神药，全城中只有一家出售的，离我家就有五里，但这却不像平地木那样，必须暗中摸索了，陈莲河先生开方之后，就恳切详细地给我们说明。

"我有一种丹，"有一回陈莲河先生说，"点在舌上，我想一定可以见效。因为舌乃心之灵苗……。价钱也并不贵，只要两块钱一盒……。"

我父亲沉思了一会,摇摇头。

"我这样用药还会不大见效,"有一回陈莲河先生又说,"我想,可以请人看一看,可有什么冤愆……。医能医病,不能医命,对不对?自然,这也许是前世的事……。"

我的父亲沉思了一会,摇摇头。

凡国手,都能够起死回生的,我们走过医生的门前,常可以看见这样的扁额。现在是让步一点了,连医生自己也说道:"西医长于外科,中医长于内科。"但是 S 城那时不但没有西医,并且谁也还没有想到天下有所谓西医,因此无论什么,都只能由轩辕岐伯的嫡派门徒包办。轩辕时候是巫医不分的,所以直到现在,他的门徒就还见鬼,而且觉得"舌乃心之灵苗"。这就是中国人的"命",连名医也无从医治的。

不肯用灵丹点在舌头上,又想不出"冤愆"来,自然,单吃了一百多天的"败鼓皮丸"有什么用呢?依然打不破水肿,父亲终于躺在床上喘气了。还请一回陈莲河先生,这回是特拔,大洋十元。他仍旧泰然的开了一张方,但已停止败鼓皮丸不用,药引也不很神妙了,所以只消半天,药就煎好,灌下去,却从口角上回了出来。

从此我便不再和陈莲河先生周旋,只在街上有时看见他坐在三名轿夫的快轿里飞一般抬过;听说他现在还康健,一面行医,一面还做中医什么学报,正在和只长于外科的西医奋斗哩。

中西的思想确乎有一点不同。听说中国的孝子们,一到将要"罪孽深重祸延父母"的时候,就买几斤人参,煎汤灌下去,希望父母多喘几天气,即使半天也好。我的一位教医学的先生却教给我医生的职务道:可医的应该给他医治,不可医的应该给他死得没有痛苦。——

但这先生自然是西医。

父亲的喘气颇长久，连我也听得很吃力，然而谁也不能帮助他。我有时竟至于电光一闪似的想道："还是快一点喘完了罢……。"立刻觉得这思想就不该，就是犯了罪；但同时又觉得这思想实在是正当的，我很爱我的父亲。便是现在，也还是这样想。

早晨，住在一门里的衍太太进来了。她是一个精通礼节的妇人，说我们不应该空等着。于是给他换衣服；又将纸锭和一种什么《高王经》烧成灰，用纸包了给他捏在拳头里……。

"叫呀，你父亲要断气了。快叫呀！"衍太太说。

"父亲！父亲！"我就叫起来。

"大声！他听不见。还不快叫?！"

"父亲！！！父亲！！！"

他已经平静下去的脸，忽然紧张了，将眼微微一睁，仿佛有一些苦痛。

"叫呀！快叫呀！"她催促说。

"父亲！！！"

"什么呢?……不要嚷。……不……。"他低低地说，又较急地喘着气，好一会，这才复了原状，平静下去了。

"父亲！！！"我还叫他，一直到他咽了气。

我现在还听到那时的自己的这声音，每听到时，就觉得这却是我对于父亲的最大的错处。

十月七日。

题注:

本篇最初发表于北京《莽原》第一卷第二十一期（1926年11月10日），副题《旧事重提之七》。

1919年鲁迅曾在《国民公报》上发表一组题为《自言自语》的散文诗，其中《我的父亲》一节叙述了他父亲死前的一幕，其与本篇的结尾十分相似："阿！我现在想，大安静大沉寂的死，应该听他慢慢到来。谁敢乱嚷，是大过失。／我何以不听我的父亲，徐徐入死，大声叫他。"关于中医，鲁迅在1922年写的《呐喊·自序》中由他父亲的病引出这样一句话："中医不过是一种有意的或无意的骗子。"1926年6月他在《马上日记》中谈及当时梁启超被西医割掉一个腰子之事时记道：此后"责难之声风起云涌了，连对于腰子不很有研究的文学家也都'仗义执言'。同时，'中医了不得论'也就应运而起……新的本国的西医又大抵模模胡胡，一出手便先学了中医一样的江湖诀"。

"罪孽深重祸延父母"，古时有些人把父母的死亡归咎于自己的不孝，因有此话，后演为套语。另，周作人《知堂回想录》中有《父亲的病》，可参阅。

琐记

　　衍太太现在是早经做了祖母，也许竟做了曾祖母了；那时却还年青，只有一个儿子比我大三四岁。她对自己的儿子虽然狠，对别家的孩子却好的，无论闹出什么乱子来，也决不去告诉各人的父母，因此我们就最愿意在她家里或她家的四近玩。

　　举一个例说罢，冬天，水缸里结了薄冰的时候，我们大清早起一看见，便吃冰。有一回给沈四太太看到了，大声说道："莫吃呀，要肚子疼的呢！"这声音又给我母亲听到了，跑出来我们都挨了一顿骂，并且有大半天不准玩。我们推论祸首，认定是沈四太太，于是提起她就不用尊称了，给她另外起了一个绰号，叫作"肚子疼"。

　　衍太太却决不如此。假如她看见我们吃冰，一定和蔼地笑着说，"好，再吃一块。我记着，看谁吃的多。"

　　但我对于她也有不满足的地方。一回是很早的时候了，我还很小，偶然走进她家去，她正在和她的男人看书。我走近去，她便将书塞在我的眼前道，"你看，你知道这是什么？"我看那书上画着房屋，有两个人光着身子仿佛在打架，但又不很像。正迟疑间，他们便大笑起来了。这使我很不高兴，似乎受了一个极大的侮辱，不到那里去大约有十多天。一回是我已经十多岁了，和几个孩子比赛打旋子，看谁旋得多。她就从旁计着数，说道，"好，八十二个了！再旋一个，八十三！好，八十四……"但正在旋着的阿祥，忽然跌倒了，阿祥的婶母也恰恰走进来。她便接着说道，"你看，不是跌了么？不听我的话。我叫你不要旋，不要旋……。"

虽然如此，孩子们总还喜欢到她那里去。假如头上碰得肿了一大块的时候，去寻母亲去罢，好的是骂一通，再给擦一点药；坏的是没有药擦，还添几个栗凿和一通骂。衍太太却决不埋怨，立刻给你用烧酒调了水粉，搽在疙瘩上，说这不但止痛，将来还没有瘢痕。

父亲故去之后，我也还常到她家里去，不过已不是和孩子们玩耍了，却是和衍太太或她的男人谈闲天。我其时觉得很有许多东西要买，看的和吃的，只是没有钱。有一天谈到这里，她便说道，"母亲的钱，你拿来用就是了，还不就是你的么？"我说母亲没有钱，她就说可以拿首饰去变卖；我说没有首饰，她却道，"也许你没有留心。到大厨的抽屉里，角角落落去寻去，总可以寻出一点珠子这类东西……。"

这些话我听去似乎很异样，便又不到她那里去了，但有时又真想去打开大厨，细细地寻一寻。大约此后不到一月，就听到一种流言，说我已经偷了家里的东西去变卖了，这实在使我觉得有如掉在冷水里。流言的来源，我是明白的，倘是现在，只要有地方发表，我总要骂出流言家的狐狸尾巴来，但那时太年青，一遇流言，便连自己也仿佛觉得真是犯了罪，怕遇见人们的眼睛，怕受到母亲的爱抚。

好。那么，走罢！

但是，那里去呢？S城人的脸早经看熟，如此而已，连心肝也似乎有些了然。总得寻别一类人们去，去寻为S城人所诟病的人们，无论其为畜生或魔鬼。那时为全城所笑骂的是一个开得不久的学校，叫作中西学堂，汉文之外，又教些洋文和算学。然而已经成为众矢之的了；熟读圣贤书的秀才们，还集了"四书"的句子，做一篇八股来嘲诮它，这名文便即传遍了全城，人人当作有趣的话柄。我只记得那"起讲"的开头是：

"徐子以告夷子曰：吾闻用夏变夷者，未闻变于夷者也。今也不然：鴃舌之音，闻其声，皆雅言也。……"

以后可忘却了，大概也和现今的国粹保存大家的议论差不多。但我对于这中西学堂，却也不满足，因为那里面只教汉文，算学，英文和法文。功课较为别致的，还有杭州的求是书院，然而学费贵。

无须学费的学校在南京，自然只好往南京去。第一个进去的学校，目下不知道称为什么了，光复以后，似乎有一时称为雷电学堂，很像《封神榜》上"太极阵""混元阵"一类的名目。总之，一进仪凤门，便可以看见它那二十丈高的桅杆和不知多高的烟通。功课也简单，一星期中，几乎四整天是英文："It is a cat.""Is it a rat？"一整天是读汉文："君子曰，颍考叔可谓纯孝也已矣，爱其母，施及庄公。"一整天是做汉文：《知己知彼百战百胜论》，《颍考叔论》，《云从龙风从虎论》，《咬得菜根则百事可做论》。

初进去当然只能做三班生，卧室里是一桌一凳一床，床板只有两块。头二班学生就不同了，二桌二凳或三凳一床，床板多至三块。不但上讲堂时挟着一堆厚而且大的洋书，气昂昂地走着，决非只有一本"泼赖妈"和四本《左传》的三班生所敢正视；便是空着手，也一定将肘弯撑开，像一只螃蟹，低一班的在后面总不能走出他之前。这一种螃蟹式的名公巨卿，现在都阔别得很久了，前四五年，竟在教育部的破脚躺椅上，发见了这姿势，然而这位老爷却并非雷电学堂出身的，可见螃蟹态度，在中国也颇普遍。

可爱的是桅杆。但并非如"东邻"的"支那通"所说，因为它"挺然翘然"，又是什么的象征。乃是因为它高，乌鸦喜鹊，都只能停在它的半途的木盘上。人如果爬到顶，便可以近看狮子山，远眺莫愁湖，——但究竟是否真可以眺得那么远，我现在可委实有点记不清楚了。而且不危险，下面张着网，即使跌下来，也不过如一条小鱼落在网子里；况且自从张网以后，听说也还没有人曾经跌下来。

原先还有一个池，给学生学游泳的，这里面却淹死了两个年幼的学生。当我进去时，早填平了，不但填平，上面还造了一所小小的关帝庙。庙旁是一座焚化字纸的砖炉，炉口上方横写着四个大字道："敬惜字纸"。只可惜那两个淹死鬼失了池子，难讨替代，总在左近徘徊，虽然已有"伏魔大帝关圣帝君"镇压着。办学的人大概是好心肠的，所以每年七月十五，总请一群和尚到雨天操场来放焰口，一个红鼻而胖的大和尚戴上毗卢帽，捏诀，念咒："回资啰，普弥耶吽！唵耶吽！唵！耶！吽！！！"

我的前辈同学被关圣帝君镇压了一整年，就只在这时候得到一点好处，——虽然我并不深知是怎样的好处。所以当这些时，我每每想：做学生总得自己小心些。

总觉得不大合适，可是无法形容出这不合适来。现在是发见了大致相近的字眼了，"乌烟瘴气"，庶几乎其可也。只得走开。近来是单是走开也就不容易，"正人君子"者流会说你骂人骂到了聘书，或者是发"名士"脾气，给你几句正经的俏皮话。不过那时还不打紧，学生所得的津贴，第一年不过二两银子，最初三个月的试习期内是零用五百文。于是毫无问题，去考矿路学堂去了，也许是矿路学堂，已经有些记不真，文凭又不在手头，更无从查考。试验并不难，录取的。

这回不是 It is a cat 了，是 Der Mann，Das Weib，Das Kind。汉文仍旧是"颖考叔可谓纯孝也已矣"，但外加《小学集注》。论文题目也小有不同，譬如《工欲善其事必先利其器论》，是先前没有做过的。

此外还有所谓格致，地学，金石学，……都非常新鲜。但是还得声明：后两项，就是现在之所谓地质学和矿物学，并非讲舆地和钟鼎碑版的。只是画铁轨横断面图却有些麻烦，平行线尤其讨厌。但第二年的总办是一个新党，他坐在马车上的时候大抵看着《时务报》，考汉文也自己出题目，和教员出的很不同。有一次是《华盛顿论》，汉文教员反而惴惴地来问我们道："华盛顿是什么东西呀？……"

看新书的风气便流行起来，我也知道了中国有一部书叫《天演论》。星期日跑到城南去买了来，白纸石印的一厚本，价五百文正。翻开一看，是写得很好的字，开首便道：

> "赫胥黎独处一室之中，在英伦之南，背山而面野，槛外诸境，历历如在机下。乃悬想二千年前，当罗马大将恺彻未到时，此间有何景物？计惟有天造草昧……"

哦！原来世界上竟还有一个赫胥黎坐在书房里那么想，而且想得那么新鲜？一口气读下去，"物竞""天择"也出来了，苏格拉第，柏拉图也出来了，斯多噶也出来了。学堂里又设立了一个阅报处，《时务报》不待言，还有《译学汇编》，那书面上的张廉卿一流的四个字，就蓝得很可爱。

"你这孩子有点不对了，拿这篇文章去看去，抄下来去看去。"一位本家的老辈严肃地对我说，而且递过一张报纸来。接来看时，"臣许应骙跪奏……"，那文章现在是一句也不记得了，总之是参康有为变法的；也不记得可曾抄了没有。

仍然自己不觉得有什么"不对"，一有闲空，就照例地吃侉饼，花生米，辣椒，看《天演论》。

但我们也曾经有过一个很不平安的时期。那是第二年，听说学校就要裁撤了。这也无怪，这学堂的设立，原是因为两江总督（大约是刘坤一罢）听到青龙山的煤矿出息好，所以开手的。待到开学时，煤矿那面却已将原先的技师辞退，换了一个不甚了然的人了。理由是：一、先前的技师薪水太贵；二、他们觉得开煤矿并不难。于是不到一年，就连煤在那里也不甚了然起来，终于是所得的煤，只能供烧那两架抽水机之用，就是抽了水掘煤，掘出煤来抽水，结一笔出入两清的账。既然开矿无利，矿路学堂自然也就无须乎开了，但是不知怎的，却又并不裁撤。到第三年我们下矿洞去看的时候，情形实在颇凄凉，抽水机当然还在转动，矿洞里积水却有半尺深，上面也点滴而下，几个矿工便在这里面鬼一般工作着。

毕业，自然大家都盼望的，但一到毕业，却又有些爽然若失。爬了几次桅，不消说不配做半个水兵；听了几年讲，下了几回矿洞，就能掘出金银铜铁锡来么？实在连自己也茫无把握，没有做《工欲善其事必先利其器论》的那么容易。爬上天空二十丈和钻下地面二十丈，结果还是一无所能，学问是"上穷碧落下黄泉，两处茫茫皆不见"了。所余的只还有一条路：到外国去。

留学的事，官僚也许可了，派定五名到日本去。其中的一个因为祖母哭得死去活来，不去了，只剩了四个。日本是同中国很两样的，我们应该如何准备呢？有一个前辈同学在，比我们早一年毕业，曾经游历过日本，应该知道些情形。跑去请教之后，他郑重地说：

"日本的袜是万不能穿的，要多带些中国袜。我看纸票也不好，你们带去的钱不如都换了他们的现银。"

四个人都说遵命。别人不知其详，我是将钱都在上海换了日本的银元，还带了十双中国袜——白袜。

后来呢？后来，要穿制服和皮鞋，中国袜完全无用；一元的银圆日本早已废置不用了，又赔钱换了半元的银圆和纸票。

十月八日。

题注：

本篇最初发表于北京《莽原》第一卷第二十二期（1926 年 11 月25 日），副题《旧事重提之八》。

1929 年 1 月 6 日鲁迅致章廷谦信中说："青龙山者，在江苏勾〔句〕容县相近，离南京约百余里，前清开过煤矿，我做学生时，曾下这矿洞去学习的。后来折了本，停止了。Kina 当是 Kind 之误。'回资啰……'我也不懂，盖古印度语（殆即所谓'梵语'乎），是咒语，绍兴请和尚来放焰口的时候，它们一定要念好几回的，焰口的书上也刻着，恐怕别处也一样。"另，周作人的《鲁迅的青年时代》中说："还有一件，见于《朝花夕拾》第八篇《琐记》中，便是有本家的叔祖母一面教唆他可以窃取家中的钱物去花用，一面就散布谣言，说他坏话，这使得他决心离开绍兴，跑到外边去。只是这件事情我不大清楚，所以只能提及一下，无从细叙情由了。"另，周作人《鲁迅小说里的人物》中说："《琐记》一篇里所说的事可以分作前后两截，前截说衍太太的事情，后截说南京的学堂。衍太太是平水山乡的出身，可是人很能干，却又干的多是损人不利己的事，这在本文里已经说的够明白了，虽然如前一章里说她指挥叫喊临终的父亲，那在旧时习俗上是不可能有的。"

藤野先生

东京也无非是这样。上野的樱花烂熳的时节，望去确也像绯红的轻云，但花下也缺不了成群结队的"清国留学生"的速成班，头顶上盘着大辫子，顶得学生制帽的顶上高高耸起，形成一座富士山。也有解散辫子，盘得平的，除下帽来，油光可鉴，宛如小姑娘的发髻一般，还要将脖子扭几扭。实在标致极了。

中国留学生会馆的门房里有几本书买，有时还值得去一转；倘在上午，里面的几间洋房里倒也还可以坐坐的。但到傍晚，有一间的地板便常不免要咚咚咚地响得震天，兼以满房烟尘斗乱；问问精通时事的人，答道，"那是在学跳舞。"

到别的地方去看看，如何呢？

我就往仙台的医学专门学校去。从东京出发，不久便到一处驿站，写道：日暮里。不知怎地，我到现在还记得这名目。其次却只记得水户了，这是明的遗民朱舜水先生客死的地方。仙台是一个市镇，并不大；冬天冷得利害；还没有中国的学生。

大概是物以希为贵罢。北京的白菜运往浙江，便用红头绳系住菜根，倒挂在水果店头，尊为"胶菜"；福建野生着的芦荟，一到北京就请进温室，且美其名曰"龙舌兰"。我到仙台也颇受了这样的优待，不但学校不收学费，几个职员还为我的食宿操心。我先是住在监狱旁边一个客店里的，初冬已经颇冷，蚊子却还多，后来用被盖了全身，用衣服包了头脸，只留两个鼻孔出气。在这呼吸不息的地方，蚊子竟无从插嘴，居然睡安稳了。饭食也不坏。但一位先生却以为这客店也包办囚人的饭食，我住在那里不相宜，几次三番，几次三番地说。我虽然觉得客店兼办囚人的饭食和我不相干，然而好意难却，也只得别寻相宜的住处了。于是搬到别一家，离监狱也很远，可惜每天总要喝难以下咽的芋梗汤。

从此就看见许多陌生的先生，听到许多新鲜的讲义。解剖学是两个教授分任的。最初是骨学。其时进来的是一个黑瘦的先生，八字须，戴着眼镜，挟着一叠大大小小的书。一将书放在讲台上，便用了缓慢而很有顿挫的声调，向学生介绍自己道：

"我就是叫作藤野严九郎的……。"

后面有几个人笑起来了。他接着便讲述解剖学在日本发达的历史，那些大大小小的书，便是从最初到现今关于这一门学问的著作。起初有几本是线装的；还有翻刻中国译本的，他们的翻译和研究新的医学，并不比中国早。

那坐在后面发笑的是上学年不及格的留级学生，在校已经一年，掌故颇为熟悉的了。他们便给新生讲演每个教授的历史。这藤野先生，据说是穿衣服太模胡了，有时竟会忘记带领结；冬天是一件旧外套，寒颤颤的，有一回上火车去，致使管车的疑心他是扒手，叫车里的客人大家小心些。

他们的话大概是真的，我就亲见他有一次上讲堂没有带领结。

过了一星期，大约是星期六，他使助手来叫我了。到得研究室，见他坐在人骨和许多单独的头骨中间，——他其时正在研究着头骨，后来有一篇论文在本校的杂志上发表出来。

"我的讲义，你能抄下来么？"他问。

"可以抄一点。"

"拿来我看！"

我交出所抄的讲义去，他收下了，第二三天便还我，并且说，此后每一星期要送给他看一回。我拿下来打开看时，很吃了一惊，同时也感到一种不安和感激。原来我的讲义已经从头到末，都用红笔添改过了，不但增加了许多脱漏的地方，连文法的错误，也都一一订正。这样一直继续到教完了他所担任的功课：骨学，血管学，神经学。

可惜我那时太不用功，有时也很任性。还记得有一回藤野先生将我叫到他的研究室里去，翻出我那讲义上的一个图来，是下臂的血管，指着，向我和蔼地说道：

"你看，你将这条血管移了一点位置了。——自然，这样一移，的确比较的好看些，然而解剖图不是美术，实物是那么样的，我们没法改换它。现在我给你改好了，以后你要全照着黑板上那样的画。"

但是我还不服气，口头答应着，心里却想道：

"图还是我画的不错；至于实在的情形，我心里自然记得的。"

学年试验完毕之后，我便到东京玩了一夏天，秋初再回学校，成绩早已发表了，同学一百余人之中，我在中间，不过是没有落第。这回藤野先生所担任的功课，是解剖实习和局部解剖学。

解剖实习了大概一星期，他又叫我去了，很高兴地，仍用了极有抑扬的声调对我说道：

"我因为听说中国人是很敬重鬼的，所以很担心，怕你不肯解剖尸体。现在总算放心了，没有这回事。"

但他也偶有使我很为难的时候。他听说中国的女人是裹脚的，但不知道详细，所以要问我怎么裹法，足骨变成怎样的畸形，还叹息道，"总要看一看才知道。究竟是怎么一回事呢？"

有一天，本级的学生会干事到我寓里来了，要借我的讲义看。我检出来交给他们，却只翻检了一通，并没有带走。但他们一走，邮差就送到一封很厚的信，拆开看时，第一句是：

"你改悔罢！"

这是《新约》上的句子罢，但经托尔斯泰新近引用过的。其时正值日俄战争，托老先生便写了一封给俄国和日本的皇帝的信，开首便是这一句。日本报纸上很斥责他的不逊，爱国青年也愤然，然而暗地里却早受了他的影响了。其次的话，大略是说上年解剖学试验的题目，是藤野先生在讲义上做了记号，我预先知道的，所以能有这样的成绩。末尾是匿名。

我这才回忆到前几天的一件事。因为要开同级会，干事便在黑板上写广告，末一句是"请全数到会勿漏为要"，而且在"漏"字旁边加了一个圈。我当时虽然觉到圈得可笑，但是毫不介意，这回才悟出那字也在讥刺我了，犹言我得了教员漏泄出来的题目。

我便将这事告知了藤野先生；有几个和我熟识的同学也很不平，一同去诘责干事托辞检查的无礼，并且要求他们将检查的结果，发表出来。终于这流言消灭了，干事却又竭力运动，要收回那一封匿名信去。结末是我便将这托尔斯泰式的信退还了他们。

中国是弱国，所以中国人当然是低能儿，分数在六十分以上，便不是自己的能力了：也无怪他们疑惑。但我接着便有参观枪毙中国人的命运了。第二年添教霉菌学，细菌的形状是全用电影来显示的，一段落已完而还没有到下课的时候，便影几片时事的片子，自然都是日本战胜俄国的情形。但偏有中国人夹在里边：给俄国人做侦探，被日本军捕获，要枪毙了，围着看的也是一群中国人；在讲堂里的还有一个我。

"万岁！"他们都拍掌欢呼起来。

这种欢呼，是每看一片都有的，但在我，这一声却特别听得刺耳。此后回到中国来，我看见那些闲看枪毙犯人的人们，他们也何尝不酒醉似的喝采，——呜呼，无法可想！但在那时那地，我的意见却变化了。

到第二学年的终结，我便去寻藤野先生，告诉他我将不学医学，并且离开这仙台。他的脸色仿佛有些悲哀，似乎想说话，但竟没有说。

"我想去学生物学，先生教给我的学问，也还有用的。"其实我并没有决意要学生物学，因为看得他有些凄然，便说了一个慰安他的谎话。

"为医学而教的解剖学之类，怕于生物学也没有什么大帮助。"他叹息说。

将走的前几天，他叫我到他家里去，交给我一张照相，后面写着两个字道："惜别"，还说希望将我的也送他。但我这时适值没有照相了；他便叮嘱我将来照了寄给他，并且时时通信告诉他此后的状况。

我离开仙台之后，就多年没有照过相，又因为状况也无聊，说起来无非使他失望，便连信也怕敢写了。经过的年月一多，话更无从说起，所以虽然有时想写信，却又难以下笔，这样的一直到现在，竟没有寄过一封信和一张照片。从他那一面看起来，是一去之后，杳无消息了。

但不知怎地，我总还时时记起他，在我所认为我师的之中，他是最使我感激，给我鼓励的一个。有时我常常想：他的对于我的热心的希望，不倦的教诲，小而言之，是为中国，就是希望中国有新的医学；大而言之，是为学术，就是希望新的医学传到中国去。他的性格，在我的眼里和心里是伟大的，虽然他的姓名并不为许多人所知道。

他所改正的讲义，我曾经订成三厚本，收藏着的，将作为永久的纪念。不幸七年前迁居的时候，中途毁坏了一口书箱，失去半箱书，恰巧这讲义也遗失在内了。责成运送局去找寻，寂无回信。只有他的照相至今还挂在我北京寓居的东墙上，书桌对面。每当夜间疲倦，正想偷懒时，仰面在灯光中瞥见他黑瘦的面貌，似乎正要说出抑扬顿挫的话来，便使我忽又良心发现，而且增加勇气了，于是点上一枝烟，再继续写些为"正人君子"之流所深恶痛疾的文字。

十月十二日。

题注：

本篇最初发表于北京《莽原》第一卷第二十三期（1926 年 12 月 10 日），副题《旧事重提之九》。

1934 年日本学者佐藤春夫和增田涉拟合译出版《鲁迅选集》时，曾致信征求鲁迅的意见，鲁迅回信说："请全权处理。我看要放进去的，一篇也没有了。只有《藤野先生》一文，请译出补进去。"（1934 年 12 月 2 日致增田涉）半年多后鲁迅在致日本友人山本初枝的信中再次提及藤野先生：他"是大约三十年前仙台医学专门学校的解剖学教授，是真名实姓。该校现在已成为大学了，三四年前曾托友人去打听过，他已不在那里了。是否还在世，也不得而知。倘仍健在，已七十左右了"（1935 年 6 月 27 日）。30 年代鲁迅曾多方托人打听藤野先生，未果；而当时在家乡行医的藤野先生，则是通过读佐藤和增田合译的《鲁迅选集》才知道他当时的中国学生现在已成为中国的大文学家的。1936 年藤野听到鲁迅逝世的消息后，撰写了《谨忆周树人君》一文以为悼念。

范爱农

在东京的客店里，我们大抵一起来就看报。学生所看的多是《朝日新闻》和《读卖新闻》，专爱打听社会上琐事的就看《二六新闻》。一天早晨，辟头就看见一条从中国来的电报，大概是：

"安徽巡抚恩铭被 Jo Shiki Rin 刺杀，刺客就擒。"

大家一怔之后，便容光焕发地互相告语，并且研究这刺客是谁，汉字是怎样三个字。但只要是绍兴人，又不专看教科书的，却早已明白了。这是徐锡麟，他留学回国之后，在做安徽候补道，办着巡警事务，正合于刺杀巡抚的地位。

大家接着就预测他将被极刑，家族将被连累。不久，秋瑾姑娘在绍兴被杀的消息也传来了，徐锡麟是被挖了心，给恩铭的亲兵炒食净尽。人心很愤怒。有几个人便秘密地开一个会，筹集川资；这时用得着日本浪人了，撕乌贼鱼下酒，慷慨一通之后，他便登程去接徐伯荪的家属去。

照例还有一个同乡会，吊烈士，骂满洲；此后便有人主张打电报到北京，痛斥满政府的无人道。会众即刻分成两派：一派要发电，一派不要发。我是主张发电的，但当我说出之后，即有一种钝滞的声音

128

跟着起来：

"杀的杀掉了，死的死掉了，还发什么屁电报呢。"

这是一个高大身材，长头发，眼球白多黑少的人，看人总像在渺视。他蹲在席子上，我发言大抵就反对；我早觉得奇怪，注意着他的了，到这时才打听别人：说这话的是谁呢，有那么冷？认识的人告诉我说：他叫范爱农，是徐伯荪的学生。

我非常愤怒了，觉得他简直不是人，自己的先生被杀了，连打一个电报还害怕，于是便坚执地主张要发电，同他争起来。结果是主张发电的居多数，他屈服了。其次要推出人来拟电稿。

"何必推举呢？自然是主张发电的人啰～～。"他说。

我觉得他的话又在针对我，无理倒也并非无理的。但我便主张这一篇悲壮的文章必须深知烈士生平的人做，因为他比别人关系更密切，心里更悲愤，做出来就一定更动人。于是又争起来。结果是他不做，我也不做，不知谁承认做去了；其次是大家走散，只留下一个拟稿的和一两个干事，等候做好之后去拍发。

从此我总觉得这范爱农离奇，而且很可恶。天下可恶的人，当初以为是满人，这时才知道还在其次；第一倒是范爱农。中国不革命则已，要革命，首先就必须将范爱农除去。

然而这意见后来似乎逐渐淡薄，到底忘却了，我们从此也没有再见面。直到革命的前一年，我在故乡做教员，大概是春末时候罢，忽然在熟人的客座上看见了一个人，互相熟视了不过两三秒钟，我们便同时说：

"哦哦，你是范爱农！"

"哦哦，你是鲁迅！"

不知怎地我们便都笑了起来，是互相的嘲笑和悲哀。他眼睛还是那样，然而奇怪，只这几年，头上却有了白发了，但也许本来就有，我先前没有留心到。他穿着很旧的布马褂，破布鞋，显得很寒素。谈起自己的经历来，他说他后来没有了学费，不能再留学，便回来了。回到故乡之后，又受着轻蔑，排斥，迫害，几乎无地可容。现在是躲在乡下，教着几个小学生糊口。但因为有时觉得很气闷，所以也趁了航船进城来。

他又告诉我现在爱喝酒，于是我们便喝酒。从此他每一进城，必定来访我，非常相熟了。我们醉后常谈些愚不可及的疯话，连母亲偶然听到了也发笑。一天我忽而记起在东京开同乡会时的旧事，便问他：

"那一天你专门反对我，而且故意似的，究竟是什么缘故呢？"

"你还不知道？我一向就讨厌你的，——不但我，我们。"

"你那时之前，早知道我是谁么？"

"怎么不知道。我们到横滨，来接的不就是子英和你么？你看不起我们，摇摇头，你自己还记得么？"

我略略一想，记得的，虽然是七八年前的事。那时是子英来约我的，说到横滨去接新来留学的同乡。汽船一到，看见一大堆，大概一共有十多人，一上岸便将行李放到税关上去候查检，关吏在衣箱中翻来翻去，忽然翻出一双绣花的弓鞋来，便放下公事，拿着子细地看。我很不满，心里想，这些鸟男人，怎么带这东西来呢。自己不注意，那时也许就摇了摇头。检验完毕，在客店小坐之后，即须上火车。不料这一群读书人又在客车上让起坐位来了，甲要乙坐在这位上，乙要丙去坐，揖让未终，火车已开，车身一摇，即刻跌倒了三四个。我那时也很不满，暗地里想：连火车上的坐位，他们也要分出尊卑来……。自己不注意，也许又摇了摇头。然而那群雍容揖让的人物中就有范爱农，却直到这一天才想到。岂但他呢，说起来也惭愧，这一群里，还有后来在安徽战死的陈伯平烈士，被害的马宗汉烈士；被囚在黑狱里，到革命后才见天日而身上永带着匪刑的伤痕的也还有一两人。而我都茫无所知，摇着头将他们一并运上东京了。徐伯荪虽然和他们同船来，却不在这车上，因为他在神户就和他的夫人坐车走了陆路了。

我想我那时摇头大约有两回，他们看见的不知道是那一回。让坐时喧闹，检查时幽静，一定是在税关上的那一回了，试问爱农，果然是的。

"我真不懂你们带这东西做什么？是谁的？"

"还不是我们师母的？"他瞪着他多白的眼。

"到东京就要假装大脚，又何必带这东西呢？"

"谁知道呢？你问她去。"

到冬初，我们的景况更拮据了，然而还喝酒，讲笑话。忽然是武昌起义，接着是绍兴光复。第二天爱农就上城来，戴着农夫常用的毡帽，那笑容是从来没有见过的。

"老迅，我们今天不喝酒了。我要去看看光复的绍兴。我们同去。"

我们便到街上去走了一通，满眼是白旗。然而貌虽如此，内骨子是依旧的，因为还是几个旧乡绅所组织的军政府，什么铁路股东是行政司长，钱店掌柜是军械司长……。这军政府也到底不长久，几个少年一嚷，王金发带兵从杭州进来了，但即使不嚷或者也会来。他进来以后，也就被许多闲汉和新进的革命党所包围，大做王都督。在衙门里的人物，穿布衣来的，不上十天也大概换上皮袍子了，天气还并不冷。

我被摆在师范学校校长的饭碗旁边，王都督给了我校款二百元。爱农做监学，还是那件布袍子，但不大喝酒了，也很少有工夫谈闲天。他办事，兼教书，实在勤快得可以。

　　"情形还是不行，王金发他们。"一个去年听过我的讲义的少年来访问我，慷慨地说，"我们要办一种报来监督他们。不过发起人要借用先生的名字。还有一个是子英先生，一个是德清先生。为社会，我们知道你决不推却的。"

　　我答应他了。两天后便看见出报的传单，发起人诚然是三个。五天后便见报，开首便骂军政府和那里面的人员；此后是骂都督，都督的亲戚，同乡，姨太太……。

　　这样地骂了十多天，就有一种消息传到我的家里来，说都督因为你们诈取了他的钱，还骂他，要派人用手枪来打死你们了。

　　别人倒还不打紧，第一个着急的是我的母亲，叮嘱我不要再出去。但我还是照常走，并且说明，王金发是不来打死我们的，他虽然绿林大学出身，而杀人却不很轻易。况且我拿的是校款，这一点他还能明白的，不过说说罢了。

　　果然没有来杀。写信去要经费，又取了二百元。但仿佛有些怒意，同时传令道：再来要，没有了！

　　不过爱农得到了一种新消息，却使我很为难。原来所谓"诈取"者，并非指学校经费而言，是指另有送给报馆的一笔款。报纸上骂了几天之后，王金发便叫人送去了五百元。于是乎我们的少年们便开起会议来，第一个问题是：收不收？决议曰：收。第二个问题是：收了之后骂不骂？决议曰：骂。理由是：收钱之后，他是股东；股东不好，自然要骂。

　　我即刻到报馆去问这事的真假。都是真的。略说了几句不该收他钱的话，一个名为会计的便不高兴了，质问我道：

"报馆为什么不收股本？"

"这不是股本……。"

"不是股本是什么？"

我就不再说下去了，这一点世故是早已知道的，倘我再说出连累我们的话来，他就会面斥我太爱惜不值钱的生命，不肯为社会牺牲，或者明天在报上就可以看见我怎样怕死发抖的记载。

然而事情很凑巧，季茀写信来催我往南京了。爱农也很赞成，但颇凄凉，说：

"这里又是那样，住不得。你快去罢……。"

我懂得他无声的话，决计往南京。先到都督府去辞职，自然照准，派来了一个拖鼻涕的接收员，我交出账目和余款一角又两铜元，不是校长了。后任是孔教会会长傅力臣。

报馆案是我到南京后两三个星期了结的，被一群兵们捣毁。子英在乡下，没有事；德清适值在城里，大腿上被刺了一尖刀。他大怒了。自然，这是很有些痛的，怪他不得。他大怒之后，脱下衣服，照了一张照片，以显示一寸来宽的刀伤，并且做一篇文章叙述情形，向各处分送，宣传军政府的横暴。我想，这种照片现在是大约未必还有人收藏着了，尺寸太小，刀伤缩小到几乎等于无，如果不加说明，看见的人一定以为是带些疯气的风流人物的裸体照片，倘遇见孙传芳大帅，还怕要被禁止的。

我从南京移到北京的时候，爱农的学监也被孔教会会长的校长设法去掉了。他又成了革命前的爱农。我想为他在北京寻一点小事做，这是他非常希望的，然而没有机会。他后来便到一个熟人的家里去寄食，也时时给我信，景况愈困穷，言辞也愈凄苦。终于又非走出这熟人的家不可，便在各处飘浮。不久，忽然从同乡那里得到一个消息，说他已经掉在水里，淹死了。

我疑心他是自杀。因为他是浮水的好手，不容易淹死的。

夜间独坐在会馆里，十分悲凉，又疑心这消息并不确，但无端又觉得这是极其可靠的，虽然并无证据。一点法子都没有，只做了四首诗，后来曾在一种日报上发表，现在是将要忘记完了。只记得一首里的六句，起首四句是："把酒论天下，先生小酒人。大圜犹酩酊，微醉合沉沦。"中间忘掉两句，末了是"旧朋云散尽，余亦等轻尘。"

后来我回故乡去，才知道一些较为详细的事。爱农先是什么事也没得做，因为大家讨厌他。他很困难，但还喝酒，是朋友请他的。他已经很少和人们来往，常见的只剩下几个后来认识的较为年青的人了，然而他们似乎也不愿意多听他的牢骚，以为不如讲笑话有趣。

"也许明天就收到一个电报，拆开来一看，是鲁迅来叫我的。"他时常这样说。

一天，几个新的朋友约他坐船去看戏，回来已过夜半，又是大风雨，他醉着，却偏要到船舷上去小解。大家劝阻他，也不听，说不会掉下去的。但他掉下去了，虽然能浮水，却从此不起来。

第二天打捞尸体，是在菱荡里找到的，直立着。

我至今不明白他究竟是失足还是自杀。

他死后一无所有，遗下一个幼女和他的夫人。有几个人想集一点钱作他女孩将来的学费的基金，因为一经提议，即有族人来争这笔款的保管权，——其实还没有这笔款，——大家觉得无聊，便无形消散了。

现在不知他唯一的女儿景况如何？倘在上学，中学已该毕业了罢。

十一月十八日。

题注：

本篇最初发表于北京《莽原》第一卷第二十四期（1926 年 12 月 25 日），副题《旧事重提之十》。

在鲁迅将本篇稿子寄给《莽原》编辑韦素园时，附信道："《旧事重提》又做了一篇，今寄上这书是完结了。明年如何？如撰者尚多，仍可出版，我当另寻题目作文。"（1926 年 11 月 20 日）按，范爱农，浙江绍兴人，与鲁迅在留学日本时相识。1912 年鲁迅闻知范爱农去世的消息后，曾作旧体诗《哀范君三章》，并发表在同年 8 月 21 日绍兴《民兴日报》上，稿后有附记说："我于爱农之死，为之不怡累日，至今未能释然。昨忽成诗三章，随手写之，而忽将鸡虫做入，真是奇绝妙绝，辟历一声，群小之大狼狈。今录上，希大鉴定家鉴定，如不恶，乃可登诸《民兴》也。天下虽未必仰望已久，然我亦岂能已于言乎。二十三日，树又言。"1934 年鲁迅为佐藤春夫和增田涉合译《鲁迅选集》事致信增田，提及本篇时说："《范爱农》写法较差，还是割爱为好。"

后记

我在第三篇讲《二十四孝》的开头，说北京恐吓小孩的"马虎子"应作"麻胡子"，是指麻叔谋，而且以他为胡人。现在知道是错了，"胡"应作"祜"，是叔谋之名，见唐人李济翁作的《资暇集》卷下，题云《非麻胡》。原文如次：

"俗怖婴儿曰：麻胡来！不知其源者，以为多髯之神而验刺者，非也。隋将军麻祜，性酷虐，炀帝令开汴河，威棱既盛，至稚童望风而畏，互相恐吓曰：麻祜来！稚童语不正，转祜为胡。只如宪宗朝泾将郝玭，蕃中皆畏悼，其国婴儿啼者，以玭怖之则止。又，武宗朝，闾阎孩孺相胁云：薛尹来！咸类此也。况《魏志》载张文远辽来之明证乎？"（原注：麻祜庙在睢阳。郾方节度李丕即其后。丕为重建碑。）

原来我的识见，就正和唐朝的"不知其源者"相同，贻讥于千载之前，真是咎有应得，只好苦笑。但又不知麻祜庙碑或碑文，现今尚在睢阳或存于方志中否？倘在，我们当可以看见和小说《开河记》所载相反的他的功业。

因为想寻几张插画，常维钧兄给我在北京搜集了许多材料，有几种是为我所未曾见过的。如光绪己卯（1879）肃州胡文炳作的《二百册孝图》——原书有注云："册读如习。"我真不解他何以不直称四十，而必须如此麻烦——即其一。我所反对的"郭巨埋儿"，他于我还未出世的前几年，已经删去了。序有云：

> "……坊间所刻《二十四孝》，善矣。然其中郭巨埋儿一事，揆之天理人情，殊不可以训。……炳窃不自量，妄为编辑。凡矫枉过正而刻意求名者，概从割爱；惟择其事之不诡于正，而人人可为者，类为六门。……"

这位肃州胡老先生的勇决，委实令我佩服了。但这种意见，恐怕是怀抱者不乏其人，而且由来已久的，不过大抵不敢毅然删改，笔之于书。如同治十一年（1872）刻的《百孝图》，前有纪常郑绩序，就说：

> "……况迩来世风日下，沿习浇漓，不知孝出天性自然，反以孝作另成一事。且择古人投炉埋儿为忍心害理，指割股抽肠为损亲遗体。殊未审孝只在乎心，不在乎迹。尽孝无定形，行孝无定事。古之孝者非在今所宜，今之孝者难泥古之事。因此时此地不同，而其人其事各异，求其所以尽孝之心则一也。子夏曰：事父母能竭其力。故孔门问孝，所答何尝有同然乎？……"

则同治年间就有人以埋儿等事为"忍心害理"，灼然可知。至于这一位"纪常郑绩"先生的意思，我却还是不大懂，像是说：这些事现在可以不必学，但也不必说他错。

这部《百孝图》的起源有点特别，是因为见了"粤东颜子"的《百美新咏》而作的。人重色而已重孝，卫道之盛心可谓至矣。虽然是"会稽俞葆真兰浦编辑"，与不佞有同乡之谊，——但我还只得老实说：不大高明。例如木兰从军的出典，他注云："隋史"。这样名目的书，现今是没有的；倘是《隋书》，那里面又没有木兰从军的事。

而中华民国九年（1920），上海的书店却偏偏将它用石印翻印了，书名的前后各添了两个字：《男女百孝图全传》。第一叶上还有一行小字道：家庭教育的好模范。又加了一篇"吴下大错王鼎谨识"的序，开首先发同治年间"纪常郑绩"先生一流的感慨：

> "慨自欧化东渐，海内承学之士，嚣嚣然侈谈自由平等之说，致道德日就沦胥，人心日益浇漓，寡廉鲜耻，无所不为，侥幸行险，人思幸进，求所谓砥砺廉隅，束身自爱者，世不多睹焉。……起观斯世之忍心害理，几全如陈叔宝之无心肝。长此滔滔，伊何底止？……"

其实陈叔宝模胡到好像"全无心肝"，或者有之，若拉他来配"忍心害理"，却未免有些冤枉。这是有几个人以评"郭巨埋儿"和"李娥投炉"的事的。

至于人心，有几点确也似乎正在浇漓起来。自从《男女之秘密》，《男女交合新论》出现后，上海就很有些书名喜欢用"男女"二字冠首。现在是连"以正人心而厚风俗"的《百孝图》上也加上了。这大概为因不满于《百美新咏》而教孝的"会稽俞葆真兰浦"先生所不及料的罢。

从说"百行之先"的孝而忽然拉到"男女"上去，仿佛也近乎不庄重，——浇漓。但我总还想趁便说几句，——自然竭力来减省。

我们中国人即使对于"百行之先"，我敢说，也未必就不想到男女上去的。太平无事，闲人很多，偶有"杀身成仁舍生取义"的，虽然本人也许忙得不暇检点，而活着的旁观者总会加以绵密的研究。曹娥的投江觅父，淹死后抱父尸出，是载在正史，很有许多人知道的。但这一个"抱"字却发生过问题。

我幼小时候，在故乡曾经听到老年人这样讲：

> "……死了的曹娥，和她父亲的尸体，最初是面对面抱着浮上来的。然而过往行人看见的都发笑了，说：哈哈！这么一个年青姑娘抱着这么一个老头子！于是那两个死尸又沉下去了；停了一刻又浮起来，这回是背对背的负着。"

好！在礼义之邦里，连一个年幼——呜呼，"娥年十四"而已——的死孝女要和死父亲一同浮出，也有这么艰难！

我检查《百孝图》和《二百卌孝图》，画师都很聪明，所画的是曹娥还未跳入江中，只在江干啼哭。但吴友如画的《女二十四孝图》（1892）却正是两尸一同浮出的这一幕，而且也正画作"背对背"，如第一图的上方。我想，他大约也知道我所听到的那故事的。还有《后二十四孝图说》，也是吴友如画，也有曹娥，则画作正在投江的情状，如第一图下。

就我现今所见的教孝的图说而言，古今颇有许多遇盗，遇虎，遇火，遇风的孝子，那应付的方法，十之九是"哭"和"拜"。

中国的哭和拜，什么时候才完呢？

曹娥投江
尋父屍

三

至于画法，我以为最简古的倒要算日本的小田海僊本，这本子早已印入《点石斋丛画》里，变成国货，很容易入手的了。吴友如画的最细巧，也最能引动人。但他于历史画其实是不大相宜的；他久居上海的租界里，耳濡目染，最擅长的倒在作"恶鸨虐妓"，"流氓拆梢"一类的时事画，那真是勃勃有生气，令人在纸上看出上海的洋场来。但影响殊不佳，近来许多小说和儿童读物的插画中，往往将一切女性画成妓女样，一切孩童都画得像一个小流氓，大半就因为太看了他的画本的缘故。

　　而孝子的事迹也比较地更难画，因为总是惨苦的多。譬如"郭巨埋儿"，无论如何总难以画到引得孩子眉飞色舞，自愿躺到坑里去。还有"尝粪心忧"，也不容易引人入胜。还有老莱子的"戏彩娱亲"，题诗上虽说"喜色满庭帏"，而图画上却绝少有有趣的家庭的气息。

　　我现在选取了三种不同的标本，合成第二图。上方的是《百孝图》中的一部分，"陈村何云梯"画的，画的是"取水上堂诈跌卧地作婴儿啼"这一段。也带出"双亲开口笑"来。中间的一小块是我从"直北李锡彤"画的《二十四孝图诗合刊》上描下来的，画的是"著五色斑斓之衣为婴儿戏于亲侧"这一段；手里捏着"摇咕咚"，就是"婴儿戏"这三个字的点题。但大约李先生觉得一个高大的老头子玩这样的把戏究竟不像样，将他的身子竭力收缩，画成一个有胡子的小孩子了。然而仍然无趣。至于线的错误和缺少，那是不能怪作者的，也不能埋怨我，只能去骂刻工。查这刻工当前清同治十二年（1873）时，是在"山东省布政司街南首路西鸿文堂刻字处"。下方的是"民国壬戌"（1922）慎独山房刻本，无画人姓名，但是双料画法，一面"诈跌卧地"，一面"为婴儿戏"，将两件事合起来，而将"斑斓之衣"忘却了。吴友如画的一本，也合两事为一，也忘了斑斓之衣，只是老

戲彩娛親

戲舞學嬌癡
春風動彩衣
雙親開口笑
善色滿庭闈

老萊子三禮 七月八日集

魯迅

莱子比较的胖一些,且缩着双丫髻,——不过还是无趣味。

　　人说,讽刺和冷嘲只隔一张纸,我以为有趣和肉麻也一样。孩子对父母撒娇可以看得有趣,若是成人,便未免有些不顺眼。放达的夫妻在人面前的互相爱怜的态度,有时略一跨出有趣的界线,也容易变为肉麻。老莱子的作态的图,正无怪谁也画不好。像这些图画上似的家庭里,我是一天也住不舒服的,你看这样一位七十多岁的老太爷整年假惺惺地玩着一个"摇咕咚"。

　　汉朝人在宫殿和墓前的石室里,多喜欢绘画或雕刻古来的帝王,孔子弟子,列士,列女,孝子之类的图。宫殿当然一椽不存了;石室却偶然还有,而最完全的是山东嘉祥县的武氏石室。我仿佛记得那上面就刻着老莱子的故事。但现在手头既没有拓本,也没有《金石萃编》,不能查考了;否则,将现时的和约一千八百年前的图画比较起来,也是一种颇有趣味的事。

　　关于老莱子的,《百孝图》上还有这样的一段:

　　　　"……莱子又有弄雏娱亲之事:尝弄雏于双亲之侧,欲亲之喜。"(原注:《高士传》。)

　　谁做的《高士传》呢?嵇康的,还是皇甫谧的?也还是手头没有书,无从查考。只在新近因为白得了一个月的薪水,这才发狠买来的《太平御览》上查了一通,到底查不着,倘不是我粗心,那就是出于别的唐宋人的类书里的了。但这也没有什么大关系。我所觉得特别的,是文中的那"雏"字。

　　我想,这"雏"未必一定是小禽鸟。孩子们喜欢弄来玩耍的,用泥和绸或布做成的人形，日本也叫 Hina，写作"雏"。他们那里往往存留中国的古语；而老莱子在父母面前弄孩子的玩具，也比弄小禽鸟更自然。所以英语的 Doll，即我们现在称为"洋囡囡"或"泥人儿"，而文字上只好写作"傀儡"的，说不定古人就称"雏"，后来中绝，便只残存于日本了。但这不过是我一时的臆测，此外也并无什么坚实的凭证。

这弄雏的事，似乎也还没有人画过图。

我所搜集的另一批，是内有"无常"的画像的书籍。一曰《玉历钞传警世》（或无下二字），一曰《玉历至宝钞》（或作编）。其实是两种都差不多的。关于搜集的事，我首先仍要感谢常维钧兄，他寄给我北京龙光斋本，又鉴光斋本；天津思过斋本，又石印局本；南京李光明庄本。其次是章矛尘兄，给我杭州玛瑙经房本，绍兴许广记本，最近石印本。又其次是我自己，得到广州宝经阁本，又翰元楼本。

这些《玉历》，有繁简两种，是和我的前言相符的。但我调查了一切无常的画像之后，却恐慌起来了。因为书上的"活无常"是花袍，纱帽，背后插刀；而拿算盘，戴高帽子的却是"死有分"！虽然面貌有凶恶和和善之别，脚下有草鞋和布（？）鞋之殊，也不过画工偶然的随便，而最关紧要的题字，则全体一致，曰："死有分"。呜呼，这明明是专在和我为难。

然而我还不能心服。一者因为这些书都不是我幼小时候所见的那一部，二者因为我还确信我的记忆并没有错。不过撕下一叶来做插画的企图，却被无声无臭地打得粉碎了。只得选取标本各一——南京本的死有分和广州本的活无常——之外，还自己动手，添画一个我所记得的目连戏或迎神赛会中的"活无常"来塞责，如第三图上方。好在我并非画家，虽然太不高明，读者也许不至于嗔责罢。先前想不到后

会斩你咬，伺隙摄生！

一九二一二五。

死有分

活无常

王灵官圣诰 圖像

来，曾经对于吴友如先生辈颇说过几句蹊跷话，不料曾几何时，即须自己出丑了，现在就预先辩解几句在这里存案。但是，如果无效，那也只好直抄徐（印世昌）大总统的哲学：听其自然。

还有不能心服的事，是我觉得虽是宣传《玉历》的诸公，于阴间的事情其实也不很了然。例如一个人初死时的情状，那图像就分成两派。一派是只来一位手执钢叉的鬼卒，叫作"勾魂使者"，此外什么都没有；一派是一个马面，两个无常——阳无常和阴无常——而并非活无常和死有分。倘说，那两个就是活无常和死有分罢，则和单个的画像又不一致。如第四图版上的A，阳无常何尝是花袍纱帽？只有阴无常却和单画的死有分颇相像的，但也放下算盘拿了扇。这还可以说大约因为其时是夏天，然而怎么又长了那么长的络腮胡子了呢？难道夏天时疫多，他竟忙得连修刮的工夫都没有了么？这图的来源是天津思过斋的本子，合并声明；还有北京本和广州本上的，也相差无几。

B是从南京的李光明庄刻本上取来的，图画和A相同，而题字却正相反了：天津本指为阴无常者，它却道是阳无常。但和我的主张是一致的。那么，倘有一个素衣高帽的东西，不问他胡子之有无，北京人，天津人，广州人只管去称为阴无常或死有分，我和南京人则叫他活无常，各随自己的便罢。"名者，实之宾也"，不关什么紧要的。

不过我还要添上一点C图，是绍兴许广记刻本中的一部分，上面并无题字，不知宣传者于意云何。我幼小时常常走过许广记的门前，也闲看他们刻图画，是专爱用弧线和直线，不大肯作曲线的，所以无常先生的真相，在这里也难以判然。只是他身边另有一个小高帽，却还能分明看出，为别的本子上所无。这就是我所说过的在赛会时候出现的阿领。他连办公时间也带着儿子（？）走，我想，大概是在叫他跟随学习，预备长大之后，可以"无改于父之道"的。

除勾摄人魂外，十殿阎罗王中第四殿五官王的案桌旁边，也什九站着一个高帽脚色。如 D 图，1 取自天津的思过斋本，模样颇漂亮；2 是南京本，舌头拖出来了，不知何故；3 是广州的宝经阁本，扇子破了；4 是北京龙光斋本，无扇，下巴之下一条黑，我看不透它是胡子还是舌头；5 是天津石印局本，也颇漂亮，然而站到第七殿泰山王的公案桌边去了：这是很特别的。

又，老虎噬人的图上，也一定画有一个高帽的脚色，拿着纸扇子暗地里在指挥。不知道这也就是无常呢，还是所谓"伥鬼"？但我乡戏文上的伥鬼都不戴高帽子。

研究这一类三魂渺渺，七魄茫茫，"死无对证"的学问，是很新颖，也极占便宜的。假使征集材料，开始讨论，将各种往来的信件都编印起来，恐怕也可以出三四本颇厚的书，并且因此升为"学者"。但是，"活无常学者"，名称不大冠冕，我不想干下去了，只在这里下一个武断：

《玉历》式的思想是很粗浅的："活无常"和"死有分"，合起来是人生的象征。人将死时，本只须死有分来到。因为他一到，这时候，也就可见"活无常"。

但民间又有一种自称"走阴"或"阴差"的，是生人暂时入冥，帮办公事的脚色。因为他帮同勾魂摄魄，大家也就称之为"无常"；又以其本是生魂也，则别之曰"阳"，但从此便和"活无常"隐然相混了。如第四图版之 A，题为"阳无常"的，是平常人的普通装束，足见明明是阴差，他的职务只在领鬼卒进门，所以站在阶下。

既有了生魂入冥的"阳无常"，便以"阴无常"来称职务相似而并非生魂的死有分了。

做目连戏和迎神赛会虽说是祷祈，同时也等于娱乐，扮演出来的应该是阴差，而普通状态太无趣，——无所谓扮演，——不如奇特些好，于是就将"那一个无常"的衣装给他穿上了；——自然原也没有知道得很清楚。然而从此也更传讹下去。所以南京人和我之所谓活无常，是阴差而穿着死有分的衣冠，顶着真的活无常的名号，大背经典，荒谬得很的。

不知海内博雅君子，以为何如？

我本来并不准备做什么后记，只想寻几张旧画像来做插图，不料目的不达，便变成一面比较，剪贴，一面乱发议论了。那一点本文或作或辍地几乎做了一年，这一点后记也或作或辍地几乎做了两个月。天热如此，汗流浃背，是亦不可以已乎：爰为结。

一九二七年七月十一日，写完于广州东堤寓楼之西窗下。

题注：

本篇最初发表于北京《莽原》第二卷第十五期（1927年8月10日）。

1926年11月底鲁迅在写给章廷谦的信中希望章帮他查找有关资料："欲得木版有图之《玉历钞传》一本，未知有法访求否？……我因欲看其中之'无常'画像，故欲得之。如无此像者，则不要也。"以后鲁迅又多次托他人搜购《玉历钞传》《二十四孝图》和《太平御览》等带有木刻画像的书籍，有些画像鲁迅还不满意，于是他就自己画："《玉历钞传》亦到，可惜中无活无常，另外又得几本有的，而鬼头鬼脸，没有'迎会'里面的那么可爱，也许终于要自己来画罢。……我的活无常画好后，也许有人要我画扇面，但我此后拟专画活无常，则庶几不至于有人来领教，我想，这东西是大家不大喜欢的。"（1927年7月7日致章廷谦）又，鲁迅作本篇时已从中山大学移出，借居在广州白云楼。

附 录

辛亥游录

一

三月十八日，晴。出稽山门可六七里，至于禹祠。老藓缘墙，败槁布地，二三农人坐阶石上。折而右，为会稽山足。行里许，转左，达一小山。山不甚高，松杉骈立，束木棘衣。更上则束木亦渐少，仅见卉草，皆常品，获得二种。及巅，乃见绝壁起于足下，不可以进，伏瞰之，满被古苔，蒙茸如裘，中杂小华，五六成簇者可数十，积广约一丈。掇其近者，皆一叶一华，叶碧而华紫，世称一叶兰；名叶以数，名华以类也。微雨忽集，有樵人来，切问何作，庄语不能解，乃绐之曰："求药。"更问："何用？"曰："可以长生。""长生乌可以药得？"曰："此吾之所以求耳。"遂同循山腰横径以降，凡山之纵径，升易而降难，则其腰必生横径，人不期而用之，介然成路，不荒秽焉。

二

八月十七日晨，以舟趣新步，昙而雨，亭午乃至，距东门可四十里也。泊沥海关前，关与沥海所隔江相对，离堤不一二十武，海在望中。沿堤有木，其叶如桑，其华五出，筒状而薄赤，有微香，碎之则臭，殆海州常山类欤？水滨有小蟹，大如榆荚。有小鱼，前鳍如足，恃以跃，海人谓之跳鱼。过午一时，潮乃自远海来，白作一线。已而益近，群舟动荡。倏及目前，高可四尺，中央如雪，近岸者挟泥而黄。有翁喟然曰："黑哉潮头！"言已四顾。盖越俗以为观涛而见黑者有咎。然涛必挟泥，泥必不白，翁盖诅观者耳。观者得咎，于翁无利，而翁竟诅之矣。潮过雨霁，游步近郊，爰见芦荡中杂野菰，方作紫色华，劚得数本，芦叶伤肤，颇不易致。又得其大者一，欲移植之，然野菰托生芦根，一旦返土壤，不能自为养，必弗活矣。

题注：

本篇最初发表于绍兴《越社丛刊》（1912 年 2 月）第一辑，借署"会稽周建人乔峰"。初未收集。

夏历辛亥年为 1911 年，时鲁迅担任绍兴府中学堂监学，兼授博物学。课余常带学生游览绍兴名胜古迹，采集植物标本。鲁迅对草木虫鱼等博物学有浓厚的兴趣，1910 年 11 月 15 日致许寿裳信中曾说："仆荒落殆尽，手不触书，惟搜采植物，不殊曩日，又翻类书，荟集古逸书数种，此非求学，以代醇酒妇人者也。"在署有"辛亥三月写成"的《说郛录要》两册中，即抄录王方庆《园林草木疏》、戴凯之《竹谱》等。还经常和周建人等一起去郊外，"或采标本，或拓碑帖，仔细观察大自然生态。"（周建人：《回忆鲁迅》）本篇即写于这期间。

自言自语

一　序

水村的夏夜，摇着大芭蕉扇，在大树下乘凉，是一件极舒服的事。

男女都谈些闲天，说些故事。孩子是唱歌的唱歌，猜谜的猜谜。

只有陶老头子，天天独自坐着。因为他一世没有进过城，见识有限，无天可谈。而且眼花耳聋，问七答八，说三话四，很有点讨厌，所以没人理他。

他却时常闭着眼，自己说些什么。仔细听去，虽然昏话多，偶然之间，却也有几句略有意思的段落的。

夜深了，乘凉的都散了。我回家点上灯，还不想睡，便将听得的话写了下来，再看一回，却又毫无意思了。

其实陶老头子这等人，那里真会有好话呢，不过既然写出，姑且留下罢了。

留下又怎样呢？这是连我也答复不来。

中华民国八年八月八日灯下记。

二　火的冰

流动的火，是熔化的珊瑚么？

中间有些绿白，像珊瑚的心，浑身通红，像珊瑚的肉，外层带些黑，是珊瑚焦了。

好是好呵，可惜拿了要烫手。

遇着说不出的冷，火便结了冰了。

中间有些绿白，像珊瑚的心，浑身通红，像珊瑚的肉，外层带些黑，也还是珊瑚焦了。

好是好呵，可惜拿了便要火烫一般的冰手。

火，火的冰，人们没奈何他，他自己也苦么？

唉，火的冰。

唉，唉，火的冰的人！

三　古城

你以为那边是一片平地么？不是的。其实是一座沙山，沙山里面是一座古城。这古城里，一直从前住着三个人。

古城不很大，却很高。只有一个门，门是一个闸。

青铅色的浓雾，卷着黄沙，波涛一般的走。

少年说，"沙来了。活不成了。孩子快逃罢。"

老头子说，"胡说，没有的事。"

这样的过了三年和十二个月另八天。

少年说，"沙积高了，活不成了。孩子快逃罢。"

老头子说，"胡说，没有的事。"

少年想开闸，可是重了。因为上面积了许多沙了。

少年拼了死命，终于举起闸，用手脚都支着，但总不到二尺高。

少年挤那孩子出去说，"快走罢！"

老头子拖那孩子回来说，"没有的事！"

少年说，"快走罢！这不是理论，已经是事实了！"

青铅色的浓雾，卷着黄沙，波涛一般的走。

以后的事，我可不知道了。

你要知道，可以掘开沙山，看看古城。闸门下许有一个死尸。闸门里是两个还是一个？

四　螃蟹

老螃蟹觉得不安了，觉得全身太硬了。自己知道要蜕壳了。

他跑来跑去的寻。他想寻一个窟穴，躲了身子，将石子堵了穴口，隐隐的蜕壳。他知道外面蜕壳是危险的。身子还软，要被别的螃蟹吃去的。这并非空害怕，他实在亲眼见过。

他慌慌张张的走。

旁边的螃蟹问他说，"老兄，你何以这般慌？"

他说，"我要蜕壳了。"

"就在这里蜕不很好么？我还要帮你呢。""那可太怕人了。"

"你不怕窟穴里的别的东西，却怕我们同种么？"

"我不是怕同种。"

"那还怕什么呢？"

"就怕你要吃掉我。"

五　波儿

波儿气愤愤的跑了。

波儿这孩子，身子有矮屋一般高了，还是淘气，不知道从那里学了坏样子，也想种花了。

不知道从那里要来的蔷薇子，种在干地上，早上浇水，上午浇水，正午浇水。

正午浇水，土上面一点小绿，波儿很高兴，午后浇水，小绿不见了，许是被虫子吃了。

波儿去了喷壶，气愤愤的跑到河边，看见一个女孩子哭着。

波儿说，"你为什么在这里哭？"

女孩子说，"你尝河水什么味罢。"

波儿尝了水，说是"淡的"。

女孩子说，"我落下了一滴泪了，还是淡的，我怎么不哭呢。"

波儿说，"你是傻丫头！"

波儿气愤愤的跑到海边，看见一个男孩子哭着。

波儿说，"你为什么在这里哭？"

男孩子说，"你看海水是什么颜色？"

波儿看了海水，说是"绿的"。

男孩子说，"我滴下了一点血了，还是绿的，我怎么不哭呢。"

波儿说，"你是傻小子！"

波儿才是傻小子哩。世上那有半天抽芽的蔷薇花，花的种子还在土里呢。

便是终于不出，世上也不会没有蔷薇花。

六　我的父亲

我的父亲躺在床上，喘着气，脸上很瘦很黄，我有点怕敢看他了。

他眼睛慢慢闭了，气息渐渐平了。我的老乳母对我说，"你的爹要死了，你叫他罢。"

"爹爹。"

"不行，大声叫！"

"爹爹！"

我的父亲张一张眼，口边一动，仿佛有点伤心，——他仍然慢慢的闭了眼睛。

我的老乳母对我说，"你的爹死了。"

阿！我现在想，大安静大沈寂的死，应该听他慢慢到来。谁敢乱嚷，是大过失。

我何以不听我的父亲，徐徐入死，大声叫他。

阿！我的老乳母。你并无恶意，却教我犯了大过，扰乱我父亲的死亡，使他只听得叫"爹"，却没有听到有人向荒山大叫。

那时我是孩子，不明白什么事理。现在，略略明白，已经迟了。我现在告知我的孩子，倘我闭了眼睛，万不要在我的耳朵边叫了。

七　我的兄弟

我是不喜欢放风筝的，我的一个小兄弟是喜欢放风筝的。

我的父亲死去之后，家里没有钱了。我的兄弟无论怎么热心，也得不到一个风筝了。

一天午后，我走到一间从来不用的屋子里，看见我的兄弟，正躲在里面糊风筝，有几支竹丝，是自己剥的，几张皮纸，是自己买的，有四个风轮，已经糊好了。

我是不喜欢放风筝的，也最讨厌他放风筝，我便生气，踏碎了风轮，拆了竹丝，将纸也撕了。

我的兄弟哭着出去了，悄然的在廊下坐着，以后怎样，我那时没有理会，都不知道了。

我后来悟到我的错处。我的兄弟却将我这错处全忘了，他总是很要好的叫我"哥哥"。

我很抱歉，将这事说给他听，他却连影子都记不起了。他仍是很要好的叫我"哥哥"。

阿！我的兄弟。你没有记得我的错处，我能请你原谅么？

然而还是请你原谅罢！

题注：

本篇最初连载于北京《国民公报》"新文艺"栏，第一、二节发表于 1919 年 8 月 19 日，第三节发表于 8 月 20 日，第四节发表于 8 月 21 日，第五节发表于 9 月 7 日，第六、七节发表于 9 月 9 日。第七节末原注有"未完"。发表时署名神飞。初未收集。

本篇是作者最早写作的散文诗。其中《火的冰》《我的兄弟》和《我的父亲》分别是作者后来所写的散文诗《野草》中《死火》《风筝》和《父亲的病》的雏形。

无题

　　有一个大襟上挂一支自来水笔的记者，来约我做义章，为敷衍他起见，我于是乎要做文章了。首先想题目……

　　这时是夜间，因为比较的凉爽，可以捏笔而没有汗。刚坐下，蚊子出来了，对我大发挥其他们的本能。他们的咬法和嘴的构造大约是不一的，所以我的痛法也不一。但结果则一，就是不能做文章了。并且连题目没有想。

　　我熄了灯，躲进帐子里，蚊子又在耳边鸣鸣的叫。

　　他们并没有叮，而我总是睡不着。点灯来照，躲得不见一个影，熄了灯躺下，却又来了。

　　如此者三四回，我于是愤怒了；说道：叮只管叮，但请不要叫。然而蚊子仍然鸣鸣的叫。

　　这时倘有人提出一个问题，问我"于蚊虫跳蚤孰爱？"我一定毫不迟疑，答曰"爱跳蚤！"这理由很简单，就因为跳蚤是咬而不嚷的。

　　默默的吸血，虽然可怕，但于我却较为不麻烦，因此毋宁爱跳蚤。在与这理由大略相同的根据上，我便也不很喜欢去"唤醒国民"，这一篇大道理，曾经在槐树下和金心异说过，现在恕不再叙了。

我于是又起来点灯而看书，因为看书和写字不同，可以一手拿扇赶蚊子。

不一刻，飞来了一匹青蝇，只绕着灯罩打圈子。

"嗡！嗡嗡！"

我又麻烦起来了，再不能懂书里面怎么说。用扇去赶，却扇灭了灯；再点起来，他又只是绕，愈绕愈有精神。

"嗖，嗖，嗖!"

我敌不住了！我仍然躲进帐子里。

我想：虫的扑灯，有人说是慕光，有人说是趋炎，有人说是为性欲，都随便，我只愿他不要只是绕圈子就好了。

然而蚊子又鸣鸣的叫了起来。

然而我已经瞌睡了，懒得去赶他，我蒙胧的想：天造万物都得所，天使人会瞌睡，大约是专为要叫的蚊子而设的……

阿！皎洁的明月，暗绿的森林，星星闪着他们晶莹的眼睛，夜色中显出几轮较白的圆纹是月见草的花朵……自然之美多少丰富呵！

然而我只听得高雅的人们这样说。我窗外没有花草，星月皎洁的时候，我正在和蚊子战斗，后来又睡着了。

早上起来，但见三位得胜者拖着鲜红色的肚子站在帐子上；自己身上有些痒，且搔且数，一共有五个疙瘩，是我在生物界里战败的标征。

我于是也便带了五个疙瘩，出门混饭去了。

题注：

　　本篇最初发表于1921年7月8日《晨报》"浪漫谈"栏，署名风声。初未收集。

　　"金心异"，是指钱玄同。"五四"白话文新文学的反对派林纾在1919年3月19日上海《新申报》发表的小说《荆生》中，有一人物名叫"金心异"，即影射钱玄同。钱玄同，名夏，后改名玄同，文字学家，曾任北京大学等校教授，是《新青年》的编者之一。作者在《呐喊·自序》中曾记有与"一个老朋友金心异"就"毁坏铁屋子"进行交谈的情形。本文所说的"这一篇大道理，曾经在槐树下和金心异说过"，即指此事，可参阅。

夜颂

游光

爱夜的人，也不但是孤独者，有闲者，不能战斗者，怕光明者。

人的言行，在白天和在深夜，在日下和在灯前，常常显得两样。夜是造化所织的幽玄的天衣，普覆一切人，使他们温暖，安心，不知不觉的自己渐渐脱去人造的面具和衣裳，赤条条地裹在这无边际的黑絮似的大块里。

虽然是夜，但也有明暗。有微明，有昏暗，有伸手不见掌，有漆黑一团糟。爱夜的人要有听夜的耳朵和看夜的眼睛，自在暗中，看一切暗。君子们从电灯下走入暗室中，伸开了他的懒腰；爱侣们从月光下走进树阴里，突变了他的眼色。夜的降临，抹杀了一切文人学士们当光天化日之下，写在耀眼的白纸上的超然，混然，恍然，勃然，粲然的文章，只剩下乞怜，讨好，撒谎，骗人，吹牛，捣鬼的夜气，形成一个灿烂的金色的光圈，像见于佛画上面似的，笼罩在学识不凡的头脑上。

爱夜的人于是领受了夜所给与的光明。

高跟鞋的摩登女郎在马路边的电光灯下，阁阁的走得很起劲，但鼻尖也闪烁着一点油汗，在证明她是初学的时髦，假如长在明晃晃的照耀中，将使她碰着"没落"的命运。一大排关着的店铺的昏暗助她一臂之力，使她放缓开足的马力，吐一口气，这时才觉得沁人心脾的夜里的拂拂的凉风。

爱夜的人和摩登女郎，于是同时领受了夜所给与的恩惠。

一夜已尽，人们又小心翼翼的起来，出来了；便是夫妇们，面目和五六点钟之前也何其两样。从此就是热闹，喧嚣。而高墙后面，大厦中间，深闺里，黑狱里，客室里，秘密机关里，却依然弥漫着惊人的真的大黑暗。

现在的光天化日，熙来攘往，就是这黑暗的装饰，是人肉酱缸上的金盖，是鬼脸上的雪花膏。只有夜还算是诚实的。我爱夜，在夜间作《夜颂》。

六月八日。

题注：

本篇最初发表于1933年6月10日《申报·自由谈》，署名游光。收入《准风月谈》。

本篇据鲁迅日记和1933年6月7日致黎烈文信，当作于6月7日。5月25日《自由谈》刊登"吁请海内文豪，从兹多谈风月"的启事，本篇是自《自由谈》启事刊出后，鲁迅在该刊上发表的第一篇文章。本篇以夜为喻，象征着当时国民党政府统治下的黑暗，揭露依赖"夜"生存的所谓文人雅士。这年8月所写的《秋夜纪游》有与本篇类似的意象，可参阅。鲁迅6月7日写完本篇后，在致《自由谈》主编黎烈文的信中说，本篇"虽较为滑头，而无聊也因而殊甚。不知通得过否？如以为可用，请一试"。

秋夜纪游

游光

秋已经来了，炎热也不比夏天小，当电灯替代了太阳的时候，我还是在马路上漫游。

危险？危险令人紧张，紧张令人觉到自己生命的力。在危险中漫游，是很好的。

租界也还有悠闲的处所，是住宅区。但中等华人的窟穴却是炎热的，吃食担，胡琴，麻将，留声机，垃圾桶，光着的身子和腿。相宜的是高等华人或无等洋人住处的门外，宽大的马路，碧绿的树，淡色的窗幔，凉风，月光，然而也有狗子叫。

我生长农村中，爱听狗子叫，深夜远吠，闻之神怡，古人之所谓"犬声如豹"者就是。倘或偶经生疏的村外，一声狂噑，巨獒跃出，也给人一种紧张，如临战斗，非常有趣的。

但可惜在这里听到的是吧儿狗。它躲躲闪闪，叫得很脆：汪汪！

我不爱听这一种叫。

我一面漫步，一面发出冷笑，因为我明白了使它闭口的方法，是只要去和它主子的管门人说几句话，或者抛给它一根肉骨头。这两件我还能的，但是我不做。

它常常要汪汪。

我不爱听这一种叫。

我一面漫步，一面发出恶笑了，因为我手里拿着一粒石子，恶笑刚敛，就举手一掷，正中了它的鼻梁。

呜的一声，它不见了。我漫步着，漫步着，在少有的寂寞里。

秋已经来了，我还是漫步着。叫呢，也还是有的，然而更加躲躲闪闪了，声音也和先前不同，距离也隔得远了，连鼻子都看不见。

我不再冷笑，不再恶笑了，我漫步着，一面舒服的听着它那很脆的声音。

八月十四日。

题注：

本篇最初发表于 1933 年 8 月 16 日《申报·自由谈》，署名游光。收入《准风月谈》。

1925 年底鲁迅写了《论"费厄泼赖"应该缓行》，主张痛打"落水狗"，其中对叭儿狗他写到：它"虽然是狗，又很象猫，折中，公允，调和，平正之状可掬，悠悠然摆出别个无不偏激，惟独自己得了'中庸之道'似的脸来。因此也就为阔人，太监，太太，小姐们所钟爱，种子绵绵不绝。……叭儿狗如可宽容，别的狗也大可不必打了"。本篇又以散文诗的形式表达对叭儿狗的厌恶。

我的种痘

　　上海恐怕也真是中国的"最文明"的地方，在电线柱子和墙壁上，夏天常有劝人勿吃天然冰的警告，春天就是告诫父母，快给儿女去种牛痘的说帖，上面还画着一个穿红衫的小孩子。我每看见这一幅图，就诧异我自己，先前怎么会没有染到天然痘，呜呼哀哉，于是好像这性命是从路上拾来似的，没有什么希罕，即使姓名载在该杀的"黑册子"上，也不十分惊心动魄了。但自然，几分是在所不免的。

　　现在，在上海的孩子，听说是生后六个月便种痘就最安全，倘走过施种牛痘局的门前，所见的中产或无产的母亲们抱着在等候的，大抵是一岁上下的孩子，这事情，现在虽是不属于知识阶级的人们也都知道，是明明白白了的。我的种痘却很迟了，因为后来记的清清楚楚，可见至少已有两三岁。虽说住的是偏僻之处，和别地方交通很少，比现在可以减少输入传染病的机会，然而天花却年年流行的，因此而死的常听到。我居然逃过了这一关，真是洪福齐天，就是每年开一次庆祝会也不算过分。否则，死了倒也罢了，万一不死而脸上留一点麻，则现在除年老之外，又添上一条大罪案，更要受青年而光脸的文艺批评家的奚落了。幸而并不，真是叨光得很。

那时候，给孩子们种痘的方法有三样。一样，是淡然忘之，请痘神随时随意种上去，听它到处发出来，随后也请个医生，拜拜菩萨，死掉的虽然多，但活的也有，活的虽然大抵留着瘢痕，但没有的也未必一定找不出。一样是中国古法的种痘，将痘痂研成细末，给孩子由鼻孔里吸进去，发出来的地方虽然也没有一定的处所，但粒数很少，没有危险了。人说，这方法是明末发明的，我不知道可的确。

第三样就是所谓"牛痘"了，因为这方法来自西洋，所以先前叫"洋痘"。最初的时候，当然，华人是不相信的，很费过一番宣传解释的气力。这一类宝贵的文献，至今还剩在《验方新编》中，那苦口婆心虽然大足以感人，而说理却实在非常古怪的。例如，说种痘免疫之理道：

"'痘为小儿一大病，当天行时，尚思远避，今无故取婴孩而与之以病，可乎？'曰：'非也。譬之捕盗，乘其羽翼未成，就而擒之，甚易矣；譬之去莠，及其滋蔓未延，芟而除之，甚易矣。……'"

但尤其非常古怪的是说明"洋痘"之所以传入中国的原因：

"予考医书中所载，婴儿生数日，刺出臂上污血，终身可免出痘一条，后六道刀法皆失传，今日点痘，或其遗法也。夫以万全之法，失传已久，而今复行者，大约前此劫数未满，而今日洋烟入中国，害人不可胜计，把那劫数抵过了，故此法亦从洋来，得以保全婴儿之年寿耳。若不坚信而遵行之，是违天而自外于生生之理矣！……"

而我所种的就正是这抵消洋烟之害的牛痘。去今已五十年，我的父亲也不是新学家，但竟毅然决然的给我种起"洋痘"来，恐怕还是受了这种学说的影响，因为我后来检查藏书，属于"子部医家类"者，说出来真是惭愧得很，——实在只有《达生篇》和这宝贝的《验方新编》而已。

　　那时种牛痘的人固然少，但要种牛痘却也难，必须待到有一个时候，城里临时设立起施种牛痘局来，才有种痘的机会。我的牛痘，是请医生到家里来种的，大约是特别隆重的意思；时候可完全不知道了，推测起来，总该是春天罢。这一天，就举行了种痘的仪式，堂屋中央摆了一张方桌子，系上红桌帷，还点了香和蜡烛，我的父亲抱了我，坐在桌旁边。上首呢，还是侧面，现在一点也不记得了。这种仪式的出典，也至今查不出。

　　这时我就看见了医官。穿的是什么服饰，一些记忆的影子也没有，记得的只是他的脸：胖而圆，红红的，还带着一副墨晶的大眼镜。尤其特别的是他的话我一点都不懂。凡讲这种难懂的话的，我们这里除了官老爷之外，只有开当铺和卖茶叶的安徽人，做竹匠的东阳人，和变戏法的江北佬。官所讲者曰"官话"，此外皆谓之"拗声"。他的模样，是近于官的，大家都叫他"医官"，可见那是"官话"了。官话之震动了我的耳膜，这是第一次。

　　照种痘程序来说，他一到，该是动刀，点浆了，但我实在糊涂，也一点都没有记忆，直到二十年后，自看臂膊上的疮痕，才知道种了六粒，四粒是出的。但我确记得那时并没有痛，也没有哭，那医官还笑着摩摩我的头顶，说道：

　　"乖呀，乖呀！"

　　什么叫"乖呀乖呀"，我也不懂得，后来父亲翻译给我说，这是他在称赞我的意思。然而好像并不怎么高兴似的，我所高兴的是父亲送了我两样可爱的玩具。现在我想，我大约两三岁的时候，就是一个实利主义者的了，这坏性质到老不改，至今还是只要卖掉稿子或收到版税，总比听批评家的"官话"要高兴得多。

一样玩具是朱熹所谓"持其柄而摇之，则两耳还自击"的鼗鼓，在我虽然也算难得的事物，但仿佛曾经玩过，不觉得希罕了。最可爱的是另外的一样，叫作"万花筒"，是一个小小的长圆筒，外糊花纸，两端嵌着玻璃，从孔子较小的一端向明一望，那可真是猗欤休哉！里面竟有许多五颜六色，希奇古怪的花朵，而这些花朵的模样，都是非常整齐巧妙，为实际的花朵丛中所看不见的。况且奇迹还没有完，如果看得厌了，只要将手一摇，那里面就又变了另外的花样，随摇随变，不会雷同，语所谓"层出不穷"者，大概就是"此之谓也"罢。

然而我也如别的一切小孩——但天才不在此例——一样，要探检这奇境了。我于是背着大人，在僻远之地，剥去外面的花纸，使它露出难看的纸版来；又挖掉两端的玻璃，就有一些五色的通草丝和小片落下；最后是撕破圆筒，发见了用三片镜玻璃条合成的空心的三角。花也没有，什么也没有，想做它复原，也没有成功，这就完结了。我真不知道怅惜了多少年，直到做过了五十岁的生日，还想找一个来玩玩，然而好像究竟没有孩子时候的勇猛了，终于没有特地出去买。否则，从竖着各种旗帜的"文学家"看来，又成为一条罪状，是无疑的。

现在的办法，譬如半岁或一岁种过痘，要稳当，是四五岁时候必须再种一次的。但我是前世纪的人，没有办得这么周密，到第二，第三次的种痘，已是二十多岁，在日本的东京了，第二次红了一红，第三次毫无影响。

最末的种痘，是十年前，在北京混混的时候。那时也在世界语专门学校里教几点钟书，总该是天花流行了罢，正值我在讲书的时间内，校医前来种痘了。我是一向煽动人们种痘的，而这学校的学生们，也真是令人吃惊。都已二十岁左右了，问起来，既未出过天花，也没有种过牛痘的多得很。况且去年还有一个实例，是颇为漂亮的某女士缺课两月之后，再到学校里来，竟变换了一副面目，肿而且麻，几乎不能认识了；还变得非常多疑而善怒，和她说话之际，简直连微笑也犯忌，因为她会疑心你在暗笑她，所以我总是十分小心，庄严，谨慎。自然，这情形使某种人批评起来，也许又会说是我在用冷静的方法，进攻女学生的。但不然，老实说罢，即使原是我的爱人，这时也实在使我有些"进退维谷"，因为柏拉图式的恋爱论，我是能看，能言，而不能行的。

　　不过一个好好的人，明明有妥当的方法，却偏要使细菌到自己的身体里来繁殖一通，我实在以为未免太近于固执；倒也不是想大家生得漂亮，给我可以冷静的进攻。总之，我在讲堂上就又竭力煽动了，然而困难得很，因为大家说种痘是痛的。再四磋商的结果，终于公举我首先种痘，作为青年的模范，于是我就成了群众所推戴的领袖，率领了青年军，浩浩荡荡，奔向校医室里来。

　　虽是春天，北京却还未暖和的，脱去衣服，点上四粒痘浆，又赶紧穿上衣服，也很费一点时光。但等我一面扣衣，一面转脸去看时，我的青年军已经溜得一个也没有了。

　　自然，牛痘在我身上，也还是一粒也没有出。

　　但也不能就决定我对于牛痘已经决无感应，因为这校医和他的痘浆，实在令我有些怀疑。他虽是无政府主义者，博爱主义者，然而托他医病，却是不能十分稳当的。也是这一年，我在校里教书的时候，自己觉得发热了，请他诊察之后，他亲爱的说道：

"你是肋膜炎，快回去躺下，我给你送药来。"

我知道这病是一时难好的，于生计大有碍，便十分忧愁，连忙回去躺下了，等着药，到夜没有来，第二天又焦灼的等了一整天，仍无消息。夜里十时，他到我寓里来了，恭敬的行礼：

"对不起，对不起，我昨天把药忘记了，现在特地来赔罪的。"

"那不要紧。此刻吃罢。"

"阿呀呀！药，我可没有带了来……"

他走后，我独自躺着想，这样的医治法，肋膜炎是决不会好的。第二天的上午，我就坚决的跑到一个外国医院去，请医生详细诊察了一回，他终于断定我并非什么肋膜炎，不过是感冒。我这才放了心，回寓后不再躺下，因此也疑心到他的痘浆，可真是有效的痘浆，然而我和牛痘，可是那一回要算最后的关系了。

直到一九三二年一月中，我才又遇到了种痘的机会。那时我们从闸北火线上逃到英租界的一所旧洋房里，虽然楼梯和走廊上都挤满了人，因四近还是胡琴声和打牌声，真如由地狱上了天堂一样。过了几天，两位大人来查考了，他问明了我们的人数，写在一本簿子上，就昂然而去。我想，他是在造难民数目表，去报告上司的，现在大概早已告成，归在一个什么机关的档案里了罢。后来还来了一位公务人员，却是洋大人，他用了很流畅的普通语，劝我们从乡下逃来的人们，应该赶快种牛痘。

这样不化钱的种痘，原不妨伸出手去，占点便宜的，但我还睡在地板上，天气又冷，懒得起来，就加上几句说明，给了他拒绝。他略略一想，也就作罢了，还低了头看着地板，称赞我道：

"我相信你的话，我看你是有知识的。"

我也很高兴，因为我看我的名誉，在古今中外的医官的嘴上是都很好的。

但靠着做"难民"的机会，我也有了巡阅马路的工夫，在不意中，竟又看见万花筒了，听说还是某大公司的制造品。我的孩子是生后六个月就种痘的，像一个蚕蛹，用不着玩具的贿赂；现在大了一点，已有收受贡品的资格了，我就立刻买了去送他。然而很奇怪，我总觉得这一个远不及我的那一个，因为不但望进去总是昏昏沉沉，连花朵也毫不鲜明，而且总不见一个好模样。

我有时也会忽然想到儿童时代所吃的东西，好像非常有味，处境不同，后来永远吃不到了。但因为或一机会，居然能够吃到了的也有。然而奇怪的是味道并不如我所记忆的好，重逢之后，倒好像惊破了美丽的好梦，还不如永远的相思一般。我这时候就常常想，东西的味道是未必退步的，可是我老了，组织无不衰退，味蕾当然也不能例外，味觉的变钝，倒是我的失望的原因。

对于这万花筒的失望，我也就用了同样的解释。

幸而我的孩子也如我的脾气一样——但我希望他大起来会改变——他要探检这奇境了。首先撕去外面的花纸，露出来的倒还是十九世纪一样的难看的纸版，待到挖去一端的玻璃，落下来的却已经不是通草条，而是五色玻璃的碎片。围成三角形的三块玻璃也改了样，后面并非摆锡，只不过涂着黑漆了。

这时我才明白我的自责是错误的。黑玻璃虽然也能返光，却远不及镜玻璃之强；通草是轻的，易于支架起来，构成巨大的花朵，现在改用玻璃片，就无论怎样加以动摇，也只能堆在角落里，像一撮沙砾了。这样的万花筒，又怎能悦目呢？

整整的五十年，从地球年龄来计算，真是微乎其微，然而从人类历史上说，却已经是半世纪，柔石丁玲他们，就活不到这么久。我幸而居然经历过了，我从这经历，知道了种痘的普及，似乎比十九世纪有些进步，然而万花筒的做法，却分明的大大的退步了。

六月三十日。

题注：

本篇最初发表在上海《文学》月刊第一卷第二号（1933 年 8 月 1 日）。初未收集。

20 世纪 30 年代，由于当时社会的停滞和落后，接种牛痘、预防天花尚不普遍，烈性传染病天花得不到有效的预防和控制。鲁迅结合自己童年和后来几次种痘的经历，写作了本文。文中"黑册子"指 1933 年 6 月特务组织蓝衣社开列了预谋进行暗杀的革命、进步民主人士和国民党内反蒋人士的黑名单，宋庆龄、蔡元培、杨杏佛、鲁迅等人均名列其中。

阿金

近几时我最讨厌阿金。

她是一个女仆，上海叫娘姨，外国人叫阿妈，她的主人也正是外国人。

她有许多女朋友，天一晚，就陆续到她窗下来，"阿金，阿金！"的大声的叫，这样的一直到半夜。她又好像颇有几个姘头；她曾在后门口宣布她的主张：弗轧姘头，到上海来做啥呢？……

不过这和我不相干。不幸的是她的主人家的后门，斜对着我的前门，所以"阿金，阿金！"的叫起来，我总受些影响，有时是文章做不下去了，有时竟会在稿子上写一个"金"字。更不幸的是我的进出，必须从她家的晒台下走过，而她大约是不喜欢走楼梯的，竹竿，木板，还有别的什么，常常从晒台上直摔下来，使我走过的时候，必须十分小心，先看一看这位阿金可在晒台上面，倘在，就得绕远些。自然，这是大半为了我的胆子小，看得自己的性命太值钱；但我们也得想一想她的主子是外国人，被打得头破血出，固然不成问题，即使死了，开同乡会，打电报也都没有用的，——况且我想，我也未必能够弄到开起同乡会。

半夜以后，是别一种世界，还剩着白天脾气是不行的。有一夜，已经三点半钟了，我在译一篇东西，还没有睡觉。忽然听得路上有人低声的在叫谁，虽然听不清楚，却并不是叫阿金，当然也不是叫我。我想：这么迟了，还有谁来叫谁呢？同时也站起来，推开楼窗去看去了，却看见一个男人，望着阿金的绣阁的窗，站着。他没有看见我。我自悔我的莽撞，正想关窗退回的时候，斜对面的小窗开处，已经现出阿金的上半身来，并且立刻看见了我，向那男人说了一句不知道什么话，用手向我一指，又一挥，那男人便开大步跑掉了。我很不舒服，好像是自己做了甚么错事似的，书译不下去了，心里想：以后总要少管闲事，要炼到泰山崩于前而色不变，炸弹落于侧而身不移！……

但在阿金，却似乎毫不受什么影响，因为她仍然嘻嘻哈哈。不过这是晚快边才得到的结论，所以我真是负疚了小半夜和一整天。这时我很感谢阿金的大度，但同时又讨厌了她的大声会议，嘻嘻哈哈了。自有阿金以来，四围的空气也变得扰动了，她就有这么大的力量。这种扰动，我的警告是毫无效验的，她们连看也不对我看一看。有一回，邻近的洋人说了几句洋话，她们也不理；但那洋人就奔出来了，用脚向各人乱踢，她们这才逃散，会议也收了场。这踢的效力，大约保存了五六夜。

此后是照常的嚷嚷；而且扰动又廓张了开去，阿金和马路对面一家烟纸店里的老女人开始奋斗了，还有男人相帮。她的声音原是响亮的，这回就更加响亮，我觉得一定可以使二十间门面以外的人们听见。不一会，就聚集了一大批人。论战的将近结束的时候当然要提到"偷汉"之类，那老女人的话我没有听清楚，阿金的答复是：

"你这老 × 没有人要！我可有人要呀！"

这恐怕是实情，看客似乎大抵对她表同情，"没有人要"的老 × 战败了。这时踱来了一位洋巡捕，反背着两手，看了一会，就来把看客们赶开；阿金赶紧迎上去，对他讲了一连串的洋话。洋巡捕注意听完之后，微笑的说道：

"我看你也不弱呀！"

他并不去捉老 ×，又反背着手，慢慢的踱过去了。这一场巷战就算这样的结束。但是，人间世的纠纷又并不能解决得这么干脆，那老 × 大约是也有一点势力的。第二天早晨，那离阿金家不远的也是外国人家的西崽忽然向阿金家逃来。后面追着三个彪形大汉。西崽的小衫已被撕破，大约他被他们诱出外面，又给人堵住后门，退不回去，所以只好逃到他爱人这里来了。爱人的肘腋之下，原是可以安身立命的，伊孛生（H.Ibsen）戏剧里的彼尔·干德，就是失败之后，终于躲在爱人的裙边，听唱催眠歌的大人物。但我看阿金似乎比不上瑙威女子，她无情，也没有魄力。独有感觉是灵的，那男人刚要跑到的时候，她已经赶紧把后门关上了。那男人于是进了绝路，只得站住。这好像也颇出于彪形大汉们的意料之外，显得有些踌躇；但终于一齐举起拳头，两个是在他背脊和胸脯上一共给了三拳，仿佛也并不怎么重，一个在他脸上打了一拳，却使它立刻红起来。这一场巷战很神速，又在早晨，所以观战者也不多，胜败两军，各自走散，世界又从此暂时和平了。然而我仍然不放心，因为我曾经听人说过：所谓"和平"，不过是两次战争之间的时日。

但是，过了几天，阿金就不再看见了，我猜想是被她自己的主人所回复。补了她的缺的是一个胖胖的，脸上很有些福相和雅气的娘姨，已经二十多天，还很安静，只叫了卖唱的两个穷人唱过一回"奇葛隆冬强"的《十八摸》之类，那是她用"自食其力"的余闲，享点清福，谁也没有话说的。只可惜那时又招集了一群男男女女，连阿金的爱人也在内，保不定什么时候又会发生巷战。但我却也叨光听到了男嗓子的上低音（barytone）的歌声，觉得很自然，比绞死猫儿似的《毛毛雨》要好得天差地远。

阿金的相貌是极其平凡的。所谓平凡，就是很普通，很难记住，不到一个月，我就说不出她究竟是怎么一副模样来了。但是我还讨厌她，想到"阿金"这两个字就讨厌；在邻近闹嚷一下当然不会成什么深仇重怨，我的讨厌她是因为不消几日，她就动摇了我三十年来的信念和主张。

我一向不相信昭君出塞会安汉，木兰从军就可以保隋；也不信妲己亡殷，西施沼吴，杨妃乱唐的那些古老话。我以为在男权社会里，女人是决不会有这种大力量的，兴亡的责任，都应该男的负。但向来的男性的作者，大抵将败亡的大罪，推在女性身上，这真是一钱不值的没有出息的男人。殊不料现在阿金却以一个貌不出众，才不惊人的娘姨，不用一个月，就在我眼前搅乱了四分之一里，假使她是一个女王，或者是皇后，皇太后，那么，其影响也就可以推见了：足够闹出大大的乱子来。

昔者孔子"五十而知天命"，我却为了区区一个阿金，连对于人事也从新疑惑起来了，虽然圣人和凡人不能相比，但也可见阿金的伟力，和我的满不行。我不想将我的文章的退步，归罪于阿金的嚷嚷，而且以上的一通议论，也很近于迁怒，但是，近几时我最讨厌阿金，仿佛她塞住了我的一条路，却是的确的。

愿阿金也不能算是中国女性的标本。

十二月二十一日。

题注：

　　本篇最初发表于上海《海燕》月刊第二期（1936 年 2 月 20 日）。收入《且介亭杂文》。

　　本篇写成后未能发表，在后来写的《且介亭杂文·附记》中，作者写道："《阿金》是写给《漫画生活》的；然而不准登载，听说还送到南京中央宣传会里去了。这真是不过一篇漫谈，毫无深意，怎么会惹出这样大问题来的呢，自己总是参不透……"在 1935 年 1 月 29 日致杨霁云信中也说："尤奇的是今年我有两篇小文，一论脸谱并非象征，一记娘姨吵架，与国政世变，毫不相关，但皆不准登载。"

我的第一个师父

不记得是那一部旧书上看来的了，大意说是有一位道学先生，自然是名人，一生拚命辟佛，却名自己的小儿子为"和尚"。有一天，有人拿这件事来质问他。他回答道："这正是表示轻贱呀！"那人无话可说而退云。

其实，这位道学先生是诡辩。名孩子为"和尚"，其中是含有迷信的。中国有许多妖魔鬼怪，专喜欢杀害有出息的人，尤其是孩子；要下贱，他们才放手，安心。和尚这一种人，从和尚的立场看来，会成佛——但也不一定，——固然高超得很，而从读书人的立场一看，他们无家无室，不会做官，却是下贱之流。读书人意中的鬼怪，那意见当然和读书人相同，所以也就不来搅扰了。这和名孩子为阿猫阿狗，完全是一样的意思：容易养大。

还有一个避鬼的法子，是拜和尚为师，也就是舍给寺院了的意思，然而并不放在寺院里。我生在周氏是长男，"物以希为贵"，父亲怕我有出息，因此养不大，不到一岁，便领到长庆寺里去，拜了一个和尚为师了。拜师是否要赞见礼，或者布施什么的呢，我完全不知道。只知道我却由此得到一个法名叫作"长庚"，后来我也偶尔用作笔名，并且在《在酒楼上》这篇小说里，赠给了恐吓自己的侄女的无赖；还有一件百家衣，就是"衲衣"，论理，是应该用各种破布拼成的，但我的却是橄榄形的各色小绸片所缝就，非喜庆大事不给穿；还有一条称为"牛绳"的东西，上挂零星小件，如历本，镜子，银筛之类，据说是可以避邪的。

这种布置，好像也真有些力量：我至今没有死。

不过，现在法名还在，那两件法宝却早已失去了。前几年回北平去，母亲还给了我婴儿时代的银筛，是那时的惟一的记念。仔细一看，原来那筛子圆径不过寸余，中央一个太极图，上面一本书，下面一卷画，左右缀着极小的尺，剪刀，算盘，天平之类。我于是恍然大悟，中国的邪鬼，是怕斩钉截铁，不能含胡的东西的。因为探究和好奇，去年曾经去问上海的银楼，终于买了两面来，和我的几乎一式一样，不过缀着的小东西有些增减。奇怪得很，半世纪有余了，邪鬼还是这样的性情，避邪还是这样的法宝。然而我又想，这法宝成人却用不得，反而非常危险的。

但因此又使我记起了半世纪以前的最初的先生。我至今不知道他的法名，无论谁，都称他为"龙师父"，瘦长的身子，瘦长的脸，高颧细眼，和尚是不应该留须的，他却有两绺下垂的小胡子。对人很和气，对我也很和气，不教我念一句经，也不教我一点佛门规矩；他自己呢，穿起袈裟来做大和尚，或者戴上毗卢帽放焰口，"无祀孤魂，来受甘露味"的时候，是庄严透顶的，平常可也不念经，因为是住持，只管着寺里的琐屑事，其实——自然是由我看起来——他不过是一个剃光了头发的俗人。

因此我又有一位师母，就是他的老婆。论理，和尚是不应该有老婆的，然而他有。我家的正屋的中央，供着一块牌位，用金字写着必须绝对尊敬和服从的五位："天地君亲师"。我是徒弟，他是师，决不能抗议，而在那时，也决不想到抗议，不过觉得似乎有点古怪。但我是很爱我的师母的，在我的记忆上，见面的时候，她已经大约有四十岁了，是一位胖胖的师母，穿着玄色纱衫裤，在自己家里的院子里纳凉，她的孩子们就来和我玩耍。有时还有水果和点心吃，——自然，这也是我所以爱她的一个大原因；用高洁的陈源教授的话来说，便是所谓"有奶便是娘"，在人格上是很不足道的。

不过我的师母在恋爱故事上，却有些不平常。"恋爱"，这是现在的术语，那时我们这偏僻之区只叫作"相好"。《诗经》云："式相好矣，毋相尤矣"，起源是算得很古，离文武周公的时候不怎么久就有了的，然而后来好像并不算十分冠冕堂皇的好话。这且不管它罢。总之，听说龙师父年青时，是一个很漂亮而能干的和尚，交际很广，认识各种人。有一天，乡下做社戏了，他和戏子相识，便上台替他们去敲锣，精光的头皮，簇新的海青，真是风头十足。乡下人大抵有些顽固，以为和尚是只应该念经拜忏的，台下有人骂了起来。师父不甘示弱，也给他们一个回骂。于是战争开幕，甘蔗梢头雨点似的飞上来，有些勇士，还有进攻之势，"彼众我寡"，他只好退走，一面退，一面一定追，逼得他又只好慌张的躲进一家人家去。而这人家，又只有一位年青的寡妇。以后的故事，我也不甚了然了，总而言之，她后来就是我的师母。

自从《宇宙风》出世以来，一向没有拜读的机缘，近几天才看见了"春季特大号"。其中有一篇铢堂先生的《不以成败论英雄》，使我觉得很有趣，他以为中国人的"不以成败论英雄"，"理想是不能不算崇高"的，"然而在人群的组织上实在要不得。抑强扶弱，便是永远不愿意有强。崇拜失败英雄，便是不承认成功的英雄"。"近人有一句流行话，说中国民族富于同化力，所以辽金元清都并不曾征服中国。其实无非是一种惰性，对于新制度不容易接收罢了"。我们怎样来改悔这"惰性"呢，现在姑且不谈，而且正在替我们想法的人们也多得很。我只要说那位寡妇之所以变了我的师母，其弊病也就在"不以成败论英雄"。乡下没有活的岳飞或文天祥，所以一个漂亮的和尚在如雨而下的甘蔗梢头中，从戏台逃下，也就是一个货真价实的失败的英雄。她不免发现了祖传的"惰性"，崇拜起来，对于追兵，也像我们的祖先的对于辽金元清的大军似的，"不承认成功的英雄"了。在历史上，这结果是正如铢堂先生所说："乃是中国的社会不树威是难得帖服的"，所以活该有"扬州十日"和"嘉定三屠"。但那时的乡下人，却好像并没有"树威"，走散了，自然，也许是他们料不到躲在家里。

因此我有了三个师兄，两个师弟。大师兄是穷人的孩子，舍在寺里，或是卖在寺里的；其余的四个，都是师父的儿子，大和尚的儿子做小和尚，我那时倒并不觉得怎么稀奇。大师兄只有单身；二师兄也有家小，但他对我守着秘密，这一点，就可见他的道行远不及我的师父，他的父亲了。而且年龄都和我相差太远，我们几乎没有交往。

三师兄比我恐怕要大十岁，然而我们后来的感情是很好的，我常常替他担心。还记得有一回，他要受大戒了，他不大看经，想来未必深通什么大乘教理，在剃得精光的囟门上，放上两排艾绒，同时烧起来，我看是总不免要叫痛的，这时善男信女，多数参加，实在不大雅观，也失了我做师弟的体面。这怎么好呢？每一想到，十分心焦，仿佛受戒的是我自己一样。然而我的师父究竟道力高深，他不说戒律，不谈教理，只在当天大清早，叫了我的三师兄去，厉声吩咐道："拚命熬住，不许哭，不许叫，要不然，脑袋就炸开，死了！"这一种大喝，实在比什么《妙法莲花经》或《大乘起信论》还有力，谁高兴死呢，于是仪式很庄严的进行，虽然两眼比平时水汪汪，但到两排艾绒在头顶上烧完，的确一声也不出。我嘘一口气，真所谓"如释重负"，善男信女们也个个"合十赞叹，欢喜布施，顶礼而散"了。

出家人受了大戒，从沙弥升为和尚，正和我们在家人行过冠礼，由童子而为成人相同。成人愿意"有室"，和尚自然也不能不想到女人。以为和尚只记得释迦牟尼或弥勒菩萨，乃是未曾拜和尚为师，或与和尚为友的世俗的谬见。寺里也有确在修行，没有女人，也不吃荤的和尚，例如我的大师兄即是其一，然而他们孤僻，冷酷，看不起人，好像总是郁郁不乐，他们的一把扇或一本书，你一动他就不高兴，令人不敢亲近他。所以我所熟识的，都是有女人，或声明想女人，吃荤，或声明想吃荤的和尚。

我那时并不诧异三师兄在想女人，而且知道他所理想的是怎样的女人。人也许以为他想的是尼姑罢，并不是的，和尚和尼姑"相好"，加倍的不便当。他想的乃是千金小姐或少奶奶；而作这"相思"或"单相思"——即今之所谓"单恋"也——的媒介的是"结"。我们那里的阔人家，一有丧事，每七日总要做一些法事，有一个七日，是要举行"解结"的仪式的，因为死人在未死之前，总不免开罪于人，存着冤结，所以死后要替他解散。方法是在这天拜完经忏的傍晚，灵前陈列着几盘东西，是食物和花，而其中有一盘，是用麻线或白头绳，穿上十来文钱，两头相合而打成蝴蝶式，八结式之类的复杂的，颇不容易解开的结子。一群和尚便环坐桌旁，且唱且解，解开之后，钱归和尚，而死人的一切冤结也从此完全消失了。这道理似乎有些古怪，但谁都这样办，并不为奇，大约也是一种"惰性"。不过解结是并不如世俗人的所推测，个个解开的，倘有和尚以为打得精致，因而生爱，或者故意打得结实，很难解散，因而生恨的，便能暗暗的整个落到僧袍的大袖里去，一任死者留下冤结，到地狱里去吃苦。这种宝结带回寺里，便保存起来，也时时鉴赏，恰如我们的或亦不免偏爱看看女作家的作品一样。当鉴赏的时候，当然也不免想到作家，打结子的是谁呢，男人不会，奴婢不会，有这种本领的，不消说是小姐或少奶奶了。和尚没有文学界人物的清高，所以他就不免睹物思人，所谓"时涉遐想"起来，至于心理状态，则我虽曾拜和尚为师，但究竟是在家人，不大明白底细。只记得三师兄曾经不得已而分给我几个，有些实在打得精奇，有些则打好之后，浸过水，还用剪刀柄之类砸实，使和尚无法解散。解结，是替死人设法的，现在却和和尚为难，我真不知道小姐或少奶奶是什么意思。这疑问直到二十年后，学了一点医学，才明白原来是给和尚吃苦，颇有一点虐待异性的病态的。深闺的怨恨，会无线电似的报在佛寺的和尚身上，我看道学先生可还没有料到这一层。

后来，三师兄也有了老婆，出身是小姐，是尼姑，还是"小家碧玉"呢，我不明白，他也严守秘密，道行远不及他的父亲了。这时我也长大起来，不知道从那里，听到了和尚应守清规之类的古老话，还用这话来嘲笑他，本意是在要他受窘。不料他竟一点不窘，立刻用"金刚怒目"式，向我大喝一声道：

"和尚没有老婆，小菩萨那里来！？"

这真是所谓"狮吼"，使我明白了真理，哑口无言，我的确早看见寺里有丈余的大佛，有数尺或数寸的小菩萨，却从未想到他们为什么有大小。经此一喝，我才彻底的省悟了和尚有老婆的必要，以及一切小菩萨的来源，不再发生疑问。但要找寻三师兄，从此却艰难了一点，因为这位出家人，这时就有了三个家了：一是寺院，二是他的父母的家，三是他自已和女人的家。

我的师父，在约略四十年前已经去世；师兄弟们大半做了一寺的住持；我们的交情是依然存在的，却久已彼此不通消息。但我想，他们一定早已各有一大批小菩萨，而且有些小菩萨又有小菩萨了。

四月一日。

题注：

本篇最初发表于上海《作家》月刊第一卷第一期（1936 年 4 月 15 日）。收入《且介亭杂文末编·附集》。

本文是作者晚年写的回忆散文，风格与《朝花夕拾》中所收的散文相同。作者幼年时，父亲按照绍兴习俗，带他到附近的长庆寺拜和尚龙师父为师，以祈求平安。在作者的童年生活中，冲破戒律、摒弃旧习、具有叛逆性格的和尚龙师父的形象，一直长存在心底。因而在晚年满怀深情地写作了本文。

"这也是生活"……

这也是病中的事情。

有一些事，健康者或病人是不觉得的，也许遇不到，也许太微细。到得大病初愈，就会经验到；在我，则疲劳之可怕和休息之舒适，就是两个好例子。我先前往往自负，从来不知道所谓疲劳。书桌面前有一把圆椅，坐着写字或用心的看书，是工作；旁边有一把藤躺椅，靠着谈天或随意的看报，便是休息；觉得两者并无很大的不同，而且往往以此自负。现在才知道是不对的，所以并无大不同者，乃是因为并未疲劳，也就是并未出力工作的缘故。

我有一个亲戚的孩子，高中毕了业，却只好到袜厂里去做学徒，心情已经很不快活的了，而工作又很繁重，几乎一年到头，并无休息。他是好高的，不肯偷懒，支持了一年多。有一天，忽然坐倒了，对他的哥哥道："我一点力气也没有了。"

他从此就站不起来，送回家里，躺着，不想饮食，不想动弹，不想言语，请了耶稣教堂的医生来看，说是全体什么病也没有，然而全体都疲乏了。也没有什么法子治。自然，接连而来的是静静的死。我也曾经有过两天这样的情形，但原因不同，他是做乏，我是病乏的。我的确什么欲望也没有，似乎一切都和我不相干，所有举动都是多事，我没有想到死，但也没有觉得生；这就是所谓"无欲望状态"，是死亡的第一步。曾有爱我者因此暗中下泪；然而我有转机了，我要喝一点汤水，我有时也看看四近的东西，如墙壁，苍蝇之类，此后才能觉得疲劳，才需要休息。

象心纵意的躺倒，四肢一伸，大声打一个呵欠，又将全体放在适宜的位置上，然后弛懈了一切用力之点，这真是一种大享乐。在我是从来未曾享受过的。我想，强壮的，或者有福的人，恐怕也未曾享受过。

记得前年，也在病后，做了一篇《病后杂谈》，共五节，投给《文学》，但后四节无法发表，印出来只剩了头一节了。虽然文章前面明明有一个"一"字，此后突然而止，并无"二""三"，仔细一想是就会觉得古怪的，但这不能要求于每一位读者，甚而至于不能希望于批评家。于是有人据这一节，下我断语道："鲁迅是赞成生病的。"现在也许暂免这种灾难了，但我还不如先在这里声明一下："我的话到这里还没有完。"

有了转机之后四五天的夜里，我醒来了，喊醒了广平。

"给我喝一点水。并且去开开电灯，给我看来看去的看一下。"

"为什么？……"她的声音有些惊慌，大约是以为我在讲昏话。

"因为我要过活。你懂得么？这也是生活呀。我要看来看去的看一下。"

"哦……"她走起来，给我喝了几口茶，徘徊了一下，又轻轻的躺下了，不去开电灯。

我知道她没有懂得我的话。

街灯的光穿窗而入，屋子里显出微明，我大略一看，熟识的墙壁，壁端的棱线，熟识的书堆，堆边的未订的画集，外面的进行着的夜，无穷的远方，无数的人们，都和我有关。我存在着，我在生活，我将生活下去，我开始觉得自己更切实了，我有动作的欲望——但不久我又坠入了睡眠。

第二天早晨在日光中一看，果然，熟识的墙壁，熟识的书堆……这些，在平时，我也时常看它们的，其实是算作一种休息。但我们一向轻视这等事，纵使也是生活中的一片，却排在喝茶搔痒之下，或者简直不算一回事。我们所注意的是特别的精华，毫不在枝叶。给名人作传的人，也大抵一味铺张其特点，李白怎样做诗，怎样耍颠，拿破仑怎样打仗，怎样不睡觉，却不说他们怎样不耍颠，要睡觉。其实，一生中专门耍颠或不睡觉，是一定活不下去的，人之有时能耍颠和不睡觉，就因为倒是有时不耍颠和也睡觉的缘故。然而人们以为这些平凡的都是生活的渣滓，一看也不看。

于是所见的人或事，就如盲人摸象，摸着了脚，即以为象的样子像柱子。中国古人，常欲得其"全"，就是制妇女用的"乌鸡白凤丸"，也将全鸡连毛血都收在丸药里，方法固然可笑，主意却是不错的。

删夷枝叶的人，决定得不到花果。

为了不给我开电灯，我对于广平很不满，见人即加以攻击；到得自己能走动了，就去一翻她所看的刊物，果然，在我卧病期中，全是精华的刊物已经出得不少了，有些东西，后面虽然仍旧是"美容妙法"，"古木发光"，或者"尼姑之秘密"，但第一面却总有一点激昂慷慨的文章。作文已经有了"最中心之主题"：连义和拳时代和德国统帅瓦德西睡了一些时候的赛金花，也早已封为九天护国娘娘了。

尤可惊服的是先前用《御香缥缈录》，把清朝的宫廷讲得津津有味的《申报》上的《春秋》，也已经时而大有不同，有一天竟在卷端的《点滴》里，教人当吃西瓜时，也该想到我们土地的被割碎，像这西瓜一样。自然，这是无时无地无事而不爱国，无可訾议的。但倘使我一面这样想，一面吃西瓜，我恐怕一定咽不下去，即使用劲咽下，也难免不能消化，在肚子里咕咚咕咚的响它好半天。这也未必是因为我病后神经衰弱的缘故。我想，倘若用西瓜作比，讲过国耻讲义，却立刻又会高高兴兴的把这西瓜吃下，成为血肉的营养的人，这人恐怕是有些麻木。对他无论讲什么讲义，都是毫无功效的。

我没有当过义勇军，说不确切。但自己问：战士如吃西瓜，是否大抵有一面吃，一面想的仪式的呢？我想：未必有的。他大概只觉得口渴，要吃，味道好，却并不想到此外任何好听的大道理。吃过西瓜，精神一振，战斗起来就和喉干舌敝时候不同，所以吃西瓜和抗敌的确有关系，但和应该怎样想的上海设定的战略，却是不相干。这样整天哭丧着脸去吃喝，不多久，胃口就倒了，还抗什么敌。

然而人往往喜欢说得稀奇古怪，连一个西瓜也不肯主张平平常常的吃下去。其实，战士的日常生活，是并不全部可歌可泣的，然而又无不和可歌可泣之部相关联，这才是实际上的战士。

八月二十三日。

题注：

本篇最初发表于上海《中流》半月刊第一卷第一期（1936年9月5日）。收入《且介亭杂文末编·附集》。

1936年3月起，鲁迅病情加重，以致持续了几十年的记日记的习惯也被迫于6月5日后中辍达20余天。6月30日鲁迅在日记中写道："自此以后，日渐委顿，终至艰于起坐，遂不复记。其间一时颇虞奄忽，但竟渐愈，稍能坐立诵读，至今则可略作数十字矣。"本文作于8月23日，当时报刊正对夏衍的剧作《赛金花》大力赞扬，而1936年8月12日《申报·春秋》刊登短篇文章的专栏《点滴》上发表了姚明然的短文中说："当圆圆的西瓜，被瓜分的时候，我便想到和将来世界殖民地的再分割不是一样吗？"凡此种种，引发作者写作了本文。

女吊

　　大概是明末的王思任说的罢："会稽乃报仇雪耻之乡，非藏垢纳污之地！"这对于我们绍兴人很有光彩，我也很喜欢听到，或引用这两句话。但其实，是并不的确的；这地方，无论为那一样都可以用。

　　不过一般的绍兴人，并不像上海的"前进作家"那样憎恶报复，却也是事实。单就文艺而言，他们就在戏剧上创造了一个带复仇性的，比别的一切鬼魂更美，更强的鬼魂。这就是"女吊"。我以为绍兴有两种特色的鬼，一种是表现对于死的无可奈何，而且随随便便的"无常"，我已经在《朝华夕拾》里得了绍介给全国读者的光荣了，这回就轮到别一种。

　　"女吊"也许是方言，翻成普通的白话，只好说是"女性的吊死鬼"。其实，在平时，说起"吊死鬼"，就已经含有"女性的"的意思的，因为投缳而死者，向来以妇人女子为最多。有一种蜘蛛，用一枝丝挂下自己的身体，悬在空中，《尔雅》上已谓之"蜆，缢女"，可见在周朝或汉朝，自经的已经大抵是女性了，所以那时不称它为男性的"缢夫"或中性的"缢者"。不过一到做"大戏"或"目连戏"的时候，我们便能在看客的嘴里听到"女吊"的称呼。也叫作"吊神"。

横死的鬼魂而得到"神"的尊号的，我还没有发见过第二位，则其受民众之爱戴也可想。但为什么这时独要称她"女吊"呢？很容易解：因为在戏台上，也要有"男吊"出现了。

我所知道的是四十年前的绍兴，那时没有达官显宦，所以未闻有专门为人（堂会？）的演剧。凡做戏，总带着一点社戏性，供着神位，是看戏的主体，人们去看，不过叨光。但"大戏"或"目连戏"所邀请的看客，范围可较广了，自然请神，而又请鬼，尤其是横死的怨鬼。所以仪式就更紧张，更严肃。一请怨鬼，仪式就格外紧张严肃，我觉得这道理是很有趣的。

也许我在别处已经写过。"大戏"和"目连"，虽然同是演给神，人，鬼看的戏文，但两者又很不同。不同之点：一在演员，前者是专门的戏子，后者则是临时集合的 Amateur——农民和工人；一在剧本，前者有许多种，后者却好歹总只演一本《目连救母记》。然而开场的"起殇"，中间的鬼魂时时出现，收场的好人升天，恶人落地狱，是两者都一样的。

当没有开场之前，就可看出这并非普通的社戏，为的是台两旁早已挂满了纸帽，就是高长虹之所谓"纸糊的假冠"，是给神道和鬼魂戴的。所以凡内行人，缓缓的吃过夜饭，喝过茶，闲闲而去，只要看挂着的帽子，就能知道什么鬼神已经出现。因为这戏开场较早，"起殇"在太阳落尽时候，所以饭后去看，一定是做了好一会了，但都不是精彩的部分。"起殇"者，绍兴人现已大抵误解为"起丧"，以为就是召鬼，其实是专限于横死者的。《九歌》中的《国殇》云："身既死兮神以灵，魂魄毅兮为鬼雄"，当然连战死者在内。明社垂绝，越人起义而死者不少，至清被称为叛贼，我们就这样的一同招待他们的英灵。在薄暮中，十几匹马，站在台下了；戏子扮好一个鬼王，蓝面鳞纹，手执钢叉，还得有十几名鬼卒，则普通的孩子都可以应募。我在十余岁时候，就曾经充过这样的义勇鬼，爬上台去，说明志愿，他们就给在脸上涂上几笔彩色，交付一柄钢叉。待到有十多人了，即一拥上马，疾驰到野外的许多无主孤坟之处，环绕三匝，下马大叫，将钢叉用力的连连掷刺在坟墓上，然后拔叉驰回，上了前台，一同大叫一声，将钢叉一掷，钉在台板上。我们的责任，这就算完结，洗脸下台，可以回家了，但倘被父母所知，往往不免挨一顿竹篠（这是绍兴打孩子的最普通的东西），一以罚其带着鬼气，二以贺其没有跌死，但我却幸而从来没有被觉察，也许是因为得了恶鬼保佑的缘故罢。

这一种仪式，就是说，种种孤魂厉鬼，已经跟着鬼王和鬼卒，前来和我们一同看戏了，但人们用不着担心，他们深知道理，这一夜决不丝毫作怪。于是戏文也接着开场，徐徐进行，人事之中，夹以出鬼：火烧鬼，淹死鬼，科场鬼（死在考场里的），虎伤鬼……孩子们也可以自由去扮，但这种没出息鬼，愿意去扮的并不多，看客也不将它当作一回事。一到"跳吊"时分——"跳"是动词，意义和"跳加官"之"跳"同——情形的松紧可就大不相同了。台上吹起悲凉的喇叭来，中央的横梁上，原有一团布，也在这时放下，长约戏台高度的五分之二。看客们都屏着气，台上就闯出一个不穿衣裤，只有一条犊鼻裈，面施几笔粉墨的男人，他就是"男吊"。一登台，径奔悬布，像蜘蛛的死守着蛛丝，也如结网，在这上面钻，挂。他用布吊着各处：腰，胁，胯下，肘弯，腿弯，后项窝……一共七七四十九处。最后才是脖子，但是并不真套进去的，两手扳着布，将颈子一伸，就跳下，走掉了。这"男吊"最不易跳，演目连戏时，独有这一个脚色须特请专门的戏子。那时的老年人告诉我，这也是最危险的时候，因为也许会招出真的"男吊"来。所以后台上一定要扮一个王灵官，一手捏诀，一手执鞭，目不转睛的看着一面照见前台的镜子。倘镜中见有两个，那么，一个就是真鬼了，他得立刻跳出去，用鞭将假鬼打落台下。假鬼一落台，就该跑到河边，洗去粉墨，挤在人丛中看戏，然后慢慢的回家。倘打得慢，他就会在戏台上吊死；洗得慢，真鬼也还会认识，跟住他。这挤在人丛中看自己们所做的戏，就如要人下野而念佛，或出洋游历一样，也正是一种缺少不得的过渡仪式。

这之后，就是"跳女吊"。自然先有悲凉的喇叭；少顷，门幕一掀，她出场了。大红衫子，黑色长背心，长发蓬松，颈挂两条纸锭，垂头，垂手，弯弯曲曲的走一个全台，内行人说：这是走了一个"心"字。为什么要走"心"字呢？我不明白。我只知道她何以要穿红衫。看王充的《论衡》，知道汉朝的鬼的颜色是红的，但再看后来的文字和图画，却又并无一定颜色，而在戏文里，穿红的则只有这"吊神"。意思是很容易了然的；因为她投缳之际，准备作厉鬼以复仇，红色较有阳气，易于和生人相接近，……绍兴的妇女，至今还偶有搽粉穿红之后，这才上吊的。自然，自杀是卑怯的行为，鬼魂报仇更不合于科学，但那些都是愚妇人，连字也不认识，敢请"前进"的文学家和"战斗"的勇士们不要十分生气罢。我真怕你们要变呆鸟。

她将披着的头发向后一抖，人这才看清了脸孔：石灰一样白的圆脸，漆黑的浓眉，乌黑的眼眶，猩红的嘴唇。听说浙东的有几府的戏文里，吊神又拖着几寸长的假舌头，但在绍兴没有。不是我袒护故乡，我以为还是没有好；那么，比起现在将眼眶染成淡灰色的时式打扮来，可以说是更彻底，更可爱。不过下嘴角应该略略向上，使嘴巴成为三角形：这也不是丑模样。假使半夜之后，在薄暗中，远处隐约着一位这样的粉面朱唇，就是现在的我，也许会跑过去看看的，但自然，却未必就被诱惑得上吊。她两肩微耸，四顾，倾听，似惊，似喜，似怒，终于发出悲哀的声音，慢慢地唱道：

> "奴奴本是杨家女，
>
> 呵呀，苦呀，天哪！……"

下文我不知道了。就是这一句，也还是刚从克士那里听来的。但那大略，是说后来去做童养媳，备受虐待，终于弄到投缳。唱完就听到远处的哭声，这也是一个女人，在衔冤悲泣，准备自杀。她万分惊喜，要去"讨替代"了，却不料突然跳出"男吊"来，主张应该他去讨。他们由争论而至动武，女的当然不敌，幸而王灵官虽然脸相并不漂亮，却是热烈的女权拥护家，就在危急之际出现，一鞭把男吊打死，放女的独去活动了。老年人告诉我说：古时候，是男女一样的要上吊的，自从王灵官打死了男吊神，才少有男人上吊；而且古时候，是身上有七七四十九处，都可以吊死的，自从王灵官打死了男吊神，致命处才只在脖子上。中国的鬼有些奇怪，好像是做鬼之后，也还是要死的，那时的名称，绍兴叫作"鬼里鬼"。但男吊既然早被王灵官打死，为什么现在"跳吊"，还会引出真的来呢？我不懂这道理，问问老年人，他们也讲说不明白。

而且中国的鬼还有一种坏脾气，就是"讨替代"，这才完全是利己主义；倘不然，是可以十分坦然的和他们相处的。习俗相沿，虽女吊不免，她有时也单是"讨替代"，忘记了复仇。绍兴煮饭，多用铁锅，烧的是柴或草，烟煤一厚，火力就不灵了，因此我们就常在地上看见刮下的锅煤。但一定是散乱的，凡村姑乡妇，谁也决不肯省些力，把锅子伏在地面上，团团一刮，使烟煤落成一个黑圈子。这是因为吊神诱人的圈套，就用煤圈炼成的缘故。散掉烟煤，正是消极的抵制，不过为的是反对"讨替代"，并非因为怕她去报仇。被压迫者即使没有报复的毒心，也决无被报复的恐惧，只有明明暗暗，吸血吃肉的凶手或其帮闲们，这才赠人以"犯而勿校"或"勿念旧恶"的格言，——我到今年，也愈加看透了这些人面东西的秘密。

九月十九——二十日。

题注：

　　本篇最初发表于上海《中流》半月刊第一卷第三期（1936年10月5日）。收入《且介亭杂文末编·附集》。

　　本篇为作者晚年所作回忆散文之一，风格与《朝花夕拾》所收散文一致。女吊，即女性的吊死鬼。作者童年时，常随母亲到农村的外婆家去，和那里的小伙伴一起观看社戏，女吊是目连戏中经常出现的角色之一。"大戏"和"目连"都是绍兴的地方戏，所演的《目连救母》，内容繁简不一，但开场和收场以及鬼魂的出现则都相同。

诗歌全编

别诸弟三首
（庚子二月）

谋生无奈日奔驰，有弟偏教各别离。

最是令人凄绝处，孤檠长夜雨来时。

还家未久又离家，日暮新愁分外加。

夹道万株杨柳树，望中都化断肠花。

从来一别又经年，万里长风送客船。

我有一言应记取，文章得失不由天。

题注：

　　本诗是鲁迅存世最早的旧体诗，手稿今佚，录自周作人日记。初末收集。周作人日记1900年4月14日（阴历三月十五日）载："接金陵十八日函，并洋四元，诗三首，系托同学带归也。"日记还录下了三首诗的全文。1909年4月12日周作人重录此诗，署名"戛剑生未是草"。"戛剑生"是鲁迅自取的别号；"十八日"是阴历二月十八日，即阳历3月18日，即鲁迅的创作时间应为在1900年（庚子年）3月18日之前。1898年5月，鲁迅离家去南京投考江南水师学堂时，曾作《戛剑生杂记》，文中说："行人于斜日将堕之时，暝色逼人，四顾满目非故乡之人，细聆满耳皆异乡之语，一念及家乡万里，老亲弱弟必时时相语，谓今当至某处矣，此时真觉柔肠欲断，涕不可仰。故予有句云：日暮客愁集，烟深人语喧。皆所身历，非托诸空言也。"

莲蓬人

芰裳荇带处仙乡，风定犹闻碧玉香。

鹭影不来秋瑟瑟，苇花伴宿露瀼瀼。

扫除腻粉呈风骨，褪却红衣学淡妆。

好向濂溪称净植，莫随残叶堕寒塘！

题注：

　　本诗作于1901年2月以后的春节前后，手稿今佚，录自周作人辛丑（1901年）日记所附《柑酒听鹂笔记》，署名"戛剑生"。初未收集。清人陈维崧《迦陵词·六月》自注："小儿剥莲蓬，以线缚之，反裘振袂，俨然老翁，名莲蓬人。"此处用作以莲蓬比人。

庚子送灶即事

只鸡胶牙糖，典衣供瓣香。
家中无长物，岂独少黄羊。

题注：

本篇作于 1901 年 2 月 11 日（庚子年十二月二十三日），署"戛剑生"，即鲁迅的别号，手稿今佚，录自周作人日记。初未收集。周作人日记 1901 年 2 月 11 日载："夜送灶，大哥作一绝送之，余和一首。大雪。诗稿存后。"送灶是中国民间旧俗，阴历十二月二十三日为灶神送行的祀典。

祭书神文

上章困敦之岁，贾子祭诗之夕，会稽戛剑生等谨以寒泉冷华，祀书神长恩，而缀之以俚词曰：

今之夕兮除夕，香焰氤氲兮烛焰赤。
钱神醉兮钱奴忙，君独何为兮守残籍？
华筵开兮腊酒香，更点点兮夜长。
人喧呼兮入醉乡，谁荐君兮一觞？
绝交阿堵兮尚剩残书，把酒大呼兮君临我居。
缃旗兮芸舆，挈脉望兮驾蠹鱼。
寒泉兮菊菹，狂诵《离骚》兮为君娱，君之来兮毋除除。
君友淬妃兮管城侯，向笔海而啸傲兮，倚文冢以淹留。
不妨导脉望而登仙兮，引蠹鱼之来游。
俗丁伧父兮为君仇，勿使履阈兮增君忧。
若勿听兮止以吴钩，示之《丘》《索》兮棘其喉。
令管城脱颖以出兮，使彼慑慑以心愁。
宁召书癖兮来诗囚，君为我守兮乐未休。
他年芹茂而樨香兮，购异籍以相酬。

题注：

本篇作于 1901 年 2 月 18 日（光绪二十六年庚子除夕），手稿今佚，录自周作人日记。初未收集。周作人日记 1901 年 2 月 18 日载："下午接神，夜拜像，又向诸尊长辞岁，及毕，疲惫不堪。饭后同豫才兄祭书神长恩，作文侑之。稿存后。"诗前题记中"上章困敦"即指庚子年。"贾子"指唐代诗人贾岛。

和仲弟送别元韵并跋

梦魂常向故乡驰，始信人间苦别离。
夜半倚床忆诸弟，残灯如豆月明时。

日暮舟停老圃家，棘篱绕屋树交加。
怅然回忆家乡乐，抱瓮何时共养花？

春风容易送韶年，一棹烟波夜驶船。
何事脊令偏傲我，时随帆顶过长天！

仲弟次予去春留别元韵三章，即以送别，并索和。予每把笔，辄黯然而止。越十余日，客窗偶暇，潦草成句，即邮寄之。嗟乎！登楼陨涕，英雄未必忘家；执手消魂，兄弟竟居异地！深秋明月，照游子而更明；寒夜怨箍，遇羁人而增怨。此情此景，盖未有不悄然以悲者矣。

辛丑仲春戛剑生拟删草。

题注：

本诗作于1901年4月2日，手稿今佚，据周作人日记录出。初未收集。1901年春，鲁迅回绍兴度假，返回南京后十多天写成。周作人日记1901年3月15日（阴历正月二十五日）载："上午大哥收拾行李，傍晚同十八公公、子恒叔启行往秣。余送大哥至舟，执手言别，心中黯然，作一词以送其行，稿存后。夜作七绝三首……"据周作人日记，周作人将所作诗于3月18日寄往南京，鲁迅收到后以原韵和诗三首回寄周作人，周作人于4月2日收到鲁迅寄来的诗并录入日记。

惜花四律

（步湘州藏春园主人元韵）

鸟啼铃语梦常萦，闲立花阴盼嫩晴。

怵目飞红随蝶舞，关心茸碧绕阶生。

天于绝代偏多妒，时至将离倍有情。

最是令人愁不解，四檐疏雨送秋声。

剧怜常逐柳绵飘，金屋何时贮阿娇？

微雨欲来勤插棘，熏风有意不鸣条。

莫教夕照催长笛，且踏春阳过板桥。

祇恐新秋归塞雁，兰艭载酒桨轻摇。

细雨轻寒二月时，不缘红豆始相思。

堕裀印屐增惆怅，插竹编篱好护持。

慰我素心香袭袖，撩人蓝尾酒盈卮。

奈何无赖春风至，深院荼蘼已满枝。

繁英绕甸竞呈妍，叶底闲看蛱蝶眠。

室外独留滋卉地，年来幸得养花天。

文禽共惜春将去，秀野忻逢红欲然。

戏仿唐宫护佳种，金铃轻绾赤阑边。

题注：

　　本诗作于 1901 年 4 月 14 日，手稿今佚，据周作人日记录出。初未收集。本诗原作为周作人，经鲁迅大幅修改而成。周作人收录此诗时署名"汉真将军后裔"，并有眉批："都六先生（周作人别号）原本，戛剑生删改，圈点悉尊戛剑生改本。"湘州：指湖南长沙地区。藏春园主人名林步青，晚清人，曾在《海上文社日报》上发表《惜花四律》，鲁迅兄弟依其韵脚和诗四首。

自题小像

灵台无计逃神矢，风雨如磐暗故园。

寄意寒星荃不察，我以我血荐轩辕。

题注：

    本诗作于 1903 年，手稿写于赠给好友许寿裳的剪辫后的照片背面。初未收集。1931 年 2 月 16 日鲁迅又重新写出，手稿今存三幅，一幅落款处署"二十一岁时作，五十一岁时写之时辛未二月十六日也 鲁迅"，并钤白文篆书"鲁迅"印章。第二幅署"二十一岁时作，五十一岁时写之时辛未二月下旬在上海也 鲁迅"，此幅未钤章。第三幅"神矢"写为"神镞"，署"录三十年前旧作以应冈本先生雅教 鲁迅"并钤朱文隶书"鲁迅"印章。

哀范君三章

风雨飘摇日，余怀范爱农。
华颠萎寥落，白眼看鸡虫。
世味秋荼苦，人间直道穷。
奈何三月别，遽尔失畸躬！

海草国门碧，多年老异乡。
狐狸方去穴，桃偶尽登场。
故里彤云恶，炎天凛夜长。
独沉清冽水，能否洗愁肠？

把酒论当世，先生小酒人。
大圜犹酩酊，微醉自沉沦。
此别成终古，从兹绝绪言。
故人云散尽，我亦等轻尘！

　　我于爱农之死，为之不怡累日，至今未能释然。昨忽成诗三章，随手写之，而忽将鸡虫做入，真是奇绝妙绝，辟历一声，速死犬之大狼狈矣。今录上，希大鉴定家鉴定，如不恶，乃可登诸《民兴》也。天下虽未必仰望已久，然我亦岂能已于言乎？二十三日，树又言。

题注:

　　本篇最初发表于 1912 年 8 月 21 日绍兴《民兴日报》，署名黄棘，是鲁迅早年的笔名。初未收集。1934 年鲁迅把第三首编入《集外集》时题作《哭范爱农》，"当世"作"天下"，"自"作"合"，"此别成终古，从兹绝绪言"作"幽谷无穷夜，新宫自在春"。范爱农（1883-1912），浙江绍兴人，曾是光复会会员。在日本留学时与鲁迅相识。1911 年与鲁迅同在山会初级师范学堂任职，1912 年 7 月 10 日因溺水而亡。7 月 19 日，鲁迅日记载："晨得二弟信，十二日绍兴发，云范爱农以十日水死。悲夫悲夫，君子无终，越之不幸也，于是何几仲辈为群大蠹。"22 日，鲁迅又记："大雨，遂不赴部。……夜作均言三章，哀范君也，录存于此。"

梦

很多的梦，趁黄昏起哄，

前梦才挤却大前梦，后梦又赶走了前梦。

　去的前梦黑如墨，在的后梦墨一般黑；

　去的在的仿佛都说，"看我真好颜色。"

颜色许好，暗里不知；

而且不知道：说话的是谁？

*

暗里不知，身热头痛。

你来你来，明白的梦！

题注：

　　本篇最初发表于 1918 年 5 月 15 日《新青年》月刊第四卷第五号，与《狂人日记》同期刊出，署名唐俟。初未收集。此处据鲁迅重抄稿校订。鲁迅重抄稿后注："一九一八年五月十八日，《新青年》四卷五号所载。"鲁迅在《集外集·序言》中说："我其实是不喜欢做新诗的——但也不喜欢做古诗——只因为那时诗坛寂寞，所以打打边鼓，凑些热闹；待到称为诗人的一出现，就洗手不作了。"

爱之神

一个小娃子，展开翅子在空中，

一手搭箭，一手张弓，

不知怎么一下，一箭射着前胸。

"小娃子先生，谢你胡乱栽培！

但得告诉我：我应该爱谁？"

娃子着慌，摇头说，"唉！

你是还有心胸的人，竟也说这宗话。

你应该爱谁，我怎么知道。

总之我的箭是放过了！

你要是爱谁，便没命的去爱他；

你要是谁也不爱，也可以没命的去自己死掉。"

题注：

　　本篇最初发表于 1918 年 5 月 15 日《新青年》月刊第四卷第五号，与《狂人日记》同期刊出，署名唐俟。初未收集。此处据鲁迅重抄稿校订。鲁迅重抄稿后注"（同上）"。爱之神，指古罗马神话中的丘比特（Cupid），背上有双翅，手持弓箭，青年男女被他的金箭射中便会产生爱情。

桃花

春雨过了，太阳又很好，随便走到园中。

桃花开在园西，李花开在园东。

我说，"好极了！桃花红，李花白。"

（没说，桃花不及李花白。）

桃花可是生了气，满面涨作"杨妃红"。

好小子！真了得！竟能气红了面孔。

我的话可并没得罪你，你怎的便涨红了面孔！

唉！花有花道理，我不懂。

题注：

本篇最初发表于 1918 年 5 月 15 日《新青年》月刊第四卷第五号，与《狂人日记》同期刊出，署名唐俟。初未收集。此处据鲁迅重抄稿校订。鲁迅重抄稿后注"（同上）"。

他们的花园

小娃子，卷螺发，

银黄面庞上还有微红，——看他意思是正要活。

　　走出破大门，望见邻家：

　　他们大花园里，有许多好花。

用尽小心机，得了一朵百合；

又白又光明，像才下的雪。

好生拿了回家，映着面庞，分外映出血色。

　　苍蝇绕花飞鸣，乱在一屋子里——

　　"偏爱这不干净花，是胡涂孩子！"

　　忙看百合花，却已有几点蝇矢。

看不得；舍不得。

瞪眼望天空，他更无话可说。

　　说不出话，想起邻家：

　　他们大花园里，有许多好花。

题注：

　　本篇最初发表于 1918 年 7 月 15 日《新青年》第五卷第一号，署名唐俟。此处据鲁迅重抄稿校订。初未收集。鲁迅重抄稿后注："一九一八年七月十五日，《新青年》五卷一号所载。"

人与时

一人说，将来胜过现在。

一人说，现在远不及从前。

一人说，什么？

时道，你们都侮辱我的现在。

　从前好的，自己回去。

　将来好的，跟我前去。

　这说什么的，

　我不和你说什么。

题注：

　本篇最初发表于 1918 年 7 月 15 日《新青年》第五卷第一号，署名唐俟。此处据鲁迅重抄稿校订。初未收集。鲁迅重抄稿后注"（同上）"。

他

一

"知了"不要叫了，

他在房中睡着；

"知了"叫了，刻刻心头记着。

太阳去了，"知了"住了，——还没有见他，

待打门叫他，——锈铁链子系着。

二

秋风起了，

快吹开那家窗幕。

开了窗幕，会望见他的双靥。

窗幕开了，—— 一望全是粉墙，

白吹下许多枯叶。

三

大雪下了，扫出路寻他；

这路连到山上，山上都是松柏，

他是花一般，这里如何住得！

不如回去寻他，——阿！回来还是我家。

题注：

　　本篇最初发表于 1919 年 4 月 15 日《新青年》第六卷第四号，署名唐俟。初未收集。

替豆萁伸冤

煮豆燃豆萁，萁在釜下泣——
我烬你熟了，正好办教席！

题注：

　　本篇录自《咬文嚼字（三）》，该文发表于 1925 年 6 月 7 日《京报副刊》。原无标题，手稿今佚。收入《集外集》。此诗系剥自曹植为曹丕所逼而作的《七步诗》，原诗为："煮豆燃豆萁，豆在釜中泣：本是同根生，相煎何太急。"讥讽女师大校长杨荫榆开除学生，派军警镇压学生运动的事件。

吊卢骚

脱帽怀铅出，先生盖代穷。

头颅行万里，失计造儿童。

题注：

　　本诗录自杂文《头》，该文发表于 1928 年 4 月 23 日《语丝》第四卷第十七期。原无标题，手稿今佚。收入《三闲集》。此诗系剥自清代诗人王士祯《咏史小乐府·杀田丰》，原诗为："长揖横刀出，将军盖代雄。头颅行万里，失计杀田丰。"卢骚（1712–1778），通译为卢梭，法国启蒙思想家。著有《爱弥儿》《忏悔录》等。

题赠冯蕙熹

杀人有将，救人为医；

杀了大半，救其孑遗。

小补之哉，乌乎噫嘻！

一九三〇年九月一日，上海

题注：

    本篇作于 1930 年 9 月 1 日，题于冯蕙熹的本子上。初未收集。原诗无标题，手稿今存，自左至右竖写，落款署"鲁迅　一九三十年九月一日，上海"，并钤白文篆体"鲁迅"印章。冯蕙熹：许广平表妹，时是北平协和医院三年级学生。

送 O.E. 君携兰归国

椒焚桂折佳人老，独托幽岩展素心。
岂惜芳馨遗远者，故乡如醉有荆榛。

题注：

本篇最初发表于 1931 年 8 月 10 日《文艺新闻》第二十二号。初未收集。鲁迅日记 1931 年 2 月 12 日载："日本京华堂主人小原荣次郎君买兰将东归，为赋一绝句，书以赠之。"鲁迅手稿存两幅，一幅署"送日本小原君携兰东归之作　迅"并钤朱文篆书"鲁迅"印章；另一幅署"京华堂主人小原荣次郎先生携兰东归以此送之　鲁迅"后钤朱文篆书"鲁迅"印章。O.E. 君：即小原荣次郎名字的罗马字拼音 Obara Eijiro 的缩写。

赠邬其山

廿年居上海，每日见中华：

有病不求药，无聊才读书，

一阔脸就变，所砍头渐多，

忽而又下野，南无阿弥陀！

题注：

本篇作于 1931 年初春，手稿今存。初未收集。诗后题款"辛未初春书请邬其山仁兄教正 鲁迅"，下有鲁迅手指印记一枚以代印章。邬其山（1885-1959），即鲁迅日本友人内山完造，"邬其"为日文音译。1913 年来华经商，后在上海开设内山书店，1927 年 10 月与鲁迅相识，曾著有《活中国的姿态》。

为了忘却的记念

惯于长夜过春时，挈妇将雏鬓有丝。

梦里依稀慈母泪，城头变幻大王旗。

忍看朋辈成新鬼，怒向刀丛觅小诗。

吟罢低眉无写处，月光如水照缁衣。

题注：

  本诗创作于 1931 年 2 月。两年后的 1933 年 2 月，鲁迅将本诗写入杂文《为了忘却的记念》，4 月发表于《现代》第二卷第六期。收入《南腔北调集》。鲁迅抄赠许寿裳的手稿今存，落款署"午年春作，录呈季市兄教正 鲁迅"并钤白文篆书"鲁迅"印章。"午"为"未"之误，未年即 1931 年。1931 年 2 月 7 日，青年作家李伟森、柔石、胡也频、冯铿、殷夫等五人被国民党杀害于上海龙华警备司令部，鲁迅得知消息后作文纪念。1932 年 7 月 11 日鲁迅将此诗抄送日本友人山本初枝时写作"眼看""刀边"，抄赠许季市（寿裳）时改作"忍看""刀边"，写入文章发表时写作"忍看""刀丛"。

赠日本歌人

春江好景依然在，远国征人此际行。
莫向遥天望歌舞，西游演了是封神。

题注：

  鲁迅日记 1931 年 3 月 5 日载："午后为升屋、松藻、松元各书自作一幅，文录于后……"本诗最初发表于 1934 年 7 月 20 日《人间世》半月刊第八期。收入《集外集》。鲁迅手稿今存，手稿中"远"作"海"，"望"作"忆"，落款署"辛未三月送升屋治三郎兄东归 鲁迅"并钤朱文隶书"鲁迅"印章。升屋治三郎是日本剧评家兼歌人。

无题

大野多钩棘，长天列战云。

几家春袅袅，万籁静愔愔。

下土惟秦醉，中流辍越吟。

风波一浩荡，花树已萧森。

题注:

本篇作于 1931 年 3 月 5 日，写赠给内山完造之弟内山嘉吉未婚妻
片山松藻女士。最初发表于 1931 年 8 月 10 日《文艺新闻》第二十二
号。收入《集外集》。手稿今存，落款署"松藻女士雅属　鲁迅"并钤
有朱文隶书"鲁迅"印章。此诗于 1932 年 11 月 24 日又抄赠熊君瑄
女士一幅，落款署"一九三二年十一月廿四日写应君瑄女士之命　鲁
迅"，无钤印，今手稿亦存。

辛未仲春偶作（湘灵歌）

昔闻湘水碧如染，今闻湘水胭脂痕。

湘灵妆成照湘水，皎如皓月窥彤云。

高丘寂寞竦中夜，芳荃零落无余春。

鼓完瑶瑟人不闻，太平成象盈秋门。

题注：

　　鲁迅日记1931年3月5日载，此诗是写赠日本友人松元三郎的。本诗最初发表于1931年8月10日《文艺新闻》第二十二号。收入《集外集》。鲁迅手稿今存，手稿中"如染"作"于染"，"皎如皓月"作"皓如素月"，"零落"作"苓落"，落款署"辛未仲春偶作，奉应松元先生雅属　鲁迅"并钤朱文隶书"鲁迅"印章。

无题二首

大江日夜向东流，聚义群雄又远游。

六代绮罗成旧梦，石头城上月如钩。

其二

雨花台边埋断戟，莫愁湖里余微波。

所思美人不可见，归忆江天发浩歌。

题注：

    鲁迅日记1931年6月14日载："为宫崎龙介君书一幅云：'大江日夜向东流……'又为白莲女士书一幅云：'雨花台边埋断戟……'"原无标题。鲁迅手稿今存，手稿中"群雄"作"英雄"，"不可见"作"杳不见"。落款分别署"宫崎先生属 鲁迅""白莲女士教正 鲁迅"并各钤白文篆书"鲁迅"印章。宫崎龙介与白莲女士（原名柳原烨子）是夫妇，他们是通过内山完造与鲁迅会见的。初未收集。

送增田涉君归国

扶桑正是秋光好，枫叶如丹照嫩寒。

却折垂杨送归客，心随东棹忆华年。

题注：

  鲁迅日记1931年12月2日载："作送增田涉君归国诗一首并写讫，诗云：'扶桑正是秋光好……'"本诗手稿今存，落款署"增田学兄雅教 鲁迅"并钤白文篆书"鲁迅"印章。增田涉是日本汉学家，经内山完造介绍认识鲁迅。鲁迅为他讲解《中国小说史略》和《呐喊》《彷徨》等作品，后他将《中国小说史略》译成日文在日本出版。曾著《鲁迅印象记》。初未收集。

好东西歌

南边整天开大会，北边忽地起烽烟，

北人逃难南人嚷，请愿打电闹连天。

还有你骂我来我骂你，说得自己蜜样甜。

文的笑道岳飞假，武的却云秦桧奸。

相骂声中失土地，相骂声中捐铜钱，

失了土地捐了钱，喊声骂声也寂然。

文的牙齿痛，武的上温泉，

后来知道谁也不是岳飞和秦桧，

声明误解释前嫌，

大家都是好东西，终于聚首一堂来吸雪茄烟。

题注：

本篇最初发表于1931年12月11日上海《十字街头》半月刊第一期，署名阿二。初未收集。1928年，国民党内部形成以蒋介石为首的宁派和以胡汉民、汪精卫为首的粤派。1931年九一八事变后，两派矛盾加剧。为调解派系矛盾，国民党在上海、南京、广州召开了一系列会议。1931年11月27日日军进攻锦州，燃起战火。上海和北京大学生代表赴南京请愿，社会各界也纷纷致电，要求蒋介石政府抗日。最终宁粤两派达成协议，握手言欢。

公民科歌

何键将军捏刀管教育，

说道学校里边应该添什么。

首先叫作"公民科"，不知这科教的是什么。

但愿诸公勿性急，让我来编教科书。

做个公民实在弗容易，大家切莫耶耶乎。

第一着，要能受，蛮如猪猡力如牛；

杀了能吃活就做，瘟死还好熬熬油。

第二着，先要磕头，先拜何大人，后拜孔阿丘；

拜得不好就砍头，

砍头之际莫讨命，要命便是反革命；

大人有刀你有头，这点天职应该尽。

第三着，莫讲爱，自由结婚放洋屁，

最好是做第十第廿姨太太；

如果爹娘要钱化，几百几千可以卖；

正了风化又赚钱，这样好事还有吗？

第四着，要听话，大人怎说你怎做；

公民义务多得很，只有大人自己心里懂。

但愿诸公切勿死守我的教科书，

免得大人一不高兴便说阿拉是反动。

题注:

　　本篇最初发表于1931年12月11日《十字街头》第一期,署名阿二。初未收集。1931年2月,时任国民党湖南省政府主席的何键在国民党第四次代表大会上提出:"中小课程应增设公民科,以保持民族固有道德而拯已溺之人心。"鲁迅把"公民科"概括为四个方面的内容予以讽刺。

南京民谣

大家去谒灵，强盗装正经。

静默十分钟，各自想拳经。

题注：

  本篇最初发表于 1931 年 12 月 25 日《十字街头》半月刊第二期，未署名。初未收集。手稿今佚。1931 年 12 月 23 日《申报》报道，参加国民党四届一中全会的中央委员于当日上午 8 时全体拜谒孙中山的陵墓。鲁迅针对此事予以讽刺。

"言词争执"歌

一中全会好忙碌，忽而讨论谁卖国，

粤方委员叽哩咕，要将责任归当局。

吴老头子老益壮，放屁放屁来相嚷，

说道卖的另有人，不近不远在场上。

有的叫道对对对，有的吹了嘘嘘嘘，

嘘嘘一通不打紧，对对恼了皇太子，

一声不响出"新京"，会场旗色昏如死。

许多要人夹屁追，恭迎圣驾请重回，

大家快要一同"赴国难"，又拆台基何苦来？

香槟走气大菜冷，莫使同志久相等，

老头自动不出席，再没狐狸来作梗。

况且名利不双全，那能推苦只尝甜？

卖就大家都卖不都不，否则一方面子太难堪。

现在我们再去痛快淋漓喝几巡，酒酣耳热都开心，

什么事情就好说，这才能慰在天灵。

理论和实际，全都括括叫，

点点小龙头，又上火车道。

只差大柱石，似乎还在想火并，

展堂同志血压高，精卫先生糖尿病，

国难一时赴不成，虽然老吴已经受告警。

这样下去怎么好，中华民国老是没头脑，

想受党治也不能，小民恐怕要苦了。

但愿治病统一都容易，只要将那"言词争执"扔在茅厕里，放屁放屁放狗屁，真真岂有之此理。

题注:

本篇最初发表于1932年1月5日《十字街头》第三期，署名阿二。初未收集。1931年12月22日至29日在南京召开的国民党四届一中全会。会上宁粤两派争权夺利，并互相推卸卖国罪责。当时报纸称之为"言词争执"。鲁迅针对此事予以讽刺。

无题

血沃中原肥劲草，寒凝大地发春华。
英雄多故谋夫病，泪洒崇陵噪暮鸦。

题注：

  鲁迅日记 1932 年 1 月 23 日载："午后为高良夫人写一小幅，句
云：'血沃中原肥劲草……'"高良夫人即高良富子，日本女子大学教
授，经内山完造介绍认识鲁迅。本诗手稿今存，落款署"高良先生教
正 鲁迅"并钤白文篆书"鲁迅"印章。初未收集。

偶成

文章如土欲何之，翘首东云惹梦思。
所恨芳林寥落甚，春兰秋菊不同时。

题注:

鲁迅日记1932年3月31日载:"午后……为沈松泉书一幅云:'文章如土欲何之……'"沈松泉,江苏吴县人,时任上海光华书局经理兼总编辑,出版过鲁迅所译普列汉诺夫《艺术论》等书。本诗手稿今存,落款署"松泉先生属 鲁迅"并钤白文篆书"鲁迅"印章。初未收集。

赠蓬子

蓦地飞仙降碧空，云车双辆挈灵童。

可怜蓬子非天子，逃去逃来吸北风。

题注：

鲁迅日记1932年3月31日载："午后……又为蓬子书一幅云：'蓦地飞仙降碧空……'"蓬子，即姚蓬子，浙江诸暨人。"左联"成员。本诗手稿今佚。初未收集。

一·二八战后

战云暂敛残春在，重炮清歌两寂然。

我亦无诗送归棹，但从心底祝平安。

题注：

鲁迅日记1932年7月1日载："午后为山本初枝女士书一笺，云：'战云暂敛残春在……'"本诗手稿今佚。山本初枝，日本歌人，经内山完造介绍与鲁迅相识，友谊深厚，交往密切。初未收集。

自嘲

运交华盖欲何求，未敢翻身已碰头。

破帽遮颜过闹市，漏船载酒泛中流。

横眉冷对千夫指，俯首甘为孺子牛。

躲进小楼成一统，管它冬夏与春秋。

题注：

  鲁迅日记 1932 年 7 月 1 日载："午后为柳亚子书一条幅，云：'运交华盖欲何求……'"诗后有跋语："达夫赏饭，闲人打油，偷得半联，凑成一律以请亚子先生教正。"本诗手稿连同跋语今存，署名"鲁迅"并钤白文篆书"鲁迅"印章。收入《集外集》。柳亚子，诗人，南社创始人之一。名慰高，号亚子。江苏吴兴人。日记所记本诗与收入《集外集》时的定稿有所变动：日记与条幅中"旧帽""破船"改为"破帽""漏船"。又据鲁迅日记 1932 年 12 月 21 日载："为杉本勇乘师书一笺。"杉本勇乘，日本僧侣，爱好文艺，当时住上海本愿寺。鲁迅将本诗写在一幅扇面上送给他，落款署"未年戏作，录呈杉本勇乘师法正　鲁迅"并钤白文篆书"鲁迅"印章。手稿中"冷对"写作"冷看"。此扇面今亦存。

教授杂咏四首

作法不自毙，悠然过四十。
何妨赌肥头，抵当辩证法。

其 二
可怜织女星，化为马郎妇。
乌鹊疑不来，迢迢牛奶路。

其 三
世界有文学，少女多丰臀。
鸡汤代猪肉，北新遂掩门。

其 四
名人选小说，入线云有限。
虽有望远镜，无奈近视眼。

题注：

鲁迅日记1932年12月29日载："午后为梦禅及白频写《教授杂咏》各一首。其一云：'作法不自毙，悠然过四十。何妨赌肥头，抵当辩证法。'其二云：'可怜织女星，化为马郎妇。乌鹊疑不来，迢迢牛奶路。'"其三、其四两首，也创作于本年冬。鲁迅手稿录前三首于彩笺，现存；又有录其三、其四一幅，均无落款，今亦存。初未收集。

第一首诗是嘲讽钱玄同的。钱玄同曾与鲁迅一起留学日本，五四时期是《新青年》编委，曾鼓励鲁迅作小说。1925年后鲁迅与之中断来往。钱玄同曾经戏说"四十岁以上的人都应该枪毙"，还曾说过"头可断，辩证法不可开课"。

第二首诗讽刺了赵景深的误译。赵景深时任复旦大学教授，在翻译上主张"顺译"，曾在翻译契诃夫小说《万卡》时，将英语milky way（银河）误译为"牛奶路"。

第三首诗是针对章衣萍的。章衣萍曾在北京听过鲁迅的课，《语丝》的作者。时任上海暨南大学文学院教授，亦为北新书局撰稿。章衣萍认为只有外国才有"世界文学名著"，而中国"一切东西多不如人"。他在《枕上随笔》中写道："懒人的春天哪！我连女人的屁股都懒得去摸了！"还在向北新书局支取大量稿费时说："钱多了可以不吃猪肉，大喝鸡汤。"北新，指北新书局。

第四首诗指谢六逸。谢六逸曾任上海商务印书馆编辑、复旦大学教授。曾选编《模范小说选》，选入鲁迅、茅盾、叶绍钧、冰心、郁达夫的作品，1933年3月由上海黎明书局出版。他在书的序言中说："我早已硬起头皮，"准备别的作家来骂是近视眼，"其实我的眼睛何尝近视，我也曾用过千里镜在沙漠地带，向各方面眺望了一下。国内的作家无论如何不只这五个，这是千真万确的事实。不过在我所做的是'匠人'的工作，匠人选择材料时，必要顾到能不能上得自己的'墨线'，所以我要'唐突'他们的作品一下了。"以此抬高自己。

所闻

华灯照宴敞豪门，娇女严装侍玉樽。

忽忆情亲焦土下，佯看罗袜掩啼痕。

题注：

  鲁迅日记1932年12月31日："为知人写字五幅，皆自作诗。"第一首是写给内山夫人内山美喜子的。本诗手稿今存，落款署"《所闻》一首，录应内山夫人教 鲁迅"并钤圆形朱文金文"鲁迅"印章。本诗是写"一·二八"闸北被炸后的所闻。初未收集。

无题二首

故乡黯黯锁玄云，遥夜迢迢隔上春。

岁暮何堪再惆怅，且持卮酒食河豚。

其 二

皓齿吴娃唱柳枝，酒阑人静暮春时。

无端旧梦驱残醉，独对灯阴忆子规。

题注:

　　鲁迅日记 1932 年 12 月 28 日载:"晚坪井先生来邀至日本饭馆食河豚，同去并有滨之上医士。"本诗与上一首《所闻》同作于 1932 年 12 月 31 日。第一首是送给滨之上信隆学士的，其二是送给坪井芳治学士的，二人均为日本医生。坪井芳治是儿科医生，常为海婴看病。两幅手稿今均存，无落款及印章，并不是写赠的原件，而是另抄录的。第一首中的"食"，手稿为"吃"。初未收集。

无题

洞庭木落楚天高，眉黛猩红浣战袍。

泽畔有人吟不得，秋波渺渺失离骚。

题注:

据鲁迅日记，此诗与《所闻》《无题二首》写于同一日，即1932年12月31日。此诗是赠给好友郁达夫的。此幅是另抄录的，手稿今存，无落款及印章，写赠郁达夫的原件已遗失。许寿裳在手稿边上写有跋语："此鲁迅手写诗稿，见收于《集外集》，题曰《无题》，惟'心'作'猩'，'吟亦险'作'吟不得'。廿五年十月廿八日鲁迅殁后九日，上遂记。"除此之外，"木落"日记作"浩荡"。初未收集。

答客诮

无情未必真豪杰，怜子如何不丈夫。

知否兴风狂啸者，回眸时看小於菟。

题注：

  据鲁迅日记，此诗与前一首《无题》写于同一日，即 1932 年 12 月 31 日，也是赠给郁达夫的。手稿今存四幅，第一幅落款有"右一首答客诮"，诗中有修改痕迹："乘"改"兴"，"吟"改"狂"，"顾"改"看"，无署名。第二幅落款署"达夫先生哂正　鲁迅"并钤白文篆书"鲁迅"印章。这幅是送给郁达夫的。第三幅落款署"未年之冬戏作，录请坪井先生哂正　鲁迅"并钤白文篆书"鲁迅"印章。第四幅落款只署一"迅"字，钤白文篆书"鲁迅"印章。许寿裳曾回忆："海婴生性活泼，鲁迅曾对我说：'这小孩非常淘气，有时弄得我头昏，他竟问我：爸爸可不可以吃的？我答：自然是不吃的好。'我听了一笑，说他正在幻想大盛的时期，而本性又是带神经质的。鲁迅颇首肯，后来他作《答客诮》一诗，写出爱怜的情绪。"初未收集。

二十二年元旦

云封高岫护将军，霆击寒村灭下民。
到底不如租界好，打牌声里又新春。

题注：

　　鲁迅日记 1933 年 1 月 26 日载："旧历申年元旦……又戏为邬其山先生书一笺云：'云封胜境护将军，霆落寒村戮下民。依旧不如租界好，打牌声里又新春。'已而毁之，别录以寄静农。改胜境为高岫，落为击，戮为灭也。"鲁迅日记中"申年"为"酉年"之误。写给台静农的字幅今存，后收入《集外集》时，改"依旧"为"到底"。手稿落款署"申年元旦开笔大吉，祝静农兄无咎 迅顿首"。收入《集外集》。

赠画师

风生白下千林暗，雾塞苍天百卉殚。

愿乞画家新意匠，只研朱墨作春山。

题注：

    本篇与《二十二年元旦》写于同一天，是赠给日本画家望月玉成的。手稿今存，但不完整，落款署"申年之春写请　生教正"。未署名，无印章。"白下"为南京的别称。初未收集。

学生和玉佛

寂寞空城在，仓皇古董迁，

头儿夸大口，面子靠中坚。

惊扰讵云妄？奔逃只自怜：

所嗟非玉佛，不值一文钱。

题注：

　　本篇是鲁迅所作杂文《学生和玉佛》中的一首诗，最初发表于1933年2月16日《论语》半月刊第十一期，署名动轩。手稿今存。（详见杂文《学生和玉佛》题注）收入《南腔北调集》。

吊大学生

阔人已骑文化去，此地空余文化城。

文化一去不复返，古城千载冷清清。

专车队队前门站，晦气重重大学生。

日薄榆关何处抗，烟花场上没人惊。

题注：

　　本诗见于杂文《崇实》，署名何家干，作于 1933 年 1 月 31 日，发表于 2 月 6 日《申报·自由谈》，后收入《伪自由书》。手稿今佚。文中感慨大学生不如古物，说："废话不如少说，只剥崔颢《黄鹤楼》诗以吊之。"崔颢为唐代诗人，他的《黄鹤楼》诗原文为："昔人已乘黄鹤去，此地空余黄鹤楼。黄鹤一去不复返，白云千载空悠悠。晴川历历汉阳树，芳草萋萋鹦鹉洲。日暮乡关何处是，烟波江上使人愁。"（详见杂文《崇实》题注）收入《伪自由书》。

题《彷徨》

寂寞新文苑，平安旧战场，

两间余一卒，荷戟独彷徨。

题注：

　　鲁迅日记 1933 年 3 月 2 日载："山县氏索小说并题诗，于夜写二册赠之。"本诗题在《彷徨》上，赠给日本友人山本初男。山县氏，名即山本初男，日本人。原诗中"独"收入《集外集》时改作"尚"。原诗手稿今存，落款署"山县先生教正　鲁迅"并钤有阴文小篆体"鲁迅"印章。收入《集外集》。

题《呐喊》

弄文罹文网，抗世违世情。
积毁可销骨，空留纸上声。

题注：

  鲁迅日记 1933 年 3 月 2 日载："山县氏索小说并题诗，于夜写二册赠之。"本诗题在《呐喊》上，赠给日本友人山本初男。本诗手稿今存，落款署"山县先生教正　鲁迅　一九三三年三月二日于上海"并钤有朱文隶书体"鲁迅"印章。初未收集。

悼杨铨

岂有豪情似旧时，花开花落两由之。

何期泪洒江南雨，又为斯民哭健儿。

题注：

鲁迅日记 1933 年 6 月 21 日载："下午为坪井先生之友樋口良平君书一绝云：'岂有豪情似旧时……'"杨铨，字杏佛，任国民党中央研究院总干事，中国民权保障同盟执行委员，1933 年 6 月 18 日被国民党特务在上海暗杀，鲁迅亲往送殓。樋口良平，日本医生，坪井芳治之友。鲁迅赠樋口良平诗稿现已佚。后鲁迅又将此诗抄赠许广平。手迹今存，落款处有"酉年六月二十日作，录应景宋仁兄教　鲁迅"并钤白文篆书"鲁迅"印章。"酉年"即本年，"景宋"即许广平。初未收集。

题三义塔

奔霆飞熛歼人子，败井颓垣剩饿鸠。

偶值大心离火宅，终遗高塔念瀛洲。

精禽梦觉仍衔石，斗士诚坚共抗流。

度尽劫波兄弟在，相逢一笑泯恩仇。

题注：

鲁迅日记 1933 年 6 月 21 日载："下午为坪井先生之友樋口良平君书一绝云：'为西村真琴博士书一横卷云："奔霆飞焰歼人子……"'"诗前有小序："三义塔者，中国上海闸北三义里遗鸠埋骨之塔也，在日本，农人共建之。"诗后有跋语："西村博士于上海战后得丧家之鸠，持归养之；初亦相安，而终化去。建塔以藏，且征题咏，率成一律，聊答遐情云尔。一九三三年六月二十一日鲁迅并记。"日记中"飞焰"后收入《集外集》时改为"飞熛"。鲁迅诗及跋语手稿今存，并盖白文篆书"鲁迅"印章。另存一手稿为编入集子时的抄稿，并小序，无落款及印章。西村真琴，日本医生。一·二八事变中，他是大阪《每日新闻》医疗服务团团长，在闸北三义里炮火炸后的废墟中得到一只鸽子，带回日本，但不久死去。他把鸽子埋在院内，并立一石碑，上刻"三义冢"。收入《集外集》。

无题

禹域多飞将，蜗庐剩逸民。

夜邀潭底影，玄酒颂皇仁。

题注：

　　鲁迅日记 1933 年 6 月 28 日载："下午为萍荪书一幅云：'禹域多飞将……'"本诗为文人黄萍荪托鲁迅所作，并刊于黄所编的《越风》杂志。初未收集。鲁迅手稿今存，落款署"萍荪先生教正　鲁迅"并钤白文篆书"鲁迅"印章。

悼丁君

如磐夜气压重楼，剪柳春风导九秋。
瑶瑟凝尘清怨绝，可怜无女耀高丘。

题注：

　　鲁迅日记 1933 年 6 月 28 日载："为陶轩书一幅云：'如磐遥夜拥重楼……'"本诗最初发表于 1933 年 9 月 30 日《涛声》周刊第二卷第三十八期。收入《集外集》。诗中"夜气"原作"遥夜"，"压"原作"拥"，"瑶"原作"湘"。本诗以《悼丁君》为题收入《集外集》。鲁迅手稿今存，落款署"陶轩先生教正鲁迅"并钤白文篆书"鲁迅"印章。丁君：即丁玲，女作家。本年 5 月被捕，6 月误传其在南京遇害，鲁迅因作此诗。

赠人二首

明眸越女罢晨装，荇水荷风是旧乡。

唱尽新词欢不见，早云如火扑晴江。

其　二

秦女端容理玉筝，梁尘踊跃夜风轻。

须臾响急冰弦绝，但见奔星劲有声。

题注：

  鲁迅日记 1933 年 7 月 21 日载："午后为森本清八君写诗一幅云：'秦女端容弄玉筝……'"又一幅云：'明眸越女罢晨装……'"诗中"理"原作"弄"，"但"原作"独"。本诗第一首初次影印发表于《小说》半月刊 1934 年第五期，后以《赠人二首》为题收入《集外集》。鲁迅手稿今存，第一首落款署名"鲁迅"，第二首落款署"录旧作应山本先生雅教"。两诗均钤白文篆书"鲁迅"印章。森本清八，日本人。时在上海一保险公司任职，通过内山完造与鲁迅相识。

无题

一枝清采妥湘灵，九畹贞风慰独醒。

无奈终输萧艾密，却成迁客播芳馨。

题注：

鲁迅日记1933年11月27日载："为土屋文明氏书一笺云：'一枝清采妥湘灵……'即作书寄山本夫人。"鲁迅手稿今存，落款署"土屋先生教正　鲁迅"并钤白文篆书"鲁迅"印章。土屋文明，日本歌人，山本初枝的老师。他委托山本初枝向鲁迅索字，后又由山本初枝转交给他。初未收集。

为王映霞书

钱王登假仍如在，伍相随波不可寻。

平楚日和憎健翮，小山香满蔽高岑。

坟坛冷落将军岳，梅鹤凄凉处士林。

何似举家游旷远，风波浩荡足行吟。

题注：

  鲁迅日记 1933 年 12 月 30 日载："午后为映霞书四幅一律云：'钱王登遐仍如在……'"鲁迅为王映霞所书诗稿条幅今佚。本诗后以《阻郁达夫移家杭州》为题，收入《集外集》，诗中"遐"改为"假"，"风沙"改为"风波"。映霞，即王映霞，郁达夫之妻，夫妻二人均为鲁迅好友。1933 年春，郁达夫欲离上海搬家至杭州定居，鲁迅曾对郁达夫说：本诗的意思"指的是杭州党政诸人的无理高压"。

酉年秋偶成

烟水寻常事，荒村一钓徒。

深宵沉醉起，无处觅菰蒲。

题注：

  鲁迅日记 1933 年 12 月 30 日载："又为黄振球书一幅云：'烟水寻常事……'"黄振球，笔名欧查，"左联"成员，《现代妇女》杂志编辑，经郁达夫介绍见鲁迅并请鲁迅题字。鲁迅手稿今存，落款署"酉年秋偶成 鲁迅"并钤白文篆书"鲁迅"印章。"秋"疑为"冬"之误。初未收集。

闻谣戏作

横眉岂夺蛾眉冶，不料仍违众女心。

诅咒而今翻异样，无如臣脑故如冰。

题注：

    鲁迅日记1934年3月16日载："闻天津《大公报》记我患脑炎，戏作一绝寄静农云：'横眉岂夺蛾眉冶……'"手稿今存，落款署"三月十五夜闻谣戏作，以博静兄一粲　旅隼"。未钤章。旅隼：鲁迅笔名。初未收集。

戌年初夏偶作

万家墨面没蒿莱，敢有歌吟动地哀。

心事浩茫连广宇，于无声处听惊雷。

题注：

　　鲁迅日记1934年5月30日载："午后为新居格君书一幅云：'万家墨面没蒿莱……'"手稿今存，落款署"戌年初夏偶作，以应新居先生雅教　鲁迅"并钤白文篆书"鲁迅"印章。新居格，日本作家，文艺评论家，经内山完造介绍结识鲁迅。初未收集。

秋夜偶成

绮罗幕后送飞光，柏栗丛边作道场。
望帝终教芳草变，迷阳聊饰大田荒。
何来酩果供千佛，难得莲花似六郎。
中夜鸡鸣风雨集，起然烟卷觉新凉。

题注：

　　鲁迅日记 1934 年 9 月 29 日载："午后……又为梓生书一幅，云：
'绮罗幕后送飞光……'"初未收集。手稿今存，落款署"秋夜偶成，
录应梓生先生教　鲁迅"并钤白文篆书"鲁迅"、朱文篆书"旅隼"印
章各一枚。梓生即张梓生，浙江绍兴人。1910 年便与鲁迅兄弟交往，
曾主编《申报·自由谈》。

题《芥子园画谱三集》赠许广平

十年携手共艰危，以沫相濡亦可哀；

聊借画图怡倦眼，此中甘苦两心知。

题注：

  本诗作于 1934 年 12 月 9 日，题写在赠许广平的《芥子园画谱三集》首册扉页。初未收集。诗前有说明："此上海还有正书局翻造本。其广告谓'研究木刻十余年，始雕是书'，实则兼用木版、石版、波黎版及人工著色，乃日本成法。非尽木刻也，广告夸耳！然原刻难得，翻本亦无胜于此者，因致一部以赠广平。有诗为证……"手稿今存，落款署"戌年冬十二月九日之夜　鲁迅记"并钤白文篆书"鲁迅"、朱文篆书"旅隼"印章各一枚。《芥子园画谱》：清代王概兄弟编绘，因刻于李渔的别墅"芥子园"而得名。该书第三集为花卉草虫禽鸟谱，共四卷。

亥年残秋偶作

曾惊秋肃临天下，敢遣春温上笔端。

尘海苍茫沉百感，金风萧瑟走千官。

老归大泽菰蒲尽，梦坠空云齿发寒。

竦听荒鸡偏阒寂，起看星斗正阑干。

题注：

鲁迅日记 1935 年 12 月 5 日载："午后……为季市书一小幅，云：'曾惊秋肃临天下……'"手稿今存，落款署"亥年残秋偶作，录应季市吾兄教正　鲁迅"并钤白文篆书"鲁迅"印章。亥年：乙亥年，即 1935 年。季市：即季黻，许寿裳的字。初未收集。

附： 两地书

序言

　　这一本书，是这样地编起来的——

　　一九三二年八月五日，我得到霁野，静农，丛芜三个人署名的信，说漱园于八月一日晨五时半，病殁于北平同仁医院了，大家想搜集他的遗文，为他出一本纪念册，问我这里可还藏有他的信札没有。这真使我的心突然紧缩起来。因为，首先，我是希望着他能够全愈的，虽然明知道他大约未必会好；其次，是我虽然明知道他未必会好，却有时竟没有想到，也许将他的来信统统毁掉了，那些伏在枕上，一字字写出来的信。

　　我的习惯，对于平常的信，是随复随毁的，但其中如果有些议论，有些故事，也往往留起来。直到近三年，我才大烧毁了两次。

　　五年前，国民党清党的时候，我在广州，常听到因为捕甲，从甲这里看见乙的信，于是捕乙，又从乙家搜得丙的信，于是连丙也捕去了，都不知道下落。古时候有牵牵连连的"瓜蔓抄"，我是知道的，但总以为这是古时候的事，直到事实给了我教训，我才分明省悟了做今人也和做古人一样难。然而我还是漫不经心，随随便便。待到一九三○年我签名于自由大同盟，浙江省党部呈请中央通缉"堕落文

262

人鲁迅等"的时候，我在弃家出走之前，忽然心血来潮，将朋友给我的信都毁掉了。这并非为了消灭"谋为不轨"的痕迹，不过以为因通信而累及别人，是很无谓的，况且中国的衙门是谁都知道只要一碰着，就有多么的可怕。后来逃过了这一关，搬了寓，而信札又积起来，我又随随便便了，不料一九三一年一月，柔石被捕，在他的衣袋里搜出有我名字的东西来，因此听说就在找我。自然罗，我只得又弃家出走，但这回是心血潮得更加明白，当然先将所有信札完全烧掉了。

因为有过这样的两回事，所以一得到北平的来信，我就担心，怕大约未必有，但还是翻箱倒箧的寻了一通，果然无踪无影。朋友的信一封也没有，我们自己的信倒寻出来了，这也并非对于自己的东西特别看作宝贝，倒是因为那时时间很有限，而自己的信至多也不过蔓在自身上，因此放下了的。此后这些信又在枪炮的交叉火线下，躺了二三十天，也一点没有损失。其中虽然有些缺少，但恐怕是自己当时没有留心，早经遗失，并不是由于什么官灾兵燹的。

一个人如果一生没有遇到横祸，大家决不另眼相看，但若坐过牢监，到过战场，则即使他是一个万分平凡的人，人们也总看得特别一点。我们对于这些信，也正是这样。先前是一任他垫在箱子底下的，但现在一想起他曾经几乎要打官司，要遭炮火，就觉得他好像有些特别，有些可爱似的了。夏夜多蚊，不能静静的写字，我们便略照年月，将他编了起来，因地而分为三集，统名之曰《两地书》。

这是说：这一本书，在我们自己，一时是有意思的，但对于别人，却并不如此。其中既没有死呀活呀的热情，也没有花呀月呀的佳句；文辞呢，我们都未曾研究过"尺牍精华"或"书信作法"，只是信笔写来，大背文律，活该进"文章病院"的居多。所讲的又不外乎学校风潮，本身情况，饭菜好坏，天气阴晴，而最坏的是我们当日居漫天幕中，幽明莫辨，讲自己的事倒没有什么，但一遇到推测天下大事，就不免胡涂得很，所以凡有欢欣鼓舞之词，从现在看起来，大抵成了梦呓了。如果定要恭维这一本书的特色，那么，我想，恐怕是因为他的平凡罢。这样平凡的东西，别人大概是不会有，即有也未必存留的，而我们不然，这就只好谓之也是一种特色。

然而奇怪的是竟又会有一个书店愿意来印这一本书。要印，印去就是，这倒仍然可以随随便便，不过因此也就要和读者相见了，却使我又得加上两点声明在这里，以免误解。其一，是：我现在是左翼作家联盟中之一人，看近来书籍的广告，大有凡作家一旦向左，则旧作也即飞升，连他孩子时代的啼哭也合于革命文学之概，不过我们的这书是不然的，其中并无革命气息。其二，常听得有人说，书信是最不掩饰，最显真面的文章，但我也并不，我无论给谁写信，最初，总是敷敷衍衍，口是心非的，即在这一本中，遇有较为紧要的地方，到后来也还是往往故意写得含胡些，因为我们所处，是在"当地长官"，邮局，校长……，都可以随意检查信件的国度里。但自然，明白的话，是也不少的。

还有一点，是信中的人名，我将有几个改掉了，用意有好有坏，并不相同。此无他，或则怕别人见于我们的信里，于他有些不便，或则单为自己，省得又是什么"听候开审"之类的麻烦而已。

回想六七年来，环绕我们的风波也可谓不少了，在不断的挣扎中，相助的也有，下石的也有，笑骂诬蔑的也有，但我们紧咬了牙关，却也已经挣扎着生活了六七年。其间，含沙射影者都逐渐自己没入更黑暗的处所去了，而好意的朋友也已有两个不在人间，就是漱园和柔石。我们以这一本书为自己记念，并以感谢好意的朋友，并且留赠我们的孩子，给将来知道我们所经历的真相，其实大致是如此的。

一九三二年十二月十六日，鲁迅。

题注：

　　本文最初刊载于1932年12月上海青光书局出版的《两地书》一书。《两地书》是鲁迅与许广平的通信集。其中收北京通信35篇（1925年3月至7月）；厦门——广州通信113篇（1926年9月至1927年1月）；北京——上海通信22篇（1929年5月至6月），共170篇。文中提及的韦漱园（韦素园）是未名社的主要成员，霁野即李霁野，静农即台静农，丛芜即韦丛芜，均为未名社成员。旧时有因人事关联而遭到连累的"瓜蔓抄"，指明朝景清谋刺明成祖朱棣，事败后惨遭灭族，因牵连被杀者数千人。1930年鲁迅参与中国自由运动大同盟发起后，国民党中央党部曾发出取缔该同盟并"缉拿其首要分子"的通缉令。1931年1月17日，鲁迅所创办的朝花社成员柔石被捕，被搜出藏有鲁迅签署名字的有关出版合同。"听候开审"一语，指1927年7月鲁迅在广州收到青年学者顾颉刚发自杭州的信，信中声称要到广东对鲁迅提起名誉权诉讼，要求鲁迅"暂勿离粤，以俟开审"。文中的"文章病院"为上海《中学生》杂志的栏目，专门针对时文中不合语法、逻辑的语病，加以分析指谬，以后并汇集成书。

第一集　北京

一九二五年三月至七月

一

鲁迅先生：

　　现在写信给你的，是一个受了你快要两年的教训，是每星期翘盼着听讲《小说史略》的，是当你授课时每每忘形地直率地凭其相同的刚决的言语，好发言的一个小学生。他有许多怀疑而愤懑不平的久蓄于中的话，这时许是按抑不住了罢，所以向先生陈诉：

　　有人以为学校的校址，能愈隔离城市的尘嚣，政潮的影响，愈是效果佳一些。这是否有一部分的理由呢？记得在中学时代，那时也未尝不发生攻击教员，反对校长的事，然而无论反与正的那一方面，总是偏重在"人"的方面的权衡，从没有遇见过以"利"的方面为取舍。先生，这是受了都市或政潮的影响，还是年龄的增长戕害了他呢？先生，你看看罢。现在北京学界上一有驱逐校长的事，同时反对的，赞成的，立刻就各标旗帜，校长以"留学"，"留堂"——毕业后在本校任职——谋优良位置为钓饵，学生以权利得失为取舍，今日收买一个，明日收买一个……今日被买一个，……明日被买一个……而尤可愤恨的，是这种含有许多毒菌的空气，也弥漫于名为受高等教育之女学界了。做女校长的，如果确有干才，有卓见，有成绩，原不妨公开的布告的，然而是"昏夜乞怜，丑态百出，啧啧在人耳口"。但也许这是因为环境的种种关系，支配了她不得不如此罢？而何以校内学生，对于此事亦日见其软化：明明今日好好的出席，提出反对条件的，转眼就掉过头去，噤若寒蝉，或则明示其变态行动？情形是一天天的恶化了，五四以后的青年是很可悲观痛苦的了！在无可救药的赫赫的气焰之下，先生，你自然是只要放下书包，洁身远引，就可以"立地成佛"的。然而，你在仰首吸那醉人的一丝丝的烟叶的时候，可也想到有在虿盆中展转待拔的人们么？他自信是一个刚率的人，他也更相信先生是比他更刚率十二万分的人，因为有这点点小同，他对于先生是尽量地直言的，是希望先生不以时地为限，加以指示教导的。先生，你可允许他么？

　　苦闷之果是最难尝的，虽然嚼过苦果之后有一点回甘，然而苦的成分太重了，也容易抹煞甘的部分。譬如饮了苦茶——药，再来细细的玩味，虽然有些儿甘香，然而总不能引起人好饮苦茶的兴味。除了病的逼迫，人是绝对不肯无故去寻苦茶喝的。苦闷之不能免掉，或者就如疾病之不能免掉一样，但疾病是不会时时刻刻在身边的——除非毕生抱病——而苦闷则总比爱人还来得亲密，总是时刻地不招即来，挥之不去。先生，可有甚么法子能在苦药中加点糖分，令人不觉得苦辛的苦辛？而且有了糖分是否即绝对的不苦？先生，你能否不像章锡琛先生在《妇女杂志》中答话的那样模胡，而给我一个真切的明白的指引？专此布达，敬候

撰安！

　　　　　　　受教的一个小学生许广平。十一，三，十四年。

　　他虽则被人视为学生二字上应加一"女"字，但是他之不敢

以小姐自居，也如先生之不以老爷自命，因为他实在不配居小姐的身分地位，请先生不要怀疑，一笑。

二

广平兄：

今天收到来信，有些问题恐怕我答不出，姑且写下去看——

学风如何，我以为是和政治状态及社会情形相关的，倘在山林中，该可以比城市好一点，只要办事人员好。但若政治昏暗，好的人也不能做办事人员，学生在学校中，只是少听到一些可厌的新闻，待到出了校门，和社会相接触，仍然要苦痛，仍然要堕落，无非略有迟早之分。所以我的意思，以为倒不如在都市中，要堕落的从速堕落罢，要苦痛的速速苦痛罢，否则从较为宁静的地方突到闹处，也须意外地吃惊受苦，而其苦痛之总量，与本在都市者略同。

学校的情形，也向来如此，但一二十年前，看去仿佛较好者，乃是因为足够办学资格的人们不很多，因而竞争也不猛烈的缘故。现在可多了，竞争也猛烈了，于是坏脾气也就彻底显出。教育界的称为清高，本是粉饰之谈，其实和别的什么界都一样，人的气质不大容易改变，进几年大学是无甚效力的。况且又有这样的环境，正如人身的血液一坏，体中的一部分决不能独保健康一样，教育界也不会在这样的民国里特别清高的。

所以，学校之不甚高明，其实由来已久，加以金钱的魔力，本是非常之大，而中国又是向来善于运用金钱诱惑法术的地方，于是自然就成了这现象。听说现在是中学校也有这样的了。间有例外，大约即因年龄太小，还未感到经济困难或花费的必要之故罢。至于传入女校，当是近来的事，大概其起因，当在女性已经自觉到经济独立的必要，而借以获得这独立的方法，则不外两途，一是力争，一是巧取。前一法很费力，于是就堕入后一手段去，就是略一清醒，又复昏睡了。可是这情形不独女界为然，男人也多如此，所不同者巧取之外，还有豪夺而已。

我其实那里会"立地成佛"，许多烟卷，不过是麻醉药，烟雾中也没有见过极乐世界。假使我真有指导青年的本领——无论指导得错不错——我决不藏匿起来，但可惜我连自己也没有指南针，到现在还是乱闯。倘若闯入深渊，自己有自己负责，领着别人又怎么好呢？我之怕上讲台讲空话者就为此。记得有一种小说里攻击牧师，说有一个乡下女人，向牧师历诉困苦的半生，请他救助，牧师听毕答道："忍着罢，上帝使你在生前受苦，死后定当赐福的。"其实古今的圣贤以及哲人学者之所说，何尝能比这高明些。他们之所谓"将来"，不就是牧师之所谓"死后"么。我所知道的话就全是这样，我不相信，但自己也并无更好的解释。章锡琛先生的答话是一定要模胡的，听说他自己在书铺子里做伙计，就时常叫苦连天。

我想，苦痛是总与人生联带的，但也有离开的时候，就是当熟睡之际。醒的时候要免去若干苦痛，中国的老法子是"骄傲"与"玩世不恭"，我觉得我自己就有这毛病，不大好。苦茶加糖，其苦之量如故，只是聊胜于无糖，但这糖就不容易找到，我不知道在那里，这一节只好交白卷了。

以上许多话，仍等于章锡琛，我再说我自己如何在世上混过去的方法，以供参考罢——

一，走"人生"的长途，最易遇到的有两大难关。其一是"歧路"，倘若墨翟先生，相传是恸哭而返的。但我不哭也不返，先在歧路头坐下，歇一会，或者睡一觉，于是选一条似乎可走的路再走，倘遇见老实

269

人，也许夺他食物来充饥，但是不问路，因为我料定他并不知道的。如果遇见老虎，我就爬上树去，等它饿得走去了再下来，倘它竟不走，我就自己饿死在树上，而且先用带子缚住，连死尸也决不给它吃。但倘若没有树呢？那么，没有法子，只好请它吃了，但也不妨也咬它一口。其二便是"穷途"了，听说阮籍先生也大哭而回，我却也像在歧路上的办法一样，还是跨进去，在刺丛里姑且走走。但我也并未遇到全是荆棘毫无可走的地方过，不知道是否世上本无所谓穷途，还是我幸而没有遇着。

二，对于社会的战斗，我是并不挺身而出的，我不劝别人牺牲什么之类者就为此。欧战的时候，最重"壕堑战"，战士伏在壕中，有时吸烟，也唱歌，打纸牌，喝酒，也在壕内开美术展览会，但有时忽向敌人开他几枪。中国多暗箭，挺身而出的勇士容易丧命，这种战法是必要的罢。但恐怕也有时会逼到非短兵相接不可的，这时候，没有法子，就短兵相接。

总结起来，我自己对于苦闷的办法，是专与袭来的苦痛捣乱，将无赖手段当作胜利，硬唱凯歌，算是乐趣，这或者就是糖罢。但临末也还是归结到"没有法子"，这真是没有法子！

以上，我自己的办法说完了，就不过如此，而且近于游戏，不像步步走在人生的正轨上（人生或者有正轨罢，但我不知道）。我相信写了出来，未必于你有用，但我也只能写出这些罢了。

鲁迅。三月十一日。

三

鲁迅先生吾师左右：

十三日早晨得到先生的一封信，我不解何以同在京城中，而寄递要至三天之久？但当我拆开信封，看见笺面第一行上，贱名之下竟紧接着一个"兄"字，先生，请原谅我太愚小了，我值得而且敢当为"兄"么？不，不，决无此勇气和斗胆的。先生之意何居？弟子真是无从知道。不曰"同学"，不曰"弟"，而曰"兄"，莫非也就是游戏么？

我总不解教育对于人是有多大效果？世界上各处的教育，他的造就人才的目标在那里？讲国家主义，社会主义……的人们，受环境的支配，还弄出甚么甚么化的教育来，但究竟教育是怎么一回事？是否要许多适应环境的人，可不惜贬损个性以迁就这环境，还是不如设法保全每人的个性呢？这都是很值得注意，而为今日教育者与被教育者所忽略的。或者目前教育界现象之不堪，即与此点不无关系罢。

尤可痛心的，是因为"人的气质不大容易改变"，所以许多人们至今还是除了一日日预备做舞台上的化装以博观众之一捧——也许博不到一捧——外，就什么也不管。怕考试时候得不到好分数，因此对于学问就不忠实了。希望功课可以省点准备，希望题目出得容易，尤其希望从教师方面得到多少暗示，归根结底，就是要文凭好看。要文凭好看，即为了自己的活动……她们在学校里，除了"利害"二字外，其余是痛痒不相关的。其所以出死力以争取的，不是事之"是非"，而是事之"利害"，不是为群，乃是为己的。这也许是我所遇见的她们，一部份的她们罢？并不然。还有的是死捧着线装本子，终日作缮写员，愈读愈是弯腰曲背，老气横秋，而于现在的书报，绝不一顾，她们是并不打算做现社会的一员的。还有一些例外的，是她们太汲汲于想做现社会的主角了。所以奇形怪状，层见迭出，这教人如何忍耐得下去，真无怪先生宁可当"土匪"去了。

那"一个乡下女人向牧师历诉困苦的半生，请他救助"的故事，许是她所求的是物质上的资助罢，所以牧师就只得这样设法应付，如果所求的是精神方面，那么我想，牧师对于这种问题是素有研究的，必定会给以圆满的答复。先生，我所猜想的许是错的么？贤哲之所谓"将来"，固然无异于牧师所说的"死后"，但"过客"说过："老丈，你大约是久住在这里的，你可知道前面是怎么一个所在么？"虽然老人告诉他是"坟"，女孩告诉他是"许多野百合，野蔷薇"，两者并不一样，而"过客"到了那里，也许并不见所谓坟和花，所见的倒是另一种事物，——但"过客"也还是不妨一问，而且也似乎值得一问的。

醒时要免去若干苦痛，"骄傲"与"玩世不恭"固然是一种方法，但我自小学时候至今，正是无日不被人斥为"骄傲"与"不恭"的，有时也觉悟到这非"处世之道"（而且实也自知没有足以自骄的），然而不能同流合污，总是吃眼前亏。不过子路的为人，教他预备给人矸为肉糜则可，教他去作"壕堑战"是按捺不住的。没有法子，还是站出去，"不大好"有什么法呢，先生。

草草的写了这些，质直未加修饰，又是用钢笔所写，以较先生的清清楚楚，用毛笔写下去的详细恳切的指引，真是不胜其感谢，惭愧了！

敬祝著安。

小学生许广平谨上。三月十五日。

四

广平兄：

这回要先讲"兄"字的讲义了。这是我自己制定，沿用下来的例子，就是：旧日或近来所识的朋友，旧同学而至今还在来往的，直接听讲的学生，写信的时候我都称"兄"；此外如原是前辈，或较为生疏，较需客气的，就称先生，老爷，太太，少爷，小姐，大人……之类。总之，我这"兄"字的意思，不过比直呼其名略胜一筹，并不如许叔重先生所说，真含有"老哥"的意义。但这些理由，只有我自己知道，则你一见而大惊力争，盖无足怪也。然而现已说明，则亦毫不为奇焉矣。

现在的所谓教育，世界上无论那一国，其实都不过是制造许多适应环境的机器的方法罢了。要适如其分，发展各各的个性，这时候还未到来，也料不定将来究竟可有这样的时候。我疑心将来的黄金世界里，也会有将叛徒处死刑，而大家尚以为是黄金世界的事，其大病根就在人们各各不同，不能像印版书似的每本一律。要彻底地毁坏这种大势的，就容易变成"个人的无政府主义者"，如《工人绥惠略夫》里所描写的绥惠略夫就是。这一类人物的运命，在现在——也许虽在将来——是要救群众，而反被群众所迫害，终至于成了单身，忿激之余，一转而仇视一切，无论对谁都开枪，自己也归于毁灭。

社会上千奇百怪，无所不有；在学校里，只有捧线装书和希望得到文凭者，虽然根柢上不离"利害"二字，但是还要算好的。中国大约太老了，社会上事无大小，都恶劣不堪，像一只黑色的染缸，无论加进什么新东西去，都变成漆黑。可是除了再想法子来改革之外，也再没有别的路。我看一切理想家，不是怀念"过去"，就是希望"将来"，而对于"现在"这一个题目，都缴了白卷，因为谁也开不出药方。所有最好的药方，即所谓"希望将来"的就是。

"将来"这回事，虽然不能知道情形怎样，但有是一定会有的，就是一定会到来的，所虑者到了那时，就成了那时的"现在"。然而人们也不必这样悲观，只要"那时的现在"比"现在的现在"好一点，就很好了，这就是进步。

这些空想，也无法证明一定是空想，所以也可以算是人生的一种慰安，正如信徒的上帝。你好像常在看我的作品，但我的作品，太黑暗了，因为我常觉得惟"黑暗与虚无"乃是"实有"，却偏要向这些作绝望的抗战，所以很多着偏激的声音。其实这或者是年龄和经历的关系，也许未必一定的确的，因为我终于不能证实：惟黑暗与虚无乃是实有。所以我想，在青年，须是有不平而不悲观，常抗战而亦自卫，倘荆棘非践不可，固然不得不践，但若无须必践，即不必随便去践，这就是我之所以主张"壕堑战"的原因，其实也无非想多留下几个战士，以得更多的战绩。

子路先生确是勇士，但他因为"吾闻君子死冠不免"，于是"结缨而死"，则我总觉得有点迂。掉了一顶帽子，又有何妨呢，却看得这么郑重，实在是上了仲尼先生的当了。仲尼先生自己"厄于陈蔡"，却并不饿死，真是滑得可观。子路先生倘若不信他的胡说，披头散发的战起来，也许不至于死的罢。但这种散发的战法，也就是属于我所谓"壕堑战"的。

时候不早了，就此结束了。

鲁迅。三月十八日。

五

鲁迅先生吾师左右：

今日接读先生十九日发的那信，关于"兄"字的解释，敬闻命矣。二年受教，确不算"生疏"，师生之间，更无须乎"客气"，而仍取其"略胜一筹"者，岂先生之虚己以待人，抑社会上之一种形式，固尚有存在之价值欤？敬博一笑。但既是先生"自己制定的，沿用下来的例子"，那就不必他人多话的了。现在且说别的罢。

如果现世界的教育"是制造许多适应环境的机器的方法"，那么，性非如梧槚的我，生来崛强，难与人同的我，待到"将来"走到面前变成"现在"时，在这之间——我便是一个时代的落伍者。虽然将来的状态，现在尚不可知，但倘若老是这样"品性难移"，则经验先生告诉我们，事实一定如此的，末了还是离不了愤激和仇视，以至"无论对谁都开枪，自己也归于毁灭"。所以我绝不怀念过去，也不希望将来，对于现在的处方，就是：有船坐船，有车坐车，有飞机也不妨坐飞机，倘到山东，我也坐坐独轮车，在西湖，则坐坐瓜皮艇。但我绝不希望在乡村中坐电车，也不想在地球上跑到火星里去。简单一句，就是以现在治现在，以现在的我，治我的现在。一步步的现在过去，也一步步的换一个现在的我。但这个"我"里还是含有原先的"我"的成分，有似细胞在人体中之逐渐变换代谢一样。这也许太不打算，过于颓废，染有青年人一般的普通病罢，其实我上面所说"对于'现在'这一个题目"，仍然脱不了"交白卷"的例子。这有什么法子呢。随它去罢。

现在固然讲不到黄金世界，却也已经有许多人们以为是好世界了。但孙中山一死，教育次长立刻下台，《民国日报》立刻关门（或者以为与中山之死无关），以后的把戏，恐怕正要五花八门，层出不穷呢。姑无论"叛徒"所"叛"的对不对，而这种对待"叛徒"的方法，却实在太不高明，然而大家正深以为这是"好世界"里所应有的事。像这样"黑色的染缸"，如何能容忍得下去，听它点点滴滴的泼出乌黑的漆来。我想，对于这个缸，不如索性拿块大砖头来打破它，或者用铁钉钢片密封起来的好。但是相当的东西，这时还没有预备好，可奈何！？

虽则先生自己所感觉的是黑暗居多，而对于青年，却处处给与一种不退走，不悲观，不绝望的诱导，自己也仍以悲观作不悲观，以无可为作可为，向前的走去，这种精神，学生是应当效法的。此后自当避免些无须必践的荆棘，养精蓄锐，以待及锋而试。

我所看见的子路是勇而无谋，不能待三鼓而进的一方面，假使他生于欧洲，教他在壕堑里等待敌人，他也必定不耐久候，要挺身而出的。关公止是关公，孔明止是孔明，曹操止是曹操，三人个性不同，行径亦异。我同情子路之"率尔而对"，而不表赞同于避名求实的伪君子"方……如五六十……以待君子"之冉求，虽则圣门中许之。但子路虽在圣门中，而仍不能改其素性，这是无可奈何的一件事。至于他"结缨而死"，自然与"割不正不食"一样的"迂"得有趣，但这似乎是另一问题，我们只要明白，当然不会上当的。

在信札上得先生的指教，比读书听讲好得多了，可惜我自己太浅薄，不能将许多要说的话充分的吐露出来，贡献于先生之前求教。但我相信倘有请益的时候，先生是一定不吝赐教的，只是在最有用最经济的时间中，夹入我一个小鬼从中捣乱，虽烧符念咒也没有效，先生还是没奈何的破费一点光阴罢。小子惭愧则个。

你的学生许广平上。三月二十日。

六

广平兄：

仿佛记得收到来信有好几天了，但因为偶然没有工夫，一直到今天才能写回信。

"一步步的现在过去"，自然可以比较的不为环境所苦，但"现在的我"中，既然"含有原先的我"，而这"我"又有不满于时代环境之心，则苦痛也依然相续。不过能够随遇而安——即有船坐船云云——则比起幻想太多的人们来，可以稍为安稳，能够敷衍下去而已。总之，人若一经走出麻木境界，便即增加苦痛，而且无法可想，所谓"希望将来"，不过是自慰——或者简直是自欺——之法，即所谓"随顺现在"者也一样。必须麻木到不想"将来"也不知"现在"，这才和中国的时代环境相合，但一有知识，就不能再回到这地步去了。也只好如我前信所说，"有不平而不悲观"，也即来信之所谓"养精蓄锐以待及锋而试"罢。

来信所说"时代的落伍者"的定义，是不对的。时代环境全部迁流，并且进步，而个人始终如故，毫无长进，这才谓之"落伍者"。倘若对于时代环境，怀着不满，要它更好，待较好时，又要它更更好，即不当有"落伍者"之称。因为世界上改革者的动机，大抵就是这对于时代环境的不满的缘故。

这回的教育次长的下台，我以为似乎是他自己的失策，否则，不至于此的。至于妨碍《民国日报》，乃是北京官场的老手段，实在可笑。停止一种报章，他们的天下便即太平么？这种漆黑的染缸不打破，中国即无希望，但正在准备毁坏者，目下也仿佛有人，只可惜数目太少。然而既然已有，即可望多起来，一多，可就好玩了——但是这自然还在将来，现在呢，只是准备。

我如果有所知道，当然不至于不说的，但这种满纸是"将来"和"准备"的"指教"，其实不过是空言，恐怕于"小鬼"也无甚益处。至于时间，那倒不要紧的，因为我即使不写信，也并不做着什么了不得的事。

鲁迅。三月二十三日。

七

鲁迅师：

昨二十五日上午接到先生的一封信，下午帮哲教系游艺会一点忙，直到现在才能拿起笔来谈述所想说的一些话。

听说昨夕未演《爱情与世仇》之前，先生在九点多钟就去了——想又是被人唆使的罢？先去也好，其实演得确不高明，排演者常不一律出席，有的只练习过一二次，有的或多些，但是批评者对于剧本简直没有预先的研究——临时也未十分了解——同学们也不见有多大研究，对于剧情，当时的风俗习尚衣饰……等，·概是门外汉。更加演员多从各班邀请充数，共同练习的时间更多牵掣，所以终归失败，实是预料所及。简单一句，就是一群小孩子在空地上耍耍玩意骗几个钱——人不多，恐怕这目的也难达——真是不怕当场出丑，好笑极了。

近来满肚子的不平——多半是因着校事。年假中及以前，我以为对于校长主张去留的人，俱不免各有其复杂的背景，所以我是袖手作壁上观的。到开学以后，目睹拥杨的和杨的本身的行径，实更不得不教人怒发冲冠，施以总攻击。虽则我一方面也不敢否认反杨的绝对没有色采在内。但是我不妨单独的进行我个人的驱羊运动。因此除于前期《妇女周刊》上以"持平"之名，投了《北京女界一部分的问题》一文外，后在十五期《现代评论》见有"一个女读者"的一篇《女师大的风潮》，她也许是本校的牧羊者，但她既然自说是"局外人"，我就"以子之矛攻子之盾"的放肆的驳斥她一番，用的是"正言"的名字（我向来投稿，恒不喜专用一名，自知文甚卑浅，裁夺之权，一听之编辑者，我绝不以甚么女士……等，妄冀主笔者垂青，所以我的稿

278

子，常常也白费心血，付之虚掷，但是总改不了我不好用一定的署名的毛病）。下笔以后，也自觉此文或不合于"壕堑战"，然勃勃之气，不能自已，拟先呈先生批阅，则恐久稽时日，将成明日黄花，因此急急付邮，觉骨鲠略吐，稍为舒快，其实于实际何尝有丝毫裨补。

学生历世不久，但所遇南北人士，亦不乏人，而头脑清晰，明白大势者却少，数人聚首，非谈衣饰，即论宴会，谈出入剧场。热心做事的人，多半学力太差，而学粹功深的人，就形如槁木，心似死灰，连踢也踢不动，每一问题发生，聚众讨论时，或托故远去，或看人多举手，则亦从而举手，赞成反对，定见毫无也。或功则归诸己，过则诿诸人，真是心死莫大之哀，对于此辈，尚复何望！？学生肄业小学时，适当光复，长兄负笈南京，为鼓吹种族思想最力之人，故对年幼的我辈，也常常演讲大义，甚恨幼小未能尽力国事，失一良机。及略能识字，即沉浸于民党所办之《平民报》中，因为渴慕新书，往往与小妹同走十余里至城外购取，以不得为憾。加以先人禀性豪直，故学生亦不免粗犷。又好读飞檐走壁，朱家郭解，扶弱锄强等故事，遂更幻想学得剑术，以除尽天下不平事。及洪宪盗国，复以为时机不可失，正为国效命之时，乃窃发书于女革命者庄君，卒以不密，为家人所阻，蹉跎至今，颓唐已甚矣。近来年齿加长，于社会内幕，亦较有所知，觉同侪大抵相处以虚伪，相接以机械，实不易得可与共事，畅论一切者。吾师来书云"正在准备破坏者目下也仿佛有人"，先生，这是真的么？不知他们何人，如何结合，是否就是先生所常说的"做土匪去"呢？我不自量度，才浅力薄，不足与言大事，但愿作一个誓死不二的"马前卒"，小喽罗虽然并无大用，但也不妨令他摇几下旗子，而建设与努力，则是学生所十分仰望于先生的。不知先生能鉴谅他么。

承先生每封都给我回信，于"小鬼"实在是好像在盂兰节，食饱袋足，得未曾有了。谨谢"循循善诱"。

学生许广平。三月二十六晚。

八

广平兄：

现在才有写回信的工夫，所以我就写回信。

那一回演剧时候，我之所以先去者，实与剧的好坏无关，我在群集里面，是向来坐不久的。那天观众似乎不少，筹款的目的，该可以达到一点了罢。好在中国现在也没有什么批评家，鉴赏家，给看那样的戏剧，已经尽够了。严格的说起来，则那天的看客，什么也不懂而胡闹的很多，都应该用大批的蚊烟，将它们熏出去的。

近来的事件，内容大抵复杂，实不但学校为然。据我看来，女学生还要算好的，大约因为和外面的社会不大接触之故罢，所以还不过谈谈衣饰宴会之类。至于别的地方，怪状更是层出不穷，东南大学事件就是其一，倘细细剖析，真要为中国前途万分悲哀。虽至小事，亦复如是，即如《现代评论》上的"一个女读者"的文章，我看那行文造语，总疑心是男人做的，所以你的推想，也许不确。世上的鬼蜮是多极了。

说起民元的事来，那时确是光明得多，当时我也在南京教育部，觉得中国将来很有希望。自然，那时恶劣分子固然也有的，然而他总失败。一到二年二次革命失败之后，即渐渐坏下去，坏而又坏，遂成了现在的情形。其实这也不是新添的坏，乃是涂饰的新漆剥落已尽，于是旧相又显了出来。使奴才主持家政，那里会有好样子。最初的革命是排满，容易做到的，其次的改革是要国民改革自己的坏根性，于是就不肯了。所以此后最要紧的是改革国民性，否则，无论是专制，是共和，是什么什么，招牌虽换，货色照旧，全不行的。

但说到这类的改革，便是真叫作"无从措手"。不但此也，现在虽只想将"政象"稍稍改善，尚且非常之难。在中国活动的现有两种"主义者"，外表都很新的，但我研究他们的精神，还是旧货，所以我现在无所属，但希望他们自己觉悟，自动的改良而已。例如世界主义者而同志自己先打架，无政府主义者的报馆而用护兵守门，真不知是怎么一回事。土匪也不行，河南的单知道烧抢，东三省的渐趋于保护雅片，总之是抱"发财主义"的居多，梁山泊劫富济贫的事，已成为书本子上的故事了。军队里也不好，排挤之风甚盛，勇敢无私的一定孤立，为敌所乘，同人不救，终至阵亡，而巧滑骑墙，专图地盘者反很得意。我有几个学生在军中，倘不同化，怕终不能占得势力，但若同化，则占得势力又于将来何益。一个就在攻惠州，虽闻已胜，而终于没有信来，使我常常苦痛。

我又无拳无勇，真没有法，在手头的只有笔墨，能写这封信一类的不得要领的东西而已。但我总还想对于根深蒂固的所谓旧文明，施行袭击，令其动摇，冀于将来有万一之希望。而且留心看看，居然也有几个不问成败而要战斗的人，虽然意见和我并不尽同，但这是前几年所没有遇到的。我所谓"正在准备破坏者目下也仿佛有人"的人，不过这么一回事。要成联合战线，还在将来。

希望我做一点什么事的人，也颇有几个了，但我自己知道，是不行的。凡做领导的人，一须勇猛，而我看事情太仔细，一仔细，即多疑虑，不易勇往直前，二须不惜用牺牲，而我最不愿使别人做牺牲（这其实还是革命以前的种种事情的刺激的结果），也就不能有大局面。所以，其结果，终于不外乎用空论来发牢骚，印一通书籍杂志。你如果也要发牢骚，请来帮我们，倘曰"马前卒"，则吾岂敢，因为我实无马，坐在人力车上，已经是阔气的时候了。

投稿到报馆里，是碰运气的，一者编辑先生总有些胡涂，二者投稿一多，确也使人头昏眼花。我近来常看稿子，不但没有空闲，而且人也疲乏了，此后想不再给人看，但除了几个熟识的人们。你投稿虽不写什么"女士"，我写信也改称为"兄"，但看那文章，总带些女性。我虽然没有细研究过，但大略看来，似乎"女士"的说话的句子排列法，就与"男士"不同，所以写在纸上，一见可辨。

北京的印刷品现在虽然比先前多，但好的却少。《猛进》很勇，而论一时的政象的文字太多。《现代评论》的作者固然多是名人，看去却很显得灰色，《语丝》虽总想有反抗精神，而时时有疲劳的颜色，大约因为看得中国的内情太清楚，所以不免有些失望之故罢。由此可知见事太明，做事即失其勇，庄子所谓"察见渊鱼者不祥"，盖不独谓将为众所忌，且于自己的前进亦复大有妨碍也。我现在还要找寻生力军，加多破坏论者。

鲁迅。三月三十一日。

九

鲁迅师：

收到一日发的信，直至今天才拿起笔来，写那些久蓄于中所欲说的话。

日来学校演了一幕活剧，引火线是教育部来人，薛先生那种傻瓜的幼稚行径。末了他自觉情理上说不通，便反咬一口，想拿几个学生和他一同玉石俱焚，好笑极了！这种卑下的心地，复杂的问题，我们简单的学生心理，如何敌得过他们狐鼠成群，狠毒成性的恶辣手段。两方面的信，想先生必已看见，我们学生五人信中的话，的确一点也没有虚伪，不知对方又将如何设法对付。先生，现在已到"短兵相接"的时候了！老实人是一定吃亏的。临阵退缩，勇者不为，无益牺牲，智者不可，中庸之法，其道为何？先生世故较后生小子为熟悉，其将何以教之？

那回演剧的结果，听说每人只平均分得廿余元，往日本旅行，固然不济，就是作参观南方各处之用，也还是未必够，闹了一通，几乎等于零，真是没有法子。看客的胡闹，殆已是中国剧场里一种积习，尤其是女性出台表演的时候，他们真只为看演剧而来的，实在很少很少。惟其如此，所以"应该用大批的蚊烟，将它们熏出"，然而它们如果真是早早的被人"熏出"，那么把戏就也演不成了。这就是目前社会上相牵连的怪现状，可叹！

学校的事情愈来愈复杂了。步东大后尘的，恐怕就是女师大。在这种空气里，是要染成肺病的。看不下去的人就出来反抗，反抗就当场吃亏；不反抗，不反抗就永远沉坠下去，校事，国事……都是如此。人生，人生是多么可厌的一种如垂死的人服了参汤，死不能，活不可的半麻木疯狂状态呀！"一个女读者"的文章，先生疑是男人所作，这自然有一种见解，我也听见过《现代评论》执笔的人物，多与校长一派，很替她出力的话。但校中一部分的人，确也有"一个女读者"的那种不通之论，所以我的推想，错中也不全是无的放矢的。

民元的时候，顽固的尽管顽固，改革的尽管改革，这两派相反，只要一派占优势，自然就成功起来。而当时改革的人，个个似乎有匈奴未灭何以家为的一种国尔忘家，公尔忘私的气概，身家且不要，遑说权利思想。所以那时人心容易号召，旗帜比较的鲜明。现在呢，革命分子与顽固派打成一起，处处不离"作用"，损人利己之风一起，恶劣分子也就多起来了。目前中国人为家庭经济所迫压，不得不谋升官发财，而卖国贼以出。卖国贼是不忠于社会，不忠于国，而忠于家的。国与家的利害，互相矛盾，所以人们不是牺牲了国，就是牺牲了家。然而国的关系，总不如家之直接，于是国民性的堕落，就愈甚而愈难处理了。这种人物，如何能有存在的价值，亡国就是最终的一步。虽然有些人们，正在大唱最新的无国界主义，然而欧美先进之国，是否能以大同的眼光来待遇这种人民呢，这是没有了国界也还是不能解决的问题。

先生信中言："在中国活动的有两种'主义者'……我现在无所属，"学生以为即使"无所属"，也不妨有所建。那些不纯粹不彻底的团体，我们绝不能有所希望于他们，即看女性所组织的什么"参政"，"国民促进"，"女权运动"等等的人才的行径，我也实在不敢加入以为她们的团体之一。团体根本上的事业一点没有建设，而结果多半成了"英雄与美人"的养成所，说起来真教人倒咽一口冷气。其差强人意的，只有一位秋瑾，其余什么唐□□，沈□□，石□□，万□……哟，都是应当用蚊烟熏出去的。眼看那些人不能与之合作，而自己单人只手，又如何能卖得出大气力来，所以终有望于我师了。土匪虽然仍是"发财主义"，然而能够"大斗分金银"，只要分的公平，也比做变相的丘八好得远。丘八何尝不是"发财主义"，所以定要占地盘，只是嘴里说得好听，倒不如土匪还能算是能够贯彻他的目的的人，不是名不副实的。

我每日自上午至下午三四时上课，一下课便跑到哈德门之东去作"人之患"，直至晚九时返校，再在小饭厅自习，至午夜始睡。这种刻版的日常行动，我以为身心很觉舒适。这就是《语丝》所说的，应当觉悟现时"只有自己可靠"，而我们作事的起点，也在乎每个"只有自己可靠"的人联合起来，成一个无边的"联合战线"。先生果真自以为"无拳无勇"而不思"知其不可为而为"乎？孙中山虽则未必是一个如何神圣者，但他的确也纯粹"无拳无勇"的干了几十年，成败得失，虽然另是一个问题。

做事的人自然是"勇猛"分子居多，但这种分子，每容易只凭血气之勇，所谓勇而无谋，易招失败，必须领导的人用"仔细"的观察，处置调剂之，始免轻举妄动之弊，其于"勇往直前"，实是助其成功的。那么，第一种的"不行"可以不必过虑了。至于第二种"牺牲"，在一面虽说牺牲，在一面又何尝不是"建设"，在"我"这方面固然"不愿使别人牺牲"而在"彼"一方面或且正以牺牲为值得。况且采用"壕堑战"之后，也许所得的代价会超过牺牲的总量，用不着忧虑的。"发牢骚"诚然也不可少，然而纸上谈兵，终不免书生之见，加以像现在的昏天黑地，你若打开窗子说亮话，还是免不了做牺牲，关起门来长吁短叹，也实在令人气短。先生虽则答应我有"发牢骚"之机会，使我不至于闷死，然而如何的能把牢骚发泄得净尽，又恐怕自己无那么大的一口气，能够照心愿的吐出来。粗人是干不了细活计的，所以前函有"马前卒"之请也。现在先生既不马而车，那么我就做那十二三岁的小孩子跟在车后推着走，尽我一点小气力罢。

言语是表示内心的符号，一个人写出来，说出来的，总带着这人的个性，但因环境的熏染，耳目所接触，于是"说话的句子排列法"，就自然"女士"与"男士"有多少不同。我以为词句末节，倒似乎并无多大关系，只很愿意放大眼光，开拓心胸，免掉"女士式"的说话法，还乞吾师教之。又，"女士"式的文章的异点，是在好用唉，呀，哟……的字眼，还是太带诗词的句法而无清晰的主脑命意呢？并希先生指示出来，以便改善。

《猛进》在图书馆里没有，本身也不知道有这份报，不知何处出版，敢请示知。其余各种书籍之可以针治麻痹的，还乞先生随时见告！

学生许广平。四月六日。

一〇

广平兄：

我先前收到五个人署名的印刷品，知道学校里又有些事情，但并未收到薛先生的宣言，只能从学生方面的信中，猜测一点。我的习性不大好，每不肯相信表面上的事情，所以我疑心薛先生辞职的意思，恐怕还在先，现在不过借题发挥，自以为去得格外好看。其实"声势汹汹"的罪状，未免太不切实，即使如此，也没有辞职的必要的。如果自己要辞职而必须牵连几个学生，我觉得办法有些恶劣。但我究竟不明白内中的情形，要之，那普通所想得到的，总无非是"用阴谋"与"装死"，学生都不易应付的。现在已没有中庸之法，如果他的所谓罪状，不过是"声势汹汹"，则殊不足以制人死命，有那一回反驳的信，已经可以了。此后只能平心静气，再看后来，随时用质直的方法对付。

这回演剧，每人分到二十余元，我以为结果并不算坏，前年世界语学校演剧筹款，却赔了几十元。但这几个钱，自然不够旅行，要旅行只好到天津。其实现在也何必旅行，江浙的教育，表面上虽说发达，内情何尝佳，只要看母校，即可以推知其他一切。不如买点心，一日吃一元，反有实益。

大同的世界，怕一时未必到来，即使到来，像中国现在似的民族，也一定在大同的门外。所以我想，无论如何，总要改革才好。但改革最快的还是火与剑，孙中山奔波一世，而中国还是如此者，最大原因还在他没有党军，因此不能不迁就有武力的别人。近几年似乎他们也觉悟了，开起军官学校来，惜已太晚。中国国民性的堕落，我觉得并不是因为顾家，他们也未尝为"家"设想。最大的病根，是眼光不远，加以"卑怯"与"贪婪"，但这是历久养成的，一时不容易去掉。我对于攻打这些病根的工作，倘有可为，现在还不想放手，但即使有效，也恐很迟，我自己看不见了。由我想来——这只是如此感到，说不出理由——目下的压制和黑暗还要增加，但因此也许可以发生较激烈的反抗与不平的新分子，为将来的新的变动的萌蘖。

"关起门来长吁短叹"，自然是太气闷了，现在我想先对于思想习惯加以明白的攻击，先前我只攻击旧党，现在我还要攻击青年。但政府似乎已在张起压制言论的网来，那么，又须准备"钻网"的法子——这是各国鼓吹改革的人们照例要遇到的。我现在还在寻有反抗和攻击的笔的人们，再多几个，就来"试他一试"，但那效果，仍然还在不可知之数，恐怕也不过聊以自慰而已。所以一面又觉得无聊，又疑心自己有些暮气，"小鬼"年青，当然是有锐气的，可有更好，更有聊的法子么？

我所谓"女性"的文章，倒不专在"唉，呀，哟……"之多，就是在抒情文，则多用好看字样，多讲风景，多怀家庭，见秋花而心伤，对明月而泪下之类。一到辩论之文，尤易看出特别。即历举对手之语，从头至尾，逐一驳去，虽然犀利，而不沉重，且罕有正对"论敌"之要害，仅以一击给与致命的重伤者。总之是只有小毒而无剧毒，好作长文而不善于短文。

《猛进》昨已送上五期，想已收到，此后如不被禁止，我当寄上，因为我这里有好几份。

鲁迅。四月八日。

□□女士的举动似乎不很好：听说她办报章时，到加拉罕那里去募捐，说如果不给，她就要对于俄国说坏话云云。

一一

鲁迅师：

昨夕收到先生的一封信。前天已得寄来的一束《猛进》共五份，打开一看，原来出版处就是北大，当时不觉失笑其孤陋寡闻一至于此，因即至号房令订购一份备阅。及见来函，谓"此后如不被禁止，我当寄上"，虽甚感诱掖之殷，然师殊大忙，何可以此琐屑相劳，重抱不安，既已自订，还乞吾师勿多费一番精神为幸。

薛先生当日撕下一大束纸条，满捧在双手中，前有学生，后有教育部员，他则介乎两者之间，那种进退维谷的狼狈形状，实在好看煞人。而对于学生的质问，他又苦于置对，退而不甘吃亏，则又呼我至教务处讯问，恫吓，经我强硬的答复，没法对付，便用最终的毒计，就是以退为进，先发制人，亦即所谓"恶人先告状"也。其意盖在责备学生，引起一部分人的反感。当他辞职的信分送至各班时，我们以为他在教员面前一定另有表示，今乃是专对学生辞职，真不知是何居心。但若终竟走出，则虽然走得滑稽，而较之不走者算是稍为痛快，如此，则此次些少牺牲，也很值得的。贴在教务处骂他的纸条，确有点过火，但也是他形迹可疑所致，写的人固然太欠幽默，然而是群众的事，一时不及预防，总不免闹出缺少慎重的事件。其实平心论之，骂他一句"滚蛋"，也不算甚么希奇，横竖堂堂"国民之母之母"尚可以任意骂人"岂有此理"，上有好，下必甚，又何必大惊小怪呢。先生，你说对么？

现在所最愁不过的，就是风潮闹了数月，不死不活，又遇着仍抱以女子作女校长为宜的冬烘头脑，闭着眼问学生"你们是大多数反对么？"的人长教育。从此君手里，能够得个好校长么？一蟹不如一蟹，则岂徒无益，而又害之；迁延不决，则恋栈者的手段愈完全，而学生之软化消极者也愈多，终至事情无形打消，只落得一场瞎闹，真是何苦如此，既有今日，何必当初呢！无处不是苦闷，苦闷，苦闷，苦闷，苦闷，苦闷……

攻打现时"病根的工作"，欲"最快"，"有效"而不"很迟"的唯一捷径，自然还是吾师所说的"火与剑"。自二次革命，孙中山逃亡于外时，即已觉悟此层，所以竭力设法组织党军，然而至今也还没有多大建设。况且现时所急待解决的问题，正是刻不容缓，倘必俟若干时筹备，若干时进行，若干时收效，恐将索国魂于枯鱼之肆矣。此杞人之忧也。所以小鬼之意，以为对于违反民意的乱臣贼子，实不如仗三寸剑，与以一击，然后仰天长啸，伏剑而死，则以三数人之牺牲，即足以寒贼胆而使不敢妄动。为牺牲者固当有胆有勇，但不必使学识优越者为之，盖此等人不宜大材小用也。至于青年之急待攻击，实较老年为尤甚，因为他们是承前启后的桥梁，国家的绝续，全在他们肩上的。而他们的确能有几分觉悟呢？不要多提起来了！想"鼓吹改革"他们，固然为国家人材根本计，然而假使缓不济急，则皮之不存，毛将焉附？此亦杞人之忧也。所以小鬼以为此种办法，可列于次要，或者与上述之法，双管并下的。

"柴愚参鲁"，早在教者的目中，倘必曰"盍各言尔志"以下问者，小鬼亦只得放肆，"率尔而对"也。

讲风景是骚人雅士的特长，悲花月是儿女子的病态，四海为家，何必多怀，今之怀者，甚么"母亲怀中……摇篮里"，想是言在此而意在彼耳。满篇"好看字样"的抒情文，确是今日所谓女文学家的特征，好在我并无文学家的资格和梦想，对于这类文章，一个字也哼不出来，而于作辩论之文的"特别"，我却真的不知不觉全行犯着了！自己不提防，经吾师觑破，惭愧心折之至。但所以"从头至尾，逐一驳去"者，盖以为不如此，殊不足以令敌人体无完肤，而自己也总觉有些遗憾，此殆受孟子与东坡的余毒，服久遂不觉时发其病。至于"罕有正对论敌的要害"及"好作长文而不善于短文"等，则或因女性于理智判断及论理学，均未能十分训练，加以历久遗传，积重难反之故，此后当设法改之。"不善短文"，除上述之病源外，也许是程度使然。大概学作文时，总患辞不达意，能达意矣，则失之冗赘，再进，则简练矣，此殆与年龄及学力有关，此后亦甚愿加以洗刷。但非镜无以鉴形，自勉之外，正待匡纠，先生倘进而时教之，幸甚！

这封信非驴非马不文不白的乱扯一通，该值一把火，但反过来说是现在最新的一派文字，也可以的，我无乃画狗不成耳。请先生的朱笔大加圈点罢！——也许先生的朱笔老早掷到纸篓里去了。奈何！？

（鲁迅先生所承认之名）小鬼许广平。四月十日晚。

一二

广平兄：

有许多话，那天本可以口头答复，但我这里从早到夜，总有几个各样的客在坐，所以只能论到天气之好坏，风之大小。因为虽是平常

290

的话，但偶然听了一段，也容易莫名其妙，由此造出谣言，所以还不如仍旧写回信。

学校的事，也许暂时要不死不活罢。昨天听人说，章太太不来，另荐了两个人。一个也不来，一个是不去请。还有□太太却很想做，而当局似乎不敢请教，听说评议会的挽留倒不算什么，而问题却在不能得人。当局定要在"太太类"中选择，固然也过于拘执，但别的一时可也没有，此实不死不活之大原因也。后事如何，且听下回分解可耳。

来信所说的意见，我实在也无法说一定是错的，但是不赞成，一是由于全局的估计，二是由于自己的偏见。第一，这不是少数人所能做，而这类人现在很不多，即或有之，更不该轻易用去；还有，是纵使有一两回类此的事件，实不足以震动国民，他们还很麻木，至于坏种，则警备极严，也未必就肯洗心革面。还有，是此事容易引起坏影响，例如民二，袁世凯也用这方法了，革命者所用的多青年，而他的乃是用钱雇来的奴子，试一衡量，还是这一面吃亏。但这时革命者们之间，也曾用过雇工以自相残杀，于是此道乃更堕落。现在即使复活，我以为虽然可以快一时之意，而与大局是无关的。第二，我的脾气是如此的，自己没有做的事，就不大赞成。我有时也能辣手评文，也尝煽动青年冒险，但有相识的人，我就不能评他的文章，怕见他的冒险，明知道这是自相矛盾的，也就是做不出什么事情来的死症，然而终于无法改良，奈何不得——姑且由他去罢。

"无处不是苦闷，苦闷（此下还有四个和……）"，我觉得"小鬼"的"苦闷"的原因是在"性急"。在进取的国民中，性急是好的，但生在麻木如中国的地方，却容易吃亏，纵使如何牺牲，也无非毁灭自己，于国度没有影响。我记得先前在学校演说时候也曾说过，要治这麻木状态的国度，只有一法，就是"韧"，也就是"锲而不舍"。逐渐的做一点，总不肯休，不至于比"踔厉风发"无效的。但其间自然免不了"苦闷，苦闷（此下还有四个并……）"，可是只好便与这"苦闷……"反抗。这虽然近于劝人耐心做奴隶，而其实很不同，甘心乐意的奴隶是无望的，但若怀着不平，总可以逐渐做些有效的事。

我有时以为"宣传"是无效的，但细想起来，也不尽然。革命之前，第一个牺牲者，我记得是史坚如，现在人们都不大知道了，在广东一定是记得的人较多罢，此后接连的有好几人，而爆发却在湖北，还是宣传的功劳。当时和袁世凯妥协，种下病根，其实却还是党人实力没有充实之故。所以鉴于前车，则此后的第一要图，还在充足实力，此外各种言动，只能稍作辅佐而已。

文章的看法，也是因人不同的，我因为自己好作短文，好用反语，每遇辩论，辄不管三七二十一，就迎头一击，所以每见和我的办法不同者便以为缺点。其实畅达也自有畅达的好处，正不必故意减缩（但繁冗则自应删削），例如玄同之文，即颇汪洋，而少含蓄，使读者览之了然，无所疑惑，故于表白意见，反为相宜，效力亦复很大。我的东西却常招误解，有时竟大出于意料之外，可见意在简练，稍一不慎，即易流于晦涩，而其弊有不可究诘者焉（不可究诘四字颇有语病，但一时想不出适当之字，姑仍之，意但云"其弊颇大"耳）。

前天仿佛听说《猛进》终于没有定妥，后来因为别的话岔开，不说下去了。如未定，便中可见告，当寄上。我虽说忙，其实也不过"口头禅"，每日常有闲坐及讲空话的时候，写一个信面，尚非大难事也。

鲁迅。四月十四日。

一三

鲁迅师：

"尊府"居然探检过了！归来后的印象，是觉得熄灭了通红的灯光，坐在那间一面满镶玻璃的室中时，是时而听雨声的淅沥，时而窥月光的清幽；当枣树发叶结实的时候，则领略它微风振枝，熟果坠地，还有鸡声喔喔，四时不绝。晨夕之间，时或负手在这小天地中徘徊俯仰，盖必大有一种趣味，其味如何，乃一一从缕缕的烟草烟中曲折的传入无穷的空际，升腾，分散……是消灭！？是存在！？（小鬼向来不善于推想和描写，幸恕唐突！）

《京报副刊》上前天有王铸君的一篇《鲁迅先生……》和《现代评论》前几期的那篇，我觉得读后还合意。我总喜欢听那在教室里所讲一类的话，虽则未必能有多少领略，体会，或者也许不免于"误解"，但总觉意味深长，有引人入胜之妙。在还未听惯的人们，固然容易错过，找不出头绪来，然而也不要紧，到那时自然会有善法来调和它，总比冗长好，学者非患不知，患不能法也。

现时的"太太类"的确敢说没有一个配到这里来的——小姐类同此不另——而老爷类的王九龄也下台了。但不知法学博士能打破这种成见否？总之，现在风潮闹了数月，呈文递了无数，部里也来查过两次，经过三个总长而校事毫无着落，这"若大旱之望云霓"的换人，不知何年何月始有归宿。薛已经依然回校任事了。用一张纸，贴在公布处，大意说：薛辞，经再三挽留，薛以校务为重，已允任事，云云。自治会当即会议是否仍认他为教务长，而四年级毕业在即，表示承认之意，其余的人是少数，便不能通过异说，这是内部的麻木，"装死"的复活。而新任的教育总长，虽在他对于我校未有表示之前，也不能不令人先怀几分失望，虽然太太类长女校的成见，在他脑里也许可望较轻。然而此外呢!? 这种种内外的黑幕，总想在文字上发泄发泄，但因各方的牵掣和投稿的困难，直逼得人叫苦连天，暗地咽气，"由他去罢"，"欲罢不能"! 不罢不可! 总没得个干脆!

对于《猛进》，既在《语丝》上忽略了目录，又不在门房处看看卖报条子，事虽小，足见粗疏。但今既知道，如何再放过，当日已仍令门房订来了。既承锦注，便以奉闻。

小鬼许广平。四月十六晚。

一四

鲁迅师：

前几天寄上一信，料想收到了罢？

"□□周刊"是否即日来所打算组织的那种材料？我希望缩短光阴，早到星期五，以便先睹为快。

今天在讲堂上勒令带上博物馆去的举动，委实太不合于Gentleman的态度了。然而大众的动机，的确与"逃学"和"难为先生"不同，凭着小学生的天真，野蛮和出轨是有一点。回想起来，大家总不免好笑，觉得除了先生以外，我们是绝对不干的。

近来忽然出了一个想"目空一切，横扫千人"的琴心女士，在学校中的人固然疑惑，即外面的人，来打听这闷葫芦的也很多。现在居然打破了：原来她躯壳是S妹，魂灵是司空蕙。哈哈，无怪她屡次替司空辩护，原来是一鼻孔出气。我想她起这"三位一体"——琴心——雪纹——司空蕙——的名字的最大目的，即在所谓"用琴心的名字将近日文坛新发表的许多文艺作品，下一个严格的批评，使一班自命不凡的蛇似的艺术家不至于太过目中无人了"。原来如此，无怪她（？）与培良君如此的不共戴天，而其为《玉君》捧场，则恐怕也就是替自己说话。这些都是小玩意，本无多大关系，现在说及，不过以供一笑，且知文坛上有这种新奇法术而已。

今日《京报》上登有《民国公报》招考编辑的广告，仿佛听得这种报也是《民国日报》一流，不知确否？它的宗旨是偏重那一派的政见？报名地点在那里？一切章程如何？先生是知道外面事情比我多许多的，能够示知一二以定进止否？小鬼学识甚浅，自然不配想当编辑，尤其是对于新闻学未有研究，现在所以愿意投考者，实在因为觉得这比做"人之患"该可以多得点进步，于学识上也较有帮助。先生以为何如？

小鬼许广平。四月二十晚。

一五

广平兄：

十六和廿日的信都收到了，实在对不起，到现在才一并回答。几天以来，真所谓忙得不堪，除些琐事以外，就是那可笑的"□□周刊"。这一件事，本来还不过一种计划，不料有一个学生对邵飘萍一说，他就登出广告来，并且写得那么夸大可笑。第二天我就代拟了一个别的广告，硬令登载，又不许改动，不料他却又加上了几句无聊的案语。做事遇着隔膜者，真是连小事情也碰头。至于我这一面，则除百来行稿子以外，什么也没有，但既然受了广告的鞭子的强迫，也不能不跑了，于是催人去做，自己也做，直到此刻，这才勉强凑成，而今天就是交稿的日子。统看全稿，实在不见得高明，你不要那么热望，过于热望，要更失望的。但我还希望将来能够比较的好一点。如有稿子，也望寄来，所论的问题也不拘大小。你不知定有《京报》否？如无，我可以嘱他们将《莽原》——即所谓"□□周刊"——寄上。

但星期五，你一定在学校先看见《京报》罢。那"莽原"二字，是一个八岁的孩子写的，名目也并无意义，与《语丝》相同，可是又仿佛近于"旷野"。投稿的人名都是真的，只有末尾的四个都由我代表，然而将来从文章上恐怕也仍然看得出来，改变文体，实在是不容易的事。这些人里面，做小说的和能翻译的居多，而做评论的没有几个：这实在是一个大缺点。

薛先生已经复职，自然极好，但来来去去，似乎未免太劳苦一点了。至于今之教育当局，则我不知其人。但看他挽孙中山对联中之自夸，与对于完全"道不同"之段祺瑞之密切，为人亦可想而知。所闻的历来的言行，盖是一大言无实，欺善怕恶之流而已。要之，能在这昏浊的政局中，居然出为高官，清流大约无这种手段。由我看来，王九龄要好得多罢。校长之事，部中毫无所闻，此人之来，以整顿教育自命，或当别有一反从前一切之新法（他是大不满于今之学风的），但是否又是大言，则不得而知，现在鬼鬼祟祟之人太多，实在无从说起。

我以前做些小说，短评之类，难免描写，或批评别人，现在不知道怎么，似乎报应已至，自己忽而变了别人的文章的题目了。张王两篇，也已看过，未免说得我太好些。我自己觉得并无如此"冷静"，如此能干，即如"小鬼"们之光降，在未得十六来信以前，我还未悟到已被"探检"而去，倘如张君所言，从第一至第三，全是"冷静"，则该早已看破了。但你们的研究，似亦不甚精细，现在试出一题，加以考试：我所坐的有玻璃窗的房子的屋顶，是什么样子的？后园已经到过，应该可以看见这个，仰即答复可也！

星期一的比赛"韧性"，我确又失败了，但究竟抵抗了一点钟，成绩还可以在六十分以上。可惜众寡不敌，终被逼上午门，此后则遁入公园，避去近于"带队"之厄。我常想带兵抢劫，固然无可讳言，但若一变而为带女学生游历，则未免变得离题太远，先前之逃来逃去者，非怕"难为""出轨"等等，其实不过是逃脱领队而已。

琴心问题，现在总算明白了。先前，有人说是司空蕙，有人说是陆晶清，而孙伏园坚谓俱不然，乃是一个新出台的女作者。盖投稿非其自写，所以是另一样笔迹，伏园以善认笔迹自负，岂料反而上当。二则所用的红信封绿信纸，早将伏园善识笔迹之眼睛吓昏，遂愈加疑不到司空蕙身上去了。加以所作诗文，也太近于女性，今看他署着真名之文，也是一样色彩，本该容易识破，但他人谁会想到他为了争一点无聊的名声，竟肯如此钩心斗角，无所不至呢。他的"横扫千人"的大作，今天在《京报副刊》上似乎也露一点端倪了；所扫的一个是批评廖仲潜小说的芳子，但我现在疑心芳子就是廖仲潜，实无其人，和琴心一样的。第二个是向培良，则识力比他坚实得多，琴心的扫帚，未免太软弱一点。但培良已往河南去办报，不会有答复的了，这实在可惜，使我们少看见许多痛快的议论。

《民国公报》的实情，我不知道，待探听了再回答罢。普通所谓考试编辑，多是一种手段，大抵因为荐条太多，无法应付，便来装作这一种门面，故作秉公选用之状，以免荐送者见怪，其实却是早已暗暗定好，别的应试者不过陪他变一场戏法罢了。但《民国公报》是否也这样，却尚难决（我看十之九也这样）。总之，先去打听一回罢。我的意见，以为做编辑是不会有什么进步的，我近来常与周刊之类相关，弄得看书和休息的工夫也没有了，因为选用的稿子，也常须动笔改削，倘若任其自然，又怕闹出笑话来。还是"人之患"较为从容，即使有时逼上午门，也不过费两三个钟头而已。

鲁迅。四月二十二日夜。

一六

鲁迅师：

先后的收到信和《莽原》，使我在寂寞的空气中，不知不觉的发生微笑。此外还有《猛进》，《孤军》，《语丝》，《现代评论》等，源源而来，关心大局的人居然多起来了！每周得着这些师资，多么快活呀。

这种小周刊，多半总是每版分为二层，第一版上层之首印着刊名，同版下层的末尾印着目录。《莽原》的形式也如此。这不知是否有特别意义，较别的方法佳？但我的意见，以为倘将目录和刊名放在一起，则成为：

这样的一个方块，而将这放在第一版的上层的前头，就免得读者看到第三层，忽然见有一段目录出来，分散了对于该处作品的注意力。否则，将这方块设在中层的中央，倒也颇觉特别。再不然，则刊名仍旧（第一版上层之最前），而目录则请它去坐"交椅"（第八版之末）。这只是我的心理作用觉得这样好，但说不出正当理由来，请参考可也。

《莽原》之文仍多不满于现代，但是范围较《猛进》《孤军》等之偏重政治者为宽，故其似《语丝》，其委曲宛转，饶有弦外之音的态度，也较其他周刊为特别，这是先生的特色，无可讳言的。看了第一期，觉得"冥昭"就是先生，此外《棉袍里的世界》颇有些先生的作风在内，但不能决定。余如《槟榔集》的作者想是姓向的那位，也有几分相肖于先生。而全期之中，则先生只有两篇作品。

在《棉袍里的世界》文中，作者揪住了朋友来开始审判，以为取了他"思想"，"友谊"……甚至于"想把我当做一件机器来供你们使用"。我当时十分惭愧，反省，我是否也是"多方面掠夺者"之一？唉，虽则我不敢当是朋友，然而学生"掠夺"先生，那还了得！明目张胆的"掠夺"先生，那还了……得！！！此人心之所以不古也。有志之士，盍起而防御之！？

第二期也许学学做文章，但是仍本粗人做不了细活计的面目，恐怕还是做出来不中用，那时，只请破除情面，向字纸篓里一塞。然而能否做出，也还是一个问题。

"报应"之来，似有甚于做"别人的文章的题目"的。先生，你看第八期的《猛进》上，不是有人说先生"真该割去舌头"么？——虽然是反话。我闻阎王十殿中，有一殿是割舌头的，罪名就是生前说谎，这是假话的处罚。而现在却因为"把国民的丑德都暴露出来"，既承认是"丑德",则其非假也可知，而仍有"割舌"之罪，这真是人间地狱，这真是人间有甚于地狱了！

考试尚未届期呢，本可抗不交卷的，但考师既要提前，那么现在做了答案，暑假时就可要求免试了——倘不及格，自然甘心补考——答曰：

那房子的屋顶，大体是平平的，暗黑色的，这是和保存国粹一样，带有旧式的建筑法。至于内部，则也可以说是神秘的苦闷的象征。靠南有门，但因隔了一间过道的房子，所以显得暗，左右也不十分光亮，独在前面——北——有一大片玻璃，就好像号筒口。这是什么解释呢？我摆开八卦，熏沐斋戒的占算一下罢。卦曰：世运凌夷，君子道消，逢凶化吉，发言有瘳。解曰：号筒之口，声带之门，因势利导，时然后言。夫人不言，言必有中，此南无阿弥陀佛救苦救难观世音菩萨亲降灵签也。余文尚多，以不在本答案范围之内，均从略。

此外小鬼也有一点"敢问"求答的——但是绝非报复的考试，虽然"复仇乃春秋大义"，然而学生岂敢与先生为仇，而且想复，更兼要考呢，罪过罪过，其实不过聊博一笑耳。问曰：我们教室天花版的中央有点什么？倘答电灯，就连六分也不给，倘俟星期一临时预备夹带然后交卷，那就更该处罚（？）了。其实这题目原甚平常而且熟习，不如探检那么生疏，该不费力的罢。敢请明教可也！

午门之游，归来总带着得胜的微笑，从车上直到校中，以至良久良久；更回想及在下楼和内操场时的泼皮，真是得意极了！人们总是求自我的满足的，何尝计及被困者的为难。其实被困者那天心理测验也施行得够了：命大家起立以占是否多数，再下楼迟延以察是否诚意。然而终竟被"煽动"了。据最新的分数计算法，全对就满分，一半对一半错就相抵消，一分也没有，倘若完全失败，更不待言是等于零。"六十分？"太宽了罢！其实那天何尝是"被逼"而"失败"，归结也还是因为"摇身一变"的法术未臻上乘，否则，变成女先生，就不妨"带队"（我的这话也"岂有此理"，男先生"带队"有什么出奇），或者变成女……，就不妨冲锋突围而出。可是终于"被逼"，这是界限分得太清的缘故罢，还是世俗积习之终于不易破除呢？！

现社会也实在黑暗，女子出来做事，实是处处遇到困难。我不是胆怯，只为想避免些麻烦，所以往往先托人打听。不料知识界的报界也是鬼蜮——它未写明报名地点，即是可疑处——也是如此。这真教猛进的人处处感着多少阻碍和踌躇。"谁叫你生着是女人呢？"这句话，我着实没法解答于老爷们，太太们之前。

小鬼许广平。四月二十五晚。

一七

广平兄：

来信收到了。今天又收到一封文稿，拜读过了，后三段是好的，首一段累坠一点，所以看纸面如何，也许将这一段删去。但第二期上已经来不及登，因为不知"小鬼"何意，竟不署作者名字。所以请你捏造一个，并且通知我，并且必须于下星期三上午以前通知，并且回信中不准说"请先生随便写上一个可也"之类的油滑话。

现在的小周刊，目录必在角上者，是为订成本子之后，读者容易翻检起见，倘要检查什么，就不必全本翻开，才能够看见每天的细目。但也确有隔断读者注意的弊病。我想了另一格式，是专用第一版上层的，如下：

录目期本

莽原

（一）

或（二）

原　莽

本期目录

则目录既在边上，容易检查，又无隔断本文之弊，可惜《莽原》第一期已经印出，不能便即变换了，但到二十期以后，我想来"试他一试"。至于印在末尾，书籍尚可，定期刊却不合宜，放在第一版中央，尤为不便，擅起此种"心理作用"，应该记大过二次。

《莽原》第一期的作者和性质，诚如来信所言；长虹确不是我，乃是我今年新认识的，意见也有一部分和我相合，而似是安那其主义者。他很能做文章，但大约因为受了尼采的作品的影响之故罢，常有太晦涩难解处，第二期登出的署着 CH 的，也是他的作品。至于《棉袍里的世界》所说的"掠夺"问题，则敢请少爷不必多心，我辈赴贵校教书，每月明明写定"致送脩金十三元五角正"，夫既有"十三元五角"而且"正"，则又何"掠夺"之有也欤哉！

割舌之罪，早在我的意中，然而倒不以为意。近来整天的和人谈话，颇觉得有点苦了，割去舌头，则一者免得教书，二者免得陪客，三者免得做官，四者免得讲应酬话，五者免得演说，从此可以专心做报章文字，岂不舒服。所以你们应该趁我还未割去舌头之前，听完《苦闷的象征》，前回的不肯听讲而逼上午门，也就应该记大过若干次。而我六十分，则必有无疑。因为这并非"界限分得太清"之故，我无论对于什么学生，都不用"冲锋突围而出"之法也。况且，窃闻小姐之类，大抵容易潸然泪下，倘我挥拳打出，诸君在后面哭而送之，则这一篇文章的分数，岂非当在零分以下？现在不然，可知定为六十分者，还是自己客气的。

但是这次考试，我却可以自认失败，因为我过于大意，以为广平少爷未必如此"细心"，题目出得太容易了。现在也只好任凭排卦拈签，不再辩论，装作舌头已经割去之状。惟报仇题目，却也不再交卷，因为时间太严。那信是星期一上午收到的，午后即须上课，其间更无作答的工夫，而一经上课，则无论答得如何正确，也必被冤为"临时预备夹带然后交卷"，倒不如挤出，交了白卷便宜。

中国现今文坛（？）的状况，实在不佳，但究竟做诗及小说者尚有人。最缺少的是"文明批评"和"社会批评"，我之以《莽原》起哄，大半也就为了想由此引些新的这一种批评者来，虽在割去敝舌之后，也还有人说话，继续撕去旧社会的假面。可惜所收的至今为止的稿子，也还是小说多。

鲁迅。四月二十八日。

一八

鲁迅师：

因为忙中未及在投稿上写一个"捏造"的名字，就引出三个"并且"，而且在末个"并且"中还添上"不准"，这真算应着"师严然后道尊"那句话了。

先前《晨报副刊》讨论"爱情定则"时，我曾用了"非心"的名，而编辑先生偏改作"维心"登出，我就知道这些先生们之"细心"，真真非同小可，现在先生又因这点点忘记署名而如是之"细心"了，可见编辑先生是大抵了不得的。此外还用过"归真""寒潭""君平"……等名字，用了之后，辄多弃置，这也许是鉴于以投稿沽名的人们的心理状态之可笑，遂至迂腐到不免矫枉过正了罢。本星期二朱希祖先生讲文学史，说到人们用假名是不负责任的推诿的表示。这也有一部分精义，敢作敢当，也是不可不有的精神。那么，发表出来的就写许广平三字罢。但不知何故，我总不喜欢这三个字。我确有好"捏造"许多名儿的脾气（也许以后要改良这恶习），这回呢，用"西瓜皮"（同学们互相起的诨名，差不多每人都有一个）三字则颇有滑稽之趣，用"小鬼"也甚新颖，这现时的我都喜欢它。鱼与熊掌，自己实难于取舍，还是"请先生随便写上一个可也"罢。要知道"油滑"的用处甚大，尤其是在"钻网"之时，先生似乎无须加以限制的。

前一段的确无意思，现在正式的要求"将这一段删去"。其余的呢，如果另外有好的稿子，千万就将拙作"带住"，因为使读者少看若干佳作，在良心上总觉得是遗憾的一桩事。

现在确乎到了"力争"的时期了！被尊为"兄"，年将耳顺，这"的确老大了罢，无论用如何奇怪的逻辑"，怎么竟"谓偷闲学少年"，而遽加"少爷"二字于我的身上呢！？要知道硬指为"小姐"，固然辱没清白，而尊之曰"少爷"，亦殊不觉得其光荣，总不如一撇一捺这一个字来得正当。至于红鞋绿袜，满脸油粉气的时装"少爷"，我更希望"避之则吉"，请先生再不要强人所难，硬派他归入这些族类里去了！

司空蕙已把《妇女周刊》的权利放弃，写信给陆晶清交代清楚了。但晶清前日已得自滇来电，说是"父逝速回"。她家中只有十三龄的弱弟和一个继母，她是一定要回去料理生和死的，多么不幸呀！在这时期，遇这变故，我们都希望而且劝她速去速回。但"来日之事，不可预知"，因此《妇周》本身恐怕也不免多少受点困难。晶清虽则自己未能有等身的著作，除新诗外，学理之文和写情的小说，似乎俱非性之所近，但她交游广，四处供献材料者多，所以《妇周》居然支持了这些期。现在呢，她去了，恐怕纯阳性的作品，要占据《妇周》了（除波微一人）。这是北京女界的一件可感慨的，——其实也无须感慨。

缝纫先生要来当校长，我们可以专攻女红了！！！从此描龙绣凤，又是另一番美育，德育。但不知道这梦做得成否？然而无论如何，女人长女校的观念的成见，是应该缯以毛瑟的。可恶之极！"何物老妪，生此……"？

考试的题目出错了。如果出的是"书架上面一盒盒的是什么"，也许要交白卷，幸而考期已过，就不妨"不打自招"的直白的供出来。假如要做答案，我没有刘伯温卜烧饼的聪明，只好认是书籍。这可给他零分么？

小鬼许广平。四月三十晚。

一九

广平兄：

四月卅日的信收到了。闲话休提，先来攻击朱老夫子的"假名论"罢。

夫朱老夫子者，是我的老同学，我对于他的在窗下孜孜研究，久而不懈，是十分佩服的，然此亦惟于古学一端而已，若夫评论世事，乃颇觉其迂远之至者也。他对于假名之非难，实不过其最偏的一部分。如以此诬陷毁谤个人之类，才可谓之"不负责任的推诿的表示"，倘在人权尚无确实保障的时候，两面的众寡强弱，又极悬殊，则须又作别论才是。例如子房为韩报仇，从君子看来，盖是应该写信给秦始皇，要求两人赤膊决斗，才算合理的。然而博浪一击，大索十日而终不可得，后世亦不以为"不负责任"者，知公私不同，而强弱之势亦异，一匹夫不得不然之故也。况且，现在的有权者，是什么东西呢？他知道什么责任呢？《民国日报》案故意拖延月余，才来裁判，又决罚至如此之重，而叫喊几声的人独要硬负片面的责任，如孩子脱衣以入虎穴，岂非大愚么？朱老夫子生活于平安中，所做的是《萧梁旧史考》，负责与否，没有大关系，也并没有什么意外的危险，所以他的侃侃而谈之谈，仅可供他日共和实现之后的参考，若今日者，则我以为只要目的是正的——这所谓正不正，又只专凭自己判断——即可用无论什么手段，而况区区假名真名之小事也哉。此我所以指窗下为活人之坟墓，而劝人们不必多读中国之书者也！

本来还要更长更明白的骂几句，但因为有所顾忌，又哀其胡子之长，就此收束罢。那么，话题一转，而论"小鬼"之假名问题。那两个"鱼与熊掌"，虽并为足下所喜，但我以为用于论文，却不相宜，因为以真名招一种无聊的麻烦，固然不值得，但若假名太近于滑稽，则足以减少论文的重量，所以也不很好。你这许多名字中，既然"非心"总算还未用过，我就以"编辑"兼"先生"之威权，给你写上这一个罢。假如于心不甘，赶紧发信抗议，还来得及，但如到星期二夜为止并无痛哭流涕之抗议，即以默认论，虽驷马也难于追回了。而且此后的文章，也应细心署名，不得以"因为忙中"推诿！

试验题目出得太容易了，自然也算得我的失策，然而也未始没有补救之法的。其法即称之为"少爷"，刺之以"细心"，则效力之大，也抵得记大过二次。现在果然慷慨激昂的来"力争"了，而且写至七行之多，可见费力不少。我的报复计划，总算已经达到了一部分，"少爷"之称，姑且准其取消罢。

历来的《妇周》，几乎还是一种文艺杂志，议论很少，即偶有之，也不很好，前回的那一篇，则简直是笑话。请他们诸公来"试他一试"，也不坏罢。然而咱们的《莽原》也很窘，寄来的多是小说与诗，评论很少，倘不小心，也容易变成文艺杂志的。我虽然被称为"编辑先生"，非常骄气，但每星期被逼作文，却很感痛苦，因为这就像先前学校中的星期考试。你如有议论，敢乞源源寄来，不胜荣幸感激涕零之至！

缝纫先生听说又不来了，要寻善于缝纫的，北京很多，本不必发电号召，奔波而至，她这回总算聪明。继其后者，据现状以观，总还是太太类罢。其实这倒不成为什么问题，不必定用毛瑟，因为"女人长女校"，还是社会的公意，想章士钊和社会奋斗，是不会的，否则，也不成其为章士钊了。老爷类中也没有什么相宜的人，名人不来，来也未必一定能办好。我想：校长之类，最好是请无大名而真肯做事的人做，然而目下无之。

我也可以"不打自招"：东边架上一盒盒的确是书籍。但我已将废去考试法不用，倘有必须报复之处，则尊称之曰"少爷"，就尽够了。

鲁迅。五月三日。

（其间缺鲁迅五月八日信一封。）

二〇

鲁迅师：

收到五三，五八的信和第三期《莽原》，现在才作复，然而这几日中，已发生了多少大大小小的事，在寂闷的空气中，添一点火花的声响。

在积薪之下抛一根洋火，自然免不了燃烧。五七那天，章宅的事情，和我校的可算是遥遥相对。同在这种"整顿学风"之下，生命的牺牲，学业的抛荒，诚然是无可再小的小事。这算什么呢！这总是高压时代所必有的结果。

教育当局也太可笑了。种种新奇的部令，激出章宅的一打，死的死了，被捕的捕去了，失踪的失踪了，怕事的赶快躲掉了，迎合意旨以压迫学生为然的欢欣鼓舞起来了！今日（五九）学校牌示开除六人，我自然是早在意中的。当五七那天，在礼堂上，杨氏呼唤警察的时候，我心里想，如果捕了去，那是为大众请命而被罪，而个人始终未尝为威屈，利诱，我的血性还能保持刚生下来的态度，这是我有面目见师长亲友，而师长亲友所当为我欣喜的。这种一纸空文的牌示，一校的学籍开除，愈使我领悟到遍地都是漆黑的染缸，打破的运动之愈不可缓了。现在教育部重要人员处和本校都接连开了火，也许从此焚烧起来，也许消防队的力量大，能够扑灭。但是把戏总是有的，无论成与败。

《莽原》上，非心出来了。这个假名，在先前似乎还以为有点意思，然而现在时代已经不同，在"心"字排行的文学家旗帜之下，我配不上滥竽，而且着实有冒充或时髦之惧。前回既说任凭先生"随便写下一个"，那当然是默认的，以后呢，也许又要改换。这种意志薄

308

弱，易于动摇的态度，真也可笑罢。

《莽原》虽则颇有勃勃的生气，但仍然不十分激烈深透——尤其是第二期，似更稳重。浅显则味道不觉得隽永，含蓄则观众不易于了解领略。一种刊物要能够适合各种人物的口味，真真是不容易。

因征稿而"感激涕零"，更加上"不胜……之至"，哈哈，原来老爷们的涕泗滂沱是较小姐们的"潸然泪下"更甚万倍的。既承认"即有此泪，也就是不进化"，"……哭……则一切无用"了，为什么又要"涕零"呢？难道"涕零"是伤风之一种，与"泪""哭"无关的么？先生，我真不解。

"胡子之长"即应该"哀之"么？这与杀人不眨眼的精神相背谬。是敬老，抑怜老呢？我有一点毛病，就是最怕听半截话，怪闷气的。所以仍希望听听"更长更明白的骂几句"，请不要"顾忌"，给我喝一杯冰结凌罢！

小鬼许广平。五，九，晚。

二一

鲁迅师：

满腹的怀疑，早已无从诉起：读了《编完写起》，不觉引起了要说的几句话，在忙里偷闲中写出来。不知吾师将"感激涕零"而阅之否？

群众是浮躁，急不及待的。忍耐不过，众寡不敌，自难免日久变生，越发不可收拾。而且孤立无助，简单头脑的学生，的确敌不过金钱运动，背有靠山的"凶兽样的羊"。六人的出校是不足惜的，其如学校前途何？！

这一回给我的教训，就是群众之不足恃，聪明人之太多，而公理之终不敌强权，"锲而不舍"的秘诀却为"凶兽样的羊"所宝用。

牺牲不是任何人所能劝的。放着"凶兽样的羊"而不驱逐，血气之伦，谁能堪此。

然而果真驱逐了么？恐还只有无益的牺牲罢！

可诅咒的自身！

可诅咒的万恶的环境！

小鬼许广平。十七,五。

二二

广平兄：

两信均收到，一信中并有稿子，自然照例"感激涕零"而阅之。小鬼"最怕听半截话"，而我偏有爱说半截话的毛病，真是无可奈何。本来想做一篇详明的"朱老夫子论"呈政，而心绪太乱，又没有工夫。简捷地说一句罢，就是：他历来所走的都是最稳的路，不做一点小小冒险事，所以他偶然的话倒是不负责任的，待到别人因此而被祸，他不作声了。

群众不过如此，由来久矣，将来恐怕也不过如此。公理也和事之成败无关。但是，女师大的教员也太可怜了，只见暗中活动之鬼，而竟没有站出来说话的人。我近来对于□先生之赴西山，也有些怀疑了，但也许真真恰巧，疑之者倒是我自己的神经过敏。

我现在愈加相信说话和弄笔的都是不中用的人，无论你说话如何有理，文章如何动人，都是空的。他们即使怎样无理，事实上却着着得胜。然而，世界岂真不过如此而已么？我要反抗，试他一试。

提起牺牲，就使我记起前两三年被北大开除的冯省三。他是闹讲义风潮之一人，后来讲义费撤消了，却没有一个同学再提起他。我那时曾在《晨报副刊》上做过一则杂感，意思是：牺牲为群众祈福，祀了神道之后，群众就分了他的肉，散胙。

听说学校当局有打电报给学生家属之类的举动，我以为这些手段太毒了。教员之类该有一番宣言，说明事件的真相，几个人也可以的。如果没有一个人肯负这一点责任（署名），那么，即使校长竟去，学籍也恢复了，也不如走罢。全校没有人了，还有什么可学？

鲁迅。五月十八日。

二三

鲁迅师：

五月十九日发的信早已读过，因为遇见时已经知道收到，所以一直搁到如今，才又整理起这枝笔来说几句话。

今日（廿七）见报上发表的宣言，知道已有"站出来说话的人"了，而且是七个之多。在力竭声嘶时，可以算是添了军火，加增气力。但是战线愈加扩充了——《晨报》是这样观察的——来日方长，诚恐热心的师长，又多一件麻烦，思之一喜一惧。

今日第七时上形义学，在沈兼士先生的点名册上发见我已被墨刑（姓名上涂了墨），当时同学多抱不平，但不少杨党的小姐，见之似乎十分惬意。三年间的同学感情，是可以一笔勾消的，翻脸便不相识，何堪提起！有值周生二人往诘薛，薛答以奉校长办公室交来条子。办公室久已封锁，此纸何来，不问而知是偏安的谕旨，从太平湖饭店颁下的。盖以婆婆自居之杨氏，总不甘心几个学生尚居校中，必欲使两败俱伤而后快，恐怕日内因此或有一种波动也。

　　读吾师"世界岂真不过如此而已么？……"的几句，使血性易于起伏的青年如小鬼者，顿时在冰冷的煤炉里加上煤炭，红红的燃烧起来。然而这句话是为对小鬼而说的么？恐怕自身也当同样的设想罢！但从别方面，则总接触些什么恐怕"我自己看不见了"，"寿终正寝"等等怀念走到尽头的话。小鬼实在不高兴听这类话。据自己的经验说起来，当我幼小时，我的三十岁的哥哥死去的时候，凡在街上见了同等年龄的人们，我就憎恨他，为什么他不死去，偏偏死了我的哥哥。及至将近六旬的慈父见背的时候，我在街上又加添了我的阿父偏偏死去，而白须白发的人们却只管活在街头乞食的憎恨。此外，则凡有死的与我有关的，同时我就憎恨所有与我无关的活着的人。我因他们的死去，深感到死了的寂寞，一切一切，俱付之无何有之乡。进女师大的第一年，我也曾因猩红热几乎死去。但这自身的危险，和死的空虚，却驱策形成了一部分的意见，就是：无论老幼，几时都可以遇到可死的机会，但在尚未遇到之时，不管三七二十一，还是将我自身当作一件废物，可以利用时尽管利用它一下子。这何必计及看见看不见，正寝非正寝呢？如其计及之，则治本之法，我以为当照医生所说：1，戒多饮酒；2，请少吸烟。

　　我希望《莽原》多出点慷慨激昂，阅之令人浮一大白的文字，近来似乎有点穿棉鞋戴厚眼镜了。这也是因为我希望之切，遂不觉责备之深罢。可是我也没有交出什么痛哭流涕的文字，虽则本期想凑篇稿子，省得我师忙到连饭也没工夫吃。但是自私是总脱不掉的，同时因为他项事故，终于搁起笔来了。你说该打不该打？

　　　　　　　　　　　　　　　　小鬼许广平。五月廿七晚。

（其间缺广平留字一纸。）

二四

广平兄：

午回来，看见留字。现在的现象是各方面都黑暗，所以有这情形，不但治本无从说起，便是治标也无法，只好跟着时局推移而已。至于《京报》事，据我所闻却不止秦小姐一人，还有许多人去运动，结果是说定两面的新闻都不载，但久而久之，也许会反而帮它们（男女一群，所以只好用"它"）的。办报的人们，就是这样的东西。——其实报章的宣传，于实际上也没有多大关系。

今天看见《现代评论》，所谓西滢也者，对于我们的宣言出来说话了，装作局外人的样子，真会玩把戏。我也做了一点寄给《京副》，给他碰一个小钉子。但不知于伏园饭碗之安危如何。它们是无所不为的，满口仁义，行为比什么都不如。我明知道笔是无用的，可是现在只有这个，只有这个而且还要为鬼魅所妨害。然而只要有地方发表，我还是不放下；或者《莽原》要独立，也未可知。独立就独立，完结就完结，都无不可。总而言之，倘笔舌尚存，是总要使用的，东滢西滢，都不相干也。

西滢文托之"流言"，以为此次风潮是"某系某籍教员所鼓动"，那明明是说"国文系浙籍教员"了，别人我不知道，至于我之骂杨荫榆，却在此次风潮之后，而"杨家将"偏偏来诬赖，可谓卑劣万分。但浙籍也好，夷籍也好，既经骂起，就要骂下去，杨荫榆尚无割舌之权，总还要被骂几回的。

现在老实说一句罢，"世界岂真不过如此而已么？……"这些话，确是"为对小鬼而说的"。我所说的话，常与所想的不同，至于何以如此，则我已在《呐喊》的序上说过：不愿将自己的思想，传染给别人。何以不愿，则因为我的思想太黑暗，而自己终不能确知是否正确之故。至于"还要反抗"，倒是真的，但我知道这"所以反抗之故"，与小鬼截然不同。你的反抗，是为了希望光明的到来罢？我想，一定是如此的。但我的反抗，却不过是与黑暗捣乱。大约我的意见，小鬼很有几点不大了然，这是年龄，经历，环境等等不同之故，不足为奇。例如我是诅咒"人间苦"而不嫌恶"死"的，因为"苦"可以设法减轻而"死"是必然的事，虽曰"尽头"，也不足悲哀。而你却不高兴听这类话，——但是，为什么将好好的活人看作"废物"的？这就比不做"痛哭流涕的文字"还"该打"！又如来信说，"凡有死的同我有关的，同时我就憎恨所有与我无关的"……，而我正相反，同我有关的活着，我倒不放心，死了，我就安心，这意思也在《过客》中说过，都与小鬼的不同。其实，我的意见原也一时不容易了然，因为其中本含有许多矛盾，教我自己说，或者是人道主义与个人主义这两种思想的消长起伏罢。所以我忽而爱人，忽而憎人；做事的时候，有时确为别人，有时却为自己玩玩，有时则竟因为希望生命从速消磨，所以故意拚命的做。此外或者还有什么道理，自己也不甚了然。但我对人说话时，却总拣择那光明些的说出，然而偶不留意，就露出阎王并不反对，而"小鬼"反不乐闻的话来。总而言之，我为自己和为别人的设想，是两样的。所以者何，就因为我的思想太黑暗，但究竟是否真确，又不得而知，所以只能在自身试验，不敢邀请别人。其实小鬼希望父兄长存，而自视为"废物"，硬去替"大众请命"，大半也是如此。

《莽原》实在有些穿棉花鞋了，但没有撒泼文章，真也无法。自己呢，又做惯了晦涩的文章，一时改不过来，下笔时立志要显豁，而后来往往仍以晦涩结尾，实在可气之至！现在除附《京报》分送外，另售千五百，看的人也不算少。待"闹潮"略有结束，你这一匹"害群之马"多来发一点议论罢。

鲁迅。五月三十日。

二五

鲁迅师：

接到卅一日的信，尚未拆口，就感着不快：它们居然检查邮件了！先前也有这种情形，但这次同时收两封信，两封的背面下方都有拆过再粘，失了原状的痕迹。当然与之理论，但是何益！？我想，托人转交，或者可免此弊罢。然而又回想，我何必避它，索性在信中骂一个畅快，给它看也好。可是我师何辜，遭此牵涉，从前是有诛九族，罪妻孥的，现在也要恢复，责及其师么？可恶之极！

昨日（星期）看了西滢的《闲话》，做了一篇《六个学生该死》，本想痛快的层层申说该死的各方，但写了那些之后，就头涔涔的躺下了。今早打算以此还《妇周》评梅所索之债，但不见来。今请先生阅之，如伏园老头子不害怕，而稿子还可对付，可否仍送《京副》。但其中许多意思，前人已屡次说过，此文不过尔尔。

我早知世界不过如此，所以常感苦闷，而自视为废物。其欲利用之者，犹之尸体之供医学上解剖，冀于世不无小补也。至于光明，则老实说起来，我活到那么大就从来没有望见过。为我个人计，自然受买收可以比在外做"人之患"舒服，不反抗比反抗无危险，但是一想到我以外的人，我就绝不敢如此。所以我佛悲苦海之沉沦，先儒惕日月之迅迈，不安于"死"，而急起直追，同是未能免俗。小鬼也是俗鬼，旧观念还未打破，偶然思想与先生合，偶尔转过来就变卦，废物

315

利用又何尝不是"消磨生命"之术，但也许比"纵酒"稍胜一筹罢。自然，先生的见解比我高，所以多"不同"，然而即使要"捣乱"，也还是设法多住些时好。褥子下明晃晃的钢刀，用以克敌防身是妙的，倘用以……似乎……小鬼不乐闻了！

小鬼许广平。六月一日。

二六

广平兄：

拆信案件，或者它们有些受了冤，因为卅一日的那一封，也许是我自己拆过的。那时已经很晚，又写了许多信，所以自己不大记得清楚，只记得将其中之一封拆开（从下方），在第一张上加了一点细注。如你所收的第一张上有小注，那就确是我自己拆过的了。

至于别的信，我却不能代它们辩护。其实，私拆函件，本是中国的惯技，我也早料到的。但是这类技俩，也不过心劳日拙而已。听说明的方孝孺，就被永乐皇帝灭十族，其一是"师"，但也许是齐东野语，我没有考查过这事的真伪。可是从西滢的文字上看来，此辈一得志，则不但灭族，怕还要"灭系"，"灭籍"了。

明明将学生开除，而布告文中文其词曰"出校"，我当时颇叹中国文字之巧。今见上海印捕击杀学生，而路透电则云，"华人不省人事"，可谓异曲同工，但此系中国报译文，不知原文如何。

其实我并不很喝酒，饮酒之害，我是深知道的。现在也还是不喝的时候多，只要没有人劝喝。多住些时，固无不可的。短刀我的确有，但这不过为夜间防贼之用，而偶见者少见多怪，遂有"流言"，皆不足信也。

316

汪懋祖先生的宣言发表了，而引"某女士"之言以为重，可笑。它们大抵爱用"某"字，不知何也？又观其意，似乎说是"某籍某系"想将学校解散，也是一种奇谈。黑幕中人面目渐露，亦殊可观，可惜他自己又说要"南归"了。躲躲闪闪，躲躲闪闪，此其所以为"黑幕中人"欤！？哈哈！

迅。六月二日。

二七

鲁迅师：

这时我又来捣乱了，也不管您有没有闲工夫看这捣乱的信。但是我还是照旧的写下去——

上海风潮起后，接联的"以脱"的波动传到北京来了。在万人空巷的监视之下，排着队游行，高喊着不易索解的无济于事的口号，自从两点多钟在第三院出发，直至六点多钟到了天安门才算一小结束。这回是要开国民大会。席地而坐，以资休息的"它们"，忽的被指挥者挥起来，意思是：当这个危急存亡，不顾性命的时候，还不振作起精神来，一致对外吗！？对的，一骨碌个个笔直的立正起来，而不料起来了却要看把戏。说是北大，师大的人争做主席，争做总指挥，台下两派，呐喊助威，并且叫打，眼看舞台上开始肉搏了！我们气愤的高声喝住：这不是争做主席的时候，这是什么情形，还在各自争夺做头领！然而众寡不敌，气的只管气，喝的只管喝，闹的只管闹。这种情形，记得前些时天安门开什么大会，也是如此。这真是"古已有之"，而不图"于今为烈"。于是我只得废然返校了。

所可稍快心意的，是走至有一条大街，迎面看见杨婆子笑迷迷的瞅着我们大队时，我登即无名火起，改口高呼打倒杨荫榆，打倒杨荫榆，驱逐杨荫榆！同侪闻声响应，直喊至杨车离开了我们。这虽则似乎因公济私，公私混淆，而当时迎头一击的痛快，实在比游过午门的高兴，快活，可算是有过之无不及。先生，您看这匹"害群之马"简直不羁到不可收拾了。这可怎么办？

既封了信，再有话说，最好还是另外写一封，"多多益善"，免致小鬼疑神疑鬼，移祸东吴（其实东吴也确有可疑之处）。看前信第一张上，的确"加了一点细注"，经这次考究，省掉听半截话一样的闷气，也好。

"劝喝"酒的人是随时都有的，下酒物也随处皆是的。只求在我，外缘可以置之不闻不问罢。

小问题（校长）还未解决，大问题（上海事件）又起来；平时最犯忌是提前放假，现在却自动的罢课了。虽则每日有讲演，募捐，宣传等等工作，但是暑假期到了，恐怕男女的在校办事人，就将设法拆学生之台，相率离去，那时电灯不开，自来水不流⋯⋯。饭可以自己往外买，其余怎办呢？这是一件公私（国，校）相连的问题，政治又呈不安之象，现时"救死惟恐不暇"，这个教育的部分小问题，谁有闲情逸致来打扫这不香气的"茅厕"，无怪我们在"茅厕"坑的人，永沦不拔了！

黑幕中人陆续星散，确是"冷一冷"，"冷一冷"⋯⋯的秘诀。校长去了，教务，总务辞职了，自以为解决种种问题的评议会，教务联席会议，不能振作旗鼓了。最末一著就是拆学生之台，个个散去，使学生不能在校中存在。像这种极端破坏主义，前途何堪设想！？

罢课了！每星期的上《苦闷的象征》的机会也没有了！此后几时再有解决风潮，安心听讲的机会呢？

小鬼许广平。六月五夕。

伏园老大出力于《京副》，此时此境，究算难得，是知有其师必有其弟也。

二八

鲁迅师：

六月六日发去一封信，不知是否遇了洪乔？念念。

学校的一波未平，上海的一波又起，小鬼心长力弱，深感应付无方，日来逢人发脾气——并非酒疯——长此以往，将成狂人矣！幸喜素好诙谐，于滑稽中减少许多苦闷，这许是苦茶中的糖罢，但是，真的"苦之量如故"。

今夕"微醉"（？）之后，草草握笔，做了一篇短文，即景命题，名曰《酒癖》。好久被上海事件闹得"此调不弹"了，故甚觉生涩，希望以"编辑"而兼"先生"的尊位，斧削，甄别。如其得逃出"白光"而钻入第十七次的及第，则请　赐列第□期《莽原》的红榜上坐一把末后交椅："不胜荣幸感激涕零之至"！

敬领
骂好！！！！

小鬼许广平。六月十二夕。

二九

广平兄：

六月六日的信早收到了，但我久没有复；今天又收到十二夕信，并文稿。其实我并不做什么事，而总是忙，拿不起笔来，偶然在什么周刊上写几句，也不过是敷衍，近几天尤其甚。这原因大概是因为"无聊"，人到无聊，便比什么都可怕，因为这是从自己发生的，不大有药可救。喝酒是好的，但也很不好。等暑假时闲空一点，我很想休息几天，什么也不做，什么也不看，但不知道可能够。

第一，小鬼不要变成狂人，也不要发脾气了。人一发狂，自己或者没有什么——俄国的梭罗古勃以为倒是幸福——但从别人看来，却似乎一切都已完结。所以我倘能力所及，决不肯使自己发狂，实未发狂而有人硬说我有神经病，那自然无法可想。性急就容易发脾气，最好要酌减"急"的角度，否则，要防自己吃亏，因为现在的中国，总是阴柔人物得胜。

上海的风潮，也出于意料之外。可是今年的学生的动作，据我看来是比前几回进步了。不过这些表示，真所谓"就是这么一回事"。试想：北京全体（？）学生而不能去一章士钊，女师大大多数学生而不能去一杨荫榆，何况英国和日本。但在学生一方面，也只能这么做，唯一的希望，就是等候意外飞来的"公理"。现在"公理"也确有点飞来了，而且，说英国不对的，还有英国人。所以无论如何，我总觉得洋鬼子比中国人文明，货只管排，而那品性却很有可学的地方。这种敢于指摘自己国度的错误的，中国人就很少。

所谓"经济绝交"者，在无法可想中，确是一个最好的方法。但有附带条件，要耐久，认真。这么办起来，有人说中国的实业就会借此促进，那是自欺欺人之谈。（前几年排斥日货时，大家也那么说，然而结果不过做成功了一种"万年糊"。草帽和火柴发达的原因，尚不在此。那时候，是连这种万年糊也不会做的，排货事起，有三四个学生组织了一个小团体来制造，我还是小股东，但是每瓶卖八枚铜子的糊，成本要十枚，而且货色总敌不过日本品。后来，折本，闹架，关门。现在所做的好得多，进步得多了，但和我辈无关也。）因此获利的却是美法商人。我们不过将送给英日的钱，改送美法，归根结蒂，二五等于一十。但英日却究竟受损，为报复计，亦足快意而已。

可是据我看来，要防一个不好的结果，就是白用了许多牺牲，而反为巧人取得自利的机会，这种在中国是常有的。但在学生方面，也愁不得这些，只好凭良心做去，可是要缓而韧，不要急而猛。中国青年中，有些很有太"急"的毛病（小鬼即其一），因此，就难于耐久（因为开首太猛，易将力气用完），也容易碰钉子，吃亏而发脾气，此不佞所再三申说者也，亦自己所曾经实验者也。

前信反对喝酒，何以这回自己"微醉"（？）了？大作中好看的字面太多，拟删去一些，然后"赐列第□期《莽原》"。

□□的态度我近来颇怀疑，因为似乎已与西滢大有联络。其登载几篇反杨之稿，盖出于不得已。今天在《京副》上，至于指《猛进》，《现代》，《语丝》为"兄弟周刊"，大有卖《语丝》以与《现代》拉拢之观。或者《京副》之专载沪事，不登他文，也还有别种隐情（但这也许是我的妄猜），《晨副》即不如此。

我明知道几个人做事，真出于"为天下"是很少的。但人于现状，总该有点不平，反抗，改良的意思。只这一点共同目的，便可以合作。即使含些"利用"的私心也不妨，利用别人，又给别人做点事，说得好看一点，就是"互助"。但是，我总是"罪孽深重，祸延"自己，每每终于发见纯粹的利用，连"互"字也安不上，被用之后，只剩下耗了气力的自己一个。有时候，他还要反而骂你；不骂你，还要谢他的洪恩。我的时常无聊，就是为此，但我还能将一切忘却，休息一时之后，从新再来，即使明知道后来的运命未必会胜于过去。

本来有四张信纸已可写完，而牢骚发出第五张上去了。时候已经不早，非结束不可，至此而已罢。

迅。六月十三夜。

然而，这一点空白，也还要用空话来填满。司空蕙前回登过启事，说要到欧洲去，现在听说又不到欧洲去了。我近来收到一封信，署名"捏蚊"，说要加入《莽原》，大约就是"雪纹"，也即司空蕙。这回《民众文艺》上所登的署名"聂文"的，我看也是他。碰一个小钉子，就说要到欧洲去，一不到欧洲去，就又闹"琴心"式的老玩艺了。

这一点空白即以这样填满。

三〇

鲁迅先生吾师左右：

接到六月十三的信又好些天了，有时的确"并不做什么事"，但总没机会拿起笔来写字。人为什么会"无聊"呢？原因是不肯到外面走走散步不是呢？想"休息"实现而不至于被阻，最好还是到西山去。倘在家里而想"什么也不做什么也不看"，恐怕敲门声一响，也还是躲也躲不掉罢。要"休息"，也须有这个地位和机会；像我，现在六个同学同进退，不至八大爷到来，不得越雷池一步，真是苦极。就我自己想，如果长此以往，接触的实有令人发狂的必要，为自己打算，自是暂时离开此地便宜，但是不能够。可见有可以离开的地位和机会的，还是及早玩玩好。

设法消灭自己的办法，无论如何我以为与废物利用之意相反，此刻不容这种偏激思想存在了！但自己究是神经质，禁不起许多刺激而不生反应，于是，第一步就对谁都开枪，第二步是谁也不再能见谅，自己倘不怀沙自沉，舍疯狂无第二法。这是神经支配骨肉，感情胜过理智，没奈何的一件事。自然，我不以为这是"幸福"，但也不觉得可怕。假使有那一天，那么，所希望的是有人给我一粒铁丸，或一针圣药，就比送到什么医院中麻木的活下去强得多了。但是这不过说得好听一点，故作惊人之谈，其实小鬼还是食饱睡足的一个凡人，玩的玩，笑的笑，与别人并无二致。有的人志大言夸，小鬼就是这样的一个人。吾师说过，不能受我们小学生的话骗倒，这回可也有一点相信谎语了。可见要高人一等的不受愚，还得仔细的"明察秋毫"才行。

在现政府之下而不压抑民气，我总有点怀疑，不是暗中向外人低首认错，便是另外等机会先扬后抑，使文章警策一点。总之，上海的事，大约是有扩大而无缩小的，远东的混战，也许从此发轫，否则自认吃亏，死了人还得赔款道歉，这真是蒙羞万代，遗臭千年，生不如死了。至于"意外飞来的公理"，则恐怕做梦也不容易盼到，洋鬼子虽然也有自知不对的，然而都不是掌权的人，犹之中国今日之一品大百姓，话虽好听，于事还是无补的。先生总不肯使后生小子失望灰心，所以谈吐之间，总设法找一点有办法有希望的话，可是事实究不如此之简单容易。有些人听了安慰话，自然还是不敢放心，但以此为安心的依据，而宽懈下来的人，也未始不常有。还请吾师注意一下子罢。

提起做万年糊，我也想到可笑的事来了。那时在天津，收集些现成的雪花膏瓶子，做出许许多多的万年糊来，托着盘子向各处廉价兜售。不用本钱买瓶子，该可以不吃亏了罢，结果还是赔钱不讨好。因为做的成绩究不如市上卖的好，人也不肯来热心买。又想法用石膏模子铸成空心的蜡囡囡，洋狗，狮子等小品玩艺，希图代替市上的轻薄皮的玩具，然而总是敌不过，终于同样的失败了。

"白用了许多牺牲而反为巧人取得自利的机会"，这是我所常常虑及的。即如我校风潮，寒假时确不敢说开始的人们并非别有用意，所以我不过袖手旁观，就是现在，也不敢说她们决非别有用意，但是学校真也太不像样了，忍无可忍，只得先做第一步攻击，再谋第二步的建设。这是我个人的见解，但攻击已成俘虏之势，建设不敢言矣。所以，我的目标是不满于杨，而因此而来的举动，却也许被第三者收渔人之利，不劳而获，那么，我也就甚似被人所"利用"了。这是社会的黑暗，傻子的结果。真还是决不"有点不平，反抗，改良的意思"的人们舒服。尤其坏的是：公举你出来做事时，个个都说做后盾，个个都在你面前塞火药，等你灌足了，火线点起了，他们就远远的赶快逃跑，结果你不过做一个炸弹壳，五花粉碎。

《京报副刊》有它的不得已的苦衷，也实在可惜。从它所没收和所发表的文章看起来，蛛丝马迹，固然大有可寻，但也不必因此愤激。其实这也是人情（即面子）之常，何必多责呢。吾师以为"发见纯粹的利用"，对□□有点不满（不知是否误猜），但是，屡次的"碰壁"，是不是为激于义愤所利用呢？横竖是一个利用，请付之一笑，再浮一大白可也。

小鬼许广平。六月十七日下午六时。

三一

如何在世上混过去的方法

（录鲁迅信之"一，走人生的长途……"至"这真是没有法子！"凡三段，已见上文，故不重抄。）

鲁迅师：

以前给我的信中有上面的一大段，我总觉得"独食难肥，还想分甘同味"（二句是粤谚），以公同好，现在上海事起，应有百折不回的精神，故我以为这些话有公开之必要，因此抄录奉呈，以光《莽原》篇幅。标题仍本吾师原文录下，至于署名，则自不待言是有宗主权矣。然而发表与否之权，仍属于作者，小鬼不敢僭定，故仍乞斟酌也。（但据我愚见，还希批准为幸！）

杨婆子在新平路十一号大租其办事处，积极准备招生。学生方面往各先生处接洽，结果由在京四位主任亲到教育部催促早日处理解决校事，一面另行呈文至执政处，请其从速选人至教育部负责，然后解决校事。在京四人，居然能做到这一点，真不容易。至于到校维持，则碍于婆子手段，恐未必肯办。凡出来说话做事的人，往往出力不讨好，又惹一身脏，如发表宣言的七个先生的事，就是前车，此后自然没有人敢于举动。结果，还是大家不管的女师大。

然而主任的先生说，非不肯管也，实有愿管而负责之人在，别人自然没法了。这也是不管的一个原因。而且要管的人，日来趾高气扬了，原因是狼狈为奸，巴结上司的成功。闻有人亲口说，我能上台，你就能返校，而我之能上台者，以天津为依靠也。貔貅十万，屠弱书生何足畏哉，况此外还有袁世凯从中作祟。此事一实现，小学生无噍类矣。世上真应该将"真理"二字的铅字消毁，免得骗了小孩子上当。目前满布了武装到校，解散文理二预科，再开除学生共十八人（或云十二人）之说。又云某某定端节前一日到部，反之者即拒之以孔方兄，自不成问题。彼方对于学校的最低要求，是至少将学生六和婆子一，共同牺牲，彼此是非，在所不问。此亦可见破坏教育之坚决，但倘有益于校，死且不悔，六人不以为恨也，所虑者六人走了，仍未必有益于校耳。

小鬼许广平。六月十九晚。

（其间当有缺失，约二三封。）

三二

（前缺。）

那一首诗，意气也未尝不盛，但此种猛烈的攻击，只宜用散文，如"杂感"之类，而造语还须曲折，否，即容易引起反感。诗歌较有永久性，所以不甚合于做这样题目。

沪案以后，周刊上常有极锋利肃杀的诗，其实是没有意思的，情随事迁，即味如嚼蜡。我以为感情正烈的时候，不宜做诗，否则锋铓太露，能将"诗美"杀掉。这首诗有此病。

我自己是不会做诗的，只是意见如此。编辑者对于投稿，照例不加批评，现遵来信所嘱，妄说几句，但如投稿者并未要知道我的意见，仍希不必告知。

迅。六月二十八日。

（此间缺广平二十八日信一封。）

三三

广平兄：

昨夜，或者今天早上，记得寄上一封信，大概总该先到了。刚才得二十八日函，必须写几句回答，就是小鬼何以屡次诚惶诚恐的赔罪不已，大约也许听了"某籍"小姐的什么谣言了罢？辟谣之举，是不可以已的：

第一，酒精中毒是能有的，但我并不中毒。即使中毒，也是自己的行为，与别人无干。且夫不佞年届半百，位居讲师，难道还会连喝酒多少的主见也没有，至于被小娃儿所激么！？这是决不会的。

第二，我并不受有何种"戒条"。我的母亲也并不禁止我喝酒。我到现在为止，真的醉止有一回半，决不会如此平和。

然而"某籍"小姐为粉饰自己的逃走起见，一定将不知从那里拾来的故事（也许就从太师母那里得来的），加以演义，以致小鬼也不免吓得赔罪不已了罢。但是，虽是太师母，观察也未必就对，虽是太太师母，观察也未必就对。我自己知道，那天毫没有醉，更何至于胡涂，击房东之拳，吓而去之的事，全都记得的。

所以，此后不准再来道歉，否则，我"学笈东洋，教鞭十七载"，要发杨荫榆式的宣言以传布小姐们胆怯之罪状了。看你们还敢逗能么？

来稿有过火处，或者须改一点。其中的有些话，大约是为反对往执政府请愿而说的罢。总之，这回以打学生手心之马良为总指挥，就可笑。

《莽原》第十期，与《京报》同时罢工了，发稿是星期三，当时并未想到要停刊，所以并将目录在别的周刊上登载了。现在正在交涉，要他们补印，还没有头绪；倘不能补，则旧稿便在本星期五出版。

《莽原》的投稿，就是小说太多，议论太少。现在则并小说也少，大约大家专心爱国，要"到民间去"，所以不做文章了。

迅。六，二九，晚。

（其间当缺往来信札数封，不知确数。）

三四

广平仁兄大人阁下，敬启者：前蒙投赠之
大作，就要登出来，而我或将被作者暗暗咒骂。因为我连题目也已经改换，而所以改换之故，则因为原题太觉怕人故也。收束处太没有力

量，所以添了几句，想来也未必与尊意背驰；但总而言之：殊为专擅。尚希曲予

海涵，免施

贵骂，勿露"勃谿"之技，暂羁"害马"之才，仍复源源投稿，以光敝报，不胜侥幸之至！

至于大作之所以常被登载者，实在因为《莽原》有些闹饥荒之故也。我所要多登的是议论，而寄来的偏多小说，诗。先前是虚伪的"花呀""爱呀"的诗，现在是虚伪的"死呀""血呀"的诗。呜呼，头痛极了！所以倘有近于议论的文章，即易于登出，夫岂"骗小孩"云乎哉！又，新做文章的人，在我所编的报上，也比较的易于登出，此则颇有"骗小孩"之嫌疑者也。但若做得稍久，该有更进步之成绩，而偏又偷懒，有敷衍之意，则我要加以猛烈之打击：小心些罢！

肃此布达，敬请

"好说话的"安！

"老师"谨训。七月九日。

报言章士钉将辞，屈映光继之，此即浙江有名之"兄弟素不吃饭"人物也，与士钉盖伯仲之间，或且不及。所以我总以为不革内政，即无一好现象，无论怎样游行示威。

（其间当缺往来信札约五六封。）

三五

广平兄：

在好看的天亮还未到来之前，再看了一遍大作，我以为还不如

不发表。这类题目，其实，在现在，是只能我做的，因为大概要受攻击。然而我不要紧，一则，我自有还击的方法；二则，现在做"文学家"似乎有些做厌了，仿佛要变成机械，所以倒很愿意从所谓"文坛"上摔下来。至于如诸君之雪花膏派，则究属"嫩"之一流，犯不上以一篇文章而招得攻击或误解，终至于"泣下沾襟"。

那上半篇，倘在小说，或回忆的文章里，固然毫不足奇，但在论文中，而给现在的中国读者看，却还太直白。至于下半篇，则实在有点迂。我在那篇文章里本来说：这种骂法，是"卑劣"的。而你却硬诬赖我"引以为荣"，真是可恶透了。

其实，对于满抱着传统思想的人们，也还大可以这样骂。看目下有些批评文字，表面上虽然没有什么，而骨子里却还是"他妈的"思想，对于这样批评的批评，倒不如直捷爽快的骂出来，就是"即以其人之道，还治其人之身"，于人我均属合适。我常想：治中国应该有两种方法，对新的用新法，对旧的仍然用旧法。例如"遗老"有罪，即该用清朝法律：打屁股。因为这是他所佩服的。民元革命时，对于任何人都宽容（那时称为"文明"），但待到二次革命失败，许多旧党对于革命党却不"文明"了：杀。假使那时（元年）的新党不"文明"，则许多东西早已灭亡，那里会来发挥他们的老手段？现在用"他妈的"来骂那些背着祖宗的木主以自傲的人们，夫岂太过也软哉！？

还有一篇，今天已经发出去，但将两段并作一个题目了：《五分钟与半年》。多么漂亮呀。

天只管下雨，绣花衫不知如何？放晴的时候，赶紧晒一晒罢，千切千切！

迅。七月二十九，或三十，随便。

第二集　厦门——广州

一九二六年九月至一九二七年一月

三六

广平兄：

我九月一日夜半上船，二日晨七时开，四日午后一时到厦门，一路无风，船很平稳，这里的话，我一字都不懂，只得暂到客寓，打电话给林语堂，他便来接，当晚即移入学校居住了。

我在船上时，看见后面有一只轮船，总是不远不近地走着，我疑心就是"广大"。不知你在船中，可看见前面有一只船否？倘看见，那我所悬拟的便不错了。

此地背山面海，风景佳绝，白天虽暖——约八十七八度——夜却凉。四面几无人家，离市面约有十里，要静养倒好的。普通的东西，亦不易买。听差懒极，不会做事也不肯做事；邮政也懒极，星期六下午及星期日都不办事。

因为教员住室尚未造好（据说一月后可完工，但未必确），所以我暂住在一间很大的三层楼上，上下虽不便，眺望却佳。学校开课是二十日，还有许多日可闲。

我写此信时，你还在船上，但我当于明天发出，则你一到校，此信也就到了。你到校后，望即见告，那时再写较详细的情形罢，因为现在我初到，还不知什么。

迅。九月四日夜。

三七

（每起头的○是某一个时间内写的，用○起始，以示段落。）

○ MY DEAR TEACHER：

昨到你住的孟渊旅馆奉访后，四妹领我到永安公司，买得小手巾六条，只一元，算来一条不到二角。晚上又游四川路广东街，买雨伞一把，也不过几角钱。访了两处亲戚，都还客气，留吃点心或饭，点心是吃的，但饭却推却了。

今天（九月一日）又往先施公司等，买得皮鞋一双，只三元；又信纸六大本（与此纸同，但大得多），一元。此外又买些应用什物，不敢多买，因为我那天看见你用炒饭下酒，所以也想节省一点。

○今晚（一日）七时半落广大轮船，有二位弟弟送行，又有大安旅馆之茶房带同挑夫搬送行李，现在是已在船中安置好了。一房二人，另一人行李先到，占了上格床，我居下格。现只我一人在房，我想遇有机会，想说什么就写什么，管它多少，待到岸即投入邮筒；但临行时所约的时间，我或者不能守住，要反抗的。

船票二十五元，连杂费约共花三十余元，余下的还很不少。又，大安旅馆自沪一直招呼至粤，使费大约较自己瞎撞的公道，且可靠，这也足以令人放心的。

船中热甚，一房竟夕惟我一人，也自由，也寂寞，船还停着，门

331

窗不敢打开，闷热极了！好在虽然时时醒来，但也即睡去；臭虫到处都是，不过我尚能安眠。只是因为今晚独自在船，想起你的昨晚来了。本来你昨晚下船没有，走后情形如何，我都不知道，晚间妹妹们又领我上街闲走，但总是蓦地一件事压上心头，十分不自在，我因想，此别以后的日子，不知怎么样？

〇二日晨八时十分，船始开。天刚亮，就有人来查行李。先开随身的木箱，后开帆布箱，我故意慢慢地。他不耐烦了，问我作什么的。我答学生，现做教员。他走了。船开后又来查，这回是查私贩铜元的，床铺里也都穷搜，将漆黑的手印满留在枕席上。

同房的姓梁，是基督教徒，有一个她的女友，住房舱的，却到我们房里来吃饭，两人总是谈着什么牧师爷牧师奶，讨厌得很，我这回车和船都顶着"华盖"了。午后她们又约我打牌，虽则不算钱，总是费时无益的事，我连忙躺下看书，不久睡着，从十一点多钟一直到四点。六时顷晚饭，菜是广东味，不十分好，也还吃得几碗饭。也不晕船，躺着看小说。

〇睡起见水色已变浅绿，泛出雪白的波头，好看极了。因为多年囚禁在沙漠中，所以见之不禁惊喜，但可气的是船面上挤满着人，铺盖，水桶，货物；房的窗口也总有成排的人，高高的坐在箱子上，遮得全房漆黑，而我又在下层床，日里又要听基督圣谕。MY DEAR TEACHER！你的船中生活怎么样？

〇三日晨七时起床，十时早饭，十一时左右，在我们房门口的堆满行李的舱面上，是工友们开会。许多人聚在一处，有一个学生模样的做主席，大家演说北伐的必要……随意发挥；报告各地情形的也有，我也略略说了一点北京的黑暗。开会有二时之久，大家精神始终贯注，互相勉励，而著重于鼓励工人，因为这会是为工人而开的。我在旁参与，觉到一种欢欣，算是我途中第一次的喜遇。这现象，在北方恐怕是梦想不到的罢！下午一时多散会，还预约每天开会一次，尤其是注意于向着上海工厂招来的工友们，灌输国民革命的意义。有一个孙传芳部下的军官，当场演说北方军阀的黑幕，并说自当军官以来，不求升官发财，现在看北方军人实在无可希望了，所以毅然脱离，径向广东投国民革命军，意欲从这里打破北方的黑暗。这是大家都很欢迎的。MY DEAR TEACHER，你看这种情形是多么朝气呀！

十时吃的算是午饭，一时顷有咖啡一杯，面包二片，晚九时又有鸡粥一碗，其间的四时顷是晚餐，食物较火车上为方便。船甚稳，如坐长江轮船一样，不知往厦门去的是否也如此？

〇四日被姓梁的惊醒，已经八点多了。她有一个女友，和一个男友（？），不绝的来，一方面唱圣诗，一方面又打扑克。我被挤得连看书的地方都没有了，也看不下去，勉强的看了《骆驼》；又看《炭画》，是文言的，没有终卷。继看《夜哭》，字句既欠修饰，命意也很无聊，糟透了。

下午四时船经过厦门，我注意看看，不过茫茫的水天一色，厦门在那里！？

因为听说是经过厦门，我就顺便打听从厦门到广州的走法。据客栈人说：可以由厦门坐船到香港，再由香港搭火车到广州，但坐火车要中途自己走一站，不方便，倘由广州往香港，则须用照相觅铺保，准一星期回，否则惟店铺是问。也有从厦门到汕头的。我想，这条路较好，从汕头至广州，不是敌地，检查之类，可省许多麻烦。这是船中所闻，先写寄，免忘记，借供异日参考。

现在写字时是四日晚的九时，快有粥吃了。男女两教徒都走了，清净不少，但天气比前两天热，也不愿意睡，就想起上面的那些话，写了下来。

○ MY DEAR TEACHER：现在是五日午后二时廿分了，我正吃过午点心。不晓得你在做什么？今天工人仍然开会，但时间提早了，是十时多。刚刚摆开早饭，一个工人就来邀我赴会，说有两个主席，我是其一。我想，在这样人地生疏的境况之下，做主席是很难的，一不合式，就会引起纠纷，便说正在吃饭，又向来没有做过主席，不敢当，当场推却了。饭后到会，就有人要我演说，正推辞间，主席已在宣布喉咙不大好，说话不便，要我去接替。我没法，只得站上台去，攻击了一顿北京的政治和社会上的黑暗的情形。一完就退席，回到房里。听人说，开会时共有国民党员百来人，但是彼此争执开会手续不合法，一部分人退席了。这是我后来才知道的。往回一想，这么几个人，在这么短期间，开一个小会就冲突，则情形之复杂可想，幸而我没有做主席，否则，也许会糟到连自己都莫名其妙哩！听说明天上午可以到广州了，船内的会总该不致再开，我或者可以不再去说话。但是，到广州呢？

现时船早过了汕头，晚饭顷可经香港之北，名大划的地方。在这里须等候带船的人来领入广州，但他来的迟早很不一定，即使来了，也得再走六小时之久，始达终点。但无论如何，六日是必能到广州的了。

○ MY DEAR TEACHER：今天是六日，现在是快到八点了。昨晚十时，船停香北大划地方，候带船人，因为此后伏礁甚多，非熟识者难以前进。幸而今早起来，听说带船人已经到了，专候潮长，便即开船；如能准时，则午后可到珠江了。

○ MY DEAR TEACHER：现在（三时）船快到了，以后再谈罢。

YOUR H. M. 六日下午三时。

三八

先生：

六日我寄了一封信，那是在船上陆续写出，到粤后托客栈人寄的，收到了没有？

船于这日上午九时启碇驶入广州，经虎门黄埔，下午二时又停于距城甚远之车歪炮台外，又候至六时，始受专意捣乱，久延始来之海关外人查关检疫，乃放人换坐小艇泊岸。将泊岸了，而船夫一时疏失，突入旋涡，更兼船中人多（三十余）货重（百余件），躲浪不及，以致船身倾侧，江水入船，船夫坠水，幸全船镇静，使船放平，坠水船夫更竭力挽救，始得化险为夷，迨水上警察来时，已经平安无事矣。

登岸后，住大安栈，但钱币不同，路不认识，迫得写信叫人送给约我回来的陈家表叔，请其到栈接我，即于七日上午迁寓陈家，此信即在陈家所写。女子师范学校已经正式上课，今日（八日）下午四时左右，便当搬到校内去了。一切情形还多。女师甚复杂。我担任的是训育，另外授课八小时，每班一时，现在姑且尽力，究竟能否长久，再看情形就是了。

这里民气激昂，但闻北伐顺利，所以英人从中破坏，现正多方寻衅，见诸事实，例如武装兵船示威珠江，沙面等，以图扰乱后方即是。闽中有何新闻？关于本地或外省的，便希通知一下。以后再谈。

候著安。

你的 H. M. 九月八日。

三九

迅师：

七,九两日发了两封信,你都收到了没有？那信是写一路上情形的。

五日你寄的信,十日晚收到了。信来在我到校之后,并非一到校也就收到。

八日搬入学校,在下午四时顷,我的妹妹,嫂嫂已在等我相见许多时候了。待行李送到后,我即和她们同回老家,入门,则见房屋颓坏,人物全非,对此故园,不胜凄痛。晚间蚊虫肆虐,竟夕不成眠。次晨为母氏纪念日,祀祭后十时余返校。卧室在旧校楼上,是昔之缝纫室,今隔为三,前后两间皆有窗,光线充足,但先已有人居住；中间室狭而暗,周围无窗,四面"碰壁",即我朝夕之居处也。

校役招呼尚好,食品价亦不算太贵,但较北方或略昂,惟若可口,即算值得。

本校八日正式开课,校长特许休息几天,所以于明日（十三,星期一）才起首授课及办公。以前几天,有时在校预备教课,或休息,有时也出去探访亲戚,但总是请人带领。

这个学校的学生颇顽固,而且盲动,好闹风潮,将来也许要反对我,现时在小心中。

我一路上不觉受苦,回来后精神也佳,校内旧的熟人不少,但是我还是常常喜欢在房内看书。

你的较详细的信是否在途中,还是尚未写发,我希望早点收到。

明天有两小时教课,急要预备,下次再细谈罢。

　　　　　YOUR H. M. 九月十二晚六时三十五分。

我的职务（略）

四〇

（明信片背面）

从后面（南普陀）所照的厦门大学全景。

前面是海，对面是鼓浪屿。

最右边的是生物学院和国学院，第三层楼上有⊗记的便是我所住的地方。

昨夜发飓风，拔木发屋，但我没有受损害。

迅。九,十一。

（明信片正面）

想已到校，已开课否？

此地二十日上课。

十三日。

四一

广平兄：

依我想，早该得到你的来信了，然而还没有。大约闽粤间的通邮，不大便当，因为并非每日都有船。此地只有一个邮局代办所，星期六下午及星期日不办事，所以今天什么信件也没有——因为是星期——且看明天怎样罢。

我到厦门后发一信（五日），想早到。现在住了已经近十天，渐渐习惯起来了，不过言语仍旧不懂，买东西仍旧不便。开学在二十日，我有六点钟功课，就要忙起来，但未开学之前，却又觉得太闲，有些无聊，倒望从速开学，而且合同的年限早满。学校的房子尚未造齐，所以我暂住在国学院的陈列所空屋里，是三层楼上，眺望风景，极其合宜，我已写好一张有这房子照相的明信片，或者将与此信一同发出。上遂的事没有结果，我心中很不安，然而也无法可想。

十日之夜发飓风，十分利害，林语堂的住宅的房顶也吹破了，门也吹破了，粗如笔管的铜闩也都挤弯，毁东西不少。我住的屋子只破了一扇外层的百叶窗，此外没有损失。今天学校近旁的海边漂来不少东西，有桌子，有枕头，还有死尸，可见别处还翻了船或漂没了房屋。

此地四无人烟，图书馆中书籍不多，常在一处的人，又都是"面笑心不笑"，无话可谈，真是无聊之至。海水浴倒是很近便，但我多年没有浮水了；又想，倘若你在这里，恐怕一定不赞成我这种举动，所以没有去洗，以后也不去洗罢，学校有洗浴处的。夜间，电灯一开，飞虫聚集甚多，几乎不能做事，此后事情一多，大约非早睡而一早起来做不可。

迅。九月十二夜。

今天（十四日）上午到邮政代办所去看看，得到你六日八日的两封来信，高兴极了。此地的代办所太懒，信件往往放在柜台上，不送来，此后来信，可于厦门大学下加"国学院"三字，使他易于投递，且看如何。这几天，我是每日去看的，昨天还未见你的信，因想起报载英国鬼子在广州胡闹，进口船或者要受影响，所以心中很不安，现在放心了。看上海报，北京已戒严，不知何故；女师大已被合并为女子学院，师范部的主任是林素园（小研究系），而且于四日武装接收了，真令人气愤，但此时无暇管也无法管，只得暂且不去理会它，还有将来呢。

回上去讲我途中的事，同房的是一个五十多岁的广东人，姓魏或韦，我没有问清楚，似乎也是民党中人，所以还可谈，也许是老同盟会员罢。但我们不大谈政事，因为彼此都不知道底细，也曾问他从厦门到广州的走法，据说最好是从厦门到汕头，再到广州，和你所闻于客栈中人的话一样。船中的饭菜顿数，与广大同，也有鸡粥；船也很平；但无耶稣教徒，比你所遭遇的好得多了。小船的倾侧，真太危险，幸而终于"马"已登陆，使我得以放心。我到厦门时，亦以小船搬入学校，浪也不小，但我是从小惯于坐小船的，所以一点也没有什么。

我前信似乎说过这里的听差很不好，现在熟识些了，觉得殊不尽然。大约看惯了北京的听差的唯唯从命的，即容易觉得南方人的倔强，其实是南方的等级观念，没有北方之深，所以便是听差，也常有平等言动，现在我和他们的感情好起来了，觉得并不可恶。但茶水很不便，所以我现在少喝茶了，或者这倒是好的。烟卷似乎也比先前少吸。

我上船时，是克士送我去的，还有客栈里的茶房。当未上船之前，我们谈了许多话，我才知道关于我的事情，伏园已经大大的宣传过了，还做些演义。所以上海的有些人，见我们同车到此，便深信伏园之说了，然而也并不为奇。

我已不喝酒了，饭是每餐一大碗（方底的碗，等于尖底的两碗），但因为此地的菜总是淡而无味（校内的饭菜是不能吃的，我们合雇了一个厨子，每月工钱十元，每人饭菜钱十元，但仍然淡而无味），所以还不免吃点辣椒末，但我还想改良，逐渐停止。

我的功课，大约每周当有六小时，因为语堂希望我多讲，情不可却。其中两点是小说史，无须预备；两点是专书研究，须预备；两点是中国文学史，须编讲义。看看这里旧存的讲义，则我随便讲讲就很够了，但我还想认真一点，编成一本较好的文学史。你已在大大地用功，预备讲义了罢，但每班一小时，八时相同，或者不至于很费力罢。此地北伐顺利的消息也甚多，极快人意。报上又常有闽粤风云紧张之说，在这里却看不出，不过听说鼓浪屿上已有很多寓客，极少空屋了，这屿就在学校对面，坐舢板一二十分钟可到。

迅。九月十四日午。

四二

广平兄：

十三日发的给我的信，已经收到了。我从五日发了一信之后，直到十四日才发信，十四以前，我只是等着等着，并没有写信，这一封才是第三封。前天，我寄上了《彷徨》和《十二个》各一本。

看你所开的职务，似乎很繁重，住处亦不见佳。这种四面"碰壁"的住所，北京没有，上海是有的，在厦门客店里也看见过，实在使人气闷。职务有定，除自己心知其意，善为处理外，更无他法；住室却总该有一间较好的才是，否则，恐怕要瘦下。

本校今天行开学礼，学生在三四百人之间，就算作四百人罢，分为预科及本科七系，每系分三级，则每级人数之寥寥，亦可想而知。此地不但交通不便，招考极严，寄宿舍也只容四百人，四面是荒地，无屋可租，即使有人要来，也无处可住，而学校当局还想本校发达，真是梦想。大约早先就是没有计画的，现在也很散漫，我们来后，都被搁在须作陈列室的大洋楼上，至今尚无一定住所。听说现正赶造着教员的住所，但何时造成，殊不可知。我现在如去上课，须走石阶九十六级，来回就是一百九十二级；喝开水也不容易，幸而近来倒已习惯，不大喝茶了。我和兼士及朱山根，是早就收到聘书的，此外还有几个人，已经到此，而忽然不送聘书，玉堂费了许多力，才于前天送来；玉堂在此似乎也不大顺手，所以上遂的事，竟无法开口。

我的薪水不可谓不多，教科是五或六小时，也可以算很少，但别的所谓"相当职务"，却太繁，有本校季刊的作文，有本院季刊的作文，有指导研究员的事（将来还有审查），合计起来，很够做做了。学校当局又急于事功，问履历，问著作，问计画，问年底有什么成绩发表，令人看得心烦。其实我只要将《古小说钩沈》整理一下拿出去，就可以作为研究教授三四年的成绩了，其余都可以置之不理，但为了玉堂好意请我，所以我除教文学史外，还拟指导一种编辑书目的事，范围颇大，两三年未必能完，但这也只能做到那里算那里了。

在国学院里的，朱山根是胡适之的信徒，另外还有两三个，好像都是朱荐的，和他大同小异，而更浅薄，一到这里，孙伏园便要算可以谈谈的了。我真想不到天下何其浅薄者之多。他们面目倒漂亮的，而语言无味，夜间还要玩留声机，什么梅兰芳之类。我现在惟一的方法是少说话；他们的家眷到来之后，大约要搬往别处去了罢。从前在女师大做办事员的白果是一个职员兼玉堂的秘书，一样浮而不实，将来也许会兴风作浪，我现在也竭力地少和他往来。此外，教员内有一个熟人，是先前往陕西去时认识的，似乎还好；集美中学内有师大旧学生五人，都是国文系毕业的，昨天他们请我们吃饭，算作欢迎，他们是主张白话的，在此好像有点孤立。

这一星期以来，我对于本地更加习惯了，饭量照旧，这几天而且更能睡觉，每晚总可以睡九至十小时；但还有点懒，未曾理发，只在前晚用安全剃刀刮了一回髭须而已。我想从此整理为较有条理的生活，大约只要少应酬，关起门来，是做得到的。此地的点心很好；鲜龙眼已吃过了，并不见佳，还是香蕉好。但我不能自己去买东西，因为离市有十里，校旁只有一个小店，东西非常之少，店中人能说几句"普通话"，但我懂不到一半。这里的人似乎很有点欺生。因为是闽南了，所以称我们为北人；我被称为北人，这回是第一次。

现在的天气正像北京的夏末，虫类多极了，最利害的是蚂蚁，有大有小，无处不至，点心是放不过夜的。蚊子倒不多，大概是因为我在三层楼上之故。生疟疾的很多，所以校医给我们吃金鸡纳。霍乱已经减少了。但那街道，却真是坏，其实是在绕着人家的墙下，檐下走，无所谓路的。

兼士似乎还要回京去，他要我代他的职务，我不答应他。最初的布置，我未与闻，中途接手，一班绝不相干的人，指挥不灵，如何措手，还不如关起门来，"自扫门前雪"罢，况且我的工作也已经够多了。

章锡琛托建人写信给我，说想托你给《新女性》做一点文章，嘱我转达。不知可有这兴致？如有，可先寄我，我看后转寄去。《新女性》的编辑，近来好像是建人了，不知何故。那第九（？）期，我已寄上，想早到了。

我从昨日起，已停止吃青椒，而改为胡椒了，特此奉闻。再谈。

迅。九月二十日下午。

四三

迅师：

七，九，十二去了三信，只接到五日来的一信，你那里的消息一概不知道，惟有心猜臆测。究竟近状如何？是否途中感冒，现在休养？望勿秘不见告。

我不喜欢出街，因为到处不胜今昔之感；也因回来迟了，更不好意思偷懒，日常自早八时至晚五时才从办公室退至寝室，此后是沐浴和预备教课……时间总觉短促，各方还未顺熟，终日傻瓜似的一个。

这校有三数学生是顽固大家，大多数都是盲从，貌似一气，其实全无主见。今日十六晚是星期四，此信寄到或当不是在邮差休息时，你可以早些看见了。你预备教课忙么？余后陈。

祝你在新境度中秋鉴赏他们的快乐。

你的 H. M. 九月十七日。

四四

广平兄：

十七日的来信，今天收到了。我从五日发信后，只在十三日发一信片，十四日发一信，中间间隔，的确太多，致使你猜我感冒，我真不知怎样说才好。回想那时，也有些傻气，因为我到此以后，正听见英人在广州肇事，遂疑你所坐的船，亦将为彼等所阻，所以只盼望来信，连寄信的事也拖延了。这结果，却使你久不得我的信。

现在十四的信，总该早到了罢。此后，我又于同日寄《新女性》一本，于十八日寄《彷徨》及《十二个》各一本，于二十日寄信一封（信面却写了廿一），想来都该到在此信之前。

我在这里，不便则有之，身体却好，此地并无人力车，只好坐船或步行，现在已经炼得走扶梯百余级，毫不费力了。眠食也都好，每晚吃金鸡纳霜一粒，别的药一概未吃。昨日到市去，买了一瓶麦精鱼肝油，拟日内吃它。因为此地得开水颇难，所以不能吃散拿吐瑾。但十天内外，我要移住到旧的教员寄宿所去了，那时情形又当与此不同，或者易得开水罢。（教员寄宿舍有两所，一所住单身人者曰"博学楼"，一所住有夫人者曰"兼爱楼"，不知何人所名，颇可笑。）

教科也不算忙，我只六时，开学之结果，专书研究二小时无人选，只剩了文学史，小说史各二小时了。其中只有文学史须编讲义，大约每星期四五千字即可，我想不管旧有的讲义，而自己好好的来编一编，功罪在所不计。

这学校化钱不可谓不多，而并无基金，也无计划，办事散漫之至，我看是办不好的。

昨天中秋，有月，玉堂送来一筐月饼，大家分吃了，我吃了便睡，我近来睡得早了。

迅。九月二十二日下午。

四五

MY DEAR TEACHER：

你扣足了一星期给我一信，我在企望多日之中总算得到一点安慰——虽则只是一张明信片。

然而我实不解，我于七，九，十二，十七共发四函，并此为五，倘皆不到，我想，是否理由如下：

第一信，是到广州之次早，托大安栈茶房发出的，不知是否他学了洪乔？但可惜，此信记自沪至粤一路情形颇详细。

第二信，同时寄出者四处，除你之外尚有上海之叔，天津之嫂，东省之谢。岂学校女工（给我做事的）作弊？

兹对于收到之信片更作复函，由我自己投邮，看结果如何？

五日来信十日晚到，十三信片十八到，计需六天。如我寄之信不失，则你于十二，十四，十八，二二，二四，应陆续接得我信。假使非茶房及女工之误，则请你向贵校门房一询，凡有书周树人，豫才，鲁迅而下款为广州或粤之景，宋，许……缄者，即为我寄之信。下笔时故意捣乱，不料反致遗失，可叹！

我校从十三日起，我即授课办公，教课似乎还过得去（察看情形），至于训育，真是难堪，包括学监舍监的事，从早八时至下午五时在办公处或查堂，回来吃晚饭后又要查学生自习及注意起居饮食……总之无一时是我自己的时间。更有课外会议，各种领导事业及自己预备教材……，弄得精疲力尽，应接不暇。明日是星期，下午一时还要开训育会议，回想做学生真快活也。

现人已睡久，钟停了不知何时，急忙写此，恕其不备为幸。

祝快乐，不敢劝戒酒，但祈自爱节饮。

你的 H. M. 九月十八晚。

飓风拔木，何不向林先生要求乔迁？

四六

广平兄：

十八日之晚的信，昨天收到了。我十三日所发的明信片既然已经收到，我惟有希望十四日所发的信也接着收到。我惟有以你现在一定已经收到了我的几封信的事，聊自慰解而已。至于你所寄的七，九，十二，十七的信，我却都收到了，大抵是我或孙伏园从邮务代办处去寻来的，他们很乱，或送或不送，堆成一团，只要有人去说要拿那几封，便给拿去，但冒领的事倒似乎还没有。我或伏园是每日自去看一回。

看厦大的国学院，越看越不行了。朱山根是自称只佩服胡适陈源两个人的，而田千顷，辛家本，白果三人，似皆他所荐引。白果尤善兴风作浪，他曾在女师大做过职员，你该知道的罢，现在是玉堂的襄理，还兼别的事，对于较小的职员，气焰不可当，嘴里都是油滑话。我因为亲闻他密语玉堂，"谁怎样不好"等等，就看不起他了。前天就很给他碰了一个钉子，他昨天借题报复，我便又给他碰了一个大钉子，而自己则辞去国学院兼职。我是不与此辈共事的，否则，何必到厦门。

我原住的房屋，要陈列物品了，我就须搬。而学校之办法甚奇，一面催我们，却并不指出搬到那里，教员寄宿舍已经人满，而附近又无客栈，真是无法可想。后来总算指给我一间了，但器具毫无，向他们要，则白果又故意特别刁难起来（不知何意，此人大概是有喜欢给别人吃点小苦头的脾气的），要我开帐签名具领，于是就给碰了一个钉子而又大发其怒。大发其怒之后，器具就有了，还格外添了一把躺椅，总务长亲自监督搬运。因为玉堂邀请我一场，我本想做点事，现在看来，恐怕是不行的，能否到一年，也很难说。所以我已决计将工作范围缩小，希图在短时日中，可以有点小成绩，不算来骗别人的钱。

此校用钱并不少，也很不撙节，而有许多悭吝举动，却令人难耐。即如今天我搬房时，就又有一件。房中原有两个电灯，我当然只用一个的，而有电机匠来，必要取去其一个玻璃泡，止之不可。其实对于一个教员，薪水已经化了这许多了，多点一个电灯或少点一个，又何必如此计较呢。

至于我今天所搬的房，却比先前的静多了，房子颇大，是在楼上。前回的明信片上，不是有照相么？中间一共五座，其一是图书馆，我就住在那楼上，间壁是孙伏园和张颐（今天才到，原先也是北大教员），那一面是钉书作场，现在还没有人。我的房有两个窗门，可以看见山。今天晚上，心就安静得多了，第一是离开了那些无聊人，也不必一同吃饭，听些无聊话了，这就很舒服。今天晚饭是在一个小店里买了面包和罐头牛肉吃的，明天大概仍要叫厨子包做。又自雇了一个当差的，每月连饭钱十二元，懂得两三句普通话，但恐怕颇有点懒。如果再没有什么麻烦事，我想开手编《中国文学史略》了。来听我的讲义的学生，一共有二十三人（内女生二人），这不但是国文系全部，而且还含有英文，教育系的；这里的动物学系，全班只有一人，天天和教员对坐而听讲。

但是我也许还要搬。因为现在是图书馆主任正请假着，由玉堂代理，所以他有权。一旦本人回来，或者又有变化也难说。在荒地里开学校，无器具，无房屋给教员住，实在可笑。至于搬到那里去，现在是无从揣测的。

现在的住房还有一样好处，就是到平地只须走扶梯二十四级，比原先要少七十二级了。然而"有利必有弊"，那"弊"是看不见海，只能见轮船的烟通。

今夜的月色还很好，在楼下徘徊了片时，因有风，遂回，已是十一点半了。我想，我的十四的信，到二十，二十一或二十二总该寄到了罢，后天（二十七）也许有信来，因先来写了这两张，待二十八日寄出。

二十二日曾寄一信，想已到了。

迅。二十五日之夜。

今天是礼拜，大风，但比起那一次来，却差得远了。明天未必一定有从粤来的船，所以昨天写好的两张信，我决计于明天一早寄出。

昨天雇了一个人，叫作流水，然而是替工，今天本人来了，叫作春来，也能说几句普通话，大约可以用罢。今天又买了许多器具，大抵是铝做的，又买了一只小水缸，所以现在是不但茶水饶足，连吃散拿吐瑾也不为难了。（我从这次旅行，才觉到散拿吐瑾是补品中之最麻烦者，因为它须兼用冷水热水两种，别的补品不如此。）

今天忽然有瓦匠来给我刷墙壁了，懒懒地乱了一天。夜间大约也未必能静心编讲义，玩一整天再说罢。

迅。九月二十六日晚七点钟。

四七

MY DEAR TEACHER：

二十二日得到你十四的和十二的放在一个信封内的信，知道了好多要说的话，虽则似乎很幽默，但我是以己度人，能够领解的。我以为一两天的路程，通信日期当然也不过如此，即须较多，三四天了不得了，而乃五六七八天，这真教人从何说起，况有时且又过之呢？

我正式做工和上课，已经有一星期零四天了，所觉到的结果是忙，忙……早上八点起就到办事处，或办事，或授课，此外还要查堂，看学生勤惰；五时回来吃晚饭；到七时学生自习，又要查了。训育职务是兼学监舍监之类（但又别有教务，舍务处），又须注意学风，宣传党义，与教务及总务俱隶属于校长之下，而如此办法，则惟广东在今年暑假后为然。我初毕业，既无经验，且又无可借鉴（他校尚未成立训育处），居此地位，真是盲人瞎马，"害"字加了一目矣。更兼学生为三数旧派所左右，外有全省学生联合会（广东学生而多顽固，岂非"出人意表之外"）为之援，更外则京沪旧派为之助，势力滋蔓，甚难图也，此后倘能改革，固为大幸，否则我自然三十六着，走为上着，但多半是要被排斥的。当我未回之前，学生联合会已借口省立第一，二中学为□□校长，作种种办学无状之条文，洋洋洒洒，大加攻击，甚至教育厅开除学生；继而广大（中山大学）法科反对陈启修为主任，亦与第一，二中同一线索。女师是他们预备第三次起风潮的，所以学生总是蠢蠢欲动，现正在多方探听我的色彩，好像曾经反抗段祺瑞政府者，亦即党国罪人一样。女子本少卓见，加以外诱，增其顽强，个个有杨荫榆之流风，甚可叹也。好在我只要自己努力，或者不至失败，即使失败，现时广东女子地位与男子等，亦自有别处可去，非如外地一受攻击，即难在社会上立足之困人也。

MY DEAR TEACHER！你为什么希望"合同年限早满"呢？你是因为觉得诸多不惯，又不懂话，起居饮食不便么？如果对于身体的确不好，甚至有妨健康，则还不如辞去的好。然而，你不是要"去作工"么？你这样的不安，怎么可以安心作工！？你有更好的方法解决没有？或者于衣食抄写有需我帮忙的地方，也不妨通知，从长讨论。

中秋那一天，你玩了没有？难得旅行到福建，住一天，最好是勿白辜负了这一天，还是玩玩吃吃的好。学校的厨子不好，不是五分钟可到鼓浪屿么？那边一定有食处，也有去处，谢君的哥哥就住在那地方，他们待人都好，你愿意去看看他么？今日还接到谢君来信，他极希望回到家乡去做点事，但看你所处的情形，连上遂先生也难荐，则其余恐怕更不必说了。

我在中秋的那天上午随校长赴追悼朱执信六周年纪念会，到的人很多，见于树德先生讲演，依然北方淳厚之风，后又往烈士坟凭吊，回校已午后一时，算是过了上半天的节。是日，不断的忆起去年今日，我远远的提着四盒月饼，跑来喝酒，此情此景，如在目前，有什么法子呢！而且训育方面逼住要中秋后一天开会，交出计画书去，我于中秋前赶做一晚，当天又接着做，勉强抄袭出来，能否适用还说不定。中秋下午，我实在耐不住了，跑回家里一趟，看见嫂妹的冷清清的，便又记起未出广东以前家庭的样子，不胜凄恻，又不忍走开，即买菜同吃一顿。饭后出街走了一圈，回来买些灯笼给孩子们，买些水果大家吃，约莫十时睡了，月是怎么样，没有细看。

北京女师大事，我收到两次学生宣言，教育部诬助学生之教员为图自己饭碗；岂明，祖正二先生且被林素园当面诬为赤化，虽即要求他认错取消，但亦可谓晦气。北伐想是顺利，此间清一色的报纸，莫明究竟，在福建大约可以较得真相。

邮政代办所离学校有多少远？天天走不累的慌么？

伏园宣传的话，其详可得闻欤？

现时候不早，眼睛倦极，下次再谈罢。祝你快乐！

　　　　　　　　　你的 H. M. 九月二十三晚。

四八

广平兄：

廿七日寄上一信，收到了没有？今天是我在等你的信了，据我想，你于廿一二大约该有一封信发出，昨天或今天要到的，然而竟还没有到，所以我等着。

我所辞的兼职（研究教授），终于辞不掉，昨晚又将聘书送来了，据说林玉堂因此一晚睡不着。使玉堂睡不着，我想，这是对他不起的，所以只得收下，将辞意取消。玉堂对于国学院，不可谓不热心，但由我看来，希望不多，第一是没有人才，第二是校长有些掣肘（我觉得这样）。但我仍然做我该做的事，从昨天起，已开手编中国文学史讲义，今天编好了第一章。眠食都好，饭两浅碗，睡觉是可以有八或九小时。

从前天起，开始吃散拿吐瑾，只是白糖无法办理，这里的蚂蚁可怕极了，有一种小而红的，无处不到。我现在将糖放在碗里，将碗放在贮水的盘中，然而倘若偶然忘记，则顷刻之间，满碗都是小蚂蚁。点心也这样。这里的点心很好，而我近来却怕敢买了，买来之后，吃过几个，其余的竟无法安放，我住在四层楼上的时候，常将一包点心和蚂蚁一同抛到草地里去。

风也很利害，几乎天天发，较大的时候，令人疑心窗玻璃就要吹破；若在屋外，则走路倘不小心，也可以被吹倒的。现在就呼呼地吹着。我初到时，夜夜听到波声，现在不听见了，因为习惯了，再过几时，风声也会习惯的罢。

现在的天气，同我初来时差不多，须穿夏衣，用凉席，在太阳下行走，即遍身是汗。听说这样的天气，要继续到十月（阳历？）底。

L.S. 九月二十八日夜。

今天下午收到廿四发的来信了，我所料的并不错。但粤中学生情形如此，却真出于我的“意表之外”，北京似乎还不至此。你自然只能照你来信所说的做，但看那些职务，不是忙得连一点闲空都没有了么？我想，做事自然是应该做的，但不要拚命地做才好。此地对于外面的情形，也不大了然，看今天的报章，登有上海电（但这些电报是什么来路，却不明），总结起来：武昌还未降，大约要攻击；南昌猛扑数次，未取得；孙传芳已出兵；吴佩孚似乎在郑州，现正与奉天方面暗争保定大名。

我之愿合同早满者，就是愿意年月过得快，快到民国十七年，可惜来此未及一月，却如过了一年了。其实此地对于我的身体，仿佛倒好，能吃能睡，便是证据，也许肥胖一点了罢。不过总有些无聊，有些不高兴，好像不能安居乐业似的，但我也以转瞬便是半年，一年，聊自排遣，或者开手编讲义，来排遣排遣，所以眠食是好的。我在这里的情形，就是如此，还可以无需帮助，你还是给学校办点事的好。

中秋的情形，前信说过了。谢君的事，原已早向玉堂提过的，没有消息。听说这里喜欢用"外江佬"，理由是因为倘有不合，外江佬卷铺盖就走了，从此完事，本地人却永久在近旁，容易结怨云。这也是一种特别的哲学。谢君的令兄我想暂且不去访问他，否则，他须来招呼我，我又须去回谢他，反而多一番应酬也。

伏园今天接孟余一电，招他往粤办报，他去否似尚未定。这电报是廿三发的，走了七天，同信一样慢，真奇。至于他所宣传的，大略是说：他家不但常有男学生，也常有女学生，但他是爱高的那一个的，因为她最有才气云云。平凡得很，正如伏园之人，不足多道也。

此地所请的教授，我和兼士之外，还有朱山根。这人是陈源之流，我是早知道的，现在一调查，则他所安排的羽翼，竟有七人之多，先前所谓不问外事，专一看书的舆论，乃是全都为其所骗。他已在开始排斥我，说我是"名士派"，可笑。好在我并不想在此挣帝王万世之业，不去管他了。

我到邮政代办处的路，大约有八十步，再加八十步，才到便所，所以我一天总要走过三四回，因为我须去小解，而它就在中途，只要伸首一窥，毫不费事。天一黑，就不到那里去了，就在楼下的草地上了事。此地的生活法，就是如此散漫，真是闻所未闻。我因为多住了几天，渐渐习惯，而且骂来了一些用具，又自买了一些用具，又自雇了一个用人，好得多了，近几天有几个初到的教员，被迎进在一间冷房里，口干则无水，要小便则须旅行，还在"茫茫若丧家之狗"哩。

听讲的学生倒多起来了，大概有许多是别科的。女生共五人。我决定目不邪视，而且将来永远如此，直到离开了厦门。嘴也不大乱吃，只吃了几回香蕉，自然比北京的好，但价亦不廉，此地有一所小店，我去买时，倘五个，那里的一位胖老婆子就要"吉格浑"（一角钱），倘是十个，便要"能（二）格浑"了。究竟是确要这许多呢，还是欺我是外江佬之故，我至今还不得而知。好在我的钱原是从厦门骗来的，拿出"吉格浑""能格浑"去给厦门人，也不打紧。

我的功课现在有五小时了，只有两小时须编讲义，然而颇费事，因为文学史的范围太大了。我到此之后，从上海又买了一百元书。克士已有信来，说他已迁居，而与一个同事姓孙的同住，我想，这人是不好的，但他也不笨，或不至于上当。

要睡觉了，已是十二时，再谈罢。

迅。九月三十日之夜。

四九

MY DEAR TEACHER：

廿三晚写好的信，廿四早发出了。当日下午收到《彷徨》和《十二个》，包裹甚好，书一点没有损坏。但是两本书要寄费十分，岂非太不经济？

我一天的时间，能够给我自己支配的，只有晚上九时以后，我做自己的事——如写信，预备教材——全得在这时候。此外也许有时有闲，但不一定。所以我写信时匆忙极了，许多应当写下来的事，也往往忘却，致使你因此挂心，这真是该打！忘记了什么呢？就是我光知道诉苦，说我住的是"碰壁"的房，可是现在已经改革了，东面的楼上住的一位附小的教员辞了职，校长教我搬去，我赶紧实行，于到校第二个星期六搬过来了。此楼方形，隔成田字，开间颇大，用具也不少。每间住一人，余三人为小学教员，胸襟一样狭窄，第一天即三人成众，给我听了不少讽刺话，我也颇气愤，但因不是在做学生了，总得将就一些，便忍耐下去，次早还要陪笑脸招呼，这真是做先生的苦处。现在她们有点客气了，然而实在热闹得可以，总是高朋满坐，即使只有三人，也还是大叫大嚷，没一时安静。更难堪的是有两位自带女仆婢子，日里做事，夜间就在她们房里搭床，连饭菜也由用人用煤油炉煮食，一小房便是一家庭，其污浊局促可想。所以我的房门口的过道，就成了女仆婢子们的殖民地，摆了桌子，吃饭，梳洗，桌下锅盆碗碟，堆积甚多，煞是好看。但我这方面总是竭力回避，关起门来，算是我的世界，好在一大块向南的都是窗，有新空气，不会病了。

这个学校，先前是师范和小学合在一处的，现在师范分到新校去了，但校舍还未造好，正在筹捐，所以师范教员和学生仍旧住在小学——即旧校里。今年暑假以后，算是大加革新了，分设教务，总务，训育于校长之下，而训育最繁琐，且须管理寄宿，此校学生曾起反对校长风潮，后虽平息，而常愤愤，每寻瑕伺隙，与办事人为难。我上课的第一天，学生就提出改在寝室内自修（原在教室，但灯暗……）的难题目给我做。现已给以附有条件的允许，于明日实行。但那么一来，学生散处各室，夜间查堂就更加困难了。对寝室负责的，我之外本来还有一舍监，现此人因常骂学生及仆人，大有非去不可之势，学校当局以为我闲空，要我兼任（但不加薪），我只答应暂兼数天，那时就将更加忙碌，因早晚舍监应做的如督率女仆，收拾寝室，厕所……也须归我管理也。

看你在厦大，学生少，又属草创，事多而趣少，如何是好？菜淡不能加盐么？胡椒多吃也不是办法，买罐头补助不好么？火腿总有地方买，不能做来吃么？万勿省钱为要！！！

广东水果现时有杨桃，五瓣，横断如星形，色黄绿，厦门可有么？

广东常有雨，但一止就可以出街，无雨则甚热，上课时汗流浃背的。蚊子大出，现在就一面写字，一面在喂它。蚂蚁也不亚于厦门，记得在"碰壁"的房里时，夜间睡眠中，臂膊还曾被其所咬；食物自然更易招致，即使挂起来，也能缘绳而至，须用水绕，始得平安。空气甚湿，衣物书籍，动辄发霉，讨厌极了。

我虽然忙，但《新女性》既转折的写了信来，似乎不好推却。不过我的作品太幼稚，你有什么方法鼓舞我，引导我，勿使我疏懒退缩不前么？

现在我事务虽然加多，但办得较前熟手了。八时教课，实则只要预备四班教材，而都是从头讲起，班高的讲快，参考简单，班低讲慢，参考较多，互相资助，日来似觉稍为顺手。总之，到这里初做事，要做得好，即不能辞劳苦，宁可力竭而去，不欲懒散而存，所以我愿意努力工作，你以为何如？

有北京消息没有，学校近况如何？

祝你健康。

YOUR H. M. 九月二十八晚。

五〇

广平兄：

一日寄出一信并《莽原》两本，早到了罢。今天收到九月廿九的来信了，忽然于十分的邮票大发感慨，真是孩子气。花了十分，比寄失不是好得多么？我先前闻粤中学生情形，颇"出于意表之外"，今闻教员情形，又"出于意表之外"，我先前总以为广东学界状况，总该比别处好得多，现在看来，似乎也只是一种幻想。你初作事，要努力工作，我当然不能说什么，但也须兼顾自己，不要"鞠躬尽瘁"才好。至于作文，我怎样鼓舞，引导呢？我说，大胆做来，先寄给我，不够么？好否我先看，即使不好，现在太远，不能打手心，只得记帐，这就已可以放胆下笔，无须退缩的了，还要怎么样呢？

从信上推测起你的住室来，似乎比我的阔些，我用具寥寥，只有六件，皆从奋斗得来者也。但自从买了火酒灯之后，我也忙了一点，因为凡有饮用之水，我必煮沸一回才用，因为忙，无聊也仿佛减少了。酱油已买，也常吃罐头牛肉，何尝省钱！！！火腿我却不想吃，在北京时吃怕了。在上海时，我和建人因为吃不多，便只叫了一碗炒饭，不料又惹出影响，至于不在先施公司多买东西，孩子之神经过敏，真令人无法可想。相距又远，鞭长不及马腹，也还是姑且记在帐上罢。

我在此常吃香蕉，柚子，都很好；至于杨桃，却没有见过，又不知道是甚么名字，所以也无从买起。鼓浪屿也许有罢，但我还未去过，那地方大约也不过像别处的租界，我也无甚趣味，终于懒下来了。此地雨倒不多，只有风，现在还热，可是荷叶却干了。一切花，我大抵不认识；羊是黑的。防止蚂蚁，我现也用四面围水之法，总算白糖已经安全，而在桌上，则昼夜总有十余匹爬着，拂去又来，没有法子。

我现在专取闭关主义，一切教职员，少与往来，也少说话。此地之学生似尚佳，清早便运动，晚亦常有；阅报室中也常有人。对我之感情似亦好，多说文科今年有生气了，我自省自己之懒惰，殊为内愧。小说史有成书，所以我对于编文学史讲义，不愿草率，现已有两章付印了，可惜本校藏书不多，编起来很不便。

北京信已有收到，家里是平安的，煤已买，每吨至二十元。学校还未开课，北大学生去缴学费，而当局不收，可谓客气，然则开学之毫无把握可知。女师大的事没有听到什么，单知道教员都换了男师大的，大概暂时当是研究系势力。总之，环境如此，女师大是决不会单独弄好的。

上遂要搬家眷回南，自己行踪未定，我曾为之写信向天津学校设法，但恐亦无效。他也想赴广东，而无介绍。此地总无法想，玉堂也不能指挥如意，许多人的聘书，校长压了多日才发下来。校长是尊孔的，对于我和兼士，倒还没有什么，但因为化了这许多钱，汲汲要有成效，如以好草喂牛，要挤些牛乳一般。玉堂盖亦窥知此隐，故不日要开展览会，除学校自买之泥人（古冢中土偶也）而外，还要将我的石刻拓片挂出。其实这些古董，此地人那里会要看，无非胡里胡涂，忙碌一番而已。

在这里好像刺戟少些，所以我颇能睡，但也做不出文章来，北京来催，只好不理。□□书店想我有书给他印，我还没有；对于北新，则我还未将《华盖集续编》整理给他，因为没有工夫。长虹和这两店，闹起来了，因为要钱的事。沈钟社和创造社，也闹起来了，现已以文章口角；创造社伙计内部，也闹起来了，已将柯仲平逐出，原因我不知道。

迅。十，四，夜。

五一

MY DEAR TEACHER：

今早到办公室就看见你廿二日写给我的信了。现在是卅晚十时，我正从外面回校，因为今天是我一个堂兄生了孩子的满月，在城隍庙内的酒店请客，人很多，菜颇精致，我回来后吃广东酒席，今天是第二次了。广东　桌翅席，只几样菜，就要二十多元，外加茶水，酒之类，所以平常请七八个客，叫七八样好菜，动不动就是四五十元。这种应酬上的消耗，实在利害，然而社会上习惯了，往往不能避免，真是恶习。

现时我于教课似乎熟习些，预备也觉容易，但将上讲堂时，心中仍不免忐忑。训育一方，则千头万绪，学生又多方找事给我做，找难题给我处理，往往一波未平，一波又起，校务舍务，俱不能脱开。前信曾说过舍监要走的事，幸而现在已经打消了，我也省得来独力支持，专招怨骂了。

学校散漫而无基金，学生少，设备不全，当然是减少兴味的。但看北京的黑暗，一时不易光明，除非北伐军打入北京，或国民军再进都城，我们这路人，是避之则吉的。这样一想，现时我们所处的地方，就是避难桃源，其他不必苛求，只对自己随时善自料理就是了。

睡早而少吃茶烟，是出于自然还是强制？日间无聊，将何以写忧？

广东几乎无日无雨，天气潮湿，书物不易存储，出太阳则又热不可耐，讨厌之极。又此地不似外省随便，女人穿衣，两三月辄换一个尺寸花头，高低大小，千变万化，学生又好起人绰号，所以我带回来的衣服，都打算送给人穿，自己从新做过，不是名流，未能免俗，然私意总从俭朴省约着想，因我固非装饰家也。但此种恶习，也与酒席一样消耗得令人厌恶。

愿你将你的情形时时告我。祝你安心课业。

YOUR H. M. 九月卅晚十时半。

MY DEAR TEACHER：

现在我又给你写信了，卅日写了一纸，本待寄去，又想，或者就有来信，所以又等着，到现在，四天了，中间有礼拜六，日，明天也许有信到，但是我等不及了，恐怕你盼望，就先寄给你罢。

这数日来我的大事记——一日整天大雨，无屋不漏。但党政府定于这天叫人到党部领徽章（铜质，有五元，一元，四角三种）去卖，我就代表学校，前去领取，还有扑满，旗帜，标语，宣传印刷品等，要点数目，费了大半天工夫。二日除照常校务外，并将徽章按各班人数分配妥帖。三日星期，则上半天全化在将这些分给各班各组的事情上，神疲力尽，十一时始完。午餐后去看李表妹及陈君，他们正拟邀我往城北游玩，因一同出城，乡村风景，甚觉宜人，野外花园，殊有清趣，树木蔚为大观，食品较城市便宜，我们三人在北园饮茶吃炒粉，又吃鸡，菜，共饱二顿，而所费不过三元余，从午至暮，盘桓半日，始返陈宅。

今天四日晨，复与大家往第一公园一游，午后上街买书报，又回家一看，三时顷回校收学生售章回来之扑满，直至五时，还只数个，明天尚有事做也。当我回校时，桌上见有李之良名片，她初到粤，人地生疏，又不懂话，因即于晚六时半往访，听了一点关于北京的情形。才知道我出京后，那边收不到我的信，但是谢君的弟弟却收到的，不知何故。你这里于北京消息不隔膜么？至于女师大，据李君说，则已由教育部直接用武装军警，强迫交代，学生被任可澄林素园召集至礼堂训话，大家只有痛哭，当面要求三事，一全体教职员照旧，二学校独立，三经费独立，闻经一一应允，但至李君来时，已经教职员全去，只留学生云。

我事情仍甚忙，学生对我尚无恶感，可是应付得太费力了，处处要钩心斗角，心里不愿如此，而表面上不得不如此，我意姑且尽职一学期至阳历一月，如那时情形不佳，则惟有另图生活之一法了。

前两天学校将所收的学费分掉了，新教职员得薪水之三成，我收到五十九元四角。听说国庆日以前还可多发一点，然而从中减去了公债票，国库券，北伐慰劳捐等等，则所余亦属无几。总之，所谓主任也者，名目好听，事情繁，收入少，实在为难，不过学学经验，练练脾气，也是好的。从前是气冲牛斗的害马，现在变成童养媳一般，学生都是婆婆小姑，要看她们的脸色做事了。这样子，又那里会有自我的个性，本来的面目。然而回心一想，社会就是这样，我从前太任性了，现今正该多加磨练，以销尽我的锋铓，那时变成什么，请你监视我就是了。

你近况何如？对于程度较低的学生，倘用了过于深邃充实的教材，有时反而使他们难于吸收，更加不能了解：请你注意于这一层。

现已十一时，快夜半了，昨夜睡得不多，现倦甚，以后再谈罢。

祝你精神康适。

YOUR H. M. 十月四日晚十一时。

五二

迅师：

六日收到您九月廿七的信及杂志一束，廿二的信亦已收到。我除十八以前的信外，又有廿四，廿九，十月五日，及此信共四封，想也陆续寄到了。

厦大情形，闻之令人气短，后将何以为计，念念。广州办学，似乎还不至如此，你也有熟人如顾先生等，倘现时地位不好住，可愿意来此间一试否？郭沫若做政治部长去了。广大改名中山大学，校长是戴季陶。陈启修先生在此似乎不得意，有前往江西之说。

我在此处，校中琐事太多，一点自己的时间都没有，几乎可以说全然卖给它了。其价若干？你猜，今天领到九月份薪水，名目是百八十元之四成五，实得小洋三十七元，此外有短期国库券二十元，须俟十一月廿六方能领取，又公债票十五元，则领款无期，还有学校建筑捐款九元（以薪金作比例），女师毕业生演剧为母校筹款，因为是主任，派购入场券一张五元，诸如此类，不胜其烦。而最讨厌的是整天对学生钩心斗角，不能推诚相与（学生视学校如敌人，此少数人把持所致），所以觉得实在没趣，但仍姑且努力，倘若还是没法办，那时再作他图罢。

本来你在厦门就令人觉得不合式，但是到了现在，你有什么方法呢？信的邮递又是那么不便，你的情形已经尽情地说出来了没有呢？

《语丝》九六上《女师大的命运》那篇，岂明先生说："经过一次解散而去的师生有福了，"那么，你我不是有福的么？大可以自慰了。

祝你精神。

YOUR H. M. 十月七晚十二时。

五三

广平兄：

　　十月四日得九月廿九日来信后，即于五日寄一信，想已收到了。人间的纠葛真多，兼士直到现在，未在应聘书上签名，前几天便拟于国学研究院成立会一开毕，便往北京去，因为那边也有许多事待他料理。玉堂大不以为然，而兼士却非去不可。我便从中调和，先令兼士在应聘书上签名，然后请假到北京去一趟，年内再来厦门一次，算是在此半年，兼士有些可以了，玉堂又坚执不允，非他在此整半年不可。我只好退开。过了两天，玉堂也可以了，大约也觉得除此更无别路了罢。现在此事只要经校长允许后，便要告一结束了。兼士大约十五左右动身，闻先将赴粤一看，再向上海。伏园恐怕也同行，至是否便即在粤，抑接洽之后，仍回厦门一次，则不得而知。孟余请他是办副刊，他已经答应了，但何时办起，则似未定。

　　据我想：兼士当初是未尝不预备常在这里的，待到厦门一看，觉交通之不便，生活之无聊，就不免"归心如箭"了。这实在是无可奈何的事，教我如何劝得他。

　　这里的学校当局，虽出重资聘请教员，而未免视教员如变把戏者，要他空拳赤手，显出本领来。即如这回开展览会，我就吃苦不少。当开会之前，兼士要我的碑碣拓片去陈列，我答应了。但我只有一张小书桌和小方桌，不够用，只得摊在地上，伏着，一一选出。及至拿到会场去时，则除孙伏园自告奋勇，同去陈列之外，没有第二人帮忙，寻校役也寻不到，于是只得二人陈列，高处则须桌上放一椅子，由我站上去。弄至中途，白果又硬将孙伏园叫去了，因为他是"襄理"（玉堂的），有叫孙伏园去之权力。兼士看不过去，便自来帮我，他已喝了一点酒，这回跳上跳下，晚上就大吐了一通。襄理的位置，正如明朝的太监，可以倚靠权势，胡作非为，而受害的不是他，是学校。昨天因为白果对书记们下条子（上谕式的），下午同盟罢工了，后事不知如何。玉堂信用此人，可谓胡涂。我前回辞国学院研究教授而又中止者，因怕兼士与玉堂觉得为难也，现在看来，总非坚决辞去不可，人亦何苦因为别人计，而自轻自贱至此哉！

此地的生活也实在无聊，外省的教员，几乎无一人作长久之计，兼士之去，固无足怪。但我比兼士随便一些，又因为见玉堂的兄弟及太太，都很为我们的生活操心；学生对我尤好，只恐怕我在此住不惯，有几个本地人，甚至于星期六不回家，预备星期日我若往市上去玩，他们好同去作翻译。所以只要没有什么大下不去的事，我总想在此至少讲一年，否则，我也许早跑到广州或上海去了。（但还有几个很欢迎我的人，是要我首先开口攻击此地的社会等等，他们好跟着来开枪。）

今天是双十节，却使我欢喜非常，本校先行升旗礼，三呼万岁，于是有演说，运动，放鞭炮。北京的人，仿佛厌恶双十节似的，沉沉如死，此地这才像双十节。我因为听北京过年的鞭炮听厌了，对鞭炮有了恶感，这回才觉得却也好听。中午同学生上饭厅，吃了一碗不大可口的面（大半碗是豆芽菜）；晚上是恳亲会，有音乐和电影，电影因为电力不足，不甚了然，但在此已视同宝贝了。教员太太将最新的衣服都穿上了，大约在这里，一年中另外也没有什么别的聚会了罢。

听说厦门市上今天也很热闹，商民都自动的地挂旗结彩庆贺，不像北京那样，听警察吩咐之后，才挂出一张污秽的五色旗来。此地的人民的思想，我看其实是"国民党的"的，并不怎样老旧。

自从我到此之后，寄给我的各种期刊很杂乱，忽有忽无。我有时想分寄给你，但不见得期期有，勿疑为邮局失落。好在这类东西，看过便罢，未必保存，完全与否亦无什么关系。

我来此已一月余，只做了两篇讲义，两篇稿子给《莽原》；但能睡，身体似乎好些。今天听到一种传说，说孙传芳的主力兵已败，没有什么可用的了，不知确否。我想，一二天内该可以得到来信，但这信我明天要寄出了。

迅。十月十日。

五四

广平兄：

昨天刚寄出一封信，今天就收到你五日的来信了。你这封信，在船上足足躺了七天多，因为有一个北大学生来此做编辑员的，就于五日从广州动身，船因避风，或行或止，直到今天才到，你的信大约就与他同船的。一封信的往返，往往要二十天，真是可叹。

我看你的职务太烦剧了，薪水又这么不可靠，衣服又须如此变化，你够用么？我想：一个人也许应该做点事，但也无须乎劳而无功。天天看学生的脸色办事，于人我都无益，这也就是所谓"敝精神于无用之地"，听说在广州寻事做并不难，你又何必一定要等到学期之末呢？忙自然不妨，但倘若连自己休息的时间都没有，那可是不值得的。

我的能睡，是出于自然的，此地虽然不乏琐事，但究竟没有北京的忙，即如校对等事，在这里就没有。酒是自己不想喝，我在北京，太高兴和太愤懑时就喝酒，这里虽然仍不免有小刺戟，然而不至于"太"，所以可以无须喝了，况且我本来没有瘾。少吸烟卷，可不知道是怎么一回事，大约因为编讲义，只要调查，无须思索之故罢。但近几天可又多吸了一点，因为我连做了四篇《旧事重提》。这东西还有两篇便完，拟下月再做，从明天起，又要编讲义了。

兼士尚未动身，他连替他的人也还未弄妥，但因为急于回北京，听说不往广州了。孙伏园似乎还要去一趟。今天又得李逢吉从大连来信，知道他往广州，但不知道他去作何事。

广东多雨，天气和厦门竟这么不同么？这里不下雨，不过天天有风，而风中很少灰尘，所以并不讨厌。我自从买了火酒灯以后，开水不生问题了，但饭菜总不见佳。从后天起，要换厨子了，然而大概总还是差不多的罢。

迅。十月十二夜。

八日的信，今天收到了；以前的九月廿四，廿九，十月五日的信，也都收到。看你收入和做事的比例，实在相距太远了。你不知能即另作他图否？我以为如此情形，努力也都是白费的。

"经过一次解散而去的"，自然要算有福，倘我们还在那里，一定比现在要气愤得多。至于我在这里的情形，我信中都已陆续说出，其实也等于卖身。除为了薪水之外，再没有别的什么，但我现在或者还可以暂时敷衍，再看情形。当初我也未尝不想起广州，后来一听情形，暂时不作此想了。你看陈惺农尚且站不住，何况我呢。

我在这里不大高兴的原因，首先是在周围多是语言无味的人物，令我觉得无聊。他们倘肯让我独自躲在房里看书，倒也罢了，偏又常常寻上门来，给我小刺戟。但也很有一班人当作宝贝看，和在北京的天天提心吊胆，要防危险的时候一比，平安得多，只要自己的心静一静，也未尝不可以暂时安住。但因为无人可谈，所以将牢骚都在信里对你发了。你不要以为我在这里苦得很，其实也不然的，身体大概比在北京还要好一点。

你收入这样少，够用么？我希望你通知我。

今天本地报上的消息很好，但自然不知道可确的，一，武昌已攻下；二，九江已取得；三，陈仪（孙之师长）等通电主张和平；四，樊锺秀已入开封，吴佩孚逃保定（一云郑州）。总而言之，即使要打折扣，情形很好总是真的。

迅。十月十五日夜。

五五

迅师：

现时是双十节午后二点二十分，我刚带学生游行回来。今天国民政府一面庆贺革命军在武汉又推倒恶势力，一面提出口号，说这是革命事业的开始而非成功，所以群众的样子，并不趾高气扬，却带着多少战兢在内。而赴大会的民众，尤以各工会为多，南方的工人又大抵识字，深了然于一切，所以情形很好，这是大可慰悦的。所惜者今晨大雨，午后时雨时止，路极泥泞。大会场在东门外，名东校场之处，搭一演说台，而讲演者无传声筒，以致雨声，风声，人声，将演讲的声音压住，只见他口讲指划。更特别的是因为国庆，所以助兴的舞狮子和锣鼓，随处皆是；商家更燃放大爆竹，比较北京的只挂一张国旗，热闹多了（广东早已取消五色旗，用作国旗的是青天白日）。

学校因今天是星期，明天补假一日，我免去了教课三点钟。今晚有女师毕业生演剧助款为母校建筑，我或要去招呼学生。昨天已经去了一晚，演的是洪深编的《少奶奶的扇子》。北京女师大恢复纪念时，陆秀珍他们也曾演过此戏，但男女角俱用女人，劳而无功，此处则为一种剧社组织，男女角各以性分任，无矫揉造作之弊，女角又大方，不羞涩而声音大，故较那一回为优。但开场太迟，仍然不守时刻（各机关亦如此），且闭幕后空堂太久，又未插入余兴，致使不耐久坐者往往先去，则其所短也。

这回于九日收到十月四日来信，但信内所说的"一日寄出一信并《莽原》两本"，却至今未见，不知何故。又来信云收到我九月廿九信，而未提廿四寄出的一封，恐回复之语，必在失去的一日信内，是否？如亦未收到，则是同时你失我一信，我失你一信二书了。

我的住室并不阔，纵五步横六步（平常步），桌椅是拿各处的破烂的凑合成功的。但最苦的是那邻人三户，总是叫嚣吵闹，倘或早睡（十时），即常被惊醒。我的脾气又是要静一点，这才能够预备功课或写字的，而此处却大相反。如此看来，恐怕至多也只能敷衍一学期，现时我在想留意别的机会。

香蕉柚子都是不容易消化的食物，在北京，就有人不愿意你多吃，现在不妨事么？你对我讲的话，我大抵给些打击，不至于因此使你有秘而不宣的情形么？

防止蚂蚁还有一法，就是在放食物的周围，以石灰粉画一圈，即可避免。石灰又去湿，此法对于怕湿之物可采用。

看你四日的信，和廿七日那封信的刻不可耐的心情似乎有些不同了。这是真的，还是为防止我的神经过敏而发的呢？

一点泥人，一些石刻拓片，就可以开展览会么？好笑。

广东学校放假真多，本星期一补国庆假，星五重九，廿二日学校运动会，又要放假了。四年级师范生已将毕业，而初做几何，手工；豆工折纸俱极草率。此处的学生颇轻视手工，缝纫，图画等，也许是受革命影响，人心浮动之故罢。

现在已是三点三十五分了，写了这几个字，其迟钝可想。但要说的都说了，如再记起，随后再写罢。

YOUR H. M. 双十节下午三时。

五六

广平兄：

今天（十六日）刚寄一信，下午就收到双十节的来信了。寄我的信，是都收到的。我一日所寄的信，既然未到，那就恐怕已和《莽原》一同遗失。我也记不清那信里说的是什么了，由它去罢。

我的情形，并未因为怕你神经过敏而隐瞒，大约一受刺激，便心烦，事情过后，即平安些。可是本校情形实在太不见佳，朱山根之流已在国学院大占势力，□□（□□）又要到这里来做法律系主任了，从此《现代评论》色彩，将弥漫厦大。在北京是国文系对抗着的，而这里的国学院却弄了一大批胡适之陈源之流，我觉得毫无希望。你想：兼士至于如此胡涂，他请了一个朱山根，山根就荐三人，田难干，辛家本，田千顷，他收了；田千顷又荐两人，卢梅，黄梅，他又收了。这样，我们个体，自然被排斥。所以我现在很想至多在本学期之末，离开厦大。他们实在有永久在此之意，情形比北大还坏。

另外又有一班教员，在作两种运动：一，是要求永久聘书，没有年限的；一，是要求十年二十年后，由学校付给养老金终身。他们似乎要想在这里建立他们理想中的天国，用橡皮做成的。谚云"养儿防老"，不料厦大也可以"防老"。

我在这里又有一事不自由，学生个个认得我了，记者之类亦有来访，或者希望我提倡白话，和旧社会闹一通；或者希望我编周刊，鼓吹本地新文艺；而玉堂他们又要我在《国学季刊》上做些"之乎者也"，还有到学生周会去演说，我真没有这三头六臂。今天在本地报上载着一篇访我的记事，记者对于我的态度，以为"没有一点架子，也没有一点派头，也没有一点客气，衣服也随便，铺盖也随便，说话也不装腔作势……"觉得很出意料之外。这里的教员是外国博士很多，他们看惯了那俨然的模样的。

今天又得了朱家骅君的电报，是给兼士玉堂和我的，说中山大学已改职（当是"委"字之误）员制，叫我们去指示一切。大概是议定学制罢。兼士急于回京，玉堂是不见得去的。我本来大可以借此走一遭，然而上课不到一月，便请假两三星期，又未免难于启口，所以十之九总是不能去了，这实是可惜，倘在年底，就好了。

无论怎么打击，我也不至于"秘而不宣"，而且也被打击而无怨。现在柚子是不吃已有四五天了，因为我觉得不大消化。香蕉却还吃，先前是一吃便要肚痛的，在这里却不，而对于便秘，反似有好处，所以想暂不停止它，而且每天至多也不过四五个。

一点泥人和一点拓片便开展览会，你以为可笑么？还有可笑的呢。田千顷并将他所照的照片陈列起来，几张古壁画的照片，还可以说是与"考古"相关，然而还有什么"牡丹花"，"夜的北京"，"北京的刮风"，"苇子"……。倘使我是主任，就非令撤去不可，但这里却没有一个人觉得可笑，可见在此也惟有田千顷们相宜。又国学院从商科借了一套历代古钱来，我一看，大半是假的，主张不陈列，没有通过。我说，那么，应该写作"古钱标本"。后来也不实行，听说是恐怕商科生气。后来的结果如何呢？结果是看这假古钱的人们最多。

这里的校长是尊孔的，上星期日他们请我到周会演说，我仍说我的"少读中国书"主义，并且说学生应该做"好事之徒"。他忽而大以为然，说陈嘉庚也正是"好事之徒"，所以肯兴学，而不悟和他的尊孔冲突。这里就是如此胡里胡涂。

L. S. 十月十六日之夜。

五七

MY DEAR TEACHER：

今日又是星四，又到我有机会写信的时候了。况且明天是重九，呆板的办公也得休息了。做学生时希望放假，做先生时更甚，尤其希望在教课钟点最多那一天。明天我没有课上。放假自然比不放好，但我总觉得不凑巧，倘是星六或星一，我就省去二三小时一天的预备了，岂不更妙也哉！

南方重九可以登高，比北方热闹，厦门不知怎样，广东是这天旅行山上的人很多的。我因约了一位表姊，明天带我去买布做冬衣，大约不能玩了。说起冬衣，前几天这里雨且冷，不亚于北京的此时（甚言之耳，或不至如此），我的衣服送往家里晒去了，无人送来，自己也无暇去取，就穿上四五层单衣裤，但竟因此伤风，九十两日演剧时，我陪学生去做招待及各项跳舞，回来两晚皆已十二点钟，也着了些冷。幸而有人告诉我一个秘方，就是用枸杞子燉猪肝吃，吃了两次，果然好了，现在更好了。

人多说：广东这时这样的冷，是料不到的。厦门有可以吹倒人的大风而不冷，仍须穿夏衣的么？那就比广东暖热了。

前信（十日写寄）不是说你一日寄来的信和书都没有收到么，但是一日的信，十二收到了，书则在学校的印刷物堆里，一位先生翻出来交还我的，大约到了好几天了，但我不知道在什么时候。总之，书和信都收到了。

这封信特别的"孩子气"十足，幸而我收到。"邪视"有什么要紧，惯常倒不是"邪视"，我想，许是冷不提防的一瞪罢！记得张竞生之流发过一套伟论，说是人都提高程度，则对于一切，皆如鲜花美画一般，欣赏之，愿显示于众，而自然私有之念消，你何妨体验一下？

我虽然愿意努力工作，但对于有些事，总觉得能力不够，即如训育主任，要起草训育会章程，而这正如议宪法一样，参考虽有，合用则难，所以从回来至今，开过三次会议，召集十多人，而我的章程不行，至今还未组成会。现又另举四人为起草委员，只这一点，就可见我能力的薄弱了。此校发展难，自己感觉许多不便，想办好罢，也如你之在厦大一样。

此间报载北伐军于双十节攻下武昌，九江，南昌，则湖北江西全定了，再联合豫樊，与北之国民军成一直线，天下事即大有可为，此情想甚确。冯玉祥在库伦亦发通电，正式加入国民政府，遵守总理遗嘱，实行三民主义了。闻闽战亦大顺利，不知确否？陈启修先生有不日往宜昌为政治部宣传主任之说，顾约孙来，不知是否代陈之缺，但陈是做社论的，孙如代他，即须多发政论，不能如向来副刊之以文艺为主也。

广东一小洋换十六枚（有时十五），好的香蕉，也不过一毛买五个，起了许多黑点的，则半个铜元就买到了。我常买香蕉吃，因为这里的新鲜而香，和运到北京者大异。闻福建人多善做肉松，你何妨买些试试呢。

学生感情好，自然增加兴致，处处培植些好的禾苗，以供给大众，接济大众罢，这在自己，也是一种精神上的愉快，不虚负此一行的。在南人中插入一个北人的你，而他们不但并不歧视，反而这样优待，这是多么令人"闻之喜而不寐"呢。话虽如此，却不要因此又拚命工作，能自爱，才能爱人。

《新女性》上的文章，想下笔学做，但在现在，环境和时间都不容许，过几时写出再寄罢。

祝你有"聊"！

YOUR H. M. 十月十四日晚。

五八

广平兄：

伏园今天动身了。我于十八日寄你一信，恐怕就在邮局里一直躺到今天，将与伏园同船到粤罢。我前几天几乎也要同行，后来中止了。要同行的理由，小半自然也有些私心，但大部分却是为公，我以为中山大学既然需我们商议，应该帮点忙，而且厦大也太过于闭关自守，此后还应该与他大学往还。玉堂正病着，医生说三四天可好，我便去将此意说明，他亦深以为然，约定我先去，倘尚非他不可，我便打电报叫他，这时他病已好，可以坐船了。不料昨天又有了变化，他不但自己不说去，而且对于我的自去也翻了成议，说最好是向校长请假。教员请假，向来是归主任管理的，现在他这样说，明明是拿难题给我做。我想了一想，就中止了。此外还有一个原因，大概因为和南洋相距太近之故罢，此地实在太斤斤于银钱，"某人多少钱一月"等等的话，谈话中常听见；我们在此，当局者也日日希望我们从速做许多工作，发表许多成绩，像养牛之每日挤牛乳一般。某人每日薪水几元，大约是大家都念念不忘的。我一走，至少需两星期，有些人一定将以为我白白骗去了他们半月薪水，玉堂之不愿我旷课，或者就因为顾虑着这一节。我已收了三个月薪水，而上课才一月，自然不应该又请假，但倘计划远大，就不必拘拘于此，因为将来可以尽力之日正长。然而他们是眼光不远的，我也不作久远之想，所以我便不走，拟于本年中为他们作一篇季刊上的文章，到学术讲演会去讲演一次，又将我所辑的《古小说钩沈》献出，则学校可以觉得钱不白化，而我也可以来去自由了。至于研究教授，那自然不再去辞，因为即使辞掉，他们也仍要想法使你做别的工作，使收成与国文系教授之薪水相当的，还是任它拖着的好。

"现代评论"派的势力，在这里我看要膨涨起来，当局者的性质，也与此辈相合。理科也很忌文科，正与北大一样。闽南与闽北人之感情颇不洽，有几个学生极希望我走，但并非对我有恶意，乃是要学校倒楣。

这几天此地正在欢迎两位名人。一个是太虚和尚到南普陀来讲经，于是佛化青年会提议，拟令童子军捧鲜花，随太虚行踪而散之，以示"步步生莲花"之意。但此议竟未实行，否则和尚化为潘妃，倒也有趣。一个是马寅初博士到厦门来演说，所谓"北大同人"，正在发昏章第十一，排班欢迎。我固然是"北大同人"之一，也非不知银行之可以发财，然而于"铜子换毛钱，毛钱换大洋"学说，实在没有什么趣味，所以都不加入，一切由它去罢。

二十日下午。

写了以上的信之后，躺下看书，听得打四点的下课钟了，便到邮政代办所去看，收得了十五日的来信。我那一日的信既已收到，那很好。邪视尚不敢，而况"瞪"乎？至于张先生的伟论，我也很佩服，我若作文，也许这样说的。但事实怕很难，我若有公之于众的东西，那是自己所不要的，否则不愿意。以己之心，度人之心，知道私有之念之消除，大约当在二十五世纪，所以决计从此不瞪了。

这里近三天凉起来了，可穿夹衫，据说到冬天，比现在冷得不多，但草却已有黄了的。学生方面，对我仍然很好；他们想出一种文艺刊物，我已为之看稿，大抵尚幼稚，然而初学的人，也只能如此，或者下月要印出来。至于工作，我不至于拚命，我实在比先前懒得多了，时常闲着玩，不做事。

你不会起草章程，并不足为能力薄弱之证据。草章程是别一种本领，一须多看章程之类，二须有法律趣味，三须能顾到各种事件。我就最怕做这东西，或者也非你之所长罢。然而人又何必定须会做章程呢？即使会做，也不过一个"做章程者"而已。

据我想，伏园未必做政论，是办副刊。孟余们的意思，盖以为副刊的效力很大，所以想大大的干一下。上遂还是找不到事做，真是可叹，我不得已，已嘱伏园面托孟余去了。

北伐军得武昌，得南昌，都是确的。浙江确也独立了，上海附近也许又要小战，建人又要逃难，此人也是命运注定，不大能够安逸的，但走几步便是租界，大概不要紧。

重九日这里放一天假，我本无功课，毫无好处；登高之事，则厦门似乎不举行。肉松我不要吃，不去查考了。我现在买来吃的，只是点心和香蕉，偶然也买罐头。

明天要寄你一包书，都是零零碎碎的期刊之类，历来积下，现在一总寄出了。内中的一本《域外小说集》，是北新书局新近寄来的，夏天你要，我托他们去买，回说北京没有，这回大约是碰见了，所以寄来的罢，但不大干净，也许是久不印，没有新书之故。现在你不教国文，已没有用，但他们既然寄来，也就一并寄上，自己不要，可以送人的。

我已将《华盖集续编》编好，昨天寄去付印了。

迅。二十日灯下。

五九

MY DEAR TEACHER：

从清早在期望中收到你的信（十日写寄），我欢喜的读着，你的心情似乎也能稍安了，但不知是否骗人安心，所以这样说，而实则勉强栖息在不合意的地方。

兼士，伏园先生已动身来粤也未？如要翻译，我可以尽义务的。

广州国庆日也和北方不同，当日我也寄你一信说及，想当早已收到了。

中山大学停一学期，再整理开学，文科主任的郭，做官去了，将来什么人来此教授，现尚未定。你如有意来粤就事，则你在这里的熟人颇不少，现在正是可以设法的时候，但这自然是现在的事万难再做下去的话。

昨星期日的上午及晚上，今晚，偷空凑了一篇文章寄上，可以过得去就转寄上海，否则尽可作废。

我校的舍监自行辞职，跑到政府里做女书记官去了。一时请不着人，就要我兼尽义务。明天她去到任，据说暂时还在这里帮助，等聘着人再去，不知确否。

我自己在这里也没有好坏可说，各班主任多不一致，对于训育，甚无进展，而且没空闲，机心甚令人厌，倘有机会，不惜舍而之他也。

现甚困倦，如再有话，下次续写。

YOUR H. M. 十月十八晚。

六〇

广平兄：

我今天上午刚发一信，内中说到厦门佛化青年会欢迎太虚的笑话，不料下午便接到请柬，是南普陀寺和闽南佛学院公宴太虚，并邀我作陪，自然也还有别的人。我决计不去，而本校的职员硬要我去，说否则他们将以为本校看不起他们。个人的行动，会涉及全校，真是窘极了，我只得去。罗庸说太虚"如初日芙蓉"，我实在看不出这样，只是平平常常。入席，他们要我与太虚并排上坐，我终于推掉，将一位哲学教员供上完事。太虚倒并不专讲佛事，常论世俗事情，而作陪之教员们，偏好问他佛法，什么"唯识"呀，"涅槃"哪，真是其愚不可及，此所以只配作陪也欤。其时又有乡下女人来看，结果是跪下大磕其头，得意之状可掬而去。

这样，总算白吃了一餐素斋。这里的酒席，是先上甜菜，中间咸菜，末后又上一碗甜菜，这就完了，并无饭及稀饭。我吃了几回，都是如此。听说这是厦门的特别习惯，福州即不然。

散后，一个教员和我谈起，知道有几个这回同来的人物之排斥我，渐渐显著了，因为从他们的语气里，他已经听得出来，而且他们似乎还同他去联络。他于是叹息说："玉堂敌人颇多，但对于国学院不敢下手者，只因为兼士和你两人在此也。兼士去而你在，尚可支持，倘你亦走，敌人即无所顾忌，玉堂的国学院就要开始动摇了。玉堂一失败，他们也站不住了。而他们一面排斥你，一面又个个接家眷，准备作长久之计，真是胡涂"云云。我看这是确的，这学校，就如一部《三国志演义》，你枪我剑，好看煞人。北京的学界在都市中挤轧，这里是在小岛上挤轧，地点虽异，挤轧则同。但国学院内部的排挤现象，外敌却还未知道（他们误以为那些人们倒是兼士和我的小卒，我们是给他们来打地盘的），将来一知道，就要乐不可支。我于这里毫无留恋，吃苦的还是玉堂，但我和玉堂的交情，还不到可以向他说明这些事情的程度，即使说了，他是否相信，也难说的。我所以只好一声不响，自做我的事，他们想攻倒我，一时也很难，我在这里到年底或明年，看我自己的高兴。至于玉堂，我大概是爱莫能助的了。

二十一日灯下。

十九的信和文稿，都收到了。文是可以用的，据我看来。但其中的句法有不妥处，这是小姐们的普通病，其病根在于粗心，写完之后，大约自己也未必再看一遍。过一两天，改正了寄去罢。

兼士拟于廿七日动身向沪，不赴粤；伏园却已走了，打听陈惺农，该可以知道他的住址。但我以为他是用不着翻译的，他似认真非认真，似油滑非油滑，模模胡胡的走来走去，永远不会遇到所谓"为难"。然而行旌所过，却往往会留一点长远的小麻烦来给别人打扫。我不是雇了一个工人么？他却给这工人的朋友绍介，去包什么"陈源之徒"的饭，我教他不要多事，也不听。现在是"陈源之徒"常常对我骂饭菜坏，好像我是厨子头，工人则因为帮他朋友，我的事不大来做了。我总算出了十二块钱给他们雇了一个厨子的帮工，还要听埋怨。今天听说他们要不包了，真是感激之至。

上遂的事，除嘱那该打的伏园面达外，昨天又同兼士合写了一封信给孟余他们，可做的事已做，且听下回分解罢。至于我的别处的位置，可从缓议，因为我在此虽无久留之心，但目前也还没有决去之必要，所以倒非常从容。既无"患得患失"的念头，心情也自然安泰，决非欲"骗人安心，所以这样说"的：切祈明鉴为幸。

　　理科诸公之攻击国学院，这几天也已经开始了，因国学院房屋未造，借用生物学院屋，所以他们的第一着是讨还房子。此事和我辈毫不相关，就含笑而旁观之，看一大堆泥人儿搬在露天之下，风吹雨打，倒也有趣。此校大约颇与南开相像，而有些教授，则惟校长之喜怒是伺，妒别科之出风头，中伤挑眼，无所不至，妾妇之道也。我以北京为污浊，乃至厦门，现在想来，可谓妄想，大沟不干净，小沟就干净么？此胜于彼者，惟不欠薪水而已。然而"校主"一怒，亦立刻可以关门也。

　　我所住的这么一所大洋楼上，到夜，就只住着三个人：一张颐教授，一伏园，一即我。张因不便，住到他朋友那里去了，伏园又已走，所以现在就只有我一人。但我却可以静观默想，所以精神上倒并不感到寂寞。年假之期又已近来，于是就比先前沉静了。我自己计算，到此刚五十天，而恰如过了半年。但这不只我，兼士们也这样说，则生活之单调可知。

　　我新近想到了一句话，可以形容这学校的，是"硬将一排洋房，摆在荒岛的海边上"。然而虽是这样的地方，人物却各式俱有，正如一滴水，用显微镜看，也是一个大世界。其中有一班"妾妇"们，上面已经说过了。还有希望得爱，以九元一盒的糖果恭送女教员的老外国教授；有和著名的美人结婚，三月复离的青年教授；有以异性为玩艺儿，每年一定和一个人往来，先引之而终拒之的密斯先生；有打听糖果所在，群往吃之的无耻之徒……。世事大概差不多，地的繁华和荒僻，人的多少，都没有多大关系。

浙江独立，是确的了；今天听说陈仪的兵已与卢永祥开仗，那么，陈在徐州也独立了，但究竟确否，却不能知。闽边的消息倒少听见，似乎周荫人是必倒的，而民军则已到漳州。

长虹又在和韦漱园吵闹了，在上海出版的《狂飙》上大骂，又登了一封给我的信，要我说几句话。这真是吃得闲空，然而我却不愿意奉陪了，这几年来，生命耗去不少，也陪得够了，所以决计置之不理。况且闹的原因，据说是为了《莽原》不登向培良的剧本，但培良和漱园在北京发生纠葛，而要在上海的长虹破口大骂，还要在厦门的我出来说话，办法真是离奇得很。我那里知道其中的底细曲折呢。

此地天气凉起来了，可穿夹衣。明天是星期，夜间大约要看影戏，是林肯一生的故事。大家集资招来的，需六十元，我出一元，可坐特别席。林肯之类的故事，我是不大要看的，但在这里，能有好的影片看吗？大家所知道而以为好看的，至多也不过是林肯的一生之类罢了。

这信将于明天寄出，开学以后，邮政代办所在星期日也办公半日了。

L. S. 十月二十三日灯下。

六一

MY DEAR TEACHER：

现时是十点半，是我自己的时间了。我总觉得好久没有消息似的，总是盼望着，其实查了一查，是十八才收过信，隔现在不过

379

三天。

舍监十九辞职了，由我代她兼任，已经三天，白天查寝室清洁，晚上查自习，七时至九时走三角点位置的楼上楼下共八室，走东则西不复自习，走西而南又不复自习。每走一次，稍耽搁即半小时，走三四次，即成了学生自习的时间，就是我在兜圈子的时间。至十时后，她们熄灯全都睡觉了，我才得回房，然而还要预备些教课。现在虽在寻觅适当的人，但是很不易，因为初师毕业者，学生以其资格相等，不佩服，而专门以上毕业的人，则又因舍监事烦而薪水少，不肯来了。

这回回粤，家里有几个妇孺，帮忙是谊不容辞的，不料有些没有什么关系的女人们，也跑到学校里来，硬要借钱，缠绕不已，真教人苦恼极了。我磨命磨到寝食不安，折扣下来，所得有限，而她们硬说我发了大财，每月是二三百的进款。我的欠薪，恐怕要到明年底，才能慢慢地派回一点，但看目前内外交迫的情形，则即使只维持到阳历一月，我的身体也许就支持不住的。

MY DEAR TEACHER！人是那么苦，总没有比较的满意之处，自然，我也知道乐园是在天上，人间总不免辛苦的，然而我们的境遇，像你到厦，我到粤的经历，实在也太使人觉得寒心。人固应该在荆棘丛中寻坦途，但荆棘的数量也真多，竟生得永没有一些空隙。

今晚又是星期四，初拟写信，后想等一两天，得了来信再写，后又因为受了一点刺激，就提起笔来向你发牢骚了，过一会就会心平气和的，勿念。

十九日收到十二寄的《语丝》九九期。这日我寄出一信，并文稿，想已到。

YOUR H. M. 十月廿一晚十一时十分。

MY DEAR TEACHER：

我昨晚写了一张信，也在盼着来信，觉得今天大概可以得到的，早上到办公处，果然看见桌上有你的信在，我欢喜的读了。现在是晚饭前的五时余，我的饭还未开来，就又打开你的信，将要说的话写在这下面——

职务实在棘手，我自然在设法的，但聘书上写着一学期，只好勉强做。而且我的训育，颇关紧要，如无结果而去，也未免太不像样，所以只得做，做得不好再说。今日学校约定了一个暂代舍监的人，她的使命是为党工作，对于舍务不大负责，每星期有三四天不住校，约是短期的，至多一学期，少则一二月。那么，我还是忙，不过较现在可以较好。但她要十一月初才能到校，所以现在仍是我独当其冲，每晚要十点多后，才能预备功课或做私事。而近来又新添了一件事，就是徐谦提议改良司法男女平等后，广州的各界妇女联合会推举我校校长为代表，并推八个团体为修改法律委员会，我校也即其一。我是管公共事业的，所以明天开会，令我出席，后天星期还开会，大约也是我去，你看连星期日也没得空。但有什么法呢，我是训育主任，因此就要使我变把戏，而且得像孙悟空一样，摇身一变，化为七十二个，才够应付。

用度自然量入为出，不够也不至于，我没有开口，你不要用对少爷们的方法对付我，因为我手头愈宽，应付环境就愈困难，你晓得么？我甚悔不到汕头去教书，却到这里来，否则，恐怕要清静得多。

伏园逢吉来，如要我招呼，不妨通知他们一声，但我的忙碌，也请预先告诉。

中山大学（旧广大）全行停学改办，委员长是戴季陶，副顾孟余，此外是徐谦，朱家骅，丁维汾。我不明白内中的情形，所以改办后能否有希望，现时也不敢说，但倘有人邀你的话，我想你也不妨试一试，从新建造，未必不佳。我看你在那里实在勉强。

我昨晚写的信，也是向你发牢骚的，本想不寄，但也是一时的心情，所以仍给你看一看。然而我现在颇高兴了，今天寻得了舍监。虽然要十一月一日才来，但我盼望那时能够合起来将学校整顿一下，我然后再走，也不枉我这次来校一行。现在要吃饭了。这封信是分两次写的。不久就要去查自习，以及预备教课（明天我有两堂），下次再说罢。

YOUR H. M. 十月廿二日下午六时。

六二

广平兄：

廿三日得十九日信及文稿后，廿四日即发一信，想已到。廿二日寄来的信，昨天收到了。闽粤间往来的船，当有许多艘，而邮递信件，似乎被一个公司所包办，惟它的船才带信，所以一星期只有两回，上海也如此。我疑心这公司是太古。

我不得同意，不见得用对付少爷们之法，请放心。但据我想，自己是恐怕决不开口的，真是无法可想。这样食少事烦的生活，怎么持久？但既然决心做一学期，又有人来帮忙，做做也好，不过万不要拚命。人固然应该办"公"，然而总须大家都办，倘人们偷懒，而只有几个人拚命，未免太不"公"了，就该适可而止，可以省下的路少走几趟，可以不管的事少做几件，自己也是国民之一，应该爱惜的，谁也没有要求独独几个人应该做得劳苦而死的权利。

我这几年来，常想给别人出一点力，所以在北京时，拚命地做，

382

忘记吃饭，减少睡眠，吃了药来编辑，校对，作文。谁料结出来的，都是苦果子。有些人就将我做广告来自利，不必说了；便是小小的《莽原》，我一走也就闹架。长虹因为社里压下（压下而已）了投稿，和我理论，而社里则时时来信，说没有稿子，催我作文。我实在有些愤愤了，拟至二十四期止，便将《莽原》停刊，没有了刊物，看大家还争持些什么。

我早已有些想到过，你这次出去做事，会有许多莫名其妙的人们来访问你的，或者自称革命家，或者自称文学家，不但访问，还要要求帮忙。我想，你是会去帮的，然而帮忙之后，他们还要大不满足，而且怨恨，因为他们以为你收入甚多，这一点即等于不帮，你说竭力的帮了，乃是你吝啬的谎话。将来或有些失败，便都一哄而散，甚者还要下石，即将访问你时所见的态度，衣饰，住处等等，作为攻击之资，这是对于先前的吝啬的罚。这种情形，我都曾一一尝过了，现在你大约也正要开始尝着这况味。这很使人苦恼，不平，但尝尝也好，因为知道世事就可以更加真切了。但这状态是永续不得的，经验若干时之后，便须恍然大悟，斩钉截铁地将他们撇开，否则，即使将自己全部牺牲了，他们也仍不满足，而且仍不能得救。其实呢，就是你现在见得可怜的所谓"妇孺"，恐怕也不在这例外。

以上是午饭前写的。现在是四点钟，今天没有事了。兼士昨天已走，早上来别。伏园已有信来，云船上大吐（他上船之前喝了酒，活该！），现寓长堤的广泰来客店，大概我信到时，他也许已走了。浙江独立已失败，那时外面的报上虽然说得热闹，但我看见浙江本地报，却很吞吐其词，好像独立之初，本就灰色似的，并不如外间所传的轰轰烈烈。福建事也难明真相，有一种报上说周荫人已为乡团所杀，我看也未必真。

这里可穿夹衣，晚上或者可加棉坎肩，但近几天又无需了。今天下雨，也并不凉。我自从雇了一个工人之后，比较的便当得多。至于工作，其实也并不多，闲工夫尽有，但我总不做什么事，拿本无聊的书玩玩的时候多，倘连编三四点钟讲义，便觉影响于睡眠，不容易睡着，所以我讲义也编得很慢，而且遇有来催我做文章的，大抵置之不理，做事没有上半年那么急进了，这似乎是退步，但从别一面看，倒是进步也难说。

楼下的后面有一片花圃，用有刺的铁丝拦着，我因为要看它有怎样的拦阻力，前几天跳了一回试试。跳出了，但那刺果然有效，给了我两个小伤，一股上，一膝旁，可是并不深，至多不过一分。这是下午的事，晚上就全愈了，一点没有什么。恐怕这事会招到诰诫，但这是因为知道没有什么危险，所以试试的，倘觉可虑，就很谨慎。例如，这里颇多小蛇，常见被打死着，颚部多不膨大，大抵是没有什么毒的，但到天暗，我便不到草地上走，连夜间小解也不下楼去了，就用磁的唾壶装着，看夜半无人时，即从窗口泼下去。这虽然近于无赖，但学校的设备如此不完全，我也只得如此。

玉堂病已好了。白果已往北京去接家眷，他大概决计要在这里安身立命。我身体是好的，不喝酒，胃口亦佳，心绪比先前较安帖。

迅。十月二十八日。

六三

MY DEAR TEACHER：

昨廿二晚写一信，或者与此信同到，亦未可知。

今早到办事处，见你十九寄来的信；一日所寄的信及《莽原》，已随后收到，前信说及了。

这里既电邀你，你何妨来看一看呢。广大（中大）现系从新开始，自然比较的有希望，教员大抵新聘，学生也加甄别，开学在下学期，现在是着手筹备。我想，如果再有电邀，你可以来筹备几天，再回厦门教完这半年，待这里开学时再来。广州情形虽云复杂，但思想言论，较为自由，"现代"派这里是立不住的，所以正不妨来一下。否则，下半年到那去呢？上海虽则可去，北京也可去，但又何必独不赴广东？这未免太傻气了。

我读了你这封信后，我以为最要紧的是上面的那些话，此外也一时想不起要说什么来。总之，你可打听清楚，倘可以抽出一点工夫，即不妨来参观一趟，将来可做则做，要不然，明年不来就是了。我所说我的困难情形，是我那女师所特有的，别的地方却不如此。

我写这信，是从新校办公处跑回旧校寝室写的，现在急于去办事，就此搁笔了。

　　　　　YOUR H. M. 十月廿三上午九时。

我这信，也因希望你来，故说得天花乱坠，一切由你洞鉴可矣。

六四

广平兄：

前日（廿七）得廿二日的来信后，写一回信，今天上午自己送到邮局去，刚投入邮箱，局员便将二十三发的快信交给我了。这两封信是同船来的，论理本该先收到快信，但说起来实在可笑，这里的情形是异乎寻常的。普通信件，一到就放在玻璃箱内，我们倒早看见；至于挂号的呢，则秘而不宣，一个局员躲在房里，一封一封上帐，又写通知单，叫人带印章去取。这通知单也并不送来，仍然供在玻璃箱里，等你自己走过看见。快信也同样办理，所以凡挂号信和"快"信，一定比普通信收到得迟。

我暂不赴粤的情形，记得又在二十一日的信里说过了。现在伏园已有信来，并未有非我即去不可之概；开学既然在明年三月，则年底去也还不迟。我固然很愿意现在就走一趟，但事实的牵扯实在也太利害，就是：走开三礼拜后，所任的事搁下太多，倘此后一一补做，则工作太重，倘不补，就有占了便宜的嫌疑。假如长在这里，自然可以慢慢地补做，不成问题，但我又并不作长久之计，而况还有玉堂的苦处呢。

至于我下半年那里去，那是不成问题的。上海，北京，我都不去，倘无别处可走，就仍在这里混半年。现在去留，专在我自己，外界的鬼祟，一时还攻我不倒。我很想尝尝杨桃，其所以熬着者，为己，只有一个经济问题，为人，就只怕我一走，玉堂立刻要被攻击，因此有些彷徨。一个人就能为这样的小问题所牵掣，实在可叹。

才发信，没有什么事了，再谈罢。

迅。十，二九。

六五

MY DEAR TEACHER：

十九，廿二，及廿三的快信，你都收到了罢？

今早（廿七）到办事处，收到你廿一寄来的信及十月六日寄的书一束，内有第三,四期的《沈钟》各一，又《荆棘》一本，这些书要隔二十天才到，真也奇怪。

廿四星期日，我到陈先生寓里去访李之良，见长胡子的伏园在坐，听说是廿三就到这里，而你廿日的信则廿七才到，但十八的信，却确是"与伏园同船到粤"，廿三收到的。我当日即复一快信，是告诉你不妨来助中大一臂之力。现在我又陆续听说，这回的改组，确是意在革新，旧派已在那里抱怨，当局还决计多聘新教授，关于这一层，我希望你们来，否则，郭沫若做官去了，你们又不来，这里急不暇择，文科真不知道会请些什么人物。对于"现代"派，这里并没有人注意到，只知道攻击国家主义的周刊《醒狮》，而不知变相的《醒狮》，随处皆是。

玉堂先生一定也有他的为难之处，自己新办的国学院，内部先弄到这样子，而且从校长这方面，也许会给他听些难受的话，他自然迟疑不决了。至于计较金钱，那恐怕是普遍的现象，即如我在这里，虽然每月实收不过数十元，但人们是替我记着表面上的数目的，办事稍不竭力，难免得到指摘。

你要寄我"一包零零碎碎的期刊之类"的书，现在收到的只有三本，想是另外还有一包，此时未到，或者不至于寄失，待收到后，再行告知。

昨日（廿六）为援助韩国独立及万县惨案，我校放假一日，到中大去开会。中大操场上搭讲台两座，人数十多万。下午三时巡行，回校后本想写信，因为太疲倦了，没有实行。

以中大与厦大比较，中大较易发展，有希望，因为交通便利，民气发扬，而且政府也一气，又为各省所注意的新校。你如下学期不愿意再在厦大，此处又诚意相邀，可否便来一看。但薪水未必多于厦大，而生活及应酬之费，则怕要加多，但若作为旅行，一面教书，一面游玩，却也未始不可的。

现在是午后一时，在寝室写此，就要办公去了，下次详述罢。

YOUR H. M. 十月廿七午后一时。

六六

广平兄：

十月廿七的信，今天收到了；十九，二十二，二十三的，也都收到。我于廿四，廿九，卅日均发信，想已到。至于刊物，则查载在日记上的，是廿，廿一，各一回，什么东西，已经忘却，只记得有一回内中有《域外小说集》。至于十月六日的刊物，则不见于日记上，不知道是失载，还是其实是廿一所发，而我将月日写错了。只要看你是否收到廿一寄的一包，就知道，倘没有，那是我写错的了；但我仿佛又记得六日的是别一包，似乎并不是包，而是三本书对叠，像普通寄期刊那样的。

伏园已有信来，据说上遂的事很有希望，学校的别的事情却没有提。他大约不久当可回校，我可以知道一点情形，如果中大定要我去，我到后于学校有益，那我就于开学之前到那边去。此处别的都不成问题，只在对不对得起玉堂。但玉堂也太胡涂——不知道还是老实——至今还迷信着他的"襄理"，这是一定要糟的，无药可救。山根先生仍旧专门荐人，图书馆有一缺，又在计画荐人了，是胡适之的书记，但这回好像不大顺手似的。至于学校方面，则这几天正在大敷衍马寅初。昨天浙江学生欢迎他，硬要拖我去一同照相，我竭力拒绝，他们颇以为怪。呜呼，我非不知银行之可以发财也，其如"道不同不相为谋"何。明天是校长赐宴，陪客又有我，他们处心积虑，一定要我去和银行家扳谈，苦哉苦哉！但我在知单上只写了一个"知"

字，不去可知矣。

据伏园信说，副刊十二月开手，那么，他回校之后，两三礼拜便又须去了，也很好。

十一月一日午后。

但我对于此后的方针，实在很有些徘徊不决，那就是：做文章呢，还是教书？因为这两件事，是势不两立的：作文要热情，教书要冷静。兼做两样的，倘不认真，便两面都油滑浅薄，倘都认真，则一时使热血沸腾，一时使心平气和，精神便不胜困惫，结果也还是两面不讨好。看外国，兼做教授的文学家，是从来很少有的。我自己想，我如写点东西，也许于中国不无小好处，不写也可惜；但如果使我研究一种关于中国文学的事，大概也可以说出一点别人没有见到的话来，所以放下也似乎可惜。但我想，或者还不如做些有益的文章，至于研究，则于余暇时做，不过倘使应酬一多，可又不行了。

此地这几天很冷，可穿夹袍，晚上还可以加棉背心。我是好的，胃口照常，但菜还是不能吃，这在这里是无法可想的。讲义已经一共做了五篇，从明天起，想做季刊的文章了。

迅。十一月一日灯下。

六七

MY DEAR TEACHER：

这几天忙一点，没有写信。我廿七收到你十月十六的信及六日的一束《沈钟》和《荆棘》，廿九又收到廿一寄来的一包书，内有《域外小说集》等九本。今日下午，又收到你廿四写来的信。

昨下午快到晚饭时候，伏园和毛子震先生（即与许先生一同在北京国务院前诊察刘和珍脉的那个）来大石街旧校相访，我忘记了他们是"外江佬"，一气说了一通广东话，待到伏园先生对我声明不懂，这才省悟过来。后来约到玉醪春饭店晚餐，见他们总用酱油，大约是嫌菜淡。伏园先生甚能饮，也吃，但每食必放下箸，好像文绉绉的小姐一样。结帐并不贵，大出我的意外，菜单六元六，付给七元，就很满意了。伏园先生说，不定今天就回厦，将来也许再来，未定，云云。我也没有向他探听中大的事。

你们雇用的听差很好，听伏园先生说，如果离开厦门，他也肯跟着走。那么，何妨带了他来，好长期使用呢。

今日（星六，卅）本校学生会召集全体大会，手续时间都不合，我即加以限制，并设法引导他们，从此也许引起风潮，好的方面，则由此将旧派分子打倒，否则我走。走是我早已准备的，人要做事，先立了可去的心，才有决断和勇气。这回的事，成则学校之福，倘不然，我走也没有什么。总之是有文章做，马又到省立女师"害群"了，只可惜没有帮手。但他们旧派也不弱，也许旗鼓相当，你坐在城上看戏，待我陆续开出戏目来罢。

关于《莽原》投稿的争吵，不管也好，因为相距太远，真相难明，很容易出力不讨好的。

北伐事，广州也说得很好，说是周荫人已死，西北军进行顺利，都是好消息。这里的天气不凉不热，可穿两件单衣，自我回来至今，校内外不断发生时症，先是寒热交加，后出红点，点退人愈，但我并没有被传染。

各式人等，各处都是，然而这种种不同，却是一件巧妙的事，使我们见闻增多，活得不枯寂，也是好的。

YOUR H. M. 十月卅晚。

六八

广平兄：

昨天刚发一信，现在也没有什么话要说，不过有一些小闲事，可以随便谈谈。我又在玩——我这几天不大用功，玩着的时候多——所以就随便写它下来。

今天接到一篇来稿，是上海大学的女生曹轶欧寄来的，其中讲起我在北京穿着洋布大衫在街上走的事，下面注道，"这是我的朋友 P. 京的 H. M. 女校生亲口对我说的"。P. 自然是北京，但那校名却奇怪，我总想不出是那一个学校来。莫非就是女师大，和我们所用的是同一意义么？

今天又知道一件事，有一个留学生在东京自称我的代表去见盐谷温氏，向他索取他所印的《三国志平话》，但因为书尚未装成，没有拿去。他怕将来盐谷氏直接寄我，将事情弄穿，便托 C. T. 写信给我，要我追认他为代表，还说，否则，于中国人之名誉有关。你看，"中国人的名誉"是建立在他和我的说谎之上了。

今天又知道一件事。先前朱山根要荐一个人到国学院，但没有成。现在这人终于来了，住在南普陀寺。为什么住到那里去的呢？因为伏园在那寺里的佛学院有几点钟功课（每月五十元），现在请人代着，他们就想挖取这地方。从昨天起，山根已在大施宣传手段，说伏园假期已满（实则未满）而不来，乃是在那边已经就职，不来的了。今天又另派探子，到我这里来探听伏园消息。我不禁好笑，答得极其神出鬼没，似乎不来，似乎并非不来，而且立刻要来，于是乎终于莫名其妙而去。你看"现代"派下的小卒就这样阴鸷，无孔不入，真是可怕可厌。不过我想这实在难对付，譬如要我去和此辈周旋，就必须将别的事情放下，另用一番心机，本业抛荒，所得的成绩就有限了。

"现代"派学者之无不浅薄，即因为分心于此等下流事情之故也。

迅。十一月三日大风之夜。

十月卅日的信，今天收到了。马又要发脾气，我也无可奈何。事情也只得这样办，索性解决一下，较之天天对付，劳而无功的当然好得多。教我看戏目，我就看戏目，在这里也只能看戏目，不过总希望勿太做得力尽神疲，一时养不转。

今天有从中大寄给伏园的信到来，可见他已经离开广州，但尚未到，也许到汕头或福州游玩去了。他走后给我两封信，关于我的事，一字不提。今天看见中大的考试委员名单，文科中人多得很，他也在内，郭沫若，郁达夫也在，那么，我的去不去也似乎没有多大关系，可以不必急急赶到了。

关于我所用的听差的事，说起来话长了。初来时确是好的，现在也许还不坏，但自从伏园要他的朋友去给大家包饭之后，他就忙得很，不大见面。后来他的朋友因为有几个人不大肯付钱（这是据听差说的），一怒而去，几个人就算了，而还有几个人却要他接办。此事由伏园开端，我也没法禁止，也无从一一去接洽，劝他们另寻别人。现在这听差是忙，钱不够，我的饭钱和他自己的工钱，都已预支一月以上。又，伏园临走宣言：自己不在时仍付饭钱。然而只是一句话，现在这一笔帐也在向我索取。我本来不善于管这些琐事，所以常常弄得头昏眼花。这些代付和预支的款，不消说是不能收回的，所以在十月这一个月中，我就是每日得一盆脸水，吃两顿饭，而共需大洋约五十元。这样贵的听差，用得下去的么？"解铃还仗系铃人"，所以这回伏园回来，我仍要他将事情弄清楚。否则，我大概只能不再雇人了。

明天是季刊文章交稿的日期，所以我昨夜写信一张后，即开手做文章，别的东西不想动手研究了，便将先前弄过的东西东抄西撮，到半夜，并今天一上午，做好了，有四千字，并不吃力，从此就又玩几天。

这里已可穿棉坎肩，似乎比广州冷。我先前同兼士往市上去，见他买鱼肝油，便趁热闹也买了一瓶。近来散拿吐瑾吃完了，就试服鱼肝油，这几天胃口仿佛渐渐好起来似的，我想再试几天看，将来或者就改吃这鱼肝油（麦精的，即"帕勒塔"）也说不定。

迅。十一月四日灯下。

六九

广平兄：

昨上午寄出一信，想已到。下午伏园就回来了，关于学校的事，他不说什么。问了的结果，所知道的是：（1）学校想我去教书，但无聘书；（2）上遂的事尚无结果，最后的答复是"总有法子想"；（3）他自己除编副刊外，也是教授，已有聘书；（4）学校又另电请几个人，内有"现代"派。这样看来，我的行止，当看以后的情形再定。但总当于阴历年假去走一回，这里阳历只放几天，阴历却有三礼拜。

李逢吉前有信来，说访友不遇，要我给他设法介绍，我即寄了一封绍介于陈惺农的信，从此无消息。这回伏园说遇诸途，他早在中大做职员了，也并不去见惺农，这些事真不知是怎么的，我如在做梦。他寄一封信来，并不提起何以不去见陈，但说我如往广州，创造社的人们很喜欢云云，似乎又与他们在一处，真是莫名其妙。

伏园带了杨桃回来，昨晚吃过了，我以为味道并不十分好，而汁多可取，最好是那香气，出于各种水果之上。又有"桂花蝉"和"龙虱"，样子实在好看，但没有一个人敢吃。厦门也有这两种东西，但不吃。你吃过么？什么味道？

393

以上是午前写的，写到那地方，须往外面的小饭店去吃饭。因为我的听差不包饭了，说是本校的厨子要打他（这是他的话，确否殊不可知），我们这里虽吃一口饭也就如此麻烦。在饭店里遇见容肇祖（东莞人，本校讲师）和他的满口广东话的太太。对于桂花蝉之类，他们俩的主张就不同，容说好吃的，他的太太说不好吃的。

六日灯下。

从昨天起，吃饭又发生了问题，须上小馆子或买面包来，这种问题都得自己时时操心，所以也不大静得下。我本可以于年底将此地决然舍去，我所迟疑的是怕广州比这里还烦劳，认识我的人们也多，不几天就忙得如在北京一样。

中大的薪水比厦大少，这我倒并不在意，所虑的是功课多，听说每周最多可至十二小时，而做文章一定也万不能免，即如伏园所办的副刊，就非投稿不可，倘再加上别的事情，我就又须吃药做文章了。在这几年中，我很遇见了些文学青年，由经验的结果，觉他们之于我，大抵是可以使役时便竭力使役，可以诘责时便竭力诘责，可以攻击时自然是竭力攻击，因此我于进退去就，颇有戒心，这或也是颓唐之一端，但我觉得这也是环境造成的。

其实我也还有一点野心，也想到广州后，对于"现代"系仍然加以打击，至多无非不能回北京去，并不在意。第二是与创造社联合起来，造一条战线，更向旧社会进攻，我再勉力写些文字。但不知怎的，看见伏园回来吞吞吐吐之后，便又不作此想了。然而这也不过是近一两天如此，究竟如何，还当看后来的情形的。

今天大风，仍为吃饭而奔忙；又是礼拜，陪了半天客，无聊得头昏眼花了，所以心绪不大好，发了一通牢骚，望勿以为虑，静一静又会好的。

明天想寄给你一包书，没有什么好的，自己如不要，可以分给别人。

迅。十一月七日灯下。

昨天在信上发了一通牢骚后，又给《语丝》做了一点《厦门通信》，牢骚已经发完，舒服得多了。今天又已约定一个厨子包饭，每月十元，饭菜还过得去，大概可以敷衍半月一月罢。

昨夜玉堂来打听广东的情形，我们因劝其将此处放弃，明春同赴广州。他想了一会，说，我来时提出条件，学校一一允许，怎能忽然不干呢？他大约决不离开这里的了。但我看现在的一批人物，国学院是一定没有希望的，至多，只能小小补苴，混下去而已。

浙江独立早已灰色，夏超确已死了，是为自己的兵所杀的，浙江的警备队，全不中用。今天看报，知九江已克，周凤岐（浙兵师长）降，也已见于路透电，定是确的，则孙传芳仍当声势日蹙耳，我想浙江或当还有点变化。

L. S. 十一月八日午后。

七〇

MY DEAR TEACHER：

我前信不是说，我校发生事情了么，现在还正在展开。我们对于这学校，大家都已弄得力尽筋疲，然而总是办不好，学生们处处故意使人为难。上月间，广州学生联合会例须召集各校，开全体大会，每校三十人中选举一人出席，而我校学生会全为旧派所把持。说起旧派来，自"树的派"（听说以一枝粗的手杖为武器，攻打敌党，有似意大利的棒喝团，但详细情形我不知道）失败后，原已逐渐消沉了的，而根株仍在，所以得了广州学生联合会通告后，我校学生会的主席就先行布置了有利于己派的一切，然后公布召集大会，选举代表。这谋划引起了别派学生的不满，起而反对，遂大纷扰。学校为避免纠纷起见，禁止两方开会，而旧派不受约束，仍要续开，且高呼校长为"反革命"。于是校中组织特别裁判委员会，议决开除学生二名，于今日发表。现在各班仍照常上课，并无举动，但一面自在暗中活动，明天当有游行，散传单呼冤，或拥被开除的二人回校等类之举的。总之，事情是要推演下去的。

今日阅报，知闽南已被革命军肃清，闽周兵逃回厦门。那么，厦门交通恐已有变，不知此信能早到否？

李逢吉日前来一信，说见伏园，知我来粤，约时一见。他是老实人，我已回信给他，约有空来校一见了。

伏园先生已回厦门否？他既要来粤作事，复回厦门是什么缘故？

这几天我也许忙一点，不暇常常写信，但稍闲即写，不须挂念。这回是要说的都说了，暂且"带住"罢。

YOUR H. M. 十一月四晚十一时半。

七一

广平兄：

昨天上午寄出一包书并一封信，下午即得五日的来信。我想如果再等信来而后写，恐怕要隔许多天了，所以索性再写几句，明天付邮，任它和前信相接，或一同寄到罢。

对于学校也只能这么办。但不知近来如何？如忙，则不必详叙，因为我也并不怎样放在心里，情形已和对杨荫榆时不同也。

伏园已回厦门，大约十二月中再去。逢吉只托他带给我一封含含胡胡的信，但我已推测出，他前信说在广州无人认识是假的。《语丝》第百一期上，徐耀辰所做的《送南行的爱而君》的 L 就是他，他给他好几封信，绍介给熟人（＝创造社中人），所以他和创造社人在一处了，突然遇见伏园，乃是意外之事，因此对我便只好吞吞吐吐。"老实"与否，可研究之。

忽而匿名写信来骂，忽而又自来取消的乌文光，也和他在一处；另外还有些我所认识的人们。我这几天忽而对于到广州教书的事，很有些踌躇了，恐怕情形会和在北京时相像。厦门当然难以久留，此外也无处可走，实在有些焦躁。我其实还敢站在前线上，但发见当面称为"同道"的暗中将我作傀儡或从背后枪击我，却比被敌人所伤更其悲哀。我的生命，碎割在给人改稿子，看稿子，编书，校字，陪坐这些事情上者，已经很不少，而有些人因此竟以主子自居，稍不合意，就责难纷起，我此后颇想不再蹈这覆辙了。

忽又发起牢骚来，这回的牢骚似乎发得日子长一点，已经有两三天。但我想，明后天就要平复了，不要紧的。

这里还是照先前一样，并没有什么，只听说漳州是民军就要入城了。克复九江，则其事当甚确。昨天又听到一消息，说陈仪入浙后，也独立了，这使我很高兴，但今天无续得之消息，必须再过几天，才能知道真假。

中国学生学什么意大利，以趋奉北政府，还说什么"树的党"，可笑极了。别的人就不能用更粗的棍子对打么？伏园回来说广州学生情形，真很出我意外。

迅。十一月九日灯下。

七二

MY DEAR TEACHER：

这几天因为学校有事，又引起了我有事即写不出字来的老毛病，所以五日接到你廿九，卅日两信后，屡想执笔而仍复搁下了。

以上是昨晚写的，但仍写不下去，今早（星期）再写以下的话——

五日寄一信，不是说我校在闹风潮了么，现在还未止，但也不十分激烈。我觉得女性好像总较倾于黑暗和守旧，所以学生之中，中立者一部分，革命者一部分，反动者一部分而最占势力。其实中立者虽无举动，但不过因学校禁止一切集会而然，她们仍遍贴传单，要求开会解决，收回二生，谓否则行第二策（罢课），再否则行第三策（十二个 B 队署名，即以十二响剥壳枪对待也）；同时校长又收到英文信一封，内画一剑一枪，末云请其自择。已以虚声恫吓，则其实力之不足可知，大约风潮是不久便要了结的。但自从学潮起后，因我是训育主任，直接禁罚她们，故已成众矢之的，先前见我十分客气，表示欢笑者，现亦往往不过勉强招呼，或故作不见，甚或怒目而视。总之感情破裂，难以维持，此学期一日不完，我暂且负责一时，但一结束，当即离开，此时如汕头还缺教员，便赴汕头，否则另觅事做就是了。

昨领到十月份薪水，计小洋四十五元，另有库券及公债票，但前月库券，日内兑现，可得廿金，共六十五元，也未尝不够。不相干的人物，无帮助之必要，诚如来信所言，惟寡嫂幼侄，情实可怜，见之凄然，令人不能不想努力加以资助，这在现在，是只能看作例外的。

战事无甚新闻，惟昨报载九江已经攻下。今日为苏俄十月革命纪念日，农工各会，皆组织纪念会；九日为广州光复纪念，放假一天；十二为中山先生生日纪念，此地有大庆祝，届时又有一番忙碌了。

你说"做事没有上半年那么急进"，也许是进步，但何以上半年还要急进呢？是因为有人和你淘气么？请勿以别人为中心，而以自己定夺罢。

你暂不来粤，也好，我并不定要煽动你来。不过听了厦门的情形，怕你受不住气，独自闷着，无人从旁劝解耳。对于跳铁丝栏，亦拟不加诰诫，因为我所学的是教育，而抑制好动的天性，是和教育原理根本刺谬的。

你廿九，卅两信，同时收到；又收到了十月廿四寄的《语丝》一束，内共有四期。

我身体很好，饭量亦加，请勿念。现在外面鼓声冬冬，是苏俄革命纪念日的工会游行罢。下午也许偷空访人去。

要说的都写出来了。

YOUR H. M. 十一月七日早十时半。

七三

广平兄：

十日寄出一信，次日即得七日来信，略略一懒，便迟到今天才写回信了。

对于侄子的帮助，你的话是对的。我愤激的话多，有时几乎说："宁我负人，毋人负我。"然而自己也往往觉得太过，实行上或者且正与所说的相反。人也不能将别人都作坏人看，能帮也还是帮，不过最好是量力，不要拚命就是了。

"急进"问题，我已经不大记得清楚了，这意思，大概是指"管事"而言，上半年还不能不管事者，并非因为有人和我淘气，乃是身在北京，不得不尔，譬如挤在戏台面前，想不看而退出，也是不很容易的。至于不以别人为中心，也很难说，因为一个人的中心并不一定在自己，有时别人倒是他的中心，所以虽说为人，其实也是为己，因此而不能"以自己定夺"的事，也就往往有之。

　　我先前在北京为文学青年打杂，耗去生命不少，自己是知道的。但到这里，又有几个学生办了一种月刊，叫作《波艇》，我却仍然去打杂。这也还是上文所说，不能因为遇见过几个坏人，便将人们都作坏人看的意思。但先前利用过我的人，现在见我偃旗息鼓，遁迹海滨，无从再来利用，就开始攻击了，长虹在《狂飙》第五期上尽力攻击，自称见过我不下百回，知道得很清楚，并捏造许多会话（如说我骂郭沫若之类）。其意即在推倒《莽原》，一方面则推广《狂飙》的销路，其实还是利用，不过方法不同。他们那时的种种利用我，我是明白的，但还料不到他看出活着他不能吸血了，就要打杀了煮吃，有如此恶毒。我现在姑且置之不理，看看他技俩发挥到如何。总之，他戴着见了我"不下百回"的假面具，现在是除下来了，我还要子细的看看。

　　校事不知如何？如少暇，简略的告知几句就好。我已收到中大聘书，月薪二百八，无年限的，大约那计画是将以教授治校，所以凡认为非军阀帮闲的，就不立年限。但我的行止，一时也还不能决定。此地空气恶劣，当然不愿久居，而到广州也有不合的几点：（一）我对于行政方面，素不留心，治校恐非所长；（二）听说政府将移武昌，则熟人必多离粤，我独以"外江佬"留在校内，大约未必有味；而况（三）我的一个朋友或者将往汕头，则我虽至广州，又与在厦门何异。所以究竟如何，当看情形再定了，好在开学还在明年三月初，很有考量的余地。

我在静夜中，回忆先前的经历，觉得现在的社会，大抵是可利用时则竭力利用，可打击时则竭力打击，只要于他有利。我在北京这么忙，来客不绝，但一受段祺瑞，章士钊们的压迫，有些人就立刻来索还原稿，不要我选定，作序了。其甚者还要乘机下石，连我请他吃过饭也是罪状了，这是我在运动他；请他喝过好茶也是罪状了，这是我奢侈的证据。借自己的升沉，看看人们的嘴脸的变化，虽然很有益，也有趣，但我的涵养工夫太浅了，有时总还不免有些愤激，因此又常迟疑于此后所走的路：（一）死了心，积几文钱，将来什么事都不做，顾自己苦苦过活；（二）再不顾自己，为人们做些事，将来饿肚也不妨，也一任别人唾骂；（三）再做一些事，倘连所谓"同人"也都从背后枪击我了，为生存和报复起见，我便什么事都敢做，但不愿失了我的朋友。第二条我已行过两年了，终于觉得太傻。前一条当先托庇于资本家，恐怕熬不住。末一条则颇险，也无把握（于生活），而且又略有所不忍。所以实在难于下一决心，我也就想写信和我的朋友商议，给我一条光。

昨天今天此地都下雨，天气稍凉。我仍然好的，也不怎么忙。

迅。十一月十五日灯下。

七四

MY DEAR TEACHER：

你十一月二日的信，十日到，五日的信，十一到，寄的是前后隔四天，而收的只隔一天，这大约是广东方面的缘故。因为这里每有一点事如纪念日等，工人即停工巡行，报纸每星期有六天看，已算幸运，其他即可想而知了。

曹轶欧的文稿中说□□女校生，也许是知道有人常用此名，而故意影射，使你触目。我疑心这是男生，较知底细的男生所作，托名于上海大学的女生的。

"马又发脾气"，这也是时势使然，不是我故意弄成的。旧派学生日来想尽方法，强行开会，向政府请愿，而政府以学校处理为至当；自中央至省，市三青年部长（专管学界）及省教育厅所组织之学潮委员会，亦并以学校之办法为然。其实我们办事员也只得秉承当局意旨依照办理，个人实无权操纵也。所以现在她们只在夜间暗帖辱骂学校，或恐吓校长之标帖，又唆使被开除者的家长，来校理论，此外更无别法。但我和别几个教员，与学生感情已因此破裂，虽先前有十分信仰佩服的，此时也如仇雠，恰如杨荫榆事件一出，田平粹辈之于你一样。所以我们主张学潮平后，校长辞职，我们数人也一同走出，才有利于学校之发展。这计画早则日内实现，迟则维持至十一月之末，或本学期终了。我自己此后当另觅事做，倘广州没有，就只得往汕头做教员去，但自然暂不离粤，俟年假完后再走，不知你以为何如？

今晚为预备庆祝中山先生诞日提灯大会，我饭后即约表妹往大马路的妇女俱乐部三层楼上观看，候至七时余，就见提灯的行列，首先为长方形灯，装饰，色彩，大小，各各不同，另有各种鱼灯和果灯，而以扎出党旗的星形者为多。还有舞狮子的，奏军乐的，喊口号的，唱革命歌的，有声有色，较之日间的捏一枝小旗，懒洋洋的走着的好多了。快到九时才走完，看了也不免会令人有"大丈夫不当如是耶"之感。明日为正诞日，学校放假一天，早九时在校中聚集，十时行纪念礼，十一时出发巡行，我也得陪学生去。

广州天气甚佳，秋高气爽，现时不过穿二单衣，畏寒的早晚加夹衣就足够了。我虽然忙，但也有机会可做琐事，日前织成毛绒衣一件，是自己用的，现在织开一件毛绒小半臂，系藏青色，成后打算寄上，现已做了大半了。不见得心细，手工佳，但也是一点意思。稍暖时可以单穿它，或加在绒衣上亦可，取其不似棉的厚笨而适体耳。

YOUR H. M. 十一月十一晚十一时。

七五

广平兄：

十六日寄出一信，想已到。十二日发的信，今天收到了。校事已见头绪，很好，总算结束了一件事。至于你此后所去的地方，却教我很难代下断语。你初出来办事，到各处看看，历练历练，本来也很好的，但到太不熟悉的地方去，或兼任的事情太多，或在一个小地方拜帅，却并无益处，甚至会变成浅薄的政客之流。我不知道你自己是否仍旧愿在广州，抑非走开不可，倘非决欲离开，则伏园下月中旬当赴粤，我可以托他问一问，看中大女生指导员之类有无缺额，他一定肯介绍的。上遂的事，我也要托他办。

曹轶欧大约不是男生假托的，因为回信的地址是女生宿舍，但这些都不成问题，由它去罢。中山生日的情形，我以为和他本身是无关的，只是给大家看热闹；要是我，实在是"身后名，不如即时一杯酒"，恐怕连盛大的提灯会也激不起来的了。但在这里，却也太没有生气，只见和尚自做水陆道场，男男女女上庙拜佛，真令人看得索然气尽。我近来只做了几篇付印的书的序跋，虽多牢骚，却有不少真话；还想做一篇记事，将五年来我和种种文学团体的关涉，讲一个大略，但究竟做否，现在还未决定。至于真正的用功，却难，这里无须用功，也不是用功的地方。国学院也无非装门面，不要实际。对于教员的成绩，常要查问，上星期我气起来，就对校长说，我原已辑好了

403

古小说十本,只须略加整理,学校既如此着急,月内便去付印就是了。于是他们就从此没有后文。你没有稿子,他们就天天催,一有,却并不真准备付印的。

我虽然早已决定不在此校,但时期是本学期末抑明年夏天,却没有定,现在是至迟至本学期末非走不可了。昨天出了一件可笑可叹的事。下午有校员恳亲会,我是向来不到那种会去的,而一个同事硬拉我去,我不得已,去了。不料会中竟有人演说,先感谢校长给我们吃点心,次说教员吃得多么好,住得多么舒服,薪水又这么多,应该大发良心,拚命做事,而校长如此体帖我们,真如父母一样……我真要立刻跳起来,但已有别一个教员上前驳斥他了,闹得不欢而散。

还有希奇的事情,是教员里面,竟有对于驳斥他的教员,不以为然的。他说,在西洋,父子和朋友不大两样,所以倘说谁和谁如父子,也就是谁和谁如朋友的意思。这人是西洋留学生,你看他到西洋一番,竟学得了这样的大识见。

昨天的恳亲会是第三次,我却初次到,见是男女分房的,不但分坐。

我才知道在金钱下的人们是这样的,我决计要走了,但我不想以这一件事为口实,且仍于学期之类作一结束。至于到那里去,一时也难定,总之无论如何,年假中我必到广州走一遭,即使无噉饭处,厦门也决不住下去的了。又我近来忽然对于做教员发生厌恶,于学生也不愿意亲近起来,接见这里的学生时,自己觉得很不热心,不诚恳。

我还要忠告玉堂一回,劝他离开这里,到武昌或广州做事去。但看来大半是无效的,这里是他的故乡,他不肯轻易决绝,同来的鬼蜮又遮住了他的眼睛,一定要弄到大失败才罢,我的计画,也不过聊尽同事一场的交情而已。

迅。十八,夜。

七六

MY DEAR TEACHER：

我现在空一点，想回谢君的信，忽然心血来潮，还是想写给你，我就将写着的信中途"带住"，开始换一张纸来写给你了。

我今天很安闲。昨日游行，下午就回校，虽小小疲倦，却还可以坐着织绒背心。今天放假休息，早上无事，仍在寝室里继续编织；十一时出街理发，买些什物，到家里看了一回。而今天使我喜欢的，是我订了一个好玩的印章，要铺子刻"鲁迅"二字，白文，印是玻璃质的，通体金星闪闪，说是星期二刻好（价钱并不贵，不要心里先骂），打算和毛绒小半臂一同寄出。小半臂今天也做起了，一日里成功了两件快意事。依我的脾气，恨不得立刻寄到，但印章怕星二未必刻成，此处的邮政又太不发达，分局不寄包裹，总局甚远，在沙基左近，须当场验过，才能封口，我打算下星四或星五自己寄去，算起来你能在月末或下月初收到，已要算快的了。我原也知道将来可以面呈，但这样我实在不及待。

学校中暂时没有动作，但听说她们还要闹的，要闹到校长身败名裂才罢。校长也知道这些，然而都置之不理。她们大约因背后有人操纵，所以一时不能罢手，现在正以共产二字诬校长及职教员，恰如北方军阀一样。

YOUR H.M. 十一月十三晚八时半。

七七

MY DEAR TEACHER：

今天竟日下雨，平时没有这么冷，办公的处所又向北而多风，所

405

以四点钟就回到寝室里，看见你十一月八日寄来的信并一包书，内报纸二分，期刊六本，书籍七本。这些刊物，要我自己去买，自然未必肯，但你既寄给我，我欢喜的收下了，借给人看是可以的，而"分给别人"则不可。

早晨见《民国日报》及《国民新闻》，都说你已允来中大作文科教授，我且信且疑，正拟函询，今见来信所云，则似乎未知此事。你如来粤，我想，一定要比厦门忙，比厦门苦，薪金大约不过二三百小洋，说不定还要搭公债和国库券。就此看来，大半是要食少事繁，像我在这里似的。厦门难以久居，来粤也有困难之处，奈何！至于食物，广州自然都有，和厦大之过孤村生活不同，虽然能否合你口味也说不定。

至于我这学校，现在却并无什么事。但既因风潮而引起了一部分学生的反感，此后见面讲书，亦殊无味，自以早日离去为宜。不过现在正值多事之秋，学潮未平，校款支绌，势不能中途撒手。有人主张校长即行辞职，另觅人暂时代理，从新做过，以救目前，而即要我出而担任。但无论如何，我坚决不干，俟觅得新校长，为之维持几天，至多至阳历一月为止。此后你如来粤，我也愿在广州觅事，否则，就到汕头去。

提起逢吉来，我就记得见伏园先生时，曾听说他在中大当职员，将来还要帮伏园办报。后于本月初，得他从东山来信云，"昨见伏园兄，才知道你也到广州，不想我们又能在这里会面，真是愉快极了。如果你有工夫，请通知一个时间，我们谈谈。……"我即函告以公务以外的时间，但至今不见人来，也无回信，也许他又跑到别处去了。

杨桃种类甚多，最好是花地产，皮不光洁，个小而丰肥者佳，香滑可口，伏老带去的未必是佳品，现时已无此果了。桂花蝉顾名思义，想是香味如桂花，或因桂花开时乃有，未详。龙虱生水中，外甲壳而内软翅，似金龟虫，也略能飞。食此二物，先去甲翅，次拔去头，则肠脏随出，再去足，食其软部，也有并甲足大嚼，然后吐去渣滓的。嗜者以为佳，否则不敢食，犹蚕蛹也。我是吃的，觉得别有风味，但不能以言传。

做教员而又须日日自己安排吃饭，真太讨厌，即此一端，厦门就不易住。在广州最讨厌的是请吃饭，你来我往，每一回辄四五十元，或十余元，实不经济。但你是一向拒绝这事的，或者可以避免。

你向我发牢骚，我是愿意听的，我相信所说的都是实情，这样倒还不至于到"虑"的程度。你的性情太特别，一有所憎，即刻不可耐，坐立不安。玉堂先生是本地人，过惯了，自然没有你似的难受，反过来你劝他来粤，至少在饮食一方面，他就又过不惯了，况且中大薪水，必少于厦门，倘他挈家来此，也许会像在北京时候似的，即使我设身处地，也未必决然就走的罢。

写完以上的话，已在晚上八时余，又看了些书，觉得陶元庆画的封面很别致，似乎自成一派，将来仿效的人恐怕要多起来。

看校长的意思，好像月底就要走了。她一走，我们自然也跟着放下责任，以后的事，随时再告罢。

YOUR H.M. 十一月十五晚十一时。

七八

MY DEAR TEACHER：

今日（十六）午饭后回办公处，看见桌上有你十日寄来的一信，我一面欢喜，一面又仿佛觉着有了什么事体似的，拆开信一看，才知道是这样子。

校事表面上好像没有什么了，但旧派学生见恐吓无效，正在酝酿着罢课，今天要求开全体大会，我以校长不在，没法批准为辞，推掉了。如果一旦开会，则学校干涉，群众盲从，恐怕就会又闹起来。至于教职员方面，则因薪水不足维持生活，辞去的已有五六人，再过几天，一定更多，那时虽欲维持，但中途那有这许多教员可得？至于解决经费一层，则在北伐期中，谈何容易，校长到底也只能至本月卅日提出辞呈，飘然引去，那时我们也就可以走散了。MY DEAR TEACHER，你愿否我趁这闲空，到厦门一次，我们师生见见再说，看你这几天的心情，好像是非常孤独似的。还请你决定一下，就通知我。

看了《送南行的爱而君》，情话缠绵，是作者的热情呢，还是笔下的善于道情呢，我虽然不知道，但因此想起你的弊病，是对有些人过于深恶痛绝，简直不愿同在一地呼吸，而对有些人又期望太殷，不惜赴汤蹈火，一旦觉得不副所望，你便悲哀起来了。这原因是由于你太敏感，太热情，其实世界上你所深恶的和期望的，走到十字街头，还不是一样么？而你硬要区别，或爱或憎，结果都是自己吃苦，这不能不说是小说家的取材失策。倘明白凡有小说材料，都是空中楼阁，自然心平气和了。我向来也有这样的傻气，因此很碰了钉子，后来有人劝我不要太"认真"，我想一想，确是太认真了的过处。现在这句话，我总时时记起，当作悬崖勒"马"。

几个人乘你遁迹荒岛而枪击你，你就因此气短么？你就不看全般，甘为几个人所左右么？我好久有一番话，要和你见面商量，我觉得坦途在前，人又何必因了一点小障碍而不走路呢？即如我，回粤以来，信中虽总是向你诉苦，但这两月内，究竟也改革了两件事，并不白受了苦辛。你在厦门比我苦，然而你到处受欢迎，也过我万万倍，将来即去而之他，而青年经过你的陶冶，于社会总会有些影响的。至于你自己的将来，唉，那你还是照我上面所说罢，不要太认真。况且你敢说天下就没有一个人是你的永久的同道么？有一个人，你就可以自慰了，可以由一个人而推及二三以至无穷了，那你又何必悲哀呢？如果连一个人也"出乎意表之外"……也许是真的么？总之，现在是还有一个人在劝你，希望你容纳这意思的。

没有什么要写了。你在未得我离校的通知以前，有信不妨仍寄这里，我即搬走，自然托人代收转寄的。

你有闷气，尽管仍向我发，但愿不要闷在心里就好了。

YOUR H.M. 十一月十六晚十时半。

七九

广平兄：

十九日寄出一信；今天收到十三，六，七日的来信了，一同到的。看来广州有事做，所以你这么忙，这里是死气沉沉，也不能改革，学生也太沉静，数年前闹过一次，激烈的都走出，在上海另立大夏大学了。我决计至迟于本学期末（阳历正月底）离开这里，到中山大学去。

中大的薪水是二百八十元，可以不搭库券。朱骝先还对伏园说，也可以另觅兼差，照我现在的收入之数，但我并不计较这一层，实收百余元，大概已经够用，只要不在不死不活的空气里就好了。我想我还不至于完在这样的空气里，到中大后，也许不难择一并不空耗精力而较有益于学校或社会的事。至于厦大，其实是不必请我的，因为我虽颓唐，而他们还比我颓唐得利害。

玉堂今天辞职了，因为减缩预算的事，但只辞国学院秘书，未辞文科主任。我已托伏园转达我的意见，劝他不必烂在这里，他无回话。我还要自己对他说一回。但我看他的辞职是不会准的。

从昨天起，我又很冷静了，一是因为决定赴粤，二是因为决定对长虹们给一打击。你的话大抵不错的，但我之所以愤慨，却并非因为他们使我失望，而在觉得了他先前日日吮血，一看见不能再吮了，便想一棒打杀，还将肉作罐头卖以获利。这回长虹笑我对章士钊的失败道，"于是遂戴其纸糊的'思想界的权威者'之假冠，而入于身心交病之状态矣。"但他八月间在《新女性》上登广告，却云"与思想界先驱者鲁迅合办《莽原》"，一面自己加我"假冠"以欺人，一面又因别人所加之"假冠"而骂我，真是轻薄卑劣，不成人样。有青年攻击或讥笑我，我是向来不去还手的，他们还脆弱，还是我比较的禁得起践踏。然而他竟得步进步，骂个不完，好像我即使避到棺材里去，也还要戮尸的样子。所以我昨天就决定，无论什么青年，我也不再留情面，先作一个启事，将他利用我的名字，而对于别人用我名字，则加笑骂等情状，揭露出来，比他的唠唠叨叨的长文要刻毒得多，即送登《语丝》，《莽原》，《新女性》，《北新》四种刊物。我已决定不再彷徨，拳来拳对，刀来刀当，所以心里也很舒服了。

我大约也终于不见得为了小障碍而不走路，不过因为神经不好，所以容易说愤话。小障碍能绊倒我，我不至于要离开厦门了。我也很想走坦途，但目前还不能，非不愿，势不可也。至于你的来厦，我以为大可不必，"劳民伤财"，都无益处；况且我也并不觉得"孤独"，没有什么"悲哀"。

410

你说我受学生的欢迎，足以自慰么？不，我对于他们不大敢有希望，我觉得特出者很少，或者竟没有。但我做事是还要做的，希望全在未见面的人们；或者如你所说："不要认真"。我其实毫不懈怠，一面发牢骚，一面编好《华盖集续编》，做完《旧事重提》，编好《争自由的波浪》（董秋芳译的小说），看完《卷葹》都分头寄出去了。至于还有人和我同道，那自然足以自慰的，并且因此使我自勉，但我有时总还虑他为我而牺牲。而"推及一二以至无穷"，我也不能够。有这样多的么？我倒不要这样多，有一个就好了。

提起《卷葹》，又想到了一件事。这是王品青送来的，淦女士所作，共四篇，皆在《创造》上发表过。这回送来要印入《乌合丛书》，据我看来，是因为创造社不征作者同意，将这些印成小丛书，自行发卖，所以这边也出版，借谋抵制的。凡未在那边发表过者，一篇都不在内，我要求再添几篇新的，品青也不肯。创造社量狭而多疑，一定要以为我在和他们捣乱，结果是成仿吾借别的事来骂一通。但我给她编定了，不添就不添罢，要骂就骂去罢。

我过了明天礼拜，便又要编讲义，余闲就玩玩，待明年换了空气，再好好做事。今天来客太多，无工夫可写信，写了这两张，已经是夜十二点半了。

和这信同时，我还想寄一束杂志，其中的《语丝》九七和九八，前回曾经寄去过，但因为那是切光的。所以这回补寄毛边者两本。你大概是不管这些的，不过我的脾气如此，所以仍寄。

迅。十一月廿日。

八〇

迅师：

兹寄上图章一个，夹在绒背心内，但外面则写围巾一条。你打开时小心些，图章落地易碎的。今早我曾寄出一信，计算起来近日写去的信颇详细了。现时刚吃完早饭，就要上课，下次再谈罢。

蛇足的写这封信，是使你见信好向邮局索包裹。这包长可七寸，阔五寸，高四寸左右。

H.M. 十一月十七日。

八一

广平兄：

二十一日寄一信，想已到。十七日所发的又一简信，二十二日收到了；包裹还未来，大约包裹及书籍之类，照例比普通信件迟，我想明天也许要到，或者还有信，我等着。我还想从上海买一合较好的印色来，印在我到厦门后所得的书上。

近日因为校长要减少国学院预算，玉堂颇愤慨，要辞去主任，我因劝其离开此地，他极以为然。今天和校长开谈话会，我即提出强硬之抗议，以去留为孤注，不料校长竟取消前议了，别人自然大满足，玉堂亦软化，反一转而留我，谓至少维持一年，因为教员中途难请云云。又，我将赴中大消息，此地报上亦经揭载，大约是从广州报上抄来的，学生因亦有劝我教满他们一年者。这样看来，我年底大概未必能走了，虽然校长的维持预算之说，十之九不久又会取消，问题正多得很。

我自然要从速离开此地，但什么时候，殊不可知。我想 H.M. 不

412

如不管我怎样，而到自己觉得相宜的地方去，否则，也许因此去做很牵就，非意所愿的事务，比现在的事情还无聊。至于我，再在这里熬半年，也还做得到的，以后如何，那自然此时还无从说起。

今天本地报上的消息很好，泉州已得，浙陈仪又独立，商震反戈攻张家口，国民一军将至潼关。此地报纸大概是民党色采，消息或倾于宣传，但我想，至少泉州攻下总是确的。本校学生中，民党不过三十左右，其中不少是新加入者，昨夜开会，我觉得他们都没有历练，不深沉，连设法取得学生会以供我用的事情都不知道，真是奈何奈何。开一回会，空嚷一通，徒令当局者因此注意，那夜反民党的职员就在门外窃听。

二十五日之夜，大风时。

写了一张之（刚写了这五个字，就来了一个客，一直坐到十二点）后，另写了一张应酬信，还不想睡，再写一点罢。伏园下月准走，十二月十五左右，一定可到广州了。上遂的事，则至今尚无消息，不知何故。我同兼士曾合写一信，又托伏园面说，又写一信，都无回音，其实上遂的办事能力，比我高得多。

我想 H.M. 正要为社会做事，为了我的牢骚而不安，实在不好，想到这里，忽然静下来了，没有什么牢骚了。其实我在这里的不方便，仔细想起来，大半是由于言语不通，例如前天厨房不包饭了，我竟无法查问是厨房自己不愿做了呢，还是听差和他冲突，叫我不要他做了。不包则不包亦可。乃同伏园去到一个福州馆，要他包饭，而馆中只有面，问以饭，曰无有，废然而返。今天我托一个福州学生去打听，才知道无饭者，乃适值那时无饭，并非永远无饭也，为之大笑。大约明天起，当在这一个福州馆包饭了。

仍是二十五日之夜，十二点半。

此刻是上午十一时，到邮务代办处去看了一回，没有信。而我这信要寄出了，因为明天大约有从厦门赴粤之船，倘不寄，便须待下星期三这一艘了。但我疑心此信一寄，明天便要收到来信，那时再写罢。

记得约十天以前，见报载新宁轮由沪赴粤，在汕头被盗劫，纵火。不知道我的信可有被烧在内。我的信是十日之后，有十六，十九，二十一等三封。

此外没有什么事了，下回再谈罢。

迅。十一月二十六日。

午后一时经过邮局门口，见有别人的东莞来信，而我无有，那么，今天是没有信的了，就将此发出。

八二

MY DEAR TEACHER：

现在是星期日的下午二时，我从家里回到学校。至十一月十六日止连收你发牢骚的信，此后就未见信来，是没有牢骚呢，还是忍着不发？我这两天是在等信，至迟明天也许会到罢，我这信先写在这里，打算明天收到你的来信后再寄。

我十七日寄上一信及印章背心，此时或者将到了。但这天我校又发生了事故。记得前信已经提及，校长原是想要维持到本月三十的，而不料于十七日晨已决然离校，留下一封信，嘱教务，总务，训育三人代拆代行，一面具呈教育厅辞职。这事迫得我们三人没有办法。如何负责呢？学校又正值多事之秋，我们便往教厅面辞这些责任，教厅允寻校长，并加经费，十九日来了一封公函，是慰留校长，并答应经费照预算支给的。但校长以为这不过是口惠，仍不回校。现在校中无款，总务无法办；无教员，教务无法办；学潮未平，训育无法办。所以我们昨天又去一函，要教厅速觅校长，或派人暂代，以免重负，然而一时是恐怕不会有结果的。

现时我最觉得无聊的，是校长未去，还可向校长辞职，此刻则办事不能，摆脱又不可，真是无聊得很。

报章说你已允到中大来，确否？许多人劝我离开女师，仍在广州做事，不要远去。如广州有我可做的事，我自然也可以仍在这里的。

昨接逢吉信，说未有工夫来，并问我旧校地址，说俟后再来访，我觉得他其实并无事情，打算不回复了。

十一月廿一日下午二时。

MY DEAR TEACHER：

现在是星一（廿二）晚十时，我刚从会议后回校。自前星三校长辞职后，我几乎没有一点闲工夫了，但没有在北京时的气愤，也没有在北京时的紧张，因为事情和环境与那时完全两样。

今日晨往教厅欲见厅长，说明学校现状，不遇；午后一时往教育行政委员会，又不遇，约四时在厅相见。届时前往，见了。商量的结果，是欠薪一层，由教厅于星四（廿五）提出省务会议解决，校长仍挽留，在未回校前，则由三部负责维持。这么一来，我们就又须维持至十二月初，看发款时教厅能否照案办理，或至本星期四，看省务会议能否通过欠薪案，再作计较了。

你到广州认为不合的几点，依我的意见：一，你担任文科，并非政治，只要教得学生好就是了，治校恐不怎样着重；二，政府迁移，尚未实现，"外江佬"之入籍，当然不成问题；三，他行止原未一定，熟人也以在广州者为多，较易设法，所以十之九是还在这里的。

来信之末说到三种路，在寻"一条光"，我自己还是世人，离不掉环境，教我何从说起。但倘到必要时，我算是一个陌生人，假使从旁发一通批评，那我就要说，你的苦痛，是在为旧社会而牺牲了自己。旧社会留给你苦痛的遗产，你一面反对这遗产，一面又不敢舍弃这遗产，恐怕一旦摆脱，在旧社会里就难以存身，于是只好甘心做一世农奴，死守这遗产。有时也想另谋生活，苦苦做工，但又怕这生活还要遭人打击，所以更无办法。"积几文钱，将来什么事都不做，苦苦过活"，就是你防御打击的手段，然而这第一法，就是目下在厦门也已经耐不住了。第二法是在北京试行了好几年的傻事，现在当然可以不提。只有第三法还是疑问，"为生存和报复起见，便什么事都敢做，但不愿……"这一层你也知道危险，于生活无把握，而且又是老脾气，生怕对不起人。总之，第二法是不顾生活，专戕自身，不必说了，第一第三俱想生活，一是先谋后享，三是且谋且享。一知其苦，三觉其危。但我们也是人，谁也没有逼我们独来吃苦的权利，我们也没有必须受苦的义务的，得一日尽人事，求生活，即努力做去就是了。

我的话是那么率直，不知道说得太过分了没有？因为你问起来，我只好照我所想到的说出去，还愿你从长计议才好。

　　　　YOUR H.M. 十一月廿二晚十一时半。

八三

广平兄：

二十六日寄出一信，想当已到。次日即得二十三日来信，包裹的通知书，也一并送到了，即向邮政代办处取得收据，星期六下午已来不及。星期日不办事，下星期一（廿九日）可以取来，这里的邮政，就是如此费事。星期六这一天，我同玉堂往集美学校讲演，以小汽船来往，还耗去了一整天；夜间会客，又耗去了许多工夫，客去正想写信，间壁的礼堂里走了电，校役吵嚷，校警吹哨，闹得"石破天惊"，究竟还是物理学教授有本领，走进去关住了总电门，才得无事，只烧焦了几块木头。我虽住在并排的楼上，但因为墙是石造的，知道不会延烧，所以并不搬动，也没有损失，不过因了电灯俱熄，洋烛的光摇摇而昏暗，于是也不能写信了。

我一生的失计，即在向来不为自己生活打算，一切听人安排，因为那时预料是活不久的。后来预料并不确中，仍能生活下去，遂至弊病百出，十分无聊。再后来，思想改变了，但还是多所顾忌，这些顾忌，大部分自然是为生活，几分也为地位，所谓地位者，就是指我历来的一点小小工作而言，怕因我的行为的剧变而失去力量。这些瞻前顾后，其实也是很可笑的，这样下去，更将不能动弹。第三法最为直截了当，而细心一点，也可以比较的安全，所以一时也决不定。总之，我先前的办法已是不妥，在厦大就行不通，我也决计不再敷衍了，第一步我一定于年底离开这里，就中大教授职。但我极希望H.M. 也在同地，至少可以时常谈谈，鼓励我再做些有益于人的工作。

昨天我向玉堂提出以本学期为止，即须他去的正式要求，并劝他同走。对于我走这一层，略有商量的话，终于他无话可说了。他自己呢，我看未必走，再碰几个钉子，则明年夏天可以离开。

此地无甚可为。近来组织了一种期刊，而作者不过寥寥数人，或则受创造社影响，过于颓唐，或则像狂飙社嘴脸，大言无实；又在日报上添了一种文艺周刊，恐怕也不见得有什么好结果。大学生都很沉静，本地人文章，则"之乎者也"居多，他们一面请马寅初写字，一面要我做序，真是一视同仁，不加分别。有几个学生因为我和兼士在此而来的，我们一走，大约也要转学到中大去。

离开此地之后，我必须改变我的农奴生活；为社会方面，则我想除教书外，仍然继续作文艺运动，或其他更好的工作，俟那时再定。我觉得现在 H.M. 比我有决断得多，我自到此地以后，仿佛全感空虚，不再有什么意见，而且有时确也有莫明其妙的悲哀，曾经作了一篇我的杂文集的跋，就写着那时的心情，十二月末的《语丝》上可以发表，你一看就知道。自己也明知道这是应该改变的，但现在无法，明年从新来过罢。

逢吉既知道通信地方，何以又须详询住址，举动颇为离奇。我想，他是在研究 H.M. 是否真在广州办事，也说不定。因他们一群中流言甚多，或者会有 H.M. 亦在厦门之说也。

女师校长给三主任的信，我在报上早见过了。现在未知如何？无米之炊，是人力所做不到的。能别有较好之地，自以从速走开为宜。但在这个时候，不知道可有这样凑巧的处所？

迅。十一月廿八日午十二时。

八四

MY DEAR TEACHER：

廿五日午收十九来信，晚间又收廿一的来信；此外十，十六两信，也都收到，我已经写了回信了。

你十九的信里说，兼任太多，或在僻地做事，怕易流于浅薄，这是极确的。况且我什么都是一知半解，没有深的成就和心得，学的虽是文科，而向来未尝下过死工夫，可以说连字也不认识。我胆子又小，研究不充足就不敢教人，现在教这几点钟，已经时常怕会疏失，倘专做国文教员，则选材，查典，改文……更加难办。职员又困于事务，毫无余闲，有时且须与政界接洽，五光十色，以我率直之傻气，当然不适于环境。我终日想离开此校，而至今未有去处者，虽然因为此时不便引退，但一面也并无相宜的地方，不过事到其间，必有办法，那时自然会有人给我谋事，请你不必挂心。至于"中大女生指导员"之事，做起来也怕有几层难处：一，这职务等于舍监，盖极烦忙，闻中大复试后，学生中仍然党派纷歧，将来也许如女师之纠纷，难于处理；二，现时已有人指女师中表同情于革新之一部分教职员为共产党（也如北方军阀一样手段，可笑），倘我到中大，恐怕会连累你，则似以我不在你的学校为宜。但如果你以为无妨，就不妨向伏园先生说说，我是没有什么异议的。

你廿一的信，说收到我十五,六,七日三信了，但我十七又寄一包裹并一信——说明所寄的物件，并叫你小心开拆，勿打碎图章。图章并不是贵重品，不过颇别致耳，即使打碎，也勿介介。现必收到了罢？收到就通知我一声。

你在北京，拼命帮人，傻气可掬，连我们也看得吃力，而不敢言。其实这也没有什么，我的父母一生都是这样傻，以致身后萧条，子女窘迫，然而也有暂致其敬爱，仗义相助的，所以我在外读书，也能到了毕业，天壤间也须有傻子交互发傻，社会才立得住。这是一种；否则，萍聚云散，聚而相善，散便无关，倒也罢了。但长虹的行径，却真是出人意外，你的待他，是尽在人们眼中的，现在仅因小愤，而且并非和你直接发生的小愤，就这么嘲笑骂詈，好像有深仇重怨，这真可说是奇妙不可测的世态人心了。你对付就是，但勿介意为要。

你想寄的一束杂志还未到，本拟俟到后再复，但怕你在等信，就提前寄出了。如再有话，下次再谈。

YOUR H.M. 十一月廿七日。

八五

广平兄：

上月廿九日寄一信，想已收到了。廿七日发来的信，今天已到。同时伏园也得陈惺农信，知道政府将移武昌，他和孟余都将出发，报也移去，改名《中央日报》，叫伏园直接往那边去，因为十二月下旬须出版。所以伏园大约不再赴广州；广州情状，恐怕比较地要不及先前热闹了。

至于我呢，仍然决计于本学期末离开这里而往广州中大，教半年书看看再说。一则换换空气，二则看看风景，三则……。教不下去时，明年夏天又走，如果住得便，多教几时也可以。不过"指导员"一节，无人先为打听了。

其实，你的事情，我想还是教几点钟书好。要预备足，则钟点不宜多。办事与教书，在目下都是淘气之事，但我们舍此亦无可为。我觉得教书与办别事实在不能并行，即使没有风潮，也往往顾此失彼。不知你此后可有教书之处（国文之类），有则可以教几点钟，不必多，每日匀出三四点钟来看书，也算预备，也算是自己的享乐，就好了；暂时也算是一种职业。你大约世故没有我这么深，所以思想虽较简单，却也较为明快，研究一种东西，不会困难的，不过那粗心要纠正。还有一个吃亏之处是不能看别国书，我想较为便利的是来学日本文，从明年起我当勒令学习，反抗就打手心。

420

至于中央政府迁移而我到广州，于我倒并没有什么。我并不在追踪政府，许多人和政府一同移去，我或者反而可以闲暇些，不至于又大欠文章债，所以无论如何，我还是到中大去的。

包裹已经取来了，背心已穿在小衫外，很暖，我看这样就可以过冬，无需棉袍了。印章很好，其实这大概就是称为"金星石"的，并不是"玻璃"。我已经写信到上海去买印泥，因为旧有的一盒油太多，印在书上是不合适的。

计算起来，我在此至多也只有两个月了，其间编编讲义，烧烧开水，也容易混过去。厨子的菜又变为不能吃了，现在是单买饭，伏园自己做一点汤，且吃罐头。他十五左右当去。我是什么菜也不会做的，那时只好仍包菜，但好在其时离放学已只四十多天了。

阅报，知北京女师大失火，焚烧不多，原因是学生自己做菜，烧伤了两个人：杨立侃，廖敏。姓名很生，大约是新生，你知道么？她们后来都死了。

以上是午后四点钟写的，因琐事放下，接着是吃饭，陪客，现在已是夜九点钟了。在金钱下呼吸，实在太苦，苦还罢了，受气却难耐。大约中国在最近几十年内，怕未必能够做若干事，即得若干相当的报酬，干干净净。（写到这里，又放下了，因为有客来。我这里是毫无躲避处，有人要进来就直冲进来的。你看如此住处，岂能用功。）往往须费额外的力，受无谓的气，无论做什么事，都是如此。我想此后只要能以工作赚得生活费，不受意外的气，又有一点自己玩玩的余暇，就可以算是万分幸福了。

我现在对于做文章的青年，实在有些失望；我看有希望的青年，恐怕大抵打仗去了，至于弄弄笔墨的，却还未遇着真有几分为社会的，他们多是挂新招牌的利己主义者。而他们竟自以为比我新一二十年，我真觉得他们无自知之明，这也就是他们之所以"小"的地方。

上午寄出一束刊物，是《语丝》，《北新》各两本，《莽原》一本。《语丝》上有我的一篇文章，不是我前信所说发牢骚的那一篇，那一篇还未登出，大概当在一〇八期。

迅。十二月二日之夜半。

八六

广平兄：

今天刚发一信，也许这信要一同寄到罢，你初看或者会以为又有甚么要事了，其实并不，不过是闲谈。前回的信，我半夜投在邮筒中；这里邮筒有两个，一个在所内，五点后就进不去了，夜间便只能投入所外的一个。而近日邮政代办所里的伙计是新换的，满脸呆气，我觉得他连所外的一个邮筒也未必记得开，我的信不知送往总局否，所以再写几句，俟明天上午投到所内的一个邮筒里去。

我昨夜的信里是说：伏园也得惺农信，说国民政府要搬了，叫他直接上武昌去，所以他不再往广州。至于我则无论如何，仍于学期之末离开厦门而往中大，因为我倒并不一定要跟随政府，熟人较少，或者反而可以清闲些。但你如离开师范，不知在本地可有做事之处，我想还不如教一点国文，钟点以少为妙，可以多预备。大略不过如此。

政府一搬，广东的"外江佬"要减少了。广东被"外江佬"刮了许多天，此后也许要向"遗佬"报仇，连累我未曾搜刮的"外江佬"吃苦，但有"害马"保镖，所以不妨胆大。《幻洲》上有一篇文章，很称赞广东人，使我更愿意去看看，至少也住到夏季。大约说话是一点不懂，与在此盖相同，但总不至于连买饭的处所也没有。我还想吃一回蛇，尝一点龙虱。

到我这里来空谈的人太多，即此一端也就不宜久居于此。我到中大后，拟静一静，暂时少与别人往来，或用点功，或玩玩。我现在身体是好的，能吃能睡，但今天我发见我的手指有点抖，这是吸烟太多了之故，近来我吸到每天三十支了，从此必须减少。我回忆在北京的时候，曾因节制吸烟而给人大碰钉子，想起来心里很不安，自觉脾气实在坏得可以。但不知怎的，我于这一事自制力竟会如此薄弱，总是戒不掉。但愿明年能够渐渐矫正，并且也不至于再闹脾气的了。

我明年的事，自然是教一点书；但我觉得教书和创作，是不能并立的，近来郭沫若郁达夫之不大有文章发表，其故盖亦由于此。所以我此后的路还当选择：研究而教书呢，还是仍作游民而创作？倘须兼顾，即两皆没有好成绩。或者研究一两年，将文学史编好，此后教书无须预备，则有余暇，再从事于创作之类也可以。但这也并非紧要问题，不过随便说说。

《阿Q正传》的英译本已经出版了，译得似乎并不坏，但也有几个小错处。你要否？如要，当寄上，因为商务印书馆有送给我的。

写到这里，还不到五点钟，也没有什么别的事了，就此封入信封，赶今天寄出罢。

迅。十二月三日下午。

八七

MY DEAR TEACHER：

我现时是在预备教材，明天用的，但我没有专心看书，我总想着廿六,七该得你的来信了，不料至今（卅）未有。而这两天报上则说漳州攻下，泉州永春也为北伐军所得。以前听说厦门大学危险，正在战事范围中，不知真相如何？适值近几天不见来信，莫非连船也不能来往了么？

看广大聘请教授条例（不知中大是否仍如此）：初聘必为一年，续聘为四年，或无期，教至六年，则可停职一年，照支原薪。教授不能兼职，但经校务（？）会议通过，则可变通。授课时间每周八时，多或十余至二十时左右。教授又须指导学生作业云。

我校校长仍然未返，在看十二月初发给经费时，是照新预算，抑旧预算。倘照新预算而不搭发积欠（省政府已通过），则办事仍有困难，还是不回校。我自己在校长回校，或决不回校时，均可引退，惟当青黄不接之间，则我决不去。现在已有些人，要我无论如何，再维持下去，但我是赞成凡与风潮有关的人，全都离校的，这样一来，可以除去一部分学生想闹的目标，于学校为有利。况且训育是以德相感，以情相系的，现在已经破脸，冷眼相看，又有什么意味呢？你看，这该如何处置才好？

汕头我没有答应去，决意下学期仍在广州，即使有经济压迫，我想抵抗它试试看，看是它胜过我，还是我打倒它。

YOUR H.M. 十一月卅晚八时三刻。

MY DEAR TEACHER：

十二月一晚收到你廿六的信，而以前说寄的《新女性》等，至今未来；你十六，十九，廿一等信，俱先后收到，都答复过了，并不因新宁轮而有阻碍。

今日往陈惺农先生寓，见他正在整理行装，打算到武汉去，云于五日前后动身。他说并已电约伏园，径赴湖北。那么，伏园于十五左右先赴广州之说，恐怕又有变动了。学校今日由财政厅领得支票，不但不搭还欠薪，连数目也仍照旧预算，公债库券也仍有，不过将先前搭发二成之三十个月满期的公债，改为一成。事情几乎毫无解决，校长拟往香港去了，我们三主任定于明日向全校教职员布告经过，并声明卸去维持校长职务的责任。但事情是绝不会如此简单的，或仍是不死不活的拖下去，学生两方亦仍争持不下，这真好像朽索之御六马，懔乎其危了。

你因为怕有"不安"而"静下来"了，这教我也没有什么可说。至于我，"为社会做事"么？社会上有什么事好做？回粤以后，参与了一两样看去像是革新的事情，而同人中禁不起敌人之诬蔑中伤，多有放手不问之态，近来我校的情形，又复这个样子。你愿意我终生颠倒于其中而不自拔么？而且你还要因此忍受旧地方的困苦，以玉成我"为社会做事"么？过去的有限的日子，已经如此无聊，再"熬半年"，能保不发生别的意外么？单为"玉成"他人而自放于孤岛，这是应当的么？我着实为难，广大当然也不是理想的学校，所以你要仍在厦大，我也难于多说。但不写几句，又怕你在等我的回信，说起来，则措辞多不达意，恐你又因此发生新的奇异感想。我觉得书信的往来实在讨厌，既费时光，而又不能达意于万一的。这封信也还是如此。

YOUR H.M. 十二月二日。

八八

广平兄：

三日寄出一信，并刊物一束，系《语丝》等五本，想已到。今天得二日来信，可谓快矣。对于廿六日函中的一段话，我于廿九日即发一函，想当我接到此信时，那边必亦已到，现在我也无须再说了。其实我这半年来并不发生什么"奇异感想"，不过"我不太将人当作牺牲么"这一种思想——这是我向来常常想到的思想——却还有时起来，一起来，便沉闷下去，就是所谓"静下去"，而间或形于词色。但也就悟出并不尽然，故往往立即恢复，二日得中央政府迁移消息后，便连夜发一信（次日又发一信），说明我的意思与廿九日信中所说者并无变更，实未有愿你"终生颠倒于其中而不自拔"之意，当时仅以为在社会上阅历几时，可以得较多之经验而已，并非我将永远静着，以至于冷眼旁观，将 H.M. 卖掉，而自以为在孤岛中度寂寞生活，咀嚼着寂寞，即足以自慰自赎也。

但廿六日信中的事，已成往事，也不必多说了。中大的钟点虽然较多，我想总可以设法教一点担子稍轻的功课，以求有休息的余暇，况且抄录材料等等，又可有帮我的人，所以钟点倒不成问题。每周二十时左右者，大抵是纸面文章，也未必实做的。

你们的学校，真是好像"湿手捏了干面粉"，粘缠极了。虽然"天下兴亡，匹夫有责"，但在位者不讲信用，专责"匹夫"，使几个人挑着重担，未免太任意将人来做无谓的牺牲。我想，事到如此，该以自己为主了，觉得耐不住，便即离开，倘因生计或别的关系，非暂时敷衍不可，便再敷衍它几日。"以德感"，"以情系"这些老话头，只好置之度外。只有几个人是做不好的。还傻什么呢？"匹夫匹妇之为谅也，自经于沟渎而莫之知也！"

伏园须直往武昌了，不再转广州，前信似已说过。昨有人（据云系民党）从汕头来，说陈启修因为泄漏机密，已被党部捕治了。我和伏园正惊疑，拟电询，今日得你信，知二日曾经看见他，以日期算来，则此人是造谣言的。但何以要造如此谣言，殊不可解。

426

前一束刊物不知到否？记得先前也有一次，久不到，而终在学校的邮件中寻来。三日又寄一束，到否也是问题。此后寄书，殆非挂号不可。《桃色的云》再版已出了，拟寄上一册，但想写几个字，并用新印，而印泥才向上海去带，大约须十日后才来，那时再寄罢。

迅。十二月六日之夜。

八九

广平兄：

本月六日接到三日来信后，次日（七日）即发一信，想已到。我猜想昨今两日当有信来，但没有；明天是星期，没有信件到校的了。我想或者是你因校事太忙，没有发，或者是轮船误了期。

计算从今天到一月底，只有了五十天，我到这里，已经三个月又一星期了。现在倒没有什么事。我每天能睡八九小时，然而仍然懒。有人说我胖一点了，不知确否？恐怕也未必。对于学生，我已经说明了学期末要离开，有几个因我在此而来的，大约也要走。至于有一部分，那简直无药可医，他们整天的读《古文观止》。

伏园就要动身，仍然十五左右；但也许仍从广州，取陆路往武昌去。

我想一两日内，当有信来，我的廿九日信的回信也应该就到了，那时再写罢。

迅。十二月十一日之夜。

九〇

MY DEAR TEACHER：

六日晨得十一月廿九日信，又廿一寄的书一束，一束书而耽搁至十六天，中国的邮政真太可以了。这信到在我发了廿三的信之后，总是觉得我太过火了，这样的说话。但你前一信说拟在厦门半年，后一信又说拟即离开，这样改变，全以外象为主，看来真好像十分"空虚"似的。现既打算离去，则关于学校的一切，可勿过于扰心，不如好好的静下来，养养身体。食物如何解决，已在福州馆子包饭么？伏园一走，你独自一人早晚为食物奔波，不太困苦么？

学校火警是很可怕的，我在天津，曾经遇到，在半夜里逃出。日前李之良得北京来信，说女师大失火，烧了几间寝室，一个由女子大学转学过来的杨立侃因伤身死，另一个是重伤。女师大真不幸，连转学过来的都遭劫。你也曾在报上看见或别方面听到过没有？

你为什么"时有莫名其妙的悲哀"？是因为感着寂寞么？是因为想到要走的路么？是因了为别人而焦虑么？"跋"中或有未便罄尽之处，其详可得闻欤？

我校自三主任声明不负代行校长职务后，当由教职员推举代表五人，向省政府，教育厅，财政厅交涉，但仍不得要领，继由革新之学生前去请愿，财政厅始允照新预算发给。今日庶务处已领得支单，惟积欠仍无着落，众意须俟积欠有着，始敢相信，开手办事；故全校仍未上课。旧派学生忽对于总务主任及我开始攻击，但这是无聊之极思，没有用的。倘有事，以后再谈罢。

YOUR H.M. 十二月六晚八时。

九一

MY DEAR TEACHER：

今日是学校因经费问题而停课的第二天。薪水是发过了，数目为八成五，一半公债库券，一半现金，我得了七十八元。但那八十多个学生，昨却列队到省政府及教育厅，财政厅，去说是学校的问题并不在经费而在校长，只要宋庆龄长校，一切即皆解决，云云。今日教育厅又约三主任及附小主任于下午四时前去谈话，现尚未到时，但我们必须待经费彻底解决以后，这才做下去。

今晨曾寄一信，是复你十一月廿九日信的，现在又接到十二月三日的信了。印章的质地是"金星石"，但我先前随便叫它曰玻璃；这不知是否日本东西，刻字时曾经刻坏了一个，不过由刻者负责，和我无干。有这样脆，我想一落地必碎，能够寄到而无损，算是好的了。穿上背心，冷了还是要加棉袄，棉袍……的。"这样就可以过冬"么？傻子！一个新印章，何必特地向上海买印泥去呢，真是多事。

这几天经费问题未解决，总坚持不上课；一解决，则将有一番革新，革新后自己再走，也是痛快事。昨日反对派学生推代表三人来，限总务主任于二十四小时内召集财政会议，布告经费状况，又限我于两日内解散革新学生会同盟会。我们都置之不理，不久，大约当有攻击我们的宣言发表的。

现在已没有什么要说了，下次再谈。

YOUR H.M. 十二月七日午三时。

九二

MY DEAR TEACHER：

现在是七日晚七时半，我又开始写信了。今日我发了一信，不是说下午四时要到教育厅去么？从那里回校时，看见门房里竖着几封信，我心内一动，转想午间已得来信，此时一定没有了，乃走不数步，听差赶上来交给我信，是你三日发的第二封。我高兴极了，接连两日得信三封，从这三封信中，可见你心神已略安定，有些活气了。至于廿六发的那一封，却似乎有点变态，不安而故示安定，所以我二日的回信，也未免激一些，现得最近的三信，没有问题了，不必挂念或神经过敏。

现在我要下命令了：以后不准自己将信"半夜放在邮筒中"。因为瞎马会夜半临深池的，十分危险，令人捏一把汗，很不好。况且"所外"的信今日上午到，"所内"的信下午到，这正和你发出的次序相同，殊不必以傻气的傻子，而疑"代办所里的伙计"为"呆气"的呆子，其实半斤八两相等也。即如我，发信也不如是急急，六晚写好的信，是今早叫给我做事的女工拿去的，但许久之后，我出校门，却见别一女工手拿一碗，似将出街买物，又拿着我的信，可见她又转托了人，便中送去。而且恐怕我每次发信，大抵如此，以后应该改换方法了。说起用人来，则因为广州有工会，故说话极难，一不小心，便以工会相压。例如我用的那个，虽十分村气，而买物必赚一半，洗物往往不见，我未买热水壶时，日嫌茶冷，买来以后，却连螺旋盖也不会开，用铁锤之类新新的就将热水壶敲坏了。你将来到广州时，倘用的是男的，或者好一点，但也得先知道，以免冒起火来。

至于用语，则这里的买物或雇车，普通话就可以，也许贵一点，不过有人代办，不成问题。我在北京，买物是不大讲价的，这里却往往开出大价，甚至二倍以上，须斟酌还价，还得太多是吃亏，太少或被骂，真是麻烦透了。吃食店随处都有，小饭馆也不化多少钱，你来不愁无吃处，而愁吃不惯口味，但广东素以善食称，想来你总可以对付的。至于蛇，你到时在年底，不知道可还有？龙虱也已过时，只可买干的了。又这里也有北方馆子，有专卖北京布底鞋的铺子，也有稻香村一类的店，所以糖炒栗子也有了，这大约是受了"外江佬"的影响。

你高兴时，信上也看见"身体是好的，能食能睡"一类的话，但在上月二十至廿六左右，则不特不然，而且什么也懒得做了。其实那一个人也并非一定专为别人牺牲，而且是行其心之所安的，你何必自己如此呢。现在手指还抖么？要看医生不？我想心境一好，无聊自然减少，不会多吸烟了。有什么方法可以减却呢？我情愿多写几个字。

你到这里后，住学校就省事，住外面就方便，但费用大。陈先生住的几间屋，是二楼，每月房租就四十余元，还有雇人，食，用……等，至少总在百元以上。究竟如何，是待到后再说，还是未雨绸缪？

我想，没有被人打倒，或自己倒下之前，教书是好的，倒下以后，则创作似乎闭户可做。但在那时，是否还有创作的可能，也很难说。在旧社会里，对于一般人，需用一般法，孤行己见，便受攻击，真是讨厌。不过人一受逼，自然会寻活路，著作路绝，恐怕也还是饿不死的。以上也只是些空话，因为今晚高兴多写，以致一发而不可收拾了。

英译《阿Q》不必寄，现时我不暇看也不大会看，待真的阿Q到了广州，再拿出译本，一边讲解，一边对照罢。那时却勿得规避，切切！

今晚大风，窗外呼呼有声，空气骤冷。我已经穿上了夹裤，呢裙，毛绒背心及绒衫。但没有蚊子了。

YOUR H.M. 十二月七晚九时。

九三

广平兄：

今天早上寄了一封信。现在是虽在星期日，邮政代办所也开半天了。我今天起得早，因为平民学校的成立大会要我演说，我去说了五分钟，又恭听校长辈之胡说至十一时。有一曾经留学西洋之教授曰：这学校之有益于平民也，例如底下人认识了字，送信不再会送错，主人就喜欢他，要用他，有饭吃，……。我感佩之极，溜出会场，再到代办所去一看，果然已有三封信在，两封是七日发的，一封是八日发的。

金星石虽然中国也有，但看印匣的样子，还是日本做的，不过这也没有什么关系。"随便叫它曰玻璃"，则可谓胡涂，玻璃何至于这样脆，又岂可"随便"到这样？若夫"落地必碎"，则一切印石，大抵如斯，岂独玻璃为然？特买印泥，亦非"多事"，因为不如此，则不舒服也。

近来对于厦大，什么都不过问了，但他们还要常来找我演说，一演说，则与当局者的意见一定相反，真是无聊。玉堂现在亦深知其不可为，有相当机会，什九是可以走的。我手已不抖，前信竟未说明。至于寄给《语丝》的那篇文章，因由未名社转寄，被社中截留了，登在《莽原》第廿三期上。其中倒没有什么未尽之处。当时动笔的原因，一是恨自己为生活起见，不能不暂戴假面，二是感到了有些青年之于我，见可利用则尽情利用，倘觉不能利用了，便想一棒打杀，所以很有些悲愤之言。不过这种心情，现在早已过去了。我时时觉得自己很渺小；但看他们的著作，竟没有一个如我，敢自说是戴着假面和承认"党同伐异"的，他们说到底总必以"公平"或"中立"自居。因此，我又觉得我或者并不渺小。现在拚命要蔑视我和骂倒我的人们的眼前，终于黑的恶鬼似的站着"鲁迅"这两个字者，恐怕就为此。

我离厦门后，有几个学生要随我转学，还有一个助教也想同我走，他说我对于金石的知识于他有帮助。我在这里，常有客来谈空天，弄得自己的事无暇做，这样下去，是不行的。我将来拟在校中取得一间屋，算是住室，作为预备功课及会客之用，另在外面觅一相当的地方，作为创作及休息之用，庶几不至于起居无节，饮食不时，再蹈在北京时之覆辙。但这可俟到粤后再说，无须未雨绸缪。总之，我的主意，是在想少陪无聊之客而已。倘在学校，谁都可以直冲而入，并无可谈，而东拉西扯，坐着不走，殊讨厌也。

现在我们的饭是可笑极了，外面仍无好的包饭处，所以还是从本校厨房买饭，每人每月三元半，伏园做菜，辅以罐头。而厨房屡次宣言：不买菜，他要连饭也不卖了。那么，我们为买饭计，必须月出十元，一并买他毫不能吃之菜。现在还敷衍着。伏园走后，我想索性一并买菜，以省麻烦，好在日子也已经有限了。工人则欠我二十元，其中二元，是他兄弟急病时借去的，我以为他穷，说这二元不要他还了，算是欠我十八元，他即于次日又借去二元，仍凑足二十元之数。厦门之对于"外江佬"，好像也颇要愚弄似的。

以中国人一般的脾气而论，失败之后的著作，是没有人看的，他们见可役使则尽量地役使，见可笑骂则尽量地笑骂，虽一向怎样常常往来，也即刻翻脸不识，看和我往来最久的少爷们的举动，便可推知。但只要作品好，大概十年或数十年后，就又有人看了，不过这只是书坊老板得益，至于作者，则也许早被逼死，不再有什么相干。遇到这样的时候，为省事计，则改业也行，走外国也行；为赌气计，则无所不为也行，倒行逆施也行。但我还没有细想过，因为这还不是急切的问题，此刻不过发发空议论。

"能食能睡"，是的确的，现在还如此，每天可睡至八九小时。然而人还是懒，这大约是气候之故。我想厦门的气候，水土，似乎于居民都不宜，我所见的本地人，胖子很少，十之九都黄瘦，女性也很少有丰满活泼的；加以街道污秽，空地上就都是坟，所以人寿保险的价格，居厦门者比别处贵。我想国学院倒大可以缓办，不如作卫生运动，一面将水，土壤，都分析分析，讲一个改善之方。

此刻已经夜一时了，本来还可以投到所外的箱子里去，但既有"命令"，就待至明晨罢，真是可惧，"我着实为难"。

迅。十二月十二日。

九四

MY DEAR TEACHER：

今早九时由家里回校，见你十二月七日的信在桌上，大约是昨天到的，而我外出未见。我料想日内当有信来，今果然，慰甚。三日寄的刊物则至今未到，但慢惯了，倒也不怎样着急。二日的信，乃晚间七时自己投在街上邮筒中的（便中经过），若六日到，则前后仅四天，也差强人意，而平常竟有耽搁至八天的，真是奇怪。

你"向来常常想到的思想"，实在谬误，"将人当作牺牲"一语，万分不通。牺牲者，谓我们以牛羊作祭品，在牛羊本身，是并非自愿的，故由它们一面看来，实为不合。而"人"则不如此，天下断没有人而肯任人宰割者。倘非宰割，则一面出之维护，一面出之自主，即有所失，亦无牺牲之可言。其实在人间本无所谓牺牲，譬如吾人为社会做事，是大家认为至当的了。于是有因公义而贬抑私情者，从私情上说，固亦可谓之牺牲，而人们并不介意，仍趋公义者，即由认公义为比较的应为，急为而已。这所谓应，所谓急，虽亦随时代环境而异，但经我决择，认为满意而舍此无他道，即亦可为，天下事不能具备于一身，于是有取舍，既有所取，也就不能偏重所舍的一部分，说是牺牲了。此三尺童子皆知之，而四尺的傻子反误解，是应该记打手心十下于日记本上的。

校事又变化起来了。反对派的学生们以学生会之名，向官厅请愿，又在校内召集师生联席会议，教员出席者七人，共同发表了一封信，责三主任为什么故意停课，限令立即开课云云。其实我们的卸责，学校的停课，是经过全校教职员会议种种步骤的，今乃独责主任，大有问罪之意；曾经与议的教员们，或则先去，或则诿为不知，甚或有出席师生联席会议，反颜诘责者。幸而学校已经领了一点款，可以借此转圜，校长应允回校，先仍由三主任负责，于是从明天（十三）起上课了，但另一消息，则说校长决不回来，不过姑允回校，使学生照常上课，免得扰嚷，以便易于引退，实"以进为退"也云。这使我很恐惧，倘她不回校，教育厅又不即派继任人物，则三主任负责无期，而且我还有被荐，或被派为新校长的危险，因为先前即有此说，经我竭力拒绝了的。我现在已知道此校病根极深，甚难挽救，一作校长，非随波逐流，即自己吃苦。我只愿意做点小事情，所谓"长"者，实在一听到就令人不寒而栗，我现在只好设法力劝校长早日回校，以免自己遭殃，否则便即走开，你说是不是呢？

你常往上海带书，可否替我买一本《文章作法》，开明书店出版，价七角，能再买一本《与谢野晶子论文集》则更佳。现已十二月中旬，再过三十多天便可见面，书籍寄得太慢，或在人到之后，不如留待自己带来，且可免遗失或损坏。香港已经通船了，你来也不必定转汕头，且带着许多书籍，车上恐怕也不如船上之方便。

从明天起上课，事情又多起来了。省妇女部立的妇女运动人员训练所，要我担任讲"妇女与经济政治之关系"，为时三周，每周二小时，在晚上，地点是中山大学。我推却而不能，已答应了，但材料还未搜得多少，现正在准备中。我自思甚好笑，自己实无所长，而时机迫得我硬干，真是苦恼。倘不及早设法倒下来，怕就要像厂甸的轻气球一样，气散而自己掉下来了，一点也没有法子想。

你的手有点抖，好了没有？

YOUR H.M. 十二月十二日午一时。

九五

广平兄：

昨（十三日）寄一信，今天则寄出期刊一束，怕失少，所以挂号，非因特别宝贵也。束中有《新女性》一本，大作在内，又《语丝》两期，即登着我之发牢骚文，盖先为未名社截留，到底又被小峰夺过去了，所以仍在《语丝》上。

慨自寄了二十三日之信，几乎大不得了，伟大之钉子，迎面碰来，幸而上帝保佑，早有廿九日之信发出，声明前此一函，实属大逆不道，应即取消，于是始蒙褒为"傻子"，赐以"命令"，作善者降之百祥，幸何如之。

现在对于校事，已悉不问，专编讲义，作一结束，授课只余五星期，此后便是考试了。但离校恐当在二月初，因为一月份薪水，是要等着拿走的。

中大又有信来，催我速去，且云教员薪水，当设法增加，但我还是只能于二月初出发。至于伏园，却在二十左右要走了，大约先至粤，再从陆路入武汉。今晚语堂饯行，亦颇有活动之意，而其太太则大不谓然，以为带着两个孩子，常常搬家，如何是好。其实站在她的地位上来观察，的确也困苦的，旅行式的家庭，教管理家政的女性如何措手。然而语堂殊激昂。后事如何，只得"且听下回分解"了。

狂飙社中人一面骂我，一面又要用我了。培良要我在厦门或广州寻地方，尚钺要将小说编入《乌合丛书》去，并谓前系误骂，后当停止，附寄未发表的骂我之文稿，请看毕烧掉云。我想，我先前的种种不客气，大抵施之于同年辈或地位相同者，而对于青年，则必退让，或默然甘受损失。不料他们竟以为可欺，或纠缠，或奴役，或责骂，或诬蔑，得步进步，闹个不完。我常叹中国无"好事之徒"，所以什么也没有人管，现在看来，做"好事之徒"实在也大不容易，我略管闲事，就弄得这么麻烦。现在是方针要改变了，地方也不寻，丛书也不编，文稿也不看，也不烧，回信也不写，关门大吉，自己看书，吸烟，睡觉。

《妇女之友》第五期上，有沄沁给你的一封公开信，见了没有？内中也没有什么，不过是对于女师大再被毁坏的牢骚。我看《世界日报》，似乎程干云仍在校，罗静轩却只得滚出了，报上有一封她的公开信，说卖文也可以过活。我想，怕很难罢。

今天白天有雾，器具都有点潮湿。蚊子很多，过于夏天，真是奇怪。叮得可以，要躲进帐子里去了，下次再写。

十四日灯下。

天气今天仍热，但大风，蚊子忽而很少了，不知道是怎么一回事。于是编了一篇讲义。印泥已从上海寄来，此刻就在《桃色的云》上写了几个字，将那"玻璃"印和印泥都第一次用在这上面，预备等《莽原》第二十三期到来时，一同寄出。因为天气热，印泥软，所以印得不大好，但那也不要紧。必须如此办理，才觉舒服，虽被斥为"多事"，亦不再辩，横竖受攻击惯了的，听点申斥又算得什么。

　　本校并无新事发生。惟山根先生仍是日日夜夜布置安插私人；白果从北京到了，一个太太，四个小孩，两个用人，四十件行李，大有"山河永固"之意。不知怎地我忽而记起了"燕巢危幕"的故事，看到这一大堆人物，不禁为之凄然。

十五夜。

　　十二日的来信，今天（十六）就到了，也算快的。我看广州厦门间的邮信船大约每周有二次。假如星期二，五开的罢，那么，星期一，四发的信更快，三，六发的就慢了，但我终于研究不出那船期是星期几。

　　贵校的情形，实在不大高妙，也如别的学校一样，恐怕不过是不死不活，不上不下。一沾手，一定为难。倘使直截痛快，或改革，或被打倒，爽快，或苦痛，那倒好了。然而大抵不如此。就是办也办不好，放也放不下，不爽快，也并不大苦痛，只是终日浑身不舒服，那种感觉，我们那里有一句俗话，叫作"穿湿布衫"，就是恰如将没有晒干的小衫，穿在身体上。我所经历的事情，几乎无不如此，近来的作文印书，即是其一。我想接手之后，随俗敷衍，你一定不能；改革呢，能办到固然好，即使自己因此失败也不妨，但看你来信所说，是恐怕没有改革之望的。那就最好是不接手，倘难却，则仿"前校长"的老法子：躲起来。待有结束后，再出来另觅事情做。

政治经济，我晓得你是没有研究的，幸而只有三星期。我也有这类苦恼，常不免被逼去做"非所长"，"非所好"的事。然而往往只得做，如在戏台下一般，被挤在中间，退不开去了，不但于己有损，事情也做不好。而别人见你推辞，却以为谦虚或偷懒，仍然坚执要你去做。这样地玩"杂耍"一两年，就只剩下些油滑学问，失了专长，而也逐渐被社会所弃，变了"药渣"了，虽然也曾煎熬了请人喝过汁。一变药渣，便什么人都来践踏，连先前喝过汁的人也来践踏，不但践踏，还要冷笑。

牺牲论究竟是谁的"不通"而该打手心，还是一个疑问。人们有自志取舍，和牛羊不同，仆虽不敏，是知道的。然而这"自志"又岂出于本来，还不是很受一时代的学说和别人的言动的影响的么？那么，那学说的是否真实，那人的是否确当，就是一个问题。我先前何尝不出于自愿，在生活的路上，将血一滴一滴地滴过去，以饲别人，虽自觉渐渐瘦弱，也以为快活。而现在呢，人们笑我瘦弱了，连饮过我的血的人，也来嘲笑我的瘦弱了。我听得甚至有人说："他一世过着这样无聊的生活，本早可以死了的，但还要活着，可见他没出息。"于是也乘我困苦的时候，竭力给我一下闷棍，然而，这是他们在替社会除去无用的废物呵！这实在使我愤怒，怨恨了，有时简直想报复。我并没有略存求得称誉，报答之心，不过以为喝过血的人们，看见没有血喝了就该走散，不要记着我是血的债主，临走时还要打杀我，并且为消灭债券计，放火烧掉我的一间可怜的灰棚。我其实并不以债主自居，也没有债券。他们的这种办法，是太过的。我近来的渐渐倾向个人主义，就是为此；常常想到像我先前那样以为"自所甘愿，即非牺牲"的人，也就是为此；常常劝别人要一并顾及自己，也就是为此。但这是我的意思，至于行为，和这矛盾的还很多，所以终于是言行不一致，恐怕不足以服足下之心，好在不久便有面谈的机会，那时再辩论罢。

　　我离厦门的日子，还有四十多天，说"三十多"，少算了十天了，然则心粗而傻，似乎也和"傻气的傻子"差不多，"半斤八两相等也"。伏园大约一两日内启行，此信或者也和他同船出发。从今天起，我们兼包饭菜了，先前单包饭的时候，每人只得一碗半（中小碗），饭量大的人，兼吃两人的也不够，今天是多一点了，你看厨子多么利害。这里的工役，似乎都与当权者有些关系，换不掉的，所以无论如何，只好教员吃苦，即如这个厨子，原是国学院听差中之最懒而最狡猾的，兼士费了许多力，才将他弄走，而他的地位却更好了。他那时的主张，是：他是国学院的听差，所以别人不能使他做事。你想，国学院是一所房子，会开口叫他做事的么？

　　我向上海买书很便当，那两本当即去带，并遵来命，年底面呈。

　　　　　　　　　　　　　　　　迅。十六日下午。

九六

广平兄：

　　十六日得十二日信后，即复一函，想已到。我猜想一两日内当有信来，但此刻还没有，就先写几句，预备明天发出。

　　伏园前天晚上走了，昨晨开船。现在你也许已经看见过。中大有无可做的事，我已托他探问，但不知结果如何。上遂南归，杳无消息，真是奇怪，所以他的事情也无从计划。

　　我这里是什么事也没有发生，不过前几天很阔了一通，将伏园的火腿用江瑶柱煮了一大锅，吃了。我又从杭州带来茶叶两斤，每斤二元，喝着。伏园走后，庶务科便派人来和我商量，要我搬到他所住过的半间小屋子里去。我即和气的回答他：一定可以，不过可否再缓一个多月的样子，那时我一定搬。他们满意而去了。

其实，教员的薪水，少一点倒不妨的，只是必须顾到他的居住饮食，并给以相当的尊重。可怜他们全不知道，看人如一把椅子或一个箱子，搬来搬去，弄不完，幸而我就要搬出，否则，恐怕要成为旅行式的教授的。

朱山根已经知道我必走，较先前安静得多了，但听说他的"学问"好像也已讲完，渐渐讲不出来，在讲堂上愈加装口吃。田千顷是只能在会场上唱昆腔，真是到了所谓"俳优蓄之"的境遇。但此辈也正和此地相宜。

我很好，手指早已不抖，前信已经声明。厨房的饭又克减了，每餐复归于一碗半，幸而我还够吃，又幸而只有四十天了。北京上海的信虽有来的，而印刷物多日不到，不知其故何也。再谈。

迅。十二月二十日午后。

现已夜十一时，终不得信，此信明天寄出罢。

二十日夜。

九七

MY DEAR TEACHER：

十六日寄上一信，告诉你此后通信的地址。这日我就告病（伪的）回家去住了。但又不放心，总想到学校去看看。昨晚往校，果见你十三寄的信，这信的第一句就是"今天早上寄了一封信"，而早上的一封我却没有收到，不知是否因为我有几天不在校内的缘故。

学校的事，昨晚回校，始知校长确不再来，教务总务也都另得新职，决去此校，所不知这消息的，只有我一个。我幸而请着病假，但已迟了几天，多做几天傻子了，因即致函校长，辞去职务。惟又闻校长辞呈中，曾举一李女士和我，请教育厅选一人继任云云。不过我是决计不干的，我现在想休息休息了，一面慢慢地找事做。

厦大几时放寒假？我现在闲着了，来的日期可先行通知，最好托客栈招呼，或由我预先布置，总以预知为便，好在我是闲着的。

我在家里，是做做缝纫的事（缝工价贵），改造旧衣，或编织绒物（人托做的），或看书，并不闷气，可无须挂念。

这信是在校内写的，不久又要回家去了。再谈罢。

YOUR H.M. 十二月十九日下午五时。

九八

广平兄：

十九日信今天到，十六的信没有收到，怕是遗失了，所以终于不知寄信的地方。此信也不知能收到否？我于十二上午寄一信，此外尚有十六，廿一两信，均寄学校。

前日得郁达夫及逢吉信，十四日发的，似于中大颇不满，都走了。次日又得中大委员会十五来信，言所定"正教授"只我一人，催我速往。那么，恐怕是主任了。不过我仍只能结束了学期再走，拟即复信说明，但伏园大概已经替我说过。至于主任，我想不做，只要教教书就够了。

这里一月十五考起，阅卷完毕，当在廿五左右，等薪水，所以至早恐怕要在一月廿八才可以动身罢。我想先住客栈，此后如何，看情形再说，现在可以不必预先酌定。

442

电灯坏了。洋烛所余无几，只得睡了。倘此信能收到，可告我更详确的地址，以便写信面。

迅。十二月廿三夜。

怕此信失落，另写一封寄学校。

九九

广平兄：

今日得十九来信，十六日信终于未到，所以我不知你住址，但照信面所写的发了一信，不知能到否？因此另写一信，挂号寄学校，冀两信中有一信可到。

前日得郁达夫及逢吉信，说当于十五离粤，似于中大颇不满。又得中大委员会信，十五发，催我速往，言正教授只我一人。然则当是主任。拟即作复，说一月底才可以离厦，但也许伏园已经替我说明了。

我想不做主任。只教书。

厦校一月十五考试，阅卷及等候薪水等，恐至早须廿八九才得动身。我想先住客栈，此后则看情形再定。

我除十二，十三，各寄一信外，十六，二十一，又俱发信，不知收到否？

电灯坏了，洋烛已短，又无处买添，只得睡觉，这学校真是不便极了！

此地现颇冷，我白天穿夹袍，夜穿皮袍，其实棉袍已够，而我懒于取出。

迅。十二月廿三夜。

告我通信地址。

一〇〇

MY DEAR TEACHER：

以前七晨，午，十二各寄一信，想必都到在此信之先了。这封信是向你发牢骚的，因为只有向你可以尽量发，但既能发，则非怒气冲天可知了，所以也还是等于送戏目给你看。

昨日我校的总务主任辞职了。今晨我到校办公，阅报及听庶务员说，才知道教务主任也要往中大当秘书去，无意于此了。那个庶务员就取笑我，说：已并校长及三主任，四职萃于一身了！我才恍然大悟，做了傻子，人们找好事情，溜之大吉，而我还打算等有了交代再走，将来岂不要人都跑光，校长又不回来，只剩我一个独受学生的闷气，教职员的催逼么？我急跑去找校长面辞，并陈述校中情状，正说之间，那个教务主任也到了，他不承认有辞职之事，说是只因为忙，所以未到，明天是可以到校的云云，我也不知道的确与否。

至于学生间的纠纷，则今日（十五）中央，省，市，青年部来宣布两派学生会同时停止，另由学生会改选新会员，结果是旧派占势力。总而言之，坏的学生狠猾而猖獗，好一点的学生则老实而胆怯，只会腹诽，惮于开口，真没奈何。教职员既非一心，三主任又去其二，校长并不回来，也不决绝，明日有筹备学生选举会事，我也打算不做傻子了，即使决意要共患难，也没有可共之人，我何必来傻冲锋呢？现已写好两信，一致校长，辞赴筹备会，一致教务主任，告诉他我请病假（装假），而无日数，拟即留信回家，什么都不闻不问了。在家里静静的过几天之后，再到学校去收拾行李。你以后寄信，暂寄"广州高第街中约"便妥，倘有改动，当再通知。

444

我身体是好的。校事早了，也早得安心。勿念。

YOUR H.M. 十二月十五晚。

一〇一

广平兄：

昨（廿三）得十九日信，而十六日信待至今晨还没有到，以为一定遗失的了，因写两信，一寄高第街，一挂号寄学校，内容是一样的，上午发出，想该有一封可以收到。但到下午，十六日发的一封信竟收到了，一共走了九天，真是奇特的邮政。

学校现状，可见学生之无望，和教职员之聪明，独做傻子，实在不值得，还不如暂逃回家，不闻不问。这种事我也遇到过好几次，所以世故日深，而有量力为之，不拚死命之说，因为别人太巧，看得生气也。伏园想早到粤，已见过否？他曾说要为你向中大一问。

郁达夫已走，有信来。又听说成仿吾也要走。创造社中人，似乎和中大有什么不对似的，但这不过是我的猜测。达夫逢吉则信上确有愤言。我且不管，旧历年底仍往粤。算起来只有一个多月了。

现在在这里还没有什么不舒服，因为横竖不远要走，什么都心平气和了。今晚去看了一回电影。川岛夫妇已到，他们还只看见山水花木的新奇。我这里常有学生来，也不大能看书；有几个还要转学广州，他们总是迷信我，真是无法可想。

玉堂恐怕总弄不下去，但国学院是一时不会倒的，不过不死不活，"学者"和白果，已在联络校长了，他们就会弄下去。然而我们走后，不久他们也要滚出的。为什么呢，这里所要的人物，是：学者皮而奴才骨。他们却连皮也太奴才了，这又使校长看不起，非走不可。

再谈。

迅。十二月二十四日灯下。（电灯修好了。）

一〇二

广平兄：

廿五日寄一函，想已到。今天以为当得来信，而竟没有，别的粤信，都到了。伏园已寄来一函，今附上，可借知中大情形。上遂与你的地方，大概都极易设法。我已写信通知上遂，他本在杭州，目下不知怎样。

看来中大似乎等我很急，所以我想就与玉堂商量，能早走则早走。况且我在厦大，他们并不以为必要，为之结束学期与否，不成什么问题也。但你信只管发，即我已走，也有人代收寄回。

厦大我只得抛开了，中大如有可为，我还想为之尽一点力，但自然以不损自己之身心为限。我来厦门，虽是为了暂避军阀官僚"正人君子"们的迫害。然而小半也在休息几时，及有些准备，不料有些人遽以为我被夺掉笔墨了，不再有开口的可能，便即翻脸攻击，想踏着死尸站上来，以显他的英雄，并报他自己心造的仇恨。北京似乎也有流言，和在上海所闻者相似，且云长虹之拚命攻击我，乃为此。这真出我意外，但无论如何，用这样的手段，想来征服我，是不行的，我先前对于青年的唯唯听命，乃是退让，何尝是无力战斗。现既逼迫不完，我就偏又出来做些事，而且偏在广州，住得更近点，看他们躲在黑暗里的诸公其奈我何。然而这也许是适逢其会的借口，其实是即使

446

并无他们的闲话，我也还是要到广州的。

再谈。

迅。十二月廿九日灯下。

一〇三

MY DEAR TEACHER：

今日（廿三）下午往学校去一看，得你十六日的来信，大约是到了好几天的，因为我今天才到校，所以耽搁了一些时候了。

你来信说寄给我刊物的有好些次，但除十一月廿一寄的一束之外，什么也没有收到。那个号房不是好人。画报（图书馆定的）寄到，他常常扣留住，但又不能明责他，因为他进过工会，一不小心，就可以来包围。所以此后一切期刊及书籍，还是自己带来，较为妥当，倘是写字盖章的，寄失就更可惜。至于家里，则数百人合用的一个门房，更可想而知了。

也是今日回校时候，同信一起在寝室桌上见有伏园名片，写着廿二日来校，现住广泰来栈，我打算明日上午去看他，但不想问他中大的事。日前有一个旧同学问我省立中学缺少职员，愿去否？我答愿意。职员我是做厌了，不过如无别处可去，我想也只得姑且混混。不知你以为何如？

也还是今日在学校里，见沄沁寄来的《妇女之友》共五期，这才看见了你所说的那篇给我的公开信，既是给我，又要公开，先前全是公开，现在见了这一份，总算终于给我了，一笑。

妇女讲习所里，昨晚已去讲了二小时，下星期三再去一次就完事。学生老幼不齐，散学时在街上大喊，高谈，秩序颇纷乱，我是只讲几小时的，所以没有去说她们。

有谁能够不受"一时代的学说和别人的言动的影响"呢？文学就离不开这一层。

你那些在厦门购置的器具，如不沉重，带来用用也好。此地的东西，实在太贵，而且我也愿意看看那些用具，由此来推见你在厦门的生活。

二月初大约是旧历十二月末，到粤即度岁了。也只好耐着。

YOUR H.M. 十二月廿三晚。

一〇四

广平兄：

自从十二月廿三，四日得十九，六日信后，久不得信，真是好等，今天（一月二日）上午，总算接到十二月廿四的来信了。伏园想或已见过，他到粤后所问的事情，我已于三十日函中将他的信附上，收到了罢。至于刊物，则十一月廿一之后，我又寄过两次，一是十二月三日，恐已遗失，一是十四日，挂号的，也许还会到。学校门房连公物都据为己有，真可叹，所以工人地位升高的时候，总还须有教育才行。

前天，十二月卅一日，我已将正式的辞职书提出，截至当日止，辞去一切职务。这事很给学校当局一点苦闷：为虚名计，想留我，为干净，省事计，愿放走我，所以颇为难。但我和厦大根本冲突，无可调和，故无论如何，总是收得后者的结果的。今日学生会也举代表来留，自然是具文而已。接着大概是送别会，有恭维和愤慨的演说。学生对于学校并不满足，但风潮是不会有的，因为四年前曾经失败过

448

一次。

上月的薪水，听说后天可发；我现在是在看试卷，两三天即完。此后我便收拾行李，至迟于十四五以前，离开厦门。但其时恐怕已有转学的学生同走了，须为之交涉安顿。所以此信到后，不必再寄信来，其已经寄出的，也不妨，因为有人代收。至于器具，我除几种铝制的东西和火酒炉而外，没有什么，当带着，恭呈钧览。

想来二十日以前，总可以到广州了。你的工作的地方，那时当能设法，我想即同在一校也无妨，偏要同在一校，管他妈的。

今天照了一个相，是在草莽丛中，坐在一个洋灰的坟的祭桌上的，但照得好否，要后天才知道。

迅。一月二日下午。

一〇五

广平兄：

伏园想已见过了。他于十二月廿九日给我一封信，今裁出一部分附上，未知以为何如？我想，助教是不难做的，并不必讲授功课，而给我做助教尤其容易，我可以少摆教授架子。

这几天，"名人"做得太苦了，赴了几处送别会，都要演说，照相。我原以为这里是死海，不料经这一搅，居然也有了些波动，许多学生因此而愤慨，有些人颇恼怒，有些人则借此来攻击学校或人们，而被攻击者是竭力要将我之为人说得坏些，以减轻自己的伤害。所以近来谣言颇多，我但袖手旁观，煞是有趣。然而这些事故，于学校是仍无益处的，这学校除全盘改造之外，没有第二法。

学生至少有二十个也要走。我确也非走不可了，因为我在这里，竟有从河南中州大学转学而来的，而学校的实际又是这模样，我若再帮同来招徕，岂不是误人子弟？所以我一面又做了一篇《通信》，去登《语丝》，表明我已离开厦门。我好像也已经成了偶像了，记得先前有几个学生拿了《狂飙》来，力劝我回骂长虹，说道：你不是你自己的了，许多青年等着听你的话！我曾为之吃惊，心里想，我成了大家的公物，那是不得了的，我不愿意。还不如倒下去，舒服得多。

现在看来，还得再硬做"名人"若干时，这才能够罢手。但也并无大志，只要中大的文科办得还像样，我的目的就达了，此外都不管。我近来改变了一点态度，诸事都随手应付，不计利害，然而也不很认真，倒觉得办事很容易，也不疲劳。

此信以后，我在厦门大约不再发信了。

迅。一月五日午后。

一〇六

MY DEAR TEACHER：

昨廿六日我到学校去，将什物都搬回高第街了。原想等你的来信能寄到高第街后，再去搬取什物的，但前天报上载有校长辞职呈文，荐一位姓李的和我自代，我所以赶紧搬开，以示决绝。并向门房说明，信件托他存起，当自去取，或由叶姓表姊转交，言次即赠以孙总理遗像一幅（中央银行一元钞票），此君唯唯，想必不至于作殷洪乔了。

现在我住在嫂嫂家里，她甚明达，待我亦好，惟孩子吵嚷，不是用功之所。但有一点好处，就是我从十六回家至廿六日，不过住了十天，而昨天到校，看见的人都说我胖了，精神也好得多了。胖瘦之于

450

我，虽然无甚关系，但为外观计，也许还是胖些的好罢。睡也很多，往往自晚九点至次早十点，有十多个钟头了。你看这样懒法，如何处置呢？

廿四日晨我往广泰来栈访孙伏园老，九点多到，而他刚起身，说是昨日中酒，睡了一天，到粤则在冬至之夜云。客栈工人因为要求加薪，正在罢工，不但连领路也不肯，且要伏园立刻搬出，我劝他趁早设法，因为他们是不留情面的。略坐后我们即到海珠公园一游，其次是一同入城，在一家西菜馆吃简便的午餐，听他所说的意思，好像是拟在广州多住些时，俟有旅伴，再由陆路往武汉似的。但我想，也许他虽初到，却已觉到此地党派之纷歧，又一时摸不着头脑，因此就徘徊起来，要多住些时，看个清楚，然后来定去就，也未可料。

实在，这里的派别之纷繁和纠葛，是决非久在北京的简单的人们所能预想的。即如我在女师，见有一部分人，觉学校之黑暗，须改革，同此意见，于是大家来干一下而已。弄到后来，同事跑散了，校长辞职了，只剩我不经世故，以为须有交代才应放手的傻子，白看了几天学校，白挨了几天骂。这还是小事情，后来竟听说有一个同事，先前最为激烈，发动之初，是他坚持对旧派学生不可宽容，总替革新派的学生运筹帷幄的人，却在说我是共产党了。他说我误以他们为同志，引为同调，今则已知其非，他们也已知我为共党，所以不合作了，云云。你看，这多么可怕，我于学校，并无一二年以上久栖之心，其所以竭力做事，无非仍以为不如此对不起学校，对不起叫我回去做事的人，我几个月以来，日夜做工，没有一刻休息，做的事都是不如教务总务之有形式可见，而精神上之烦琐，可说是透顶了，风潮初起，乃有人以校长位置诱我同情旧派学生，我仍秉直不顾，有些学生恨而诬我共党，其论理推断是：廖仲恺先生是共党，所以何香凝是共党，廖先生之妹冰筠校长也是共党，我和他们一气，故我亦是共党云。这种推论，固不值识者一笑，而不料共同一气办事的人，竟也会和他所反对的旧派一同诬说！我之非共，你所深知，即对于国民党，亦因在北京时共同抵抗过黑暗势力，感其志在革新，愿尽一臂之力罢了，还不到做到这么诡秘程度。他们这样说，固然也许是因为失败之后，嫁祸于人，或者因为自己变计，须有借口之故，然而这么阴险，却真给了我一个深刻的教训，使我做事也没有勇气了。现在离开了那个学校，没有事体，心中泰然了。一鼓之气已消，我只希望教几点钟书，每月得几十元钱，自己再有几小时做些愿做的事，就算十分幸福了。

我前信不是说你十二的信没有收到么，昨天到学校去，在办公桌的抽斗里发见了，一定是我在请假时，不知谁藏在那里面的。你说在盼信，但现必已陆续收到，不成问题。

此刻是午十二时半，我要到街上去，下次再谈罢。

YOUR H.M. 十二月廿七日。

一〇七

MY DEAR TEACHER：

昨廿九日由表姊从学校带到你廿一的信，或者耽搁了些时，但未遗失，已足满意了。

昨接伏园信，说："关于你辞去女师职务以后的事，我临走时鲁迅先生曾叫我问一声骦先，我现在已经说过了，就请你作为鲁迅先生之助教。鲁迅先生一到之后，即送聘书。鲁迅先生处我已写信去通知了。现在特通知您一声。"作为你的助教，不知是否他作弄我？跟着你研究自然是好的，不过听说教授要多编讲义而助教则多任钟点，我能讲得比你强么？这是我所顾虑的地方。又，他说聘书待你到后再发，临时不至于中变么？现在外间对于中大，有左倾之谣，而我自女师风潮以后，反对者或指为左派，或斥为共党。我虽无所属，而辞职之后，立刻进了"左"的学校去了，这就能使他们证我之左，或直目为共，你引我为同事，也许会受些牵连的。先前听说有一个中学缺少职员，这回我想去打听一下，倘能设法，或者不如到那边去的好罢。

饭菜不好，我希望你多吃些别的好东西。冬天没有蚁了，何妨买些点心吃。

我住在这里，地方狭窄（这是说没有可以使我静心读书的地方），所以不能多看书，我的脾气是怕嘈杂的，这里又正和我相反。早上起来，看看报，帮些家常琐事，就过了一上午；下午这个时候（二时）算是静一会，侄辈一放学，就又热闹起来了。现在我在打算搬到外面去，必须搬走，这才能够有规则的用功。

昨晚我到中大去上讲习所的课，上完，就完事了。去看伏园，房门锁着，没有见到。

"又幸而只有"三"十天了"。书籍还未收到，以后切勿寄来，免得遗失。

YOUR H.M. 十二月卅午后二时。

一〇八

MY DEAR TEACHER：

十六日信是告诉你寄信的地址的，十九日信面上就没有详写。但你廿四的信封上光写高第街，却居然也寄到了。我住的是街中间，叫作"高第街中约"，倘加上"旧门牌一七九号"，就更为妥当。

你十六，廿一的信，都收到了，惟寄校之另一封未见，我想是就会到的，因我已托人代收，或不致失少。

现在是下午六时，快要晚餐；八时还要外出，稍缓再详谈罢。

祝你新年。

YOUR H.M. 十二月三十下午六时。

一〇九

广平兄：

五日寄一信，想当先到了。今天得十二月卅日信，所以再来写几句。

中大拟请你作助教，并非伏园故意谋来，和你开玩笑的，看我前次附上的两信便知，因为这原是李逢吉的遗缺，现在正空着。北大和厦大的助教，平时并不授课，厦大的规定是教授请假半年或几月时，间或由助教代课，但这样的事是很少见的，我想中大当不至于特别罢。况且教授编而助教讲，也太不近情理，足下所闻，殆谣言也。即非谣言，亦有法想，似乎无须神经过敏。未发聘书，想也不至于中变，其于上遂亦然。我想中学职员可不必去做，即有中变，我当托人另行设法。

至于引为同事，恐因谣言而牵连自己，——我真奇怪，这是你因为碰了钉子，变成神经过敏，还是广州情形，确是如此的呢？倘是后者，那么，在广州做人，要比北京还难了。不过我是不管这些的，我被各色人物用各色名号相加，由来久矣，所以被怎么说都可以。这回去厦，这里也有各种谣言，我都不管，专用徐大总统哲学：听其自然。

我十日以前走不成了，因为上月的薪水，至今还没有付给我，说是还得等几天。但无论怎样，我十五日以前总要动身的。我看这是他们的一点小玩艺，无非使我不能早走，在这里白白的等几天。不过这种小巧，恐怕反而失策了：校内大约要有风潮，现正在酝酿，两三日内怕要爆发。这已由挽留运动转为改革学校运动，本已与我不相干，不过我早走，则学生少一刺戟，或者不再举动，但拖下去可不行了。那时一定又有人归罪于我，指为"放火者"，然而也只得"听其自然"，放火者就放火者罢。

这几天全是赴会和饯行，说话和喝酒，大概这样的还有两三天。这种无聊的应酬，真是和生命有仇，即如这封信，就是夜里三点钟写的，因为赴席后回来是十点钟，睡了一觉起来，已是三点了。

那些请吃饭的人，蓄意也种种不同，所以席上的情形，倒也煞是好看。我在这里是许多人觉得讨厌的，但要走了却又都恭维为大人物。中国老例，无论谁，只要死了，挽联上不都说活着的时候多么好，没有了又多么可惜么？于是连白果也称我为"吾师"了，并且对人说道，"我是他的学生呀，感情当然很好的。"他今天还要办酒给我饯行，你想这酒是多么难喝下去。

这里的惰气，是积四五年之久而弥漫的，现在有些学生们想借我的四个月的魔力来打破它，我看不过是一个幻想。

迅。一月六日灯下。

一一〇

MY DEAR TEACHER：

现在过了新年又五天了，日子又少了五天。你十二月廿五的信，于四日收到；廿四日寄学校的挂号信，亦于二日由叶表姊交来，我似乎即复一函，但在我简单的日记上没有登载，不知确曾寄去与否，但你寄来的那一封挂号信，则确已收到了。

我住在家里，总不能专心的看书，做事。有时想做一件事，但看见嫂嫂忙着做饭，就少不得放下去帮帮忙。在嘈杂中，连慢慢的写一张信的机会也很少，现在是九点多，孩子们都上学去了，我就趁这时光来写几句。

新年于我没有什么，我并且没有发一张贺年片，除了前校长寄一张红片来，报以我的名片，写上几个字外。一日晚上我又去看提灯会，与前次差不多，后来又到一个学校看演戏；白天则到住在河南的一家旧乡亲那里，看看田家风景，玩了好半天。昨四日也玩了一天，是和陈姓的亲戚游东山。晚上去看伏园，并带着四条土鲮鱼去请他吃，不凑巧他不在校，等了一点多钟，也不见回来，我想这也何必呢，就带着回家，今天要自己受用了。

不知道是学校门房作怪，还是邮政作怪，昨天我亲自到学校去问，门房说什么刊物也没有。记得你说寄印刷物有好几次，别的没有法子了，那挂号的一束，还可以追问么？

自郭沫若做官后，人皆说他左倾，有些人且目之为共党，这在广州也是排斥人的一个口头禅，与在北京无异。创造社中人的连翩而去，不知是否为了这原因。你是大家认为没有什么色采的，不妨姑且来作文艺运动，看看情形，不必因为他们之去而气馁。但中大或较胜于厦大，却不能优于北大；盖介乎二者之间，现在可先作如是想，则将来便不至于大失所望了。

昨天遇见一个熟悉学界情形的人，我就问他中大助教是怎样的。他说，先前的文科助教，等于挂名，月薪约一百元，却没有什么事做，也能暗暗的到他校兼课，可算是一个清闲的好位置。助教二年可升讲师，再升……云云。末一节和我不相干，因我未必能至二年也。但现在你做教授，我就要替你抄写，查书，即已非挂名可比，你也不要自以为给了我"好位置"罢，而且在一处做事，易生事端，也应该留意的。

YOUR H.M. 一月五日。

一一一

MY DEAR TEACHER：

昨五日接到十二月卅日挂号信；现在是七日了，早上由叶家表姊自己送来你十二月二日及十二日发的印刷品共二束，一是隔了一月余，一是隔了廿多日，这样的邮政，真是慢得出奇。

两束刊物我大略翻了一下，除《莽原》的《琐记》和《父亲的病》没有看外，我觉得《阶级与鲁迅》这篇没有大意思，《厦门通信》写得不算好，我宁可看"通信广州"了。但《坟》的《题记》，你执笔可真是放恣了起来，你在北京时，就断不肯写出"倒不尽是为了我的爱人，大大半乃是为了我的敌人"这样的句子，有一次做文章，写了似乎是"……的人"，也终于改了才送出去的。这一次可是放恣了，然而有时也含蓄，如"至于不远的踏成平地……"等就是。至于《写在〈坟〉后面》说的"人生多苦辛，而人们有时却极容易得到安慰，又何必惜一点笔墨，给多尝些孤独的悲哀呢"这话，就是你"给来者一些极微末的欢喜"的本意么？你之对于"来者"，所抱的是博施于众，而非独自求得的心情么？末段真太凄楚了。你是在筑台，为的是要从那上面跌下来么？我想，那一定是有人在推你，那是你的对头，也就是"枭蛇鬼怪"，但绝不是你的"朋友"，希望你小心防制它！恐怕它也明知道要伤害你的，然而是你的对头，于是就无法舍弃这一个敌手。总之，你这篇文章的后半，许多话是在自画招供了，是在自己走出壕堑来了，我看了感到一种危机，觉得不久就要爆发，因为都是反抗的脾气，不被攻击固然要做，被攻击就愈要做的。

卅日的来信说"北京似乎也有流言"，这大约是克士先生告诉你的罢？又，同日挂号信上，像是说要不管考试，就赴中大，但中大表面上不似那么急速组织的样子，惟内容则不知。倘为别的原因，也可以无须这么呕呕。

这几天除不得已的事情外，我不想多到外面去，恐怕有特别消息送到。

YOUR H.M. 一月七日下午六时。

一一二

广平兄：

五日与七日的两函，今天（十一）上午一同收到了。这封挂号信，却并无要事，不过我因为想发几句议论，倘被遗失，未免可惜，所以宁可做得稳当些。

这里的风潮似乎还在蔓延，但结果是决不会好的。有几个人已在想利用这机会高升，或则向学生方面讨好，或则向校长方面讨好，真令人看得可叹。我的事情大致已了，本可以动身了，今天有一只船，来不及坐，其次，只有星期六有船，所以于十五日才能走。这封信大约要和我同船到粤，但姑且先行发出。我大概十五日上船，也许要到十六才开，则到广州当在十九或二十日。我拟先住广泰来栈，待和学校接洽之后，便暂且搬入学校，房子是大钟楼，据伏园来信说，他所住的一间就留给我。

458

助教是伏园出力，中大聘请的，俺何敢"自以为给"呢？至于其余等等，则"爆发"也好，发爆也好，我就是这么干，横竖种种谨慎，也还是重重逼迫，好像是负罪无穷。现在我就来自画招供，自卸甲胄，看看他们的第二拳是怎样的打法。我对于"来者"，先是抱着博施于众的心情，但现在我不，独于其一，抱了独自求得的心情了。（这一段也许我误解了原意，但已经写下，不再改了。）这即使是对头，是敌手，是枭蛇鬼怪，我都不问；要推我下来，我即甘心跌下来，我何尝高兴站在台上？我对于名声，地位，什么都不要，只要枭蛇鬼怪够了，对于这样的，我就叫作"朋友"。谁有什么法子呢？但现在之所以还只（！）说了有限的消息者：一，为己，是总还想到生计问题；二，为人，是可以暂借我已成之地位，而作改革运动。但要我兢兢业业，专为这两事牺牲，是不行了。我牺牲得不少了，而享受者还不够，必要我奉献全部的性命。我现在不肯了，我爱对头，我反抗他们。

　　这是你知道的，单在这三四年中，我对于熟识的和初初相识的文学青年是怎么样，只要有可以尽力之处就尽力，并没有什么坏心思。然而男的呢，他们自己之间也掩不住嫉妒，到底争起来了，一方面于心不满足，就想打杀我，给那方面也失了助力。看见我有女生在座，他们便造流言。这些流言，无论事之有无，他们是在所必造的，除非我和女人不见面。他们大抵是貌作新思想者，骨子里却是暴君酷吏，侦探，小人。如果我再隐忍，退让，他们更要得步进步，不会完的。我蔑视他们了。我先前偶一想到爱，总立刻自己惭愧，怕不配，因而也不敢爱某一个人，但看清了他们的言行思想的内幕，便使我自信我决不是必须自己贬抑到那么样的人了，我可以爱！

　　那流言，是直到去年十一月，从韦漱园的信里才知道的。他说，由沈钟社里听来，长虹的拚命攻击我是为了一个女性，《狂飙》上有一首诗，太阳是自比，我是夜，月是她。他还问我这事可是真的，要知道一点详细。我这才明白长虹原来在害"单相思病"，以及川流不息的到我这里来的原因，他并不是为《莽原》，却在等月亮。但对我竟毫不表示一些敌对的态度，直待我到了厦门，才从背后骂得我一个莫名其妙，真是卑怯得可以。我是夜，则当然要有月亮的，还要做什么诗，也低能得很。那时就做了一篇小说，和他开了一些小玩笑，寄到未名社去了。

那时我又写信去打听孤灵，才知道这种流言，早已有之，传播的是品青，伏园，玄倩，微风，宴太。有些人又说我将她带到厦门去了，这大约伏园不在内，是送我上车的人们所流布的。白果从北京接家眷来此，又将这带到厦门，为攻击我起见，便和田千顷分头广布于人，说我之不肯留居厦门，乃为月亮不在之故。在送别会上，田千顷且故意当众发表，意图中伤。不料完全无效，风潮并不稍减，因为此次风潮，根柢甚深，并非由我一人而起，而他们还要玩些这样的小巧，真可谓"至死不悟"了。

现在是夜二时，校中暗暗的熄了电灯，帖出放假布告，当即被学生发见，撕掉了。此后怕风潮还要扩大一点。

我现在真自笑我说话往往刻薄，而对人则太厚道，我竟从不疑及玄倩之流到我这里来是在侦探我，虽然他的目光如鼠，各处乱翻，我有时也有些觉得讨厌。并且今天才知道我有时请他们在客厅里坐，他们也不高兴，说我在房里藏了月亮，不容他们进去了。你看这是多么难以伺候的大人先生呵。我托令弟买了几株柳，种在后园，拔去了几株玉蜀黍，母亲很可惜，有些不高兴，而宴太即大放谣诼，说我在纵容着学生虐待她。力求清宁，偏多滓秽，我早先说，呜呼老家，能否复返，是一问题，实非神经过敏之谈也。

但这些都由它去，我自走我的路。不过这次厦大风潮之后，许多学生，或要同我到广州，或想转学到武昌去，为他们计，在这一年半载之中，是否还应该暂留几片铁甲在身上，此刻却还不能骤然决定。这只好于见到时再商量。不过不必连助教都怕做，同事都避忌，倘如此，可真成了流言的囚人，中了流言家的诡计了。

迅。一月十一日。

一一三

广平兄：

现在是十七夜十时，我在"苏州"船中，泊香港海上。此船大约明晨九时开，午后四时可到黄埔，再坐小船到长堤，怕要八九点钟了。

这回一点没有风浪，平稳如在长江船上，明天是内海，更不成问题。想起来真奇怪，我在海上，竟历来不遇到风波，但昨天也有人躺下不能起来的，或者我比较的不晕船也难说。

我坐的是唐餐间，两人一房，一个人到香港上去了，所以此刻是独霸一间。至于到广州后，住那一家客栈，现在不能决定。因为有一个侦探性的学生跟住我。此人大概是厦大当局所派，探听消息的，因为那边的风潮未平，他怕我帮助学生，在广州活动。我在船上用各种方法拒斥，至于恶声厉色，令他不堪，但是不成功，他终于嬉皮笑脸，谬托知己，并不远离。大约此后的手段是和我住同一客栈，时时在我房中，打听中大情形。我虽并不怀挟秘密，而尾随着这么一个东西，却也讨厌，所以我当相机行事，能将他撇下便撇下，否则再设法。

此外还有三个学生，是广东人，要进中大的，我已通知他们一律戒严，所以此人在船上，也探不到什么消息。

迅。

第三集　北平——上海

一九二九年五月至六月

一一四

B.EL：

　　今天是我们到上海后，你出门去了的第一天，现在是下午六点半，查查铁路行车时刻表，你已经从浦口动身，开车了半小时了。想起你一个人在车上，一本德文法不能整天捧在手里看，放下的时候就会空想。想些什么呢？复杂之中，首先必以为我在怎么过活着，与其幻想，不如由我直说罢——

　　别后我回到楼上剥瓜子，太阳从东边射在躺椅上，我坐着一面看《小彼得》一面剥，绝对没有四条胡同，因为我要用我的魄力来抵抗这一点，我胜利了。此后睡了一会，醒来正午，邮差送到一包书，是未名社挂号寄来的韦丛芜著的《冰块》五本。午饭后收拾收拾房子，看看文法，同隔壁的大家谈谈天，又写了一封给玉书的信。下午到街上去散步，买些水果回来，和大家一同吃。吃完写信，写到这里，正是"夕方"时候了。夜饭还未吃过呢，再有什么事，待续写下去罢。

　　　　　　　　　　　　　　　　　十三，六时五十分。

EL.，现在是十四日午后六时二十分，你已经过了崮山，快到济南了。车是走得那么快，我只愿你快些到北京，免得路中挂念。今天听说京汉路不大通，津浦大约不至如此。你到后，在回来之前，倘闻交通不便，千万不要冒险走，只要你平安的住着，我也可以稍慰的。

昨夜稍稍看书，九时躺下，我总喜欢在楼上，心地比较的舒服些。今天六时半醒来，九时才起，仍是看书和谈天。午后三时午睡，充分休养，如你所嘱，勿念。只是我太安闲，你途中太辛苦了，共患难的人，有时也不能共享一样的境遇，奈何！

今日收到殷夫的投《奔流》的诗稿，颇厚，先放在书架上了，等你回来再看。

祝你安好。

H.M. 五月十四日下午六时三十分。

一一五

EL.DEAR：

昨夜（十四）饭后，我往邮局发了给你的一封信，回来看看文法，十点多睡下了。早上醒来，推想你已到天津了；午间知道你应该已经到了北京，各人一见，意外的欢喜，你也不少的高兴罢。

今天收到《东方》第二号，又有金溟若的一封挂号厚信，想是稿子，都放在书架上。

我这两天因为没甚事情做，睡得多，吃的也多，你回来一定会见得我胖了。下午同王老太太等大小五六个往新雅喝茶，因为是初次，她们都很高兴；回来已近五点，略翻《东方》，一天又快过去了。我记着你那几句话，所以虽是一个人，也不寂寞。但这两天天快亮时都

463

醒，这是你要睡的时候，所以我仍照常的醒来，宛如你在旁预备着要睡，又明知你是离开了，这古怪的心情，教我如何描写得出来呢？好在转瞬间天真个亮了，过些时我也就起来了。

十五日下午五时半写。

EL.DEAR：

昨天（十五）夜饭后，我在楼上描桌布的花样，又看看文法，到十一点睡下，但四点多又照例的醒来了，一直没有再睡熟。今天上午我在楼下缝衣服，且看报，就得到你的来电，人到依时，电到也快，看发电时是十三,四〇，想是十五日下午一时四十分发出的。阅电后非常快慰，虽然明知道是必到的，但愈是如此就愈加等待，这真是奇怪。

阿菩当你去的第一天吃夜饭的时候，叫我下去了，却还不肯罢休，一定要把你也叫下去，后来大家再三开导她，也不肯走，她的母亲说是你到街上去了，才不得已的走出，这小囡真有趣。上海已经入了梅雨天，总是阴沉沉的，时雨时晴，怪讨人厌的天气。你到北平，熟人都已见过了么？太师母等都好？替我问候。

愿眠食当心。

H.M. 五月十六日下午二时十五分。

一一六

H.M.D：

在沪宁车上，总算得了一个坐位，渡江上了平浦通车，也居然定着一张卧床。这就好了。吃过夜饭，十一点睡觉，从此一直睡到第二天十二点，醒来时，不但已出江苏境，并且通过了安徽界蚌埠，到山东界了。不知道你可能如此大睡，恐怕不能这样罢。

车上和渡江的船上，遇见许多熟人，如幼渔之侄，寿山之友，未名社的人物，还有几个阔人，自说是我的学生，但我不认识他们了。

今天午后到前门站，一切大抵如旧，因为正值妙峰山香市，所以倒并不冷静。正大风，饱餐了三年未吃的灰尘。下午发一电，我想，倘快，则十六日下午可达上海了。

家里一切也如旧；母亲精神容貌仍如三年前，但关心的范围好像减小了不少，谈的都是邻近的琐事，和我毫不相干的。以前似乎常常有客来住，久至三四个月，连我的日记本子也都翻过了，这很讨厌，大约是姓车的男人所为，莫非他以为我一定死在外面，不再回家了么？

不过这种情形，我倒并不气恼，自然也不喜欢；久说必须回家一趟，现在是回来了，了却一件事，总是好的。此刻是夜十二点，静得很，和上海大不相同。我不知道她睡了没有？我觉得她一定还未睡着，以为我正在大谈三年来的经历了，其实并未大谈，却在写这封信。

今天就是这样罢，下次再谈。

EL 五月十五夜。

一一七

H.D：

昨天寄上一函，想已到。今天下午我访了未名社一趟，又去看幼渔，他未回，马珏是因病进了医院许多日子了。一路所见，倒并不怎样萧条，大约所减少的不过是南方籍的官僚而已。

关于咱们的事，闻南北统一后，此地忽然盛传，研究者也颇多，但大抵知不确切。我想，这忽然盛传的缘故，大约与小鹿之由沪入京有关的。前日到家，母亲即问我害马为什么不一同回来，我正在付车钱，匆忙中即答以有些不舒服，昨天才告诉她火车震动，不宜于孩子的事，她很高兴，说，我想也应该有了，因为这屋子里早应该有小孩子走来走去了。这种"应该"的理由，虽然和我们的意见很不同，但总之她非常高兴。

这里很暖，可穿单衣了。明天拟去访徐旭生，此外再看几个熟人，别的也无事可做。尹默凤举，似已倾心于政治，尹默之汽车，晚天和电车相撞，他臂膊也碰肿了，明天也想去看他，并还草帽。静农为了一个朋友，听说天天在查电码，忙不可当。林振鹏在西山医胃病。

附笺一纸，可交与赵公。又通知老三，我当于日内寄书一包（约四五本）给他，其实是托他转交赵公的，到时即交去。

我的身体是好的，和在上海时一样，勿念。但 H. 也应该善自保养，使我放心。我相信她正是如此。

迅。五月十七夜。

一一八

D.H：

听说上海北平之间的信件，最快是六天，但我于昨天（十八）晚上姑且去看看信箱——这是我们出京后新设的——竟得到了十四日发来的信，这使我怎样意外地高兴呀。未曾四条胡同，尤其令我放心，我还希望你善自消遣，能食能睡。

母亲的记忆力坏了些了，观察力注意力也略减，有些脾气颇近于小孩子了。对于我们的感情是很好的。也希望老三回来，但其实是毫无事情。

前天幼渔来看我，要我往北大教书，当即婉谢。同日又看见执中，他万不料我也在京，非常高兴。他们明天在来今雨轩结婚，我想于上午去一趟，已托羡苏买了绸子衣料一件，作为贺礼带去。新人是女子大学学生，音乐系。

昨晚得到你的来信后，正在看，车家的男女突然又来了，见我已归，大吃一惊，男的便到客栈去，女的今天也走了。我对他们很冷淡，因为我又知道了车男住客厅时，不但乱翻日记，并且将书厨的锁弄破，并书籍也查抄了一通。

以上十九日之夜十一点写。

二十日上午，你十六日所发的信也收到了，也很快。你的生活法，据报告，很使我放心。我也好的，看见的人，都说我精神比在北京时好。这里天气很热，已穿纱衣，我于空气中的灰尘，已不习惯，大约就如鱼之在浑水里一般，此外却并无什么不舒服。

昨天往中央公园贺李执中，新人一到，我就走了。她比执中短一点，相貌适中。下午访沈尹默，略谈了一些时；又访兼士，凤举，耀辰，徐旭生，都没有会见。就这样的过了一天。夜九点钟，就睡着了，直至今天七点才醒。上午想择取些书籍，但头绪纷繁，无从下手，也许终于没有结果的，恐怕《中国字体变迁史》也不是在上海所能作罢。

今天下午我仍要出去访人，明天是往燕大演讲。我这回本来想决不多说话，但因为有一些学生渴望我去，所以只得去讲几句。我于月初要走了，但决不冒险，千万不要担心。《冰块》留下两本，其余可分送赵公们。《奔流》稿可请赵公写回信寄还他们，措辞和上次一样。

愿你好好保养，下回再谈。

以上二十一日午后一时写。

ELEF.

一一九

EL.D：

这是第三封信了，告诉一声，俾可以晓得我很高兴写，虽然你到北平今天也不过第三天，料想你也高兴收到信罢。

今天大清早老太婆开了后门不久的时候，达夫先生拿着两本第五期的《大众文艺》送来，人们只听得老太婆诺诺连声，我急起来看时，他早已跑掉了。

午后得钦文寄你的信，并不厚，今附上。内山书店也送来《厨川白村全集》一本，第二卷，文学论下，我就也存放在书架上。

昨夜九时睡，至今早七点多才起来，忽然大睡，呆头呆脑得很。连日毛毛雨，不大出门。你的情形如何？没有什么报告了，下次再谈罢。

H.M. 五月十七日下午四时。

一二〇

EL.DEAR：

今天下午刚发一信，现在又想执笔了。这也等于我的功课一样，而且是愿意做的那一门，高兴的就简直做下去罢，于是乎又有话要说出来了——

这时是晚上九点半，我想起今天是礼拜五，明天是礼拜六，一礼拜又快过去了，此信明天发，免得日曜受耽搁。料想这信到时，又过去一礼拜了，得到你的回信时，又是一礼拜，那么总共就过去三个礼拜了，那是在你接到此信，我得了你回复此信的时候的话。虽然这还很有些时光，但不妨以此先自快慰。话虽如此，你如没有功夫，就不必每得一信，即回一封，因为我晓得你忙，不会挂念的。

生怕记起的又即忘记了，先写出来罢：你如经过琉璃厂，不要忘掉了买你写日记用的红格纸，因为已经所余无几了。你也许不会忘记，不过我提起一下，较放心。

我寄你的信，总要送往邮局，不喜欢放在街边的绿色邮筒中，我总疑心那里会慢一点。然而也不喜欢托人带出去，我就将信藏在衣袋内，说是散步，慢慢的走出去，明知道这绝不是什么秘密事，但自然而然的好像觉得含有什么秘密性似的。待到走到邮局门口，又不愿投入挂在门外的方木箱，必定走进里面，放在柜台下面的信箱里才罢。那时心里又想：天天寄同一名字的信，邮局的人会不会诧异呢？于是就用较生的别号，算是挽救之法了。这种古怪思想，自己也觉得好笑，但也没有制服这个神经的神经，就让他胡思乱想罢。当走去送信的时候，我又记起了曾经有一个人，在夜里跑到楼下房外的信筒那里去，我相信天下痴呆盖无过于此君了。现在距邮局远，夜行不便，此风万不可长，宜切戒之！！！！

今日下午也缝衣，出去寄信时又买些水果，回来大家分吃了。你带去的云腿吃过了没有？还可口么？我身体精神都好，食量也增加，不过继续着做一种事情，稍久就容易吃力，浑身疲乏。我知道这个道理，所以时而做些事，时而坐坐，时而睡睡，坐睡都厌了就到马路上来回走一个短路程，这样一调节，也就不致吃苦了。

时局消息，阅报便知，不多述了，有时北报似更详悉。听说现在津浦路还照常，但来时要打听清楚才好。

YOUR H.M. 五月十七夜十时。

一二一

D.H.M：

二十一日午后发了一封信，晚上便收到十七日来信，今天上午又收到十八日来信，每信五天，好像交通十分准确似的。但我赴沪时想坐船，据凤举说，日本船并不坏，二等六十元，不过比火车为慢而已。至于风浪，则夏期一向很平静。但究竟如何，还须俟十天以后看情形决定。不过我是总想于六月四五日动身的，所以此信到时，倘是廿八九，那就不必写信来了。

我到北平，已一星期，其间无非是吃饭，睡觉，访人，陪客，此外什么事也不做。文章是没有一句。昨天访了几个教育部旧同事，都穷透了，没有事做，又不能回家。今天和张凤举谈了两点钟天，傍晚往燕京大学讲演了一点钟，照例说些成仿吾徐志摩之类，听的人颇不少——不过也不是都为了来听讲演的。这天有一个人对我说：燕大是有钱而请不到好教员，你可以来此教书了。我即答以我奔波了几年，已经心粗气浮，不能教书了。D.H.，我想，这些好地方，还是请他们绅士们去占有罢，咱们还是漂流几时的好。沈士远也在那里做教授，听说全家住在那里面，但我没有工夫去看他。

今天寄到一本《红玫瑰》，陈西滢和凌叔华的照片都登上了。胡适之的诗载于《礼拜六》，他们的像见于《红玫瑰》，时光老人的力量，真能逐渐的显出"物以类聚"的真实。

云南腿已将吃完，很好，肉多，油也足，可惜这里的做法千篇一律，总是蒸。带回来的鱼肝油也已吃完，新买了一瓶，价钱是二元二角。

云章未到西三条来，所以不知道她住在何处，小鹿也没有来过。

北平久不下雨，比之南方的梅雨天，真有"霄壤之别"。所有带来的夹衣，都已无用，何况绒衫。我从明天起，想去医牙齿，大约有一星期，总可以补好了。至于时局，若以询人，则因其人之派别，而所答不同，所以我也不加深究。总之，到下月初，京津车总该是可走的。那么，就可以了。

这里的空气真是沉静，和上海的烦扰险恶，大不相同，所以我是平安的。然而也静不下，惟看来信，知道你在上海都好，也就暂自宽慰了。但愿能够这样的继续下去，不再疏懈才好。

L. 五月廿二夜一时。

一二二

D.H.M：

此刻是二十三日之夜十点半，我独自坐在靠壁的桌前，这旁边，先前是有人屡次坐过的，而她此刻却远在上海。我只好来写信算作谈天了。

今天上午，来了六个北大国文系学生的代表，要我去教书，我即谢绝了。后来他们承认我回上海，只要预定下几门功课，何时来京，便何时开始，我也没有答应他们。他们只得回去，而希望我有一回讲演，我已约于下星期三去讲。

午后出街，将寄给你的信投入邮箱中。其次是往牙医寓，拔去一齿，毫不疼痛，他约我于廿七上午去补好，大约只要一次就可以了。其次是走了三家纸铺，集得中国纸印的信笺数十种，化钱约七元，也并无什么妙品。如这信所用的一种，要算是很漂亮的了。还有两三家未去，便中当再去走一趟，大约再用四五元，即将琉璃厂略佳之笺收备了。

计到北平，已将十日，除车钱外，自己只化了十五元，一半买信笺，一半是买碑帖的。至于旧书，则仍然很贵，所以一本也不买。

明天仍当出门，为士衡的饭碗去设设法；将来又想往西山看看漱园，听他朋友的口气，恐怕总是医不好的了。韦丛芜却长大了一点。待廿九日往北大讲演后，便当作回沪之准备，听说日本船有一只名"天津丸"的，是从天津直航上海，并不绕来绕去，但不知在我赴沪的时候，能否相值耳。

今天路过前门车站，看见很扎着些素彩牌坊了，但这些典礼，似乎只有少数人在忙。

我这次回来，正值暑假将近，所以很有几处想送我饭碗，但我对于此种地位，总是毫无兴趣。为安闲计，住北平是不坏的，但因为和南方太不同了，所以几乎有"世外桃源"之感。我来此虽已十天，却毫不感到什么刺戟，略不小心，确有"落伍"之惧的。上海虽烦扰，但也别有生气。

下次再谈罢。我是很好的。

L. 五月二十三日。

一二三

D.EL：

昨天夜里写好的信，是今早发出的。吃过早粥后，见天气晴好，就同蕴如姊到大马路买些手巾之类，以备他日应用，一则乘此时闲空，二则还容易走动之故。约下午二时回家，吃面后正在缝衣，见达夫先生和密斯王来访，知你不在后，坐下略作闲谈，见我闲寂，又约我出外散步，盛意可感。时已四时多，不久就是晚饭时候，我怕累他们破费，婉谢不去，他们又坐了一会，见我终于不动，乃辞去，说往看白薇去了。

下午，三先生送来一本 A History of Woodengraving by Douglas Percy Bliss，是从英国带来的。又收到金溟若信一封，想是询问前次寄稿之事，我搁下了；另一信是江绍平先生的，并不厚，今即附上，此公颇怪气也。

夜饭后，王公送来《朝花》第二十期，问要不要合订本子。我说且慢，因那些旧的放在那里，不易找也。他遂即回去。

> 十八夜八时十分写。

又，同夜八时半，有人送来文稿数件共一束，老太婆说不出他的姓名，看看封上的几个字，好像"迹余"笔迹。我也先放在书架上，待你回来再说罢。

EL.DEAR：

昨夜我差不多十时就睡了，至一时左右醒来，就不大能睡熟，这大约是有了习惯之故。天亮时，扫街人孩子大哭，其母大打，打后又大诉说一通；稍静合眼，醒来已经九时了。午后得李霁野信，无甚要事，且与你已能见面，故不转寄。下午仍做缝纫，并看看书报。晚上至马路散步，买得广东螃蟹一只，携归在火酒灯上煮熟，坐在躺椅上缓缓食之。你说有趣没有呢？现时是吃完执笔，时在差十分即十点钟也。你日来可好？为念。不尽欲言。

> H.M. 五月十九夜九时五十分。

一二四

EL.D:

你十五夜写的信，今天上午收到了。信必是十六发的，五天就到，邮局懂事得很。那么，我十四发的信，你自然也一定收到在今天之前。我先以为见你的信，总得在廿二三左右，因为路上有八天好停顿的，不料今日就见信，这真使我意外的欢喜，不可以言语形容。

路上有熟人遇见，省得寂寞，甚好；能睡，更好。我希望你在家时也挪出些功夫来睡觉，不要拼命的写，做，干，想……

家里人杂，东西乱翻，你不妨检收停当，多带些要用的南来，难得的书籍，则或锁起，或带来，以免失落难查。客来是无法禁阻的，你回去暂时，能不干涉最好，省得淘气，倘自伤精神，就更不合算了。

我这几天经验下来，夜间不是一二时醒，就是三四时醒，这是由于习惯的，但醒过几夜，第三夜即可睡至天明补足，如昨夜至今晨就是。我写给你的信，将生活状况一一叙述，务求其详，大体是好的，即或少睡，也是偶然，并非天天如此。你切不可于言外推测，如来信云我在十二时尚未睡，其实我十二时是总在熟睡中的。

上海这两天晴，甚和暖，但一到下雨，却又相差二十多度了。

H.M. 五，廿，下午二时。

一二五

H.D:

昨天上午寄上一函，想已到。十点左右有沉钟社的人来访我，至午邀我至中央公园去吃饭，一直谈到五点才散。内有一人名郝荫潭，是女师大学生，但是新的，我想你未必认识罢。中央公园昨天是开放的，但到下午为止，游人不多，风景大略如旧，芍药已开过，将谢了，此外则"公理战胜"的牌坊上，添了许多蓝地白字的标语。

从公园回来之后，未名社的人来访我了，谈了一点钟。他们去后，就接到你的十九，二十所写的两函。我毫不"拚命的写，做，干，想，……"至今为止，什么也不想，干，写……。昨天因为说话太多了，十点钟便睡觉，一点醒了一次，即刻又睡，再醒已是早上七点钟，躺到九点，便是现在，就起来写这信。

绍平的信，吞吞吐吐，初看颇难解，但一细看，就知道那意思是想将他的译稿，由我为之设法出售，或给北新，或登《奔流》，而又要居高临下，不肯自己开口，于是就写成了那样子。但我是决不来做这样傻子的了，莫管目前闲事，免惹他日是非。

今天尚无客来，这信安安静静的写到这里，本可以永远写下去，但要说的也大略说过了，下次再谈罢。

L.五月廿五日上午十点钟。

一二六

H.D：

此刻是二十五日之夜的一点钟。我是十点钟睡着的，十二点醒来了，喝了两碗茶，还不想睡，就来写几句。

今天下午，我出门时，将寄你的一封信投入邮筒，接着看见邮局门外帖着条子道："奉安典礼放假两天。"那么，我的那一封信，须在二十七日才会上车的了。所以我明天不再寄信，且待"奉安典礼"完毕之后罢。刚才我是被炮声惊醒的，数起来共有百余响，亦"奉安典礼"之一也。

我今天的出门，是为士衡寻地方去的，和幼渔接洽，已略有头绪；访凤举却未遇。途次往孔德学校，去看旧书，遇金立因，胖滑有加，唠叨如故，时光可惜，默不与谈；少顷，则朱山根叩门而入，见我即踟蹰不前，目光如鼠，终即退去，状极可笑也。他的北来，是为了觅饭碗的，志在燕大，否则清华，人地相宜，大有希望云。

傍晚往未名社闲谈，知燕大学生又在运动我去教书，先令宗文劝诱，我即谢绝。宗文因吞吞吐吐说，彼校教授中，本有人早疑心我未必肯去，因为在南边有唔唔唔……。我答以原因并不在"在南边有唔唔唔……"，那非大树，不能迁移，那是也可以同到北边的，但我也不来做教员，也不想说明别的原因之所在。于是就在混沌中完结了。

明天是星期日，恐怕来访之客必多，我要睡了。现在已两点钟，遥想你在"南边"或也已醒来，但我想，因为她明白，一定也即睡着的。

二十五夜。

星期日上午，因为葬式的行列，道路几乎断绝交通，下午可以走了，但只有紫佩一人来谈，所以我能够十分休息。夜十点入睡，此刻两点，又醒了，吸一枝烟，照例是便能睡着的。明天十点要去镶牙，所以就将闹钟拨在九点上。

看现在的情形，下月之初，火车大概还可以走，倘如此，我想坐六月三日的通车回上海，即使有耽误之事，六日总该可以到了罢——倘若不去访上遂。但这仍须临时再行决定，因为距今还有十天，变化殊不可测也。

明天想当有信来，但此信我当于上午先行发出。

二十六夜二点半。

ELEF.

一二七

EL：L.！

昨天正午得到你十五日的信，我读了几遍，愈读愈想在那里面找出什么东西似的，好似很清楚，又似很模胡，恰如其人的音容笑貌，在离开以后的情形一样。打开信来，首先看见的自然是那三个通红的枇杷。这是我所喜欢的东西，即如昨天去寄信，也带了许多回来，大家大吃了一通。阿菩昨天身热得很厉害，什么都不要吃，见了枇杷，才高兴起来，连吃几个，随后研究出她是要出牙齿了的缘故，到今天还在痛，在吃苦。然而那时枇杷的力量却如此其大，我也是喜欢的人，你却首先选了那种花样的纸寄来了。其次是那两个莲蓬，并题着的几句，都很好，我也读熟了。你是十分精细的，那两张纸必不是随手检起就用的。

你的日记也被人翻过了么？因记起前月已从隔壁的木匠那里租了空屋，也许因为客房不够住，要将不大使用的东西送到那里去存放罢。倘如此，则无人照管，必易失落，要先事预防才好。是否应该先行声明一下，说将来你的书籍不要挪动，我想说过总比不说要好一些，未知你以为何如？

我昨夜睡得很好，今日也醒得并不早，以后或者会照此下去也不可知。今天仍在做生活，是织小毛绒背心，快成功了。

你近来比初到时安静些么？你千万要想起我所希望的意思，自己

477

好好地。

H.M. 五月廿一下午四时十分。

一二八

D.H.M：

今天——二十七日——下午，果然收到你廿一日所发信。我十五日信所用的笺纸，确也选了一下，觉得这两张很有思想的，尤其是第二张。但后来各笺，却大抵随手取用，并非幅幅含有义理，你不要求之过深，百思而不得其解，以致无端受苦为要。

阿菩如此吃苦，实为可怜，但既是出牙，则也无法可想，现在必已全好了罢。我今天已将牙齿补好，只花了三元，据云将就一二年，即须全盘做过了。但现在试用，尚觉合式。晚间是徐旭生张凤举等在中央公园邀我吃饭，也算饯行，因为他们已都相信我确无留在北平之意。同席约十人。总算为士衡寻得了一个饭碗。

旭生说，今天女师大因两派对于一教员之排斥和挽留，发生冲突，有甲者，以钱袋击乙之头，致乙昏厥过去，抬入医院。小姐们之挥拳，在北平似以此为嚆矢云。

明天拟往东城探听船期，晚则幼渔邀我夜饭；后天往北大讲演；大后天拟赴西山看韦漱园。这三天中较忙，也许未必能写什么信了。

计我回北平以来，已两星期，除应酬之外，读书作文，一点也不做，且也做不出来。那间灰棚，一切如旧，而略增其萧瑟，深夜独坐，时觉过于森森然。幸而来此已两星期，距回沪之期渐近了。新租的屋，已说明为堆什物及住客之用，客厅之书不动，也不住人。

此刻不知你睡着还是醒着。我在这里只能遥愿你天然的安眠，并且人为的保重。

L. 五月廿七夜十二时。

一二九

D.H：

廿一日所发的信，是前天到的，当夜写了一点回信，于昨天寄出。昨今两天，都未曾收到来信，我想，这一定是因为葬式的缘故，火车被耽搁了。

昨天下午去问日本船，知道从天津开行后，因须泊大连两三天，至快要六天才到上海。我看现在，坐车还不妨，所以想六月三日动身，顺便看看上遂，而于八日或九日抵沪。倘到下月初发见不宜于坐车，那时再改走海道，不过到沪又要迟几天了。总之，我当择最妥当的方法办理，你可以放心。

昨天又买了些笺纸，这便是其一种，北京的信笺搜集，总算告一段落了。

晚上是在幼渔家里吃饭，马珏还在生病，未见，病也不轻，但据说可以没有危险。谈了些天，回寓时已九点半。十一点睡去，一直睡到今天七点钟。

此刻是上午九点钟，闲坐无事，写了这些。下午要到未名社去，七点起是在北大讲演。讲毕之后，恐怕还有尹默他们要来拉去吃夜饭。倘如此，则回寓时又要十点左右了。

D.H.ET D.L.，我是好的，很能睡，饭量和在上海时一样，酒喝得极少，不过一小杯蒲陶酒而已。家里有一瓶别人送的汾酒，连瓶也没有开。倘如我的预计，那么，再有十天便可以面谈了。D.H.，愿你安好，并保重为要。

EL.五月廿九日。

一三〇

D.EL.，D.L.！

现时是廿二夜九时三刻，晚饭后我收拾收拾东西，看看文法，想到写，就写一些。但不知你此时饭后是在谈天，还是在做什么的。今天我很盼望信，虽然明知道你没得闲空，并且说过信会隔得长久些，写得简单些，但我总觉得他话虽如此，其实是一有功夫，总会写的，因此就难免有所希望了。而况十五来信之后，你的情形也十分令人挂念，会不会颓唐廿多天呢！……

昨日下午四时发信后，收到韩君从东京寄来的《近代英文学史》一本，矢野峰人著。今天又收到一张明信片，是西湖艺术院在沪展览，请参观的。

昨今上午，我都照常做生活，起居如常。下半天到大马路一趟，买了些粗布之类。自你去后，化钱不少，都是买那些小东西用的，东西买来不多，用款不少，真难为人也。

廿二日十时。

D.EL.，D.B.！

今天又候了一天信。其实你十五那封信，我廿日收到，到现在还不过三天，但不知何故我总在盼望着。你近日精神可好？我的信息不知不觉的带些伤感的成分，会不会使你难受？D.EL.，我真记挂你。

但你莫以为全因那封信的情形之故，其实无论如何，人不在眼前，总是要记挂的。

李执中君五月廿日在北平中山公园来今雨轩结婚，喜柬今天寄到了。不知道你在北平遇见了他没有？昨天你是否忙着吃喜酒去，要是你们已经遇见了的话。今日又收到《北新》第八号一本。

昨夜十时写完上面的几个字，就睡下了。夜里阿菩因为嘴痛，哭得很利害，但我醒不多久便又睡去，不似前几天从两三点一直醒到天亮的那么窘了。早上总起得早，大抵是七点多。日间在楼下做些活计，夜里看书，平常多是关起门来，较为清净，这是我向来的脾气，倒也耐得过去，何况日子也过去了三分之一了呢。中山灵柩南下期间，我想，津浦路总该平安的，此后就难说。你南来时，务必斟酌而行为要。

祝你安善。

H.M. 五月廿三下午六时。

一三一

D.EL：

我盼了两天信，计期应该会到了，果然，今天收到你十七夜写的信。如果照十五夜那信一样快，我这两天的苦不至于吃了，原因是在前一信五天到，快得喜出望外，这回七天到，就觉着不应该了，都是邮局的作弄，以后我当耐心地等候。至于你，则不必连睡也不睡来执笔的。

明天是礼拜六，这是第二个礼拜了，过得似乎也快，又似乎慢。

北平并不萧条，倒好，因为我也视它如故乡的，有时感情比真的故乡还要好，还要留恋，因为那里有许多使我记念的经历存留着。

上海也还好，不过太喧噪了，这几天天已晴，颇热，几如过夏，蚊子也多起来了，围着坐处要吃人。昨夜八时多，忽然鞭爆声大作，有似度岁，又似放枪，先不知其故，后见邻居仍然歌舞升平，吃食担不绝于门外，知是无事。今日看报，才知月蚀，其社会可知矣。

我眠食都好，日间仍编衣服，赵公送来《奇剑及其他》十本，信已转交。闻下星期一，章公与程公将对簿于公庭云。

H.M. 五月廿四夜九时卅分。

一三二

D.H：

此刻是二十九夜十二点，原以为可得你的来信的了，因为我料定你于廿一日的信以后，必已发了昨今可到的两三信，但今未得，这一定是被奉安列车耽搁了，听说星期一的通车，也还没有到。

今天上午来了一个客。下午到未名社去，晚上他们邀我去吃晚饭，在东安市场森隆饭店，七点钟到北大第二院演讲一小时，听者有千余人，大约北平寂寞已久，所以学生们很以这类事为新鲜。八时，尹默凤举等又为我饯行，仍在森隆，不得不赴，但吃得少些，十一点才回寓。现已吃了三粒消化丸，写了这一张信，即将睡觉了，因为明天早晨，须往西山看韦漱园去。

今天虽因得不到来信，稍觉怅怅，但我知道迟延的原因，所以睡得着的，并祝你在上海也睡得安适。

L. 二十九夜。

三十日午后二时，我从西山访韦漱园回来，果然得到你的廿三及廿五日两封信，彼此都为邮局寄递之忽迟忽早所捉弄，真是令人生气。但我知道你已经收到我的信，略得安慰，也就借此稍稍自慰了。

今天我是早晨八点钟上山的，用的是摩托车，霁野等四人同去。漱园还不准起坐，因日光浴，晒得很黑，也很瘦，但精神却好，他很喜欢，谈了许多闲天。病室壁上挂着一幅陀斯妥夫斯基的画像，我有时瞥见这用笔墨使读者受精神上的苦刑的名人的苦脸，便仿佛记得有人说过，漱园原有一个爱人，因为他没有全愈的希望，已与别人结婚；接着又感到他将终于死去——这是中国的一个损失——便觉得心脏一缩，暂时说不出话，然而也只得立刻装出欢笑，除了这几刹那之外，我们这回的聚谈是很愉快的。

他也问些关于我们的事，我说了一个大略。他所听到的似乎还有许多谣言，但不愿谈，我也不加追问。因为我推想得到，这一定是几位教授所流布，实不过怕我去抢饭碗而已。然而我流宕三年了，并没有饿死，何至于忽而去抢饭碗呢，这些地方，我觉得他们实在比我小气。

今天得小峰信，云因战事，书店生意皆不佳，但由分店划给我二百元。不过此款现在还未交来。

你廿五的信今天到，则交通无阻可知，但四五日后就又难说，三日能走即走，否则当改海道，不过到沪当在十日前后了。总之，我当选一最安全的走法，决不冒险，千万放心。

L. 五月卅日下午五时。

一三三

D.EL：

今早八点多起来，阿菩推开门交给我你廿一写的信，另外一封是玉书的，又一份《华北日报》。

我前回太等信了，苦了两天，这回廿四收过信，安心些了，而今

483

天又得信，也是"使我怎样意外地高兴呀"。

前天发你信后，得到通知，知道冯家姑母已到上海，要见见面，早粥后我就往南方中学去，谈了大半天。昨天她又来看我。她过些时又要往庐山去了，今天她来，我也许同她到外面去吃一餐夜饭。

星六（廿五）收到锌版十块，连书一并交给赵公了。昨日收到《良友》一，《新女性》一，又《一般》三本，并不衔接的。

母亲高年，你回去不多几天，最好多同她谈谈，玩玩，使她欢喜。

看来信，你似很忙于应酬，这也是没法的事，久不到北平，熟人见见面，也是好的，而且也借此可消永昼。我有时怕你跑来跑去吃力，但有时又愿意你到外面走走，既可变换视听，又可活动身体，你实在也太沉闷了。这两种意思正相矛盾，颇可笑，但在北平的日子少，或者还不如多到外面走走罢。

上海当阴雨时，还穿绒线衫，出了太阳，才较热。北京的天气却已经如此热了么？幸而你衣服多带了几件去，否则真有些窘了。书能带，还是理出些好，自己找书较易。小峰无消息。《奔流》稿没有来。

H.M. 廿七上午十时十分。

一三四

D.EL：

昨早发了一信，回来看看报。午饭后不多久，姑母临寓，教我整衣，同往南翔去。先雇黄包车至北站，买火车票不过两角多，十五分到真茹，停五分，再十多分钟就到南翔了。其地完全是乡村景象，田野树木，举目皆是，居民大有上古遗风，淳厚之至。人家较杭州所见尤为乡气，门户洞开，绝无森严紧张状态。有居沪之外人，于此立别墅者，星期日来，去后门加锁键，一隔多日，了无变故。且交通便利，火车之外，小河四通八达。鱼虾极新鲜，生活便宜，酒菜一席不过六元，已堪果腹。地价每亩只三百金，再加数百建筑费，便成住宅，故房租亦廉，每室二元，每一幢房，有花园及卧室甚大，也不过十余或二十元；至三十元，则是了不得的大房子了。将来马路修成，长途汽车由真茹通至此地，也许顿成闹市，但现在却极为清幽。我们缓步游赏，时行时息，择一饭店吃菜，面，灌汤包子等，用钱二元，四人已食之不尽，有带走的，比起上海来，真可谓便宜之至了。六时余回车站，候八时车，而车适误点，过了九时始到，回沪已经十点多钟了。此行甚快活，近来未有的短期惬意小旅行也。归寓稍停即睡，亦甚安。今天上午代姑母写了几封信，并略谈数年经历，她甚快慰，谓先前常常以我之孤子独立为念，今乃如释重负矣，云云。她待我是出心的好，但日内就要往九江去了。今日三先生送来《东方》《新女性》各一本。昨日又收到季先生由巴黎寄来的木刻画集两本，并有信，恐怕寄失，留着待你回来再看罢。

H.M. 五月廿八晚九时差十分。

一三五

D.L.ET D.H.M：

　　现在是三十日之夜一点钟，我快要睡了。下午已寄出一信，但我还想讲几句话，所以再写一点——

　　前几天，春菲给我一信，说他先前的事，要我查考鉴察。他的事情，我来"查考鉴察"干什么呢，置之不答。下午从西山回，他却已等在客厅中，并且知道他还先曾向母亲房里乱闯，大家都吓得心慌意乱，空气甚为紧张。我即出而大骂之，他竟毫不反抗，反说非常甘心。我看他未免太无刚骨，而他自说其实是勇士，独对于我，却不反抗。我说，我是愿意人对我反抗，不合则拂袖而去的。他却道正因为如此，所以佩服而愈不反抗了。我只得为之好笑，乃送而出之大门之外，大约此后当不再来缠绕了罢。

晚上来了两个人，一个是忙于翻检电码之静农，一个是帮我校过《唐宋传奇集》之建功，同吃晚饭，谈得很为畅快，和上午之纵谈于西山，都是近来快事。他们对于北平学界现状，似俱不欲多言，我也竭力的避开这题目。其实，这是我到此不久，便已感觉了出来的：南北统一后，"正人君子"们树倒猢狲散，离开北平，而他们的衣钵却没有带走，被先前和他们战斗的有些人拾去了。未改其原来面目者，据我所见，殆惟幼渔兼士而已。由是又悟到我以前之和"正人君子"们为敌，也失之不通世故，过于认真，所以现在倒非常自在，于衮衮诸公之一切言动，全都漠然。即下午之呵斥春菲，事后思之，也觉得大可不必。因叹在寂寞之世界里，虽欲得一可以对垒之真敌人，亦不易也。

这两星期以来，我一点也不颓唐，但此刻想到你之采办布帛之类，先事经营，却实在觉得一点凄苦。这种性质，真是怎么好呢？我应该快到上海，去约制她。

三十日夜一点半。

D.H.，三十一日晨被母亲叫醒，睡眠时间缺少了一点，所以晚上九点钟便睡去，一觉醒来，此刻已是三点钟了。泡了一碗茶，坐在桌前，想起 H.M. 大约是躺着，但不知道是睡着还是醒着。五月卅一这一天，没有什么事，只在下午有三个日本人来看我所搜集的关于佛教石刻拓本，以为已经很多，力劝我作目录，这是并不难的，于学术上也许有点用处，然而我此刻也并无此意。晚间紫佩来，已为我购得车票，是三日午后二时开，他在报馆里，知道车还可以坐，至多，不过误点（迟到）而已。所以我定于三日启行，有一星期，就可以面谈了。此信发后，拟不再寄信，如果中途去访上遂，自然当从那里再发一封。

EL. 六月一日黎明前三点。

D.S：

写了以上的几行信以后，又写了几封给人的回信，天也亮起来了，还有一篇讲演稿要改，此刻大约是不能睡的了，再来写几句——

我自从到此以后，综计各种感受，知道弥漫于这里的，依然是"敬而远之"和倾陷，甚至于比"正人君子"时代还要分明——但有些学生和朋友自然除外。再想上去，则我的创作和编著一发表，总有一群攻击或嘲笑的人们，那当然是应该的，如果我的作品真如所说的庸陋。然而一看他们的作品，却比我的还要坏；例如小说史罢，好几种出在我的那一本之后，而陵乱错误，更不行了。这种情形，即使我大胆阔步，小觑此辈，然而也使我不复专于一业，一事无成。而且又使你常常担心，"眼泪往肚子里流"。所以我也对于自己的坏脾气，时时痛心，想竭力的改正一下。我想，应该一声不响，来编《中国字体变迁史》或《中国文学史》了。然而那里去呢？在上海，创造社中人一面宣传我怎样有钱，喝酒，一面又用《东京通信》诬栽我有杀戮青年的主张，这简直是要谋害我的生命，住不得了。北京本来还可住，图书馆里的旧书也还多，但因历史关系，有些人必有奉送饭碗之惠，而在别一些人即怀来抢饭碗之疑，在瓜田中，可以不纳履，而要使人信为永不纳履是难的，除非你赶紧走远。D.H.，你看，我们到那里去呢？我们还是隐姓埋名，到什么小村里去，一声也不响，大家玩玩罢。

D.H.M.ET D.L.，你不要以为我在这里时时如此呆想，我是并不如此的。这回不过因为睡够了，又值没有别的事，所以就随便谈谈。吃了午饭以后，大约还要睡觉。行期在即，以后也许要忙一些。小米（H.吃的），梆子面（同上），果脯等，昨天都已买齐了。

这信封的下端，是因为加添两张，自己拆过的。

L.六月一日晨五时。